mtb

Zum Buch:

Josh Tanner hat den Krebs besiegt und sein Leben komplett umgekrempelt. Seinen Job an der Wall Street hat er gekündigt und widmet sich nun seiner wahren Leidenschaft: der Musik. Seine entspannte Einstellung scheint seiner neuen Nachbarin Heather gewaltig gegen den Strich zu gehen. Nur zu gerne würde Josh der nervigen, aber sexy Blondine zeigen, dass man nicht alles planen muss, sondern es viel spannender ist, wenn man sich spontan auf Neues einlässt. Zum Beispiel auf den Musiker von nebenan!

Zur Autorin:

Die USA-Today-Bestsellerautorin Lauren Layne lebt zusammen mit ihrer Jugendliebe mitten in Manhattan. Wenn sie nicht gerade an ihren bezaubernd frechen Liebesromanen schreibt, geht sie ihrer zweiten großen Leidenschaft nach: der Jagd nach Designer-Handtaschen.

Lieferbare Titel:

Ich bin dann mal verliebt

Lauren Layne

Gut geplant ist halb verliebt

Roman

Aus dem Amerikanischen von
Sonia Savic

mtb

MIRA® TASCHENBUCH
Band 26101

1. Auflage: Dezember 2017

Deutsche Erstveröffentlichung

Titel der amerikanischen Originalausgabe:
For Better or Worse

erschienen bei: Pocket Books, New York

Published by arrangement with
the original publisher, Pocket Books,
a division of Simon & Schuster, Inc., New York

Umschlaggestaltung: ZERO Media, München
Umschlagabbildung: FinePic / München,
plainpicture / Westend61 / Elisabeth Cölfen
Redaktion: Imke Rösing
Satz: GGP Media GmbH, Pößneck
Printed in Germany
Dieses Buch wurde auf FSC®-zertifiziertem Papier gedruckt.
ISBN 978-3-95649-775-9

www.mira-taschenbuch.de

Für alle, deren Leben in irgendeiner Weise
mit Krebs in Berührung kam.
Ich sehne mich nach einer Welt,
in der jeder ihn besiegen kann.
Doch bis es so weit ist:
Bleiben Sie tapfer und halten Sie
fest zusammen.

1. Kapitel

Seit sie denken konnte, hatte Heather Fowler diesen einen Traum gehabt: in New York zu leben. Das hatte sie schon als altkluge Achtjährige erklärt, als die beste Freundin ihrer Mutter nach einem Glas Wein, den sie wie Wasser heruntergestürzt hatte, zu redselig geworden war und sie gefragt hatte, was sie denn später mal werden wolle. Damals war sich Heather noch nicht sicher gewesen, *was* die Zukunft für sie bereithielt. Doch sie hatte definitiv gewusst, *wo* sie stattfinden würde.

In New York City.

Genauer gesagt, in Manhattan.

Ihre Obsession hatte begonnen, als die Serie *Friends* im Fernsehen wiederholt wurde, und steigerte sich noch, nachdem Heather die *Sex and the City*-DVDs ihrer Mom entdeckt hatte. Die hatte sie sich heimlich angeschaut, während ihre Mutter Doppelschichten im Diner geschoben hatte.

Die Leute in New York waren so dynamisch, so strahlend. Sie *erlebten* etwas. Wichtige Dinge, spannende Dinge. Dinge, die Spaß machten.

Heather wollte unbedingt eine von ihnen werden.

Später, in der Highschool, blieb ihr Traum immer präsent. Während ihre ambitionierten Mitschüler davon träumten, zum Mars zu fliegen, und die bescheideneren die nächste Mall als Ziel anvisierten, war es für Heather immer und *ausschließlich* New York City gewesen.

Ihre Mutter hatte nie so getan, als würde sie Heathers Traum verstehen. Joan Fowler hatte ihr ganzes Leben in Merryville, Michigan, verbracht und nur zwei Wohnsitze gehabt: das kleinbürgerliche Haus ihrer Eltern und den Wohnwagen, den sie gemietet hatte, nachdem ihre Eltern sie auf die Straße gesetzt hatten – im vierten Monat schwanger.

Und auch wenn sich Heather für ihre Mutter – und für sich selbst – etwas Besseres gewünscht hatte als abgetragene Kleidung und einen Wohnwagen mit zwei Räumen, in dem es permanent nach Peroxid stank (was dem Friseurinnen-Nebenjob ihrer Mutter zu verdanken war), hatte Joan immer zufrieden gewirkt.

Eines musste man Heathers Mutter lassen: Sie hatte ihre Tochter immer ermutigt, ihrem Wunsch zu folgen.

Wenn du nach New York willst, dann gehst du nach New York. Ganz einfach.

Also war Heather gegangen.

Aber so einfach war es nicht gewesen. Sie hatte den einen oder anderen Umweg nehmen müssen: College an der Michigan State University. Ein winziges Apartment in Brooklyn Heights, das sie sich mit vier Mitbewohnern teilte. Die Wohnung lag zwar streng genommen in New York City, entsprach allerdings nicht ganz der städtischen Eleganz, die ihr vorgeschwebt hatte.

Aber Heathers Entschlossenheit blieb ungebrochen. In einem ihrer Praktika während der Collegezeit hatte ihr ein Mentor einmal gesagt, sie solle sich wie für den Job kleiden, den sie haben wollte, nicht für den, den sie hatte. Das tat Heather seitdem, hatte das Motto inzwischen jedoch erweitert: *Lebe das Leben, das du haben willst, nicht jenes, das du hast.*

In ihrem Fall bedeutete das, so sparsam zu sein, dass sie eine Miete zahlen konnte, die über dem lag, was sie sich hätte locker leisten können. *Bisher.* Als sie es sich *bisher* hätte leisten können. Denn Heather stand kurz vor einer Beförderung – von der Assistenz – zur vollwertigen Hochzeitsplanerin. Es war zum Greifen nahe. Das Apartment würde ihr helfen, dieses Ziel zu erreichen. Eine Wohnung im Postleitzahlenbereich 10128, direkt östlich am Central Park gelegen.

Sie hatte es geschafft. Sie hatte sich *den Traum* erfüllt, oder wenigstens schon mal einen Teil davon.

Und es war …

Furchtbar.

Jetzt war es zwei Uhr morgens, und Heather war noch nicht einmal ansatzweise am Einschlummern. Nach einem weiteren misslungenen Einschlafversuch öffnete sie sie Augen. Ihre Nasenflügel bebten. Erfolglos probierte sie, geduldig zu bleiben, drehte sich dann energisch um und schlug mit der Handfläche geräuschvoll gegen die Wand über dem Kopfende ihres Bettes.

Sie hatte die Wände ihres Schlafzimmers absichtlich weiß gelassen, nachdem sie gelesen hatte, dies habe eine beruhigende Wirkung. Auch die Vorhänge waren weiß, ebenso wie der Teppich am Fußende des Bettes, die Blumen auf ihrem Tisch, der Lampenschirm.

Weiß beruhigt, Weiß beruhigt, Weiß beruhigt …

Sie wartete. Und wartete – eine Pause, und Heather hielt den Atem an.

Dann wieder: *Bum ba-dum bum bum bum …*

Weiß war nicht ansatzweise beruhigend genug für diesen Mist.

Heather unterdrückte den Drang zu schreien. Wurde die Musik soeben *noch lauter*? War das überhaupt möglich?

Offensichtlich. Wer auch immer auf der anderen Seite ihrer Schlafzimmerwand lebte, konnte entweder nicht hören, wie sie gegen die Wand donnerte, oder es war der Person vollkommen egal.

Heather schloss die Augen und versuchte, sich einzureden, es sei ein angenehmes Geräusch. Versuchte, so zu tun, als seien das wilde Gehämmer des Schlagzeugs und das Quietschen irgendeiner Gitarre ein Schlaflied.

Erneut öffnete sie die Augen. Nein, das funktionierte nicht.

Heather warf genervt die Bettdecke zurück – ein schicker neuer weißer Bezug für ihre schicke neue Wohnung – und schlüpfte in ihre Pantoffeln. Sie griff sich ein Haargummi von ihrem Nachttisch und band mit geübten Handgriffen rasch ihre zerzausten dunkelblonden Locken zu einem Dutt zusammen. Danach setzte sie ihre Brille auf, warf sich einen grauen Hoodie über, ohne sich die Mühe zu machen, den Reißverschluss hochzuziehen, riss die Wohnungstür auf und machte sich auf den kurzen Weg zu der Tür von Apartment 4A.

Das Gebäude war ein Altbau, daher die dünnen Wände, doch es war kürzlich renoviert worden – und seitdem hatte es die moderne Klingel, auf die Heather jetzt mit ihrem manikürten Finger fest drückte.

Und noch einmal, als niemand öffnete.

Und noch einmal und noch einmal und noch einmal.

Sie drückte, bis sie fast einen Krampf im Finger bekam und …

Hoppla!

Rückartig wurde die Tür geöffnet und Heather hatte plötzlich eine männliche Brust vor der Nase. Eine *unbekleidete* männliche Brust, so muskulös, wie sie es bisher nur bei Models in Magazinen oder auf Werbeplakaten gesehen hatte. Ein auf so spektakuläre Weise geformter Oberkörper, dass es geradezu unverschämt war.

Ja, es war absolut unverschämt.

Nicht sexy. Überhaupt nicht sexy.

Heather befahl sich hochzusehen und fing den Blick aus grünlich-blauen Augen eines Mannes auf, der *äußerst* amüsiert wirkte für jemanden, dessen Klingel fast abgerissen worden war.

Der Kerl lehnte sich mit einem Unterarm – der mindestens genauso unverschämt muskulös war wie der Oberkörper – gegen den Türrahmen. Mit der anderen Hand kratzte er sich träge an seinem Waschbrettbauch.

„Hallo“, sagte er und grinste sie an.

Es war ein nettes Lächeln. Auch die Stimme gefiel ihr, doch Heather war im Augenblick so was von überhaupt nicht in der Stimmung zu flirten.

„Lass mich raten“, sagte sie und schenkte ihm ein übertriebenes, falsches Lächeln. „Du steckst mitten in einer Quarterlife Crisis. Vielleicht dauert es etwas länger als erhofft, das Eckbüro zu kriegen, und du dachtest, du lenkst dich ab, indem du ... gleich kommt's ... eine Band gründest!“

Er schien ihr übermüdetes Gezicke gar nicht wahrzunehmen, denn sein Lächeln wurde noch breiter. „Du bist die neue Nachbarin.“

Sie deutete auf ihre nur wenige Meter entfernte Apartmenttür. „4C.“

„Wie nett“, sagte er anerkennend.

Einen Moment lang hätte sie schwören können, dass sein Blick zu ihren Brüsten herunterwanderte, doch als sie mit zusammengekniffenen Augen wieder zu ihm hinaufschaute, war da nur ein unschuldiges Lächeln.

„Also stimmt das mit der Band?“

Statt die Frage zu beantworten, streckte er seine Hand aus. „Josh Tanner.“

„Ziemlich gute Manieren für jemanden, der so wenig Rücksicht auf seine Nachbarn nimmt“, murmelte sie und gab ihm widerwillig die Hand. „Heather Fowler.“

„Heather Fowler“, wiederholte er langsam, als würde er überlegen, ob der Name zu ihr passte oder nicht, sich aber offenbar nicht entscheiden mochte.

Ehe sie reagieren konnte, streckte er den Arm aus und zupfte mit Daumen und Zeigefinger an einer Locke, die sich aus ihrem Dutt gelöst hatte. „Hübsch.“

„Okay, das reicht", fuhr sie ihn an. „Hört das mit der Musik jetzt auf oder nicht?"

„Na ja, schwer zu sagen." Er verschränkte seine Arme vor seiner muskulösen Brust. „Ich bin sehr sprunghaft, wegen der … Wie hieß das? Quarterlife Crisis?"

„Sei einfach nicht so laut", meinte sie erschöpft und rieb sich die Stirn.

„Mrs. Calvin hat es nie gestört."

„Wer zum Teufel ist Mrs. Calvin?"

„Die Dame, die vor dir in Apartment 4C gewohnt hat. Sie hat jeden Mittwoch Bananenbrot gemacht und immer einen Laib für mich mitgebacken. Ich schätze, du backst nicht."

„War diese Mrs. Calvin taub?", warf Heather ein und überging die Backfrage. Eigentlich backte sie gerne, doch nicht für diesen Typen, egal, wie umwerfend sein Oberkörper auch sein mochte.

„Komplett", bestätigte Josh. „Sie stellte ihr Hörgerät jeden Abend um acht Uhr aus, also genau dann, wenn meine Band und ich anfingen zu proben."

„Aha!", stieß sie hervor und zeigte mit einem Finger auf sein Gesicht. „Du bist also tatsächlich in einer Band."

„Natürlich."

„Nun, ihr müsst damit aufhören."

„Oh, die Jungs sind heute Abend gar nicht hier", erwiderte er lapidar. „Das war ich alleine. Ich habe mit einer unserer Aufnahmen geprobt."

„Kannst du das bitte irgendwann anders tun?"

„Es ist Freitagnacht, Süße. Mach dich mal locker. Willst du auf ein Bier reinkommen?"

„Nein", antwortete sie und brachte die folgenden Worte sehr langsam und mit einer, wie sie fand, bewundernswerten Geduld heraus. „Was ich will, ist, dass du diese grässliche Musik abstellst, damit ich, wenn mein Wecker in vier Stunden klingelt, nicht hier vorbeikommen und dich umbringen muss, bevor ich zur Arbeit fahre."

„Arbeit? An einem Samstag? Darf ich hoffen, das bedeutet, du bist doch eine Profi-Bäckerin, die gerne früh aufsteht, um köstliche süße Brötchen zu backen?"

„Sehe ich aus wie jemand, der köstliche süße Brötchen backt?"

„Du siehst aus wie jemand, der süße Brötchen *hat*."

Heather verzog ihr Gesicht. „Du bist ein Schwein."

„Ich wehre mich nur", entgegnete er grinsend. „Mein Ego ist angekratzt, weil du überhaupt keine Bewunderung zeigst für all das, wofür ich so hart gearbeitet habe."

Er streckte die Arme seitlich aus und schaute an seinem Körper herunter.

Heather verdrehte die Augen. Toller Körper hin oder her, dieser Kerl war wirklich widerlich. „Was passiert denn *normalerweise*, wenn eine Frau morgens um zwei Uhr an deine Tür hämmert?", fragte sie gereizt.

Genüsslich zog er die Augenbrauen hoch.

„Vergiss es", murmelte sie, peinlich berührt, sich selbst in diese Unterhaltung reingeritten zu haben. „Kannst du bitte, *bitte*, einfach nur leise sein, bis ich morgen um sieben das Haus verlassen habe?"

„Um … zum Bäcker zu gehen?", fragte er hoffnungsvoll.

Ja. Es stand fest. Sie musste ihren neuen Nachbarn umbringen.

Hörbar genervt atmete Heather aus. „Zur Park Avenue United Methodist Church, um zu überprüfen, ob der Florist mit den Schleifen für die Kirchenbänke da ist. Und um den Tisch mit dem Gästebuch aufzubauen. Und zum Brautraum, um dafür zu sorgen, dass es dort nicht immer noch nach Zwiebeln riecht. Und dann zum Bleecker Hotel, um sicherzustellen, dass das mit dem Gabentisch seinen Gang geht, dass der Florist pünktlich ist, dass die Caterer in die Küche kommen, dass sie den guten Tanzboden aufbauen und nicht den miesen, der genau in der Mitte gerissen ist, denn wenn sie das tun, so wahr mir Gott helfe …"

„Und genau deswegen meiden moderne Männer den Altar", unterbrach Josh sie. „Du bist eine furchteinflößende Braut, 4C."

„Ich bin nicht die Braut", murmelte sie und rieb ihre müder und müder werdenden Augen. „Ich bin die Assistenzplanerin."

„*Assistenz*planerin. Was heißt das?"

Es bedeutet, dass ich verdammt noch mal etwas Schlaf brauche, damit ich eine Hochzeitsplanerin werden kann.

„Verstehe", meinte Josh, obwohl sie gar nichts gesagt hatte. Er lehnte sich zu ihr herunter. „Möchtest du hereinkommen und darüber reden?"

„Ich habe eine bessere Idee. Wie wäre es, wenn du wie jeder andere normale Mensch über zweiundzwanzig ins Bett gehen würdest?", schnauzte sie ihn an.

„Ich dachte, du fragst nie", gab er zurück, trat zur Seite und schwang seinen Arm nach hinten, als würde er sie hereinbitten.

Heather legte sich eine Hand aufs Herz und stieß einen Laut aus, als würde sie dramatisch nach Luft schnappen. „Du meinst … du meinst, ein großer, gut aussehender Adonis wie du würde tatsächlich mich kleines Häschen mit ins Bett nehmen?"

„Wie gesagt, ich muss noch überprüfen, ob deine Brötchen auch wirklich, na ja, *süß* sind", entgegnete er und schenkte ihr ein weiteres lässiges Grinsen.

Heathers aufgesetztes Lächeln verblasste. Sie trat einen Schritt nach vorne, sehr dicht an ihn heran, und ignorierte – so gut es eben ging – die von ihm ausgehende Hitze. „Ich verschwinde jetzt zurück in meine Wohnung, und ich werde schlafen. Und wenn ich auch nur einen Pieps von deiner Seite der

Wand höre, werde ich mir eines von Mrs. Calvins ruhmreichen Bananenbroten schnappen und es dir hinten …"

Joshs beugte seinen Kopf zu ihrem herunter und drückte ihr einen Kuss auf den Mund. Sehr fest.

Heather hob bereits die Hände, um ihn zurückzustoßen, und kam mit der Bewegung bis zu seinen Schultern, stellte dann allerdings fest, dass es ein guter Kuss war. Ein verdammt guter Kuss. Joshs Lippen waren warm und trocken, er schmeckte ein wenig nach Schokolade und nach ziemlich viel Vergnügen.

Einen kurzen Moment lang war Heather in Versuchung. Es war schon eine Weile her, seit sie das letzte Mal Spaß gehabt hatte, einfach so, nur für sich. Etwas unternommen hatte, das nichts mit den Wedding Belles zu tun gehabt hatte oder damit, nach New York zu ziehen. Oder damit, zu überprüfen, ob ihre Mom rechtzeitig daran dachte, ihre Rechnungen zu bezahlen, oder …

Die Realität holte sie in genau dem Moment ein, als ihr neuer Nachbar geschickt mit seinem Mund versuchte, ihren zu öffnen.

Sie trat zurück, ehe er den Kuss fortführen konnte und die Dinge *richtig* interessant werden würden. „Was zu Teufel war das denn?", stieß sie hervor und wischte sich mit dem Handrücken über die Lippen.

Josh zuckte mit den Schultern. „Offensichtlich der schnellste Weg, dich zum Schweigen zu bringen. Das hätte ich schon vor fünf Minuten ausprobieren sollen, bevor du angefangen hast, von Schleifen und alldem zu faseln."

„Na gut", erwiderte sie zähneknirschend. „Wir machen einen Deal. Ich höre auf, von Schleifen zu reden, wenn du die Musik abstellst. Abgemacht?"

„Du musst dich mal entspannen, Assistenzplanerin."

„Ganz im Gegenteil. So werden wir mich nicht nennen, kapiert?" Heather wandte sich um und ging entschlossen zu ihrer Wohnung.

„Hey, 4C“, rief er, als sie gerade in ihr Apartment trat.

Wider besseren Wissens blickte sie noch einmal zu ihm herüber. „Was ist?“

Er zwinkerte ihr zu. „Bis demnächst.“

Seine Tür fiel ins Schloss. Heather blieb allein auf dem Flur zurück und kam sich vor wie eine Idiotin, die mit weit geöffnetem Mund vor sich hinstarrte. Sie ballte die Fäuste, marschierte in ihre neue Wohnung, verriegelte die Tür und krabbelte zurück ins Bett. Doch obwohl es jetzt endlich still war, lief ihr Gehirn auf Hochtouren.

Was. Zur Hölle. War *das*?

2. Kapitel

„Liebes, ist das schon dein dritter Kaffee?", fragte Brooke Baldwin. Heathers Freundin und Kollegin betrachtete sie neugierig.

Heather schnaubte. „Eher der fünfte", gab sie säuerlich zurück und schenkte sich aus der eleganten silbernen Kanne nach, die bei den Wedding Belles an Hochzeitstagen immer für die zahlreichen Lieferanten bereitstand. Koffein vereinfachte das nie enden wollende Chaos einer Samstagnachmittags-Hochzeit nicht unbedingt, half aber dabei, hellwach zu bleiben.

„Na gut, dann iss wenigstens etwas, um all das Koffein aufzusaugen." Brooke nahm einen Muffin aus dem Gebäckkorb und reichte ihn Heather, zusammen mit einer Serviette.

„Ich habe keinen Hunger", erwiderte Heather, führte den Kaffeebecher an ihre Lippen und drehte sich um. Kritisch beobachtete sie, wie einige der Floristen-Assistenten die golden glänzenden Herbstblätter weniger behutsam verstreuten, als sie es gern gesehen hätte.

Der Muffin tauchte vor ihrem Gesicht auf.

„Komm schon. Es ist Banane-Walnuss."

„Igitt, dann will ich ihn *erst recht* nicht." Die Erwähnung eines Bananengebäcks erinnerte Heather daran, warum sie bereits bei ihrem fünften Kaffee heute war. Wegen dieses unreifen Irren in 4A.

„Was hast du plötzlich gegen Bananen?", fragte Brooke und biss mit großem Appetit in den verschmähten Muffin.

Das mochte Heather an Brooke. Wie sie einfach aß, was sie mochte, ohne sich dafür zu rechtfertigen. Schokolade,

Cupcakes, Bananen-Muffins … Keine Leckerei war vor ihr sicher. Manchmal fragte Heather sich, ob all das Süße, das in Brookes Körper hineinwanderte, dafür sorgte, dass sie in allem, was sie sagte und tat, so liebevoll und herzerwärmend wirkte. Doch sie bezweifelte es. Für sie war Schokolade auch nicht gerade ein Fremdwort und sie hatte eine ernsthafte Schwäche für Eiscreme. Durch ihre Adern floss trotzdem nichts Liebliches.

Brooke Baldwin aber – sie war eine von den Guten. Sie war der jüngste Zugang bei den Belles. Im vergangenen Januar war sie von Kalifornien nach New York gezogen, um einem unfassbaren Kerl von einem Exverlobten zu entkommen, und Alexis, die Inhaberin der Belles, hatte sie sich geschnappt und ins Team geholt.

Wenn Heather ganz ehrlich zu sich war, und das war sie meistens, hatte es sie ein klein wenig gekränkt, als ihre Chefin ihr erzählt hatte, sie würde eine Neue einstellen, statt jene zu befördern, die sie schon hatte. **Hüstel, Heather, hüstel**.

Brooke war direkt als Hochzeitsplanerin zum Team gestoßen. Nicht wie Heather als *Assistenz*planerin. Es hatte Heather einen Stich versetzt, zu wissen, dass sie zwei Jahre ihres Lebens in die Belles investiert hatte und nun eine Neue an ihr vorbeizog.

Doch nach nur fünf Sekunden, die sie in Brookes Bewerbungsunterlagen geschaut hatte, wusste sie, diese Frau hatte die Position mehr als verdient. Sie hatte nicht nur ihre eigene Agentur in Los Angeles geleitet, Brooke war gut. *Richtig* gut.

Es hatte geholfen, dass Heather und Brooke von der ersten Sekunde an einen guten Draht zueinander gehabt hatten. Jemanden zu verabscheuen, der so liebenswürdig und anständig war wie Brooke, wäre schwer gewesen. Bestes Beispiel für ihre umwerfende Art: Brooke hatte es geschafft, sich innerhalb weniger Monate nach ihrer Ankunft den heißesten, reichsten

Junggesellen der Stadt zu angeln. Seth Tyler hatte die Belles mit der Planung der Hochzeit seiner Schwester betraut. Als ersten Auftrag hatte Brooke einen Traumjob ergattert – nur hatte *diese* Hochzeit letztlich gar nicht stattgefunden. Denn es hatte sich herausgestellt, dass der Verlobte seiner Schwester gar nicht der war, für den sie ihn gehalten hatte. Letztlich hatte das aber keine Rolle mehr gespielt. In der Zwischenzeit war Seth Tyler nämlich längst Brookes sonnigem California-Girl-Charme verfallen.

Jetzt lebten sie *Downtown*, in einem prachtvoll renovierten alten Gebäude, mit eingebauter Bar, einem Whirlpool, der groß genug für eine vierköpfige Familie war, und keinem Möchtegern-Musiker als Nachbarn.

Heather würde Brooke spätestens jetzt ernsthaft hassen, wenn die umwerfende Blondine nicht so eine gute Freundin wäre.

„Wie wäre es, wenn ich dir ein Frühstücks-Sandwich mit ein paar Proteinen besorge?“, fragte Brooke und biss noch einmal herzhaft von dem Muffin ab. „Du siehst aus, als hättest du vor lauter Hunger schon ganz schlechte Laune.“

Verdammt. Sie *hatte* Hunger und schlechte Laune.

„Ach was, ich hol mir selbst eins“, antwortete Heather zerstreut. Ihr war aufgefallen, dass ein paar der goldenen Stuhlschleifen etwas schief hingen, und sie beugte sich nach vorne, um das in Ordnung zu bringen.

„Auf keinen Fall!“ Brooke spülte den letzten Muffinhappen mit einem Schluck Wasser herunter. „Das hier ist dein Auftritt. Ich hole das verdammte Sandwich.“

Überrascht sah Heather sie an. „Das ist auch dein und Alexis’ Auftritt. Wir drei hatten uns darauf geeinigt, hierfür zusammenzuarbeiten, da es ein Last-Minute-Auftrag war und ihr beide ausgebucht wart.“

Brooke zuckte mit den Schultern. „Klar, aber du hast am

meisten von uns dreien dafür gearbeitet. Du hast hier deine Vision umgesetzt, Süße, und es ist eine sehr gute."

„Das ist sie wirklich", erklang es von einer dritten Person hinter ihnen.

Heather drehte sich um und sah das Gründungsmitglied des Belles-Trios dort stehen, die Arme elegant vor dem Oberkörper verschränkt. Sie begutachtete die Umgebung und nickte anerkennend.

Heather verdrehte die Augen in Richtung ihrer Freundin und Chefin. „Im Ernst? Wie zum Teufel schaffst du es, jetzt so ein Kleid zu tragen?"

Alexis trug ein ärmelloses T-Shirt-Kleid in einer Farbe, die sich nur als *nude* beschreiben ließ. Doch während das körperbetonte, hautfarbene Stück an Heather furchtbar ausgesehen hätte – und an so gut wie jeder anderen Frau, die sie kannte – sah Alexis darin unaufgeregt stilvoll aus.

Andererseits, wann war Alexis nicht mühelos geschmackvoll gekleidet? Die Geschäftsführerin der Belles war eine jener Frauen, die es fertigbrachten, den Old-School-Glamour der Reichen genauso wie die Girl-Power einer modernen jungen Frau zu verkörpern. Sie war schön, ja, aber sie war schlicht eine tolle Gesamterscheinung. Ihr dunkelbraunes Haar war meistens zu einem raffinierten Dutt gebunden, ihr Make-up immer natürlich und makellos, ihre Haltung schien direkt aus einem Handbuch für gutes Benehmen zu stammen.

Alexis sah an ihrem Kleid herunter. „Ist es nicht gut? Ich habe es online bestellt, aber das Model hatte deutlich größere Brüste als ich, und ich befürchte, ich sehe damit aus wie ein ausgestopftes Kondom."

Brooke verschluckte sich an ihrem Wasser. „Das hätte ich jetzt *überhaupt nicht* von dir erwartet."

Heather brach in Gelächter aus. Das war eines der Dinge, die sie an Alexis liebte. Die Frau hatte das Aussehen eines

20er-Jahre-Filmstars, aber das lose Mundwerk eines Lkw-Fahrers, wenn es ihr gerade in den Kram passte. Es hatte etwas gedauert, bis Heather das erkannt hatte.

Sie hatte sich damals, als sie unbedingt den Job bei Alexis haben wollte, fast auf die Knie in der Belles-Zentrale geworfen, nachdem sie eine Rezension über Alexis Morgans heißes neues Hochzeitsplanungsprojekt im *The Knot* gelesen hatte. Die kühle Perfektion der Chefin hatte sie anfangs eingeschüchtert – jedoch nicht so sehr, dass es sie davon abhielt, Alexis praktisch anzuflehen, sie als Auszubildende einzustellen. Stück für Stück hatte Alexis sich ihr gegenüber geöffnet und als eine Frau entpuppt, die gütig, großzügig und ein klein wenig durchtrieben war. Heather konnte nicht genau sagen, wann sich ihr Verhältnis von Chefin und Angestellte zu Freundschaft gewandelt hatte, aber die beiden hatten sich gefunden nach dem Motto: Gegensätze ziehen sich an. Heather war ein bisschen laut, vielleicht sogar einen Tick derb, wenn ihre Trailer-Park-Vergangenheit durchschien; Alexis, der ehemalige Country-Club-Liebling, das exakte Gegenteil.

Den Kommentar über ausgestopfte Kondome mal außen vor gelassen.

Als hätte sie Heathers Gedanken gelesen, schürzte Alexis die Lippen. „Ich fürchte, mein Mangel an aktuellen Sexualkontakten macht sich langsam bemerkbar."

„Hört, hört", sagte Heather und hob eine Hand, um eine weitere Schleife zu richten. „Ich kann mich nicht einmal daran erinnern, wann ich das letzte Mal ein ausgestopftes Kondom *gesehen* habe."

„Okay, findet außer mir niemand, dass das ein unappetitliches Bild ist?", wandte Brooke ein. „Es lässt mich an Würstchen denken."

„Oh, apropos Würstchen …" Ruckartig hob Heather ihren Kopf.

„Schon unterwegs“, gab Brooke zurück und leerte ihre Wasserflasche. „Alexis, möchtest du etwas von Starbucks? Ich muss Heather etwas zu essen geben, bevor sie jemanden anfällt.“

„Aah, bring mir bitte auch einen Kaffee mit“, warf Heather ein. „Einen großen.“

„Nur wenn er entkoffeiniert ist.“ Brooke hielt Heathers fünften, fast leeren Becher Kaffee in die Höhe und sah sie eindringlich an.

„Entkoffeinierter Kaffee ist wie ein unausgestopftes Kondom“, entgegnete Heather. „In meinen Augen völlig nutzlos.“

„Ich gebe auf.“ Brooke warf ihre Hände in die Luft. „Wenn du nachher irgendwann abhebst, bist du selbst schuld.“

Alexis warf ihr einen besorgten Blick zu. „Du hast nicht geschlafen? Ich kann dir einen schönen Tee empfehlen.“

„Soll ein schöner Tee meinen lauten Musikernachbarn in einen netten, ruhigen Buchhalter verwandeln?“

„Oh, aber Musiker sind irgendwie sexy“, warf Brooke interessiert ein.

Alexis nickte. „Das sind sie.“

Heather verengte die Augen. „Erstens sind sie nur sexy, wenn sie nicht gerade nebenan wohnen. Und zweitens hätte ich nicht gedacht, dass ihr beide auf Musiker steht.“

„Ich glaube, jede Frau steht auf Musiker. Jedenfalls ein bisschen“, wandte Brooke ein.

„Nee.“ Heather schüttelte den Kopf. „Du“, sie zeigte auf Brooke, „stehst auf Typen, die groß, dunkelhaarig und mürrisch sind. Und du“, jetzt deutete sie auf Alexis, „stehst auf …“

Alexis hob ihre Augenbrauen. „Ja? Glaub mir, ich kann kaum erwarten, das zu erfahren.“

Heather wechselte einen Blick mit Brooke. „Ähm, ich wollte sagen, ungeheuer brillant, ein bisschen ernst und herrlich britisch?“

Brooke nickte enthusiastisch. Alexis stöhnte auf. „Nicht das schon wieder!“

Heather zuckte mit den Schultern. „Hey, du hast gefragt. Und ich weiß gar nicht, warum du dich beschwerst. Ich hatte nur darüber sinniert, dass es schön wäre, einen ruhigen Buchhalter als Nachbarn zu haben.“

Heather hatte soeben Logan Harris beschrieben, den langjährigen Buchhalter der Belles und Alexis’ Freund und angeblichen Nicht-Lover. Der Mann war *unfassbar* sexy, vor allem mit seinem britischen Akzent. Objektiv betrachtet, natürlich. Heather war nie ernsthaft interessiert gewesen, denn auch wenn ihre Chefin es immer geleugnet hatte, schien Logan irgendwie zu ihr gehört zu haben. Es war, als wären sie längst zusammen, hätten das aber beide noch nicht erkannt.

Alexis bekam wieder diesen verstockten Blick, wie immer, wenn die beiden versuchten, Logan in ein romantisches Licht zu rücken.

Brooke wechselte das Thema. Vermutlich spürte sie, dass Alexis’ Stimmung zu kippen drohte. „Willst du uns ernsthaft erzählen, dass dich ein heißer Musiker völlig kalt lässt?“

Heather schürzte ihre Lippen, und ein Bild von Joshs wie gemeißelt aussehenden Bauchmuskeln und sehr ansehnlichen Bizeps kam ihr in den Sinn.

„Aha“, rief Brooke. „Erwischt!“

„Okay, er sieht gut aus“, gab Heather zu. „Aber auf eine Art, die nach zu vielen Martinis vielleicht zu einer Affäre führen würde. Nicht so, als würde man sein Herz an ihn verlieren wollen.“

„Affären haben ihre Berechtigung.“

„Ja, das haben sie“, antwortete Heather langsam. „Aber ich werde keine mit einem Typen anfangen, dessen Briefkasten neben meinem hängt. Außerdem habe ich …“

„Affären irgendwie satt?“, beendete Alexis den Satz für sie.

Heather zuckte mit den Schultern. „Ich weiß nicht. Das alles erscheint mir wie Zeitverschwendung. Dieses vergebliche Warten auf den Einen, der dir, statistisch gesehen, mit sehr hoher Wahrscheinlichkeit das Herz brechen wird. Ich sage ja nicht, dass mir das nie passieren wird, mich zu verlieben. Ich … erwarte es nur nicht unbedingt, weißt du?"

Und das traf den Kern der Sache. Heather war noch nie verliebt gewesen. Nicht einmal ansatzweise. Lust, ja. Zuneigung, sicher. Aber sie hatte noch nie diese Hals-über-Kopf-*Liebe* erfahren, das Gefühl, sein Herz an jemanden zu verlieren.

Und mit siebenundzwanzig war sie in dieser Hinsicht *längst* überfällig. Dennoch war ihr sehr bewusst, wie fatal es sein konnte, sich zu schnell und zu sehr in den falschen Mann zu verknallen. Sie hatte es Mal um Mal bei ihrer Mom erlebt. Nicht dass ihre Mutter nur mit Idioten zusammen gewesen wäre – na gut, ein paar von denen waren wirklich übel gewesen –, aber bei Joan Fowler war immer alles schnell gegangen. Jeder Kerl, den sie mit nach Hause gebracht hatte, war *der Eine* gewesen; jeder Typ, mit dem es länger als eine Woche gut lief, ihr Seelenverwandter.

Heathers Mom war eine clevere Frau. Sie war streitlustig, lebhaft und hatte Köpfchen. Außer wenn es um Männer ging. Vielleicht hatte Joan Fowler nichts aus ihren Fehltritten in der Liebe gelernt, Heather aber schon. Irgendwann im Alter von vierzehn Jahren hatte sie die Hoffnung auf ein „Glücklich-bis-an-ihr-Lebensende" aufgegeben. Für ihre Mutter und für sich selbst.

Das hielt sie aber nicht davon ab zu träumen. Manchmal, in schwachen Momenten, wollte sie es. Sie wollte den Ritter, das weiße Pferd, das ganze Paket. Doch selbst in den *schwächsten* Momenten war sich Heather darüber im Klaren, dass allzu attraktive Musiker nicht zu jenen Männern gehörten, in die sich eine smarte junge Frau ernsthaft verlieben sollte.

„So sehr ich mir auch wünschte, ich hätte die Liebe deines Lebens in meiner Hosentasche, ist das Beste, was ich dir im Augenblick bieten kann, ein Frühstück“, sagte Brooke mitfühlend.

„Das nehme ich“, antwortete Heather und verdrängte ihr Selbstmitleid auf irgendwann später. „Speck, Eier und Gouda? Und vergiss bitte nicht den Kaffee.“

„Schon unterwegs“, sagte Brooke. „Alexis?“

„Nein, ich brauche nichts, danke. Ach, bevor du gehst …“

Erwartungsvoll blickten Heather und Brooke ihre Chefin an. Alexis lächelte langsam und triumphierend. „Wir haben die Hochzeit der Robinsons bekommen.“

Einen Augenblick lang herrschte fassungsloses Schweigen, dann folgte wildes Gekreische, am lautesten von Heather.

„Im Ernst?“, fragte sie. Sie schlang die Arme um ihre Chefin und drückte sie glücklich. Dabei hüpfte sie ungehemmt auf und ab.

Danica Robinson war die größte Nummer in der Promi-Welt, seit es etwas leiser um die Kardashians geworden war. Als Tochter des größten Produzenten Hollywoods und eines internationalen Supermodels hatte sie das umwerfende Aussehen und unbegrenzte Vermögen, das legendäre Hochzeiten ermöglichte.

Jene Art von Hochzeiten, über die nicht nur die größten Brautzeitschriften berichteten, sondern auch Magazine wie *E!* und *Us Weekly* und *People* und *Vogue* und …

„Und sie will dich.“

Heather brauchte ganze dreißig Sekunden, um zu begreifen, dass Alexis mit ihr sprach.

„Warte, was?“, fragte Heather ungläubig.

Alexis’ Augen funkelten vor Freude und auch Brooke grinste sie an.

„Was meinst du damit, sie will mich?“, fragte Heather und wagte es nicht zu hoffen.

Heather dachte nicht, ihr fehle das Zeug dazu. Sie *wusste*, sie war gut. Sie wusste, Alexis wusste, dass sie gut war. Aber sie hatte wenig Erfahrung. Alexis hatte ihr in den vergangenen Monaten mehr und mehr Verantwortung übertragen, doch anders als Brooke und Alexis hatte Heather keine kilometerlange Referenzliste mit berühmten Kunden vorzuweisen. Sie hatte durchaus bei einer Menge Hochzeiten mitgearbeitet, aber sie hatte noch keine für sich beanspruchen können, keine, die sie ganz allein ausgerichtet hatte.

Aber wenn sie Alexis richtig verstand …

Vor Aufregung fing Heathers Herz an zu pochen.

„Sie hat die Fotos von der Monteith-Hochzeit im August auf unserer Website gesehen", erklärte Alexis und bezog sich auf die piekfeine, aber kleine Hochzeit mit Black-Tie-Dresscode, die Heather für einen Kongressabgeordneten mittleren Alters und seine zweite Frau ausgerichtet hatte. „Danica sagte, es entspreche genau der Art von Klasse, die ihr vorschwebt. Und bestand darauf, dass, wer auch immer diese Hochzeit geplant habe, auch ihre Hochzeit planen solle."

„Die Monteith-Hochzeit war deine", sagte Heather zögernd, auch wenn sie ihre Chefin nicht unbedingt daran erinnern wollte, wessen Name letztlich mit dem Projekt verbunden war.

Alexis schüttelte den Kopf. „Du weißt genauso gut wie ich, dass ich wegen meiner Erkältung und der Kehlkopfentzündung zu nichts zu gebrauchen war. Du bist eingesprungen und hast das Ding gerockt. Du weißt es, ich weiß es und jetzt weiß es auch Danica Robinson."

Heilige Scheiße.

Heather, die noch nie zu denen gehört hatte, die sich cool und unbeteiligt gaben, kreischte wieder, führte einen kleinen Glückstanz auf und breitete die Arme weit aus. „Im Ernst? Im Ernst! Gruppenumarmung, Leute. Gruppenumarmung hier bei mir."

„Ich freue mich so sehr für dich", rief Brooke, als sie sich in Heathers offene Arme warf. „Das ist es. Dein großer Durchbruch!"

„Brooke hat recht", bestätigte Alexis und trat nur halb in den Kreis ein. Sie führte stattdessen eine Bewegung aus, die einem Schultertätscheln ähnelte. Alexis drückte ihre Zuneigung nicht gerne körperlich aus. „Ich weiß, du schaffst das, Heather. Wir schauen mal, wie es dir damit ergeht, das alles ganz alleine zu managen, und dann denke ich, wäre es mal an der Zeit, darüber zu sprechen, deine Position zu ändern, meinst du nicht?"

Heather widerstand dem Drang, eine Siegerfaust zu machen. Das war es. Das *war* es! Die Chance, endlich aufzusteigen.

„Weiß Jessie es schon?", fragte Heather und meinte damit die langjährige Empfangsdame der Belles, die im Büro saß und sich um das pausenlos klingelnde Telefon kümmerte.

„Ja. Sie hat dafür gesorgt, dass dein Lieblings-Champagner gekühlt, und für später bei Shorty's eine Reservierung aufgegeben ist."

Das war Tradition bei den Belles, jedes Mal, wenn sie einen besonders wichtigen Kunden an Land gezogen hatten. Zur Feier des Tages durfte die auserwählte Hochzeitsplanerin die Speisen und Getränke bestimmen.

„Shorty's", sagte Heather verträumt. „Und sie weiß, dass ich Whiz mag, oder? Extra viel?"

Alexis verdrehte die Augen. „Ja, ich schätze, sie kennt inzwischen deine Vorliebe für Sprühkäse auf Philly Steak Sandwiches."

„Du bist ja nur sauer, weil sie keine Dreifachrahm-Brie-Variante haben", erwiderte Heather und gab Alexis einen Schmatzer auf die Wange. „Und wehe, du bestellst schon wieder einen Salat."

Statt darauf einzugehen, hielt Alexis warnend einen Finger

in die Luft. „Es gibt da ein winziges, *klitzekleines* Detail, das ich vielleicht über die Robertson-Hochzeit erwähnen sollte."

„Schieß los", sagte Heather.

In diesem Moment konnte sie nichts erschüttern. Weder der Umstand, dass es nur Truthahn-Speck statt des echten auf ihrem Lieblingssandwich gab, noch eine schlaff herabhängende Stuhlschleife. Nicht einmal ein lärmender Nachbar.

„Sagt dir der Name Heidi Rivera etwas?"

„Klar. Mal ist sie Danica Robertsons Freundin, mal ihre Feindin, aktuell eher Letzteres." Heather hatte es sich zur Aufgabe gemacht, sich beim bunten Promitreiben auf dem Laufenden zu halten.

„Ganz genau. Heidi heiratet im Plaza. Im Februar."

„Ja, und?"

„Nun ... Danica möchte auch im Plaza heiraten. Vor Heidi."

„Vorher?", fragte Heather. „Es ist Oktober. Wie kann sie ernsthaft glauben, dass wir eine Hochzeit im Plaza in weniger als vier Monaten zustande bringen?"

„Tut sie auch nicht", sagte Alexis in äußerst behutsamem Tonfall. „Sie möchte es in drei Monaten haben."

3. Kapitel

Eine Sache, die einen erwachsenen Mann auf die Palme bringen kann: Seine Mutter kommt morgens um sieben Uhr vorbei.

Eine Sache, die einen erwachsenen Mann umbringen kann: Seine Mutter kommt morgens um sieben vorbei, ehe er sich überlegt hat, wie er seine Begleiterin von letzter Nacht möglichst freundlich wieder loswird.

Josh Tanner lag noch im Bett und ging im Geiste seine Liste der todsicheren Methoden durch, eine Frau behutsam aus seinem Apartment zu befördern, als er hörte, wie die Wohnungstür geöffnet und wieder geschlossen wurde.

Er schloss die Augen und stöhnte hörbar. Es gab nur eine Person in seinem Leben, die einen Schlüssel zu seinem Apartment hatte, und Sue Tanner musste erst noch in Gänze erfassen, was Josh mit den Worten „nur für den Notfall" gemeint hatte.

Die hübsche Brünette kam gerade aus dem Badezimmer, wo sie sich ohne zu fragen Joshs Zahnbürste geliehen hatte, und sah ihn verwirrt an. „Ist jemand hier?"

Wie aufs Stichwort ertönte ein Klopfen an der Tür. „Joshy? Bist du angezogen?"

Josh seufzte, schwang seine Beine über die Bettkante und ging unverfroren nackt zu seiner Kommode.

„April, Süße", sagte er zu der Frau und nahm zwei T-Shirts und Jogginghosen für sie beide heraus, „mach dich darauf gefasst, meine Mutter kennenzulernen."

„Deine Mutter?", kreischte sie mit hoher Stimme, und das Geräusch ähnelte erstaunlicherweise jenem, das sie von sich gegeben hatte, als sie …

„Es tut mir leid", sagte er und meinte es so. Ihretwegen und seinetwegen.

„Joshy?"

Gütiger Himmel.

„Mom. Einen Moment, ja?"

April nahm eilig die Kleidung entgegen, die er ihr reichte. Bei ihrer zierlichen Figur würden sie ihr viel zu groß sein, aber sie hatten nicht die Zeit, dass sie sich wieder in ihr hautenges Kleid zwängen konnte.

Er zog sich ein weißes T-Shirt über, schlüpfte in die blaue Jogginghose und warf April einen flüchtigen Blick zu, um sich zu vergewissern, dass die kritischen Körperteile bedeckt waren. Dann öffnete er die Tür.

„Oh, hallo, mein Liebling", sagte seine Mutter freudestrahlend. „Ich dachte, du hättest noch geschlafen."

„Sicher hast du das." Automatisch machte er einen Ausfallschritt und stellte sich vor seine Mutter, um ihr die Sicht in sein Schlafzimmer zu versperren. Nur weil er gelernt hatte, Sue Tanners Aufdringlichkeit zu ertragen, hieß das nicht, dass die arme April das auch musste.

Doch gerade, als er seiner Mutter vorschlagen wollte, lieber etwas später wiederzukommen, nahm er einen schwachen Vanilleduft wahr. April kam hinter ihm hervorgeschlüpft und streckte seiner Mutter bereits die Hand entgegen.

„Mrs. Tanner. Ich freue mich sehr, Sie kennenzulernen."

Au weia.

Das Einzige, was noch schlimmer war als eine Frau, die seine Mutter nicht kennenlernen wollte, war eine Frau, die es wollte.

Er musste sie beide loswerden. Schnell.

Aber zuerst … Koffein.

Er beugte sich herunter, gab seiner Mutter einen Kuss auf die Wange und ging in die Küche, um sich den so dringend benötigten Kaffee zu holen.

„Ach, Sie sind ja bezaubernd, meine Liebe“, sagte Sue mit zuckersüßer Stimme. „Sie haben wirklich hübsche Augen. Ich wette, die sind meinem Sohn sofort aufgefallen.“

Josh verkniff sich ein Schnauben und griff nach der Dose, in der er seine teuren Kaffeebohnen italienischer Röstung aufbewahrte. Ja. Das wird es gewesen sein. Ihre *Augen.*

April hatte einen fantastischen Körper und ein tolles Lächeln. Nach dem Gig seiner Band im Irish Pub um die Ecke vergangene Nacht war sie auf ihn zugekommen. Es bedurfte eines fünfminütigen Gesprächs, damit er sicherstellte, dass sie keine seiner Alarmsirenen aktivierte, die ihn vor einer „Verrückten“ warnten, und dann hat er sie mit zu sich genommen.

Um ehrlich zu sein, war es mit ihr nicht gerade der Sex seines Lebens gewesen. Das bedeutete aber nicht, dass sie es verdiente, von seiner Mutter verhört zu werden.

„Lass sie in Ruhe, Mom“, sagte er raunend.

Seine Mutter ignorierte ihn und führte eine strahlende April in die Küche. „Es tut mir schrecklich leid, dass ich einfach so in euren Morgen hereinplatze“, rief sie.

Jetzt schnaubte Josh doch.

„Oh nein, überhaupt kein Problem“, sprudelte es aus April heraus. „Ich bin nur enttäuscht, dass Sie hier sind, bevor ich uns allen Frühstück machen konnte.“

Sein Becher knallte auf den Küchentresen. *Und jetzt?*

„Oh, Sie sind ja süß. Überlassen Sie das mal mir. Ich bin gekommen, um Pfannkuchen zu machen! Josh liebt es, wenn ich Pfannkuchen mache.“

„Weißt du, was ich auch liebe?“, murmelte er brummig über das Surren der Kaffeemühle hinweg. „Wenn du mich vorher anrufst.“

„Du willst meine Pfannkuchen also *nicht?*“ Seine Mutter wandte sich endlich von April ab.

Josh dachte nach, während er sich umdrehte, um seine beiden Besucherinnen zu betrachten. Er verschränkte die Arme vor der Brust und lehnte sich an den Tresen.

Einerseits hatte er hier zwei Frauen vor sich, die ihm bereitwillig Frühstück machen wollten.

Andererseits … *hatte er hier zwei Frauen, die ihm bereitwillig Frühstück machen wollten.*

Aber was zum Teufel sollte er jetzt tun? Es war schon schwer genug, *eine* Frau dazu zu bringen, von alleine auf die Idee zu kommen zu gehen. Auf keinen Fall würde er sich um beide gleichzeitig kümmern können.

Josh seufzte. „Pfannkuchen wären toll, Mom. Der perfekte Kraftstoff für die Unterhaltung über persönliche Grenzen, die wir gleich führen werden."

Doch keine der Frauen beachtete ihn.

„Nun, April, was machen Sie beruflich?", fragte Sue, ging zu Joshs winziger Speisekammer und nahm den Mehlbehälter heraus, den sie für ihn besorgt hatte – ohne dass er darum gebeten hätte.

„Ich bin Marktanalytikerin", antwortete April im Plauderton. Josh rieb sich die Schläfen. Großer Gott, hatte ihre Stimme letzte Nacht auch schon so quietschig und nervig geklungen? „Eigentlich ist hier mein Lebensmittelpunkt, aber ich reise viel."

Sue gab einen schnalzenden *ts*-Laut von sich und schob Josh zur Seite, um alle Zutaten auf seinem Tresen auszubreiten. „Reisen ist nichts. Es muss schwer sein, parallel eine Beziehung zu führen."

Josh drehte sich um, damit April nicht sah, wie er das Gesicht verzog.

„Kaffee, die Damen?"

„Immer", kam es von seiner Mutter. „Dein Vater besteht darauf, dieses billige Zeug zu nehmen, wenn er einkaufen geht."

„Kommst du deswegen unangekündigt?", fragte Josh. „Weil mein Kaffee besser ist?"

„Deswegen und weil ich einen Pfannkuchen essen möchte. Wenn ich sie zu Hause mache, isst dein Vater sie. Und wenn er sie isst, kippt er Sirup darauf. Und dann wäre die Diät, auf die ich ihn gesetzt habe, völlig umsonst gewesen."

„Die Diät, die ihr … zusammen machen wolltet?"

„Halt dich besser zurück, mein Lieber", sagte sie mit einem kleinen Zwinkern.

Seine Eltern hatten beide etwas zugelegt, nachdem sie die Sechzig überschritten hatten. Sein Vater nahm das ohne zu murren hin, doch seine Mom strebte „eine Kleidergröße weniger" an.

Jedenfalls bis der Heißhunger auf Pfannkuchen sie überkam.

„Oh, Mist!", kam es aus Richtung von Joshs Küchentisch.

Joshs One-Night-Stand, mit dem er gleich frühstücken würde, blickte mit bedauernder Miene von ihrem Handy auf.

„Es tut mir leid, aber ich muss gehen", sagte April. „Eine Kollegin hat Magen-Darm und ich muss sie bei einer Telefonkonferenz vertreten."

„Kein Problem", sagte Josh, während seiner Mutter ein „Oh, nein!" entfuhr.

„Nächstes Mal?", fragte April, kam herüber und berührte den Arm seiner Mutter.

Auf gar keinen Fall.

Er mochte April. Sie war eine süße Frau. Hübsch. Klug. Sympathisch.

Aber er hatte ihr vergangene Nacht sehr deutlich gemacht, dass es ihm nur um die eine Nacht ging. *Ausschließlich* um die eine Nacht.

Der unerwartete Besuch seiner Mutter hatte ihr am Morgen eine Gnadenfrist verschafft, trotzdem hatte er keineswegs vor, mehr daraus werden zu lassen. Das war nicht sein Ding – jedenfalls nicht mehr.

Josh machte sich darauf gefasst, irgendwelche Esseneinladungen seiner Mutter an April abzuwehren, doch zu seiner Überraschung tätschelte seine Mutter nur unverbindlich ihren Handrücken.

„Es war so nett, Sie kennenzulernen, meine Liebe. Viel Erfolg bei Ihrem Meeting."

„Vielen Dank", antwortete April und war höflich genug, nicht weiter darauf einzugehen. Sie wandte sich an Josh und wollte etwas sagen. Doch dann sah sie offenbar ein, dass es nichts zu sagen gab, und beäugte sich stattdessen selbst in der übergroßen Kleidung, die er ihr zugeschoben hatte. Wahrscheinlich wägte sie ab, ob sie, wenn sie ging, lieber etwas trug, das dreimal zu groß war, als das Kleid von gestern Abend, das – wenn er sich richtig erinnerte – hautfarben und knalleng war und wahrscheinlich nicht unbedingt etwas, in dem sie vor die Mutter eines Typen treten wollte.

„Sie gehören dir, wenn du willst", sagte Josh und deutete mit dem Kinn auf die Klamotten.

Ihr Kopf schnellte hoch. „Wirklich?"

Josh lächelte. „Klar. Behalt sie."

Das Leuchten in ihren Augen verblasste, als sie begriff, dass *behalt sie* eine völlig andere Bedeutung hatte als *du kannst sie später zurückbringen.*

Es würde kein Später geben.

Nicht für April.

Und auch für keine der anderen Frauen, die er mit nach Hause nahm.

Fünf Minuten später stakste April in ihren High Heels und dem Kleid von letzter Nacht durch sein Wohnzimmer und hatte sich offenbar dafür entschieden, dass es morgens um sieben besser aussah, im Ausgehkleid als im T-Shirt eines One-Night-Stands nach Hause zu gehen.

„Es war wirklich nett, Sie kennenzulernen", sagte April und winkte seiner Mutter zaghaft zu.

„Sie auch, Liebes“, erwiderte seine Mutter mit einem Winken und bediente sich an dem restlichen Kaffee aus Joshs French Press.

Und weil er kein völliger Idiot war, brachte Josh April zur Tür, auch wenn es zu diesem Zeitpunkt nicht mehr viel zu sagen gab.

Sogar jetzt noch zögerte sie kurz, und gab ihm damit die Chance, sie nach ihrer Nummer zu fragen.

Was er nicht tat.

„Wir sehen uns“, sagte April und winkte ihm ähnlich unbeholfen zu wie zuvor seiner Mutter.

„Klar“, antwortete er, beugte sich zu ihr herunter und gab ihr einen Kuss auf die Wange.

Sie würden sich nicht wiedersehen, und beide wussten das. Oder falls sie sich wiedersahen, würde es keine Wiederholung von gestern Nacht geben. Auch das wussten beide.

Josh seufzte kurz erleichtert auf, als die Tür sich hinter ihr schloss. Sein Junggesellenstatus war wiederhergestellt, genauso, wie er es haben wollte. Es *brauchte*. Das Leben war zu kurz, viel zu kurz, um nur mit einer Person zu schlafen. Machte ihn das zu einem Arsch? Vielleicht. Machte ihm das etwas aus? Nicht besonders.

„Nun, sie wirkte nett“, sagte Sue. Sie hielt ihren Becher mit beiden Händen fest, trank einen Schluck und beobachtete ihn durch den aufsteigenden Dampf.

„Danke, dass du sie nicht zum Weihnachtsessen eingeladen hast“, entgegnete er und machte sich daran, noch eine Kanne Kaffee zu kochen, nachdem seine Mutter die erste ausgetrunken hatte.

„Das hätte ich nicht getan!“ Seine Mutter klang empört.

„Nicht? Du lädst sie nur zum Frühstück ein?“

„Gibst du ihnen nichts zu essen, nachdem du fertig mit ihnen bist?“

„Mom!" Er zuckte innerlich zusammen.

„Irre ich mich?", fragte sie. „Das ist die Dritte in ebenso vielen Monaten, die ich treffe und die du einfach so gehen lässt. Nichts als ein Abschiedsgruß gibst du ihnen mit."

„Nun, wenn du ab und zu mal anrufen würdest, bevor du hier auftauchst, könnte ich dir das ersparen", antwortete er spitz.

Sue seufzte. „Ich weiß. Es tut mir leid. Manchmal … muss ich dich einfach sehen. Weißt du?"

Joshs Brust zog sich zusammen. Er verstand sofort, was seine Mutter sagte – und auch, was sie nicht sagte, wofür er ihr dankbar war.

Er wollte nicht an jene Tage erinnert werden. Daran, wie verzweifelt er sie und seinen Vater gebraucht hatte. Dabei wusste er, dass er nicht als Einziger Narben davongetragen hatte. Und so sehr, wie er versuchte, nach vorne zu schauen, war Sue verzweifelt bemüht, die Verzweiflung von damals aus ihrem Leben zu verbannen. Wenn das für sie bedeutete, dass sie vorbeikam und nach ihm sah – solange sie nicht gerade seine Temperatur überprüfte –, konnte er damit leben.

Josh sah herüber zu seiner Mutter, hielt ihrem Blick stand. Er hatte die gleichen blau-grünen Augen wie sie. „Mom. Ich weiß. Ich verstehe das und es macht mir nichts aus. Deshalb hast du den Schlüssel zu meinem Apartment. Nur … beim nächsten Mal vielleicht eine kleine Warnung vorab, okay?"

Fältchen bildeten sich um ihre Augen, als sie ihn anlächelte. „Aber wenn ich vorher anrufe, sagst du mir vielleicht, ich soll nicht kommen."

„Ich werde dir sagen, komm später. Du weißt schon. *Hinterher.*"

„Nachdem du deine schnelle Nummer durchgezogen hast, meinst du."

„*Himmel,* Mom! Hast du dir was in den Kaffee gekippt?"

Seine Mutter war noch nie der zarte, zerbrechliche Typ Frau gewesen, aber normalerweise sprach sie nie so unverblümt über seine … *Beziehungen.*

„Es tut mir leid, wenn ich dich in Verlegenheit bringe, Schatz. Ich würde nur gerne einmal herkommen und ein Mädchen sehen, dass du tatsächlich *anschaust.*"

„Was?", murmelte er knurrend und schaufelte Bohnen in seine Mühle.

Sue gestikulierte mit ihrem Becher in Richtung Wohnungstür. „Dieses Mädchen war bildhübsch und süß, aber ich bin mir nicht sicher, ob dir das überhaupt aufgefallen ist."

„Ist mir aufgefallen."

Letzte Nacht.

Ihm war es auch an diesem Morgen aufgefallen, es war ihm nur so …

Schrecklich egal.

Seine Mutter schüttelte den Kopf, als sie zum Kühlschrank ging. „Eines Tages wirst du ein Mädchen finden, bei dem du nicht weggucken kannst. Und ich hoffe, ich bin dann da, um jede Minute davon auszukosten."

„Oh, ich bin mir sicher, das wirst du", sagte er brummend.

„Josh Tanner, du hast keine Milch mehr!"

„Ja, nun, ich esse viel Müsli", sagte er und notierte im Geiste Milch auf seiner Einkaufsliste. „Soll vorkommen."

„Nun, ohne kann ich keine Pfannkuchen machen. Was ist mit Buttermilch?"

„Selbstverständlich habe ich Buttermilch vorrätig. Welcher dreiunddreißigjährige Junggeselle hat das nicht?"

Seine Mutter schloss die Kühlschranktür. „Dein Sarkasmus wird dir nicht dabei helfen, Pfannkuchen zu bekommen."

„Ich laufe schnell zum Kiosk."

„Unsinn. Frag doch einfach Mrs. Calvin, ob sie welche hat. Dafür sind Nachbarn doch da."

„Sie ist ausgezogen", erwiderte Josh und trank den letzten Schluck seines Kaffees. „Sie wollte näher bei ihrer Familie sein."

„Ach, wie schade. Sie war eine nette alte Dame. Und taub, was für die nächtlichen Band-Proben sehr hilfreich war."

„Du auch, wie?", fragte er und ging ins Schlafzimmer, um seine Schuhe zu holen.

„Was, ich auch?"

„Das neue Mädel in 4C ist wegen meiner Musik am Durchdrehen."

Eine Woche war vergangen, seit sie an seine Tür gehämmert hatte, und er hatte seine Musik jeden Abend aufs Neue etwas zu laut aufgedreht, in der Hoffnung, sie würde noch einmal herüberkommen, um die Knutscherei zu wiederholen. Dafür, dass der kurze Kuss sie eigentlich nur zum Schweigen bringen sollte, war er überraschend heiß gewesen. Er hätte nichts gegen eine Wiederholung einzuwenden – gefolgt von einer Tätigkeit, bei der deutlich weniger Kleidungsstücke im Spiel wären als beim Knutschen.

„Ein Bandmitglied ist wohl kaum der ideale Nachbar, Schatz."

„Ja, das hat sie mir unmissverständlich klargemacht", murmelte er und dachte daran zurück, wie diese gelockte Furie ihn zur Schnecke gemacht hatte.

Diese nervige, verkrampfte Frau.

Aber sie war sexy. Definitiv sexy.

Josh hatte eine Eingebung und hielt auf dem Weg zum Bad inne. Dann bog er nach links in Richtung Wohnungstür ab.

„Wo willst du hin?"

„Ich glaube, du hast recht, Mom. Jemandem Milch zu leihen ist *genau das*, wofür Nachbarn gut sind."

4. Kapitel

Josh Tanners Hände waren überall auf ihrem Körper und, *Gott,* waren das tolle Hände! Es schien etwas dran zu sein an dem, was Brooke und Alexis über sexy Musiker erzählt hatten, denn er spielte mit ihrem Körper so gut wie auf seiner Gitarre.

Er strich seitlich an ihrem Körper hoch, fuhr verführerisch mit den Fingern über ihre Rippen, glitt dann zu ihren Brüsten und umkreiste die Brustwarzen. Gleichzeitig liebkoste er die wunderbar empfindliche Stelle an ihrem Hals. Heather räkelte sich unter ihm, spreizte die Oberschenkel und stöhnte auf, als er sich zwischen ihnen in Position brachte und seine Erektion pochend gegen ihre feuchte Mitte rieb.

Sie tastete nach seinem Hintern, ergriff ihn gierig und presste ihre Hüfte an seine. Dabei fiel ihr plötzlich auf, dass sie viel zu viele Klamotten anhatte und dass … jemand laut an ihre Tür klopfte.

Heather öffnete die Augen und war sich nicht sicher, was eigentlich schlimmer war: Die Tatsache, dass irgendjemand an einem Sonntagmorgen um halb acht an ihrer Tür klopfte oder dass sie einen feuchten Traum von ihrem nervigen Nachbarn gehabt hatte.

Es war ein echtes Kopf-an-Kopf-Rennen, doch als sie sich aus dem Bett rollte, mürrisch zur Tür schlurfte und aus dem Türspion schaute, stand für sie fest: Der Nachbar war der ärgerlichere Part.

„Willst du mich auf den Arm nehmen?“, murmelte sie und lehnte ihre Stirn gegen die Tür.

„Heather, *Schätzchen,* ich bin's. 4A."

Als könnte sie diese Bauchmuskeln vergessen. Und das Gesicht. Diese Stimme. Und die Hände. Diese wirklich *äußerst geschickten* Hände.

Wobei die Bauchmuskeln heute unter einem T-Shirt versteckt waren, wie ihr, mit einem Anflug von Enttäuschung, auffiel. Unter einem engen, gut sitzenden T-Shirt, aber dennoch. Sie war noch gar nicht richtig über den Waschbrettbauch-Schock vom letzten Mal, als sie ihren schrecklichen Nachbarn oben ohne gesehen hatte, hinweggekommen.

„Was. Willst. Du." Weder hob sie den Kopf noch öffnete sie die Tür.

„Trägst du wieder diesen süßen kleinen Pyjama?"

„Sag mir bitte, das ist nicht der Grund, weshalb du herüberkommst und mich weckst."

„Oh, hast du geschlafen?"

Seine Stimme klang wie die reinste Unschuld. Argwöhnisch kniff Heather die Augen zusammen. Sie hob den Kopf, um erneut durch den Türspion zu schauen, und quiekte überrascht auf, als sie sein rechtes Auge sah, dass ihr entgegenstarrte.

„Verdammt", brummte sie und riss die Tür so unvermittelt auf, dass er ihr fast in die Arme fiel. „Wer macht das noch, wenn er älter als sieben ist?"

Er musterte sie von Kopf bis Fuß. Langsam breitete sich ein Grinsen auf seinem Gesicht aus. „Wie nett."

Heather konnte nicht anders, als kurz an sich herunterzusehen, um zu überprüfen, ob nicht ein Träger versehentlich heruntergerutscht war. Nein. Eigentlich war alles bekleidet. Doch sie schlief gerne bei offenem Fenster, damit ihr Schlafzimmer kühl blieb – und die körperliche Reaktion darauf zeichnete sich gerade deutlich unter ihrem Oberteil ab.

„Kannst du mir etwas Milch borgen?", fragte er.

Sie blickte ihn an. „Milch."

„Ja. Du weißt schon, weiß, sahnig, köstlich, kommt aus Nippeln …"

Sein Blick fiel wieder auf ihren Busen und Heather fluchte innerlich, nahm den grauen Hoodie mit Reißverschluss vom Haken und schlang ihn fest um sich.

„Ich weiß nicht, ob ich Milch da habe."

Doch er ging bereits an ihr vorbei und betrat ihre Wohnung, ohne dass sie ihn hereingebeten hätte. „Hübsch", sagte er, und sah sich um.

Heather machte sich nicht die Mühe, sich zu bedanken. Sie wusste, dass es hübsch war. Das war der Plan gewesen. Dafür hatte sie endlose Stunden vor dem Rechner verbracht, um sich bei Pinterest inspirieren zu lassen, und noch viele weitere Tage damit, jeden Vintage-Möbelladen der Stadt abzuklappern. Sie hatte eine Kombination aus Minimalismus und Boheme-Chic im Sinn gehabt, und die war ihr gelungen, wie sie selbstzufrieden feststellen konnte.

Die Wände waren in einem dunklen Petrol gestrichen und mit einer Menge origineller Shabby-Style-Leinwanddrucke behängt, die für Kontraste sorgten. Die Teppiche waren hell und leicht abgewetzt, absichtlich. Auf dem weißen Sofa lagen, damit es nicht allzu kahl aussah, Dekokissen in kräftigen Farben, und eine Reihe kurzer, dicker Stumpenkerzen in unterschiedlichen Größen waren auf ihrem Couch- und Ecktisch sowie auf dem Fensterbrett verteilt.

Die wahre Krönung des Raumes war aber ihr Fensterplatz. Ein echter Fensterplatz mit Blick auf den Central Park.

Ja, zur Hölle.

„Mrs. Calvin liebte es, hier zu sitzen", sagte er und fuhr mit dem Finger über das violette Kissen. „Wobei sie eine hässliche gelbe Unterlage hatte."

„Sie bestand darauf, sie mitzunehmen", erwiderte Heather trocken.

„Ich schätze, du warst am *Boden* zerstört. Du hast ja keine Ahnung, wie oft ich gesehen habe, wie sie Hüttenkäse auf das Polster gekleckert hat, den der Chihuahua dann weggeschlabbert hat."

Heather weigerte sich standhaft, sich auf das Gespräch einzulassen oder sich einlullen zu lassen. „Ich habe keine Milch."

„Na, na, liebe Nachbarin", erwiderte er und wandte sich ihr zu. „Du hast noch nicht einmal nachgesehen."

„Na schön. Wenn du anschließend wieder gehst ..."

Sie stapfte in die Küche, um nach Milch zu suchen.

„Neulich nachts, als du so stinkig warst, hätte ich wetten können, du seist eine Frühaufsteherin." Er folgte ihr in die Küche und lehnte sich mit den Armen auf ihrer Arbeitsfläche ab, während sie die Kühlschranktür öffnete. „Jetzt erst verstehe ich, dass du rund um die Uhr gereizt bist."

„Da du dich so gut an letztes Wochenende erinnerst, nehme ich mal an, du erinnerst dich auch daran, wie ich erwähnte, dass ich eine Hochzeitsplanerin bin und Samstage für mich die wichtigsten Tage der Woche sind."

„Heute ist Sonntag."

„Ich weiß, dass Sonntag ist", sagte Heather in motzigem Tonfall. Sie zog eine Milchtüte heraus, schlug die Kühlschranktür zu und drehte sich zu ihm um. „Ich weiß das, weil ich gestern den ganzen verdammten Tag auf den Beinen war und versucht habe, Champagnergläser aus den Händen betrunkener Teenager zu reißen, bevor sie in einen Wagen steigen konnten, und von dem betrunkenen Onkel der Braut begrapscht wurden."

Er betrachtete sie einen Moment lang, als würde er versuchen, in ihrem Gesicht zu lesen. Dann klopfte er mit den Handflächen auf die Arbeitsfläche und stand auf. „Weißt du, was du brauchst, 4C?"

„Ja. Schlaf."

„Pfannkuchen."

„Pfannkuchen?"

„Genau." Er kam auf sie zu, nahm ihr die Milchtüte aus der Hand und warf einen Blick darauf. „Fettfrei. Nicht unbedingt das, was ich bevorzuge, aber ich schätze mal, Mom kriegt das schon hin."

„Mom?"

Und ehe Heather begreifen konnte, wie ihr geschah, hatte Josh seine große warme Hand auf ihren unteren Rücken gelegt und führte sie zur Eingangstür ihrer Wohnung.

„Ich möchte keine Pfannkuchen", sagte sie zähneknirschend und versuchte, sich rückwärts gegen seine Hand zu stemmen, ohne Erfolg. Himmel, diese Muskeln waren echt – der Kerl war stark wie ein Ochse.

„Jeder möchte Pfannkuchen essen, 4C."

Und offenbar genauso stur.

„Heather. Ich heiße Heather."

„Das ist ein viel zu hübscher Name für jemanden, der so schnippisch ist wie du."

„Ich bin nicht schnippisch, ich bin *müde*!", sagte sie und meinte es so. Sie wusste, dass sie sich in Gegenwart dieses Typen wie eine Zicke aufführte, und sie konnte sich momentan selbst nicht leiden, aber er hatte wirklich ein schlechtes Timing.

Heather wollte nur mal eine Nacht gut schlafen, bevor sie ihm wieder begegnete. Dann würde sie vielleicht ihr Lächeln wiederfinden oder etwas Nettes sagen, vielleicht sogar flirten können.

Doch weil sie erschöpft war, funktionierten weder ihr Gehirn noch ihre Beine so wie sonst, und ehe sie sich's versah, ließ sie sich zu Apartment 4A führen.

Josh schloss die Tür auf und schob sie hinein. „Mom, ich habe dir etwas Saures mitgebracht", rief er in die Wohnung.

„War die Milch nicht mehr gut?“, hörte Heather eine weibliche Stimme aus dem anderen Raum antworten.

„Die Milch war in Ordnung“, erklärte Josh der Dame, die jetzt das Wohnzimmer betrat. „Es ist 4C, die etwas säuerlich ist.“

„Ich bin nicht säuerlich“, brummte Heather.

Sie wollte nichts anderes, als zur Tür zu rennen und abzuhauen, doch da kam die Frau auch schon mit einem breiten Lächeln auf sie zu. „Sie müssen die nette junge Frau sein, die in Mrs. Calvins Wohnung eingezogen ist. Meine Güte, sind Sie aber hübsch.“

Hierfür hatte Heather dann doch ein Lächeln übrig, denn, tja, wer hätte das nicht?

„Nicht gleich überschnappen“, flüsterte Josh laut genug und ging in Richtung Küche. „Das sagt sie zu allen Mädchen, die sie bei mir trifft.“

„Das stimmt“, gab Joshs Mom lächelnd zu. „Aber ich meine es nicht immer so. Heute schon.“

„Oh, na ja, danke“, sagte Heather, hob selbstbewusst eine Hand zu ihrem Haar und versuchte, es im Nacken zu einem lockeren Dutt zusammenzubinden. Meistens mochte sie ihre Locken. Frühmorgens, ehe sie Shampoo oder irgendein anderes Pflegeprodukt gesehen hatten, zählte nicht dazu.

„Ich bin Sue Tanner“, sagte die Frau und streckte eine Hand aus.

„Heather Fowler.“

Die Frau sah genauso aus, wie eine Pfannkuchen backende Mutter aussehen musste. Klein, ein bisschen mollig, die Haare kurz, gelockt und grau meliert. Sie war gut gekleidet, aber nicht auf diese typische Manhattan-Schickimicki-Art. Das Beste aber war ihr Lächeln. Breit und freundlich und aufrichtig.

„Also, bist du dir ganz sicher, dass dein Nachname nicht Faulig lautet?“, fragte Josh und schaute auf. Er war gerade dabei, Wasser in einem Wasserkocher zu erhitzen.

Sie hätte ihm den Stinkefinger gezeigt, wäre seine Mutter nicht anwesend gewesen.

„Ich sollte gehen“, sagte Heather, ignorierte Josh und setze für Sue ein Lächeln auf. „Keine Umstände wegen der Milch.“

Sue runzelte die Stirn. „Mögen Sie keine Pfannkuchen?“

„Ich …“

„Wehr dich nicht, 4C“, warf Josh ein. „Kaffee?“

Er goss Wasser in eine French Press. Innerhalb von Sekunden erreichte der Duft dunkel gerösteter Bohnen ihre Nase und … *verdammt!* Heather hatte eine Schwäche für eine gute Tasse Kaffee, und irgendwie *wusste* sie, dass dies eine fantastische Tasse Kaffee sein würde.

Josh fing ihren Blick auf und zwinkerte. „Ertappt.“

„Halt die Klappe“, murmelte sie und erntete ein entzücktes Lächeln von seiner Mutter, die sie zum Küchentisch führte.

„Nehmen Sie Platz“, sagte sie. „Bleiben Sie einfach hier sitzen. Ich mache Ihnen die köstlichsten Pfannkuchen, die Sie je gegessen haben, und Sie erzählen mir alles über sich.“

„Sie ist eine Hochzeitsplanerin, die kein Nachtmensch, aber auch keine Frühaufsteherin ist“, mischte Josh sich ein. „Und sie hasst Musik.“

„Ich hasse Musik nicht, ich hasse *dich*“, blaffte Heather.

Sie warf seiner Mom einen entschuldigenden Blick zu, als sie registrierte, was sie gerade gesagt hatte – aber wirklich, sie hasste ihn irgendwie – und sah, wie Sue Josh neugierig ansah.

Josh bemerkte es ebenfalls. „Mom. Was?“

„Du weißt, was Heather beruflich macht“, antwortete Sue und ihre Augen funkelten, während sie jede Menge Zutaten zusammenrührte.

„Weil sie es mir gesagt hat.“

„Du wusstest nicht, was April beruflich macht.“

„Wer ist April?“, fragte Heather, vor allem, weil sie intuitiv erfasste, dass Josh sich bei diesem Thema wand. Es war herrlich, den Spieß umzudrehen.

„Joshs Übernachtungsgast", antwortete Sue spitz.

Heather blickte auf. „Und ich dachte, hier riecht es nach Junggesellenbude."

Es war in der Tat der Inbegriff eines männlich geprägten Raumes. Von der dunklen Ledercouch und dem Fernseher in Übergröße bis hin zu der Gitarre in der Ecke. Das Instrument erinnerte sie an ihre erste Begegnung, und sie sah sich neugierig um. „Wo sind die anderen Krachmacher?"

„Im anderen Zimmer", antwortete Sue, die offenbar genau verstand, worauf Heather anspielte. „Schlagzeug, noch mehr Gitarren, das ganze Zeug."

„Ich kann nicht glauben, dass der Vermieter dir das erlaubt", sagte Heather.

Josh zuckte mit den Schultern. „Die Fläche unter mir ist der Gemeinderaum. Solange ihn niemand für irgendetwas reserviert hat, gibt es auch niemanden, der unsere Musik hört oder den es kümmert. Das Treppenhaus ist auf der anderen Seite, und gegen …"

„Bin ich."

„Ja." Er drückte das Sieb in der Kaffeekanne nach unten. „Und ich möchte, dass du weißt: Ich bin offen für Anfragen, etwa für deine Lieblingssongs. Vielleicht ein kleines Gute-Nacht-Lied, das dir beim Einschlafen hilft?"

„Du spielst *nicht* mit dem Ding", sie deutete auf die Gitarre, „während ich einzuschlafen versuche."

„Also, 4C, wie soll das gehen? Denn soweit ich es sehe, bist du immer entweder auf dem Weg ins Bett oder gerade aufgestanden."

„Ich habe dich genau zweimal gesehen. Einmal an einem Samstag um zwei Uhr nachts und einmal an einem Sonntagmorgen um halb acht, und ich bin …"

„Hochzeitsplanerin?"

„Ich wollte sagen, leicht zu wecken, ich habe einen leichten Schlaf", sagte sie mit zusammengebissenen Zähne.

„Hah. Deine Haare scheinen diese Bett-Nummer ziemlich ernst zu nehmen. Milch und Zucker?"

Heather ignorierte die abfällige Bemerkung über ihre Haare. „Schwarz, bitte."

Er hob die Augenbrauen und kam mit zwei dampfenden Bechern auf sie zu. Heather versuchte, irgendwie diesen weißen Becher entgegenzunehmen, ohne dabei seine Hand zu berühren, doch er hielt seine Finger so, dass ihr das nicht möglich war. Wahrscheinlich mit Absicht.

„Danke", murmelte sie und ignorierte den kleinen Filmriss, den sie durch seine Nähe hatte.

„Heather, meine Liebe, mögen Sie Musik?", fragte Sue und schaute hoch. Ihr Blick wechselte zwischen Heather und Josh auf der einen und der Rührschüssel, in die sie Mehl hineinschüttete, auf der anderen Seite.

„Ähm, klar."

„Lügnerin", warf Josh ein und ließ sich in den Sessel neben ihr fallen.

Er roch leicht nach Seife und Kaffee, und Heather versuchte mit aller Kraft, sich in Erinnerung zu rufen, dass er letzte Nacht eine andere Frau in seinem Bett gehabt hatte. Dass es wahrscheinlich einen nie enden wollenden Strom an Frauen in diesem Apartment gegeben hatte und dass sie keine von ihnen sein wollte.

„Ich mag Musik", gab sie zurück.

„Nur nicht meine Musik?"

„Nicht deine Musik um zwei Uhr morgens", stellte sie klar, hob den Becher an und zeigte auf ihn.

Dann trank sie einen Schluck und stöhnte genüsslich. „Oh, mein Gott, was ist das?"

„Italienische Röstung aus dem kleinen Laden um die Ecke." Seine Stimme klang etwas belegt, und sie war sich nicht ganz sicher, ob es daran lag, dass er wie sie den Kaffee genoss, oder ob ihm gefiel, dass sie den Kaffee genoss. Aber es war ihr im Moment auch völlig egal.

„Er ist unglaublich", sagte sie ehrfürchtig, und sah auf eine Weise hinunter auf ihren Kaffeebecher, die nur als Liebe gedeutet werden konnte. Dann schaute sie wieder zu ihm auf, entschieden weniger liebevoll, aber auch deutlich weniger feindselig als zuvor. Ein Mann, der einen solchen Kaffee zu schätzen wusste, konnte so schlimm nicht sein.

Ihre Blicke verfingen sich ineinander, und für einen Augenblick stockte Heather der Atem. Er sah einfach so verdammt gut aus mit seinen verschlafenen, sexy Augen und seinem lässigen Charme und seinem wirklich leckeren italienischen Kaffee. Und dann war da ja noch die Sache mit dem Traum …

„Was ist mit Hedgefonds-Managern?", fragte Sue und rührte langsam etwas von Heathers Milch in die Schüssel.

Heather sah noch immer Josh an, als seine Mutter diese beliebige Frage stellte, und war überrascht zu sehen, wie ein Hauch von Schmerz über sein Gesicht huschte und es sich dann komplett verschloss. Es war, als sei der Mann, mit dem sie sich unterhalten hatte, vollkommen verschwunden und von jemandem ersetzt worden, der um einiges düsterer drauf war.

„Ähm, wie bitte?" Heather zwang sich, ihre Aufmerksamkeit auf Joshs Mutter zu lenken, und versuchte herauszufinden, ob sie gedanklich weggetreten war und irgendeine Überleitung verpasst hatte. Warum sprachen sie über Hedgefonds-Manager?

„Josh ist früher mal einer gewesen", sagte Sue, stellte eine Bratpfanne auf den Herd und gab etwas Butter hinein.

„Mom!"

Joshs Stimme war scharf, und Sue sah ihn verwundert an. „Darf ich das nicht sagen? Das ist nichts, wofür man sich schämen muss, Schatz."

Er hob die Hand und drückte seinen Daumennagel auf die Stelle knapp über der Nasenwurzel. Dabei schloss er die Augen. „Ich schäme mich nicht. Ich bin nur nicht mehr diese Person."

„Das habe ich auch nicht behauptet", erwiderte Sue fröhlich. Zu fröhlich. Als wüsste sie nur allzu gut, dass sie ihren Sohn provozierte, aber fest entschlossen war, die Ahnungslose zu mimen. „Ich sagte, du seist *früher* mal Hedgefonds-Manager gewesen."

„Und was genau hat das mit der Unterhaltung zu tun?", blaffte er sie an.

„Nun, wir sprachen über Berufe, und ich weiß, du nimmst dir eine kurze Auszeit von der Wall Street, aber *irgendwann* …"

„Mom. Es reicht!"

Heather nahm einen weiteren Schluck Kaffee und überlegte krampfhaft, wie sie möglichst unbemerkt verschwinden könnte, damit die beiden diese offensichtlich sehr private Familienangelegenheit klären konnten. Josh schien ihre Gedanken zu lesen, denn er hielt eine Hand hoch, wie um sie aufzuhalten. Er berührte sie nicht, doch er wollte zweifellos, dass sie blieb.

Sie sollte nicht, aber …

Heather betrachtete sein Profil, nahm die plötzliche Anspannung und eine Verwundbarkeit an ihm wahr, die an die Stelle seiner lässigen Großspurigkeit getreten war. Und auch wenn sie ihn nicht kannte, *fühlte* sie mit ihm.

Sie war ebenso wenig immun gegen den Schmerz auf Sue Tanners Gesicht, als diese die Lippen zusammenpresste und sich darauf zu konzentrieren schien, den flüssigen Teig auf die brutzelnde Butter in der Pfanne zu gießen.

„Ich möchte nur, dass du glücklich bist", sagte Sue leise.

Josh stieß einen kleinen Seufzer aus, den nur Heather hören konnte, stand dann auf, ging zu seiner Mutter hinüber und schloss sie so fest in die Arme, dass sich Heathers Herz bei diesem Anblick zusammenzog.

Sue hob eine Hand und tätschelte die Wange ihres Sohnes, wie um ihm zu versichern, dass zwischen ihnen alles in Ordnung war. Und als Josh von ihr wegtrat, versetzte es Heather einen weiteren Stich zu sehen, wie sich seine Mutter eine Träne von der Wange wischte.

Wo zum Teufel war sie hier bloß hineingeraten?

„Tu es nicht, 4C."

Heather blickte zu Josh, der wieder zurückkam, sich auf den Sessel neben ihr setzte und nach dem Kaffeebecher griff.

„Was soll ich nicht tun?"

„Komm mir jetzt nicht auf die weiche Tour, sodass ich am Ende noch denke, du wärst nett. Damit könnte ich nicht umgehen."

„Ich bin nett", meinte sie beharrlich. „Super nett."

„Ausgezeichnet", sagte er und war wieder ganz der Alte, mit seinem unbeschwerten Charme und dem breiten Lächeln. „Wäre jetzt also ein guter Zeitpunkt, dir zu sagen, dass meine Band heute Abend zum Proben vorbeikommt?"

Heather setzte ihren leeren Kaffeebecher ab. „Sagen wir einfach: Wenn du mir mehr von diesem himmlischen Kaffee machst, stehen deine Chance ziemlich gut, dass ich dich nicht mit einer deiner Gitarrensaiten erdrossele."

Er nahm ihren Becher und erhob sich zwinkernd. „Also, irgendwie mag ich dich ja doch ein wenig, 4C, vor allem, wenn du so richtig sauer und biestig bist."

Heather ignorierte das und schaute demonstrativ aus dem Fenster, während sie darauf wartete, dass er ihr noch mehr von diesem irrsinnig guten Kaffee brachte.

Aber irgendwie mochte sie ihn auch ein wenig.

5. Kapitel

Als Josh schlagartig sein altes Leben hinter sich gelassen hatte, war er davon ausgegangen, dass dem „neuen Josh“ die strenge Routine fehlen würde. Kein Wecker mehr um fünf Uhr morgens, nachdem er erst um zwei ins Bett gefallen war. Keine Meetings mehr um halb acht, gefolgt von Kaffee- und Lunch- und Happy-Hour- und Abendessen-Terminen.

Himmel, überhaupt keine Termine mehr. Keine Verbindlichkeiten. Keine vordiktierten Abläufe. Er könnte tun, wonach auch immer ihm der Sinn stand, wann immer er wollte. Jeden Tag neu und befreit von einem ermüdenden Gestern erleben, und was noch viel wichtiger war, befreit von einem zermürbenden *Morgen* – denn wenn er etwas gelernt hatte, dann, dass es keine Garantie auf ein *Morgen* gab.

Daher ärgerte es ihn umso mehr festzustellen, dass er, trotz seiner festen Absicht, das Leben eines sorglosen Musikers zu leben, mitsamt der seltsamen Arbeitsstunden, der One-Night-Stands und der Mir-doch-alles-egal-Haltung, ein ziemliches Gewohnheitstier blieb.

Lebensmitteleinkäufe am Samstagabend. Morgens um sechs ohne Wecker aufwachen, unabhängig davon, wann er in der Nacht zuvor ins Bett gegangen war. Ein Frühstück, das aus einem Smoothie und einem Gemüse-Omelett bestand, als Ausgleich für seine Vorliebe für Pizza. Gegen acht das Haus verlassen, um ins Fitnessstudio zu fahren, gefolgt von einer Zwischenstation für einen extra großen Kaffee, gefolgt von der Dusche, gefolgt von einem Mittagessen in Form eines Proteinshakes und Salat …

Verdammt, war er genervt von sich.

Wohl deshalb spürte Josh, als er sein Apartment wie jeden Morgen um sieben Uhr fünfundfünfzig verließ, wie sich ein kleines Lächeln auf seinem Gesicht ausbreitete: Heather war in den Flur getreten und zog im selben Moment wie er die Wohnungstür hinter sich zu.

Sicher, er hätte gut auf ihr Zusammenzucken und den Schreckensseufzer verzichten können, den sie bei seinem Anblick ausstieß. Aber vielleicht machte genau das den Reiz aus. Josh hatte eine Veränderung – eine Herausforderung – dringend nötig, und die Nachbarin aus 4C mit ihrer eisernen Entschlossenheit, ihn nicht zu mögen, war genau das, was ihm sein innerer Arzt verordnet hatte.

„Guten Morgen, 4C", rief er, hob grüßend die Hand und lächelte sie unbeschwert an. Während sie jeweils ihre Tür abschlossen, musterte er sie langsam von Kopf bis Fuß. Sie sah … heiß aus. Weiße Bluse, die in einem grauen Bleistiftrock steckte, dazu himmelhohe blaue Stilettos. Hübsch, wenn man auf den schicken Look einer Karrierefrau stand, und das traf normalerweise auf ihn zu. Und doch … Josh kniff die Augen leicht zusammen, denn das sah nicht nach *ihr* aus. Ihr Styling war tadellos, aber er hatte gesehen, wie es in ihrem Apartment aussah; er wusste, sie mochte es auch etwas abgerockt, und nichts an ihrer Kleiderwahl wies auf die eigenwillige Persönlichkeit hin, von der er wusste, dass sie unter der Hochzeitsplanerinnen-Oberfläche schlummerte. Dennoch, er kannte es aus eigener Erfahrung, dass man manchmal einfach den Regeln folgen und absolut seriös rüberkommen musste.

„Du verlässt das Haus vor Mittag", sagte Heather, ließ ihre Schlüssel in ihre Tasche fallen und wandte sich zu ihm. „Ich bin schockiert. Wo ist deine rothaarige Freundin?"

„Rotschopf?", fragte er auf ihrem gemeinsamen Weg zur Treppe. Das Gebäude hatte auch einen Fahrstuhl, aber der war langsam wie eine Schnecke und für wenig mehr geeignet als den Möbeltransport beim Umzug.

Heather blieb am Treppenabsatz stehen. „Sag mir, dass du deinen rothaarigen One-Night-Stand gerade nicht *Rotschopf* genannt hast?!“

„Keine Ahnung, wie sie hieß.“ Josh zuckte mit der Schulter. „Hab nicht gefragt.“

„Du bist ein Schwein.“

„Verletzend, 4C. Sehr verletzend.“

„Ja, unter deinen Muskelbergen scheint sich ein echter Softie zu verstecken“, murmelte sie.

Josh setzte sich in Bewegung und stieg die erste Stufe hinab. Sie blieb oben stehen, was den Höhenunterschied zwischen ihnen verkleinerte. Fast standen sie auf Augenhöhe.

Er lehnte sich in ihre Richtung und runzelte die Stirn. „Sie sind dir also aufgefallen, wie?“

Heather blickte über ihn hinweg. „Sind ja kaum zu übersehen in deinen kleinen T-Shirts – oder wenn du halb nackt die Tür aufmachst. Kaufst du in der Kinderabteilung ein?“

Josh schenkte ihr ein langes, schiefes Lächeln, mit dem er schon mehr als eine Frau ins Bett bekommen hatte. Doch Heather Fowler war kein bewunderndes Groupie und kniff nur ihre Augen zusammen.

Jetzt huschte ein kurzes, echtes Grinsen über sein Gesicht. Ja, das war definitiv eine Herausforderung. Genau das, was er brauchte.

„Sieh dich bloß vor, 4C. Ich finde schon noch heraus, womit ich dich rumkriege. Außer mit Pfannkuchen.“

„Sei nicht so selbstgefällig“, konterte sie. „Die Pfannkuchen gestern habe ich deiner Mutter zu verdanken.“

„Aha!“ Er hielt einen Finger in die Luft. „Aber der *Kaffee* war ganz allein mein Werk.“

Heathers Augenschlitze wurden noch enger. „Versuchst du mich jetzt ernsthaft mit Kaffee zu verführen?“

Er hob seine Augenbrauen. „Funktioniert es?“

„Nein. Ich habe mir heute Morgen meinen *eigenen* Kaffee gemacht."

Joshs Lächeln wurde breiter. „Lieber Gott, bitte sag mir, das ist ein heißer Euphemismus für …"

Er verstummte, und Heather runzelte die Stirn, während es in ihrem Kopf ratterte. Als sie begriff, was er meinte, fiel ihr die Kinnlade herunter.

„Hast du mich gerade ernsthaft gefragt, ob ich heute Morgen masturbiert habe?", raunte sie zischend.

„Nein, ich habe dich angefleht, mir zu *erzählen*, dass du masturbiert hast. Sich etwas zu wünschen, ist nicht dasselbe, wie eine Frau zu fragen, ob sie es tatsächlich getan hat. Das wäre unhöflich."

„Du bist unglaublich." Sie trat nach rechts und versuchte, an ihm vorbeizugehen.

Er machte einen Ausfallschritt und versperrte ihr den Weg. „Okay, aber hast du?"

„Darauf antworte ich nicht!"

Josh seufzte und schüttelte den Kopf. „Kein Wunder, dass du so verspannt bist. Du könntest einen … du weißt schon … gebrauchen."

„Nicht alle von uns funktionieren allein durch Orgasmen", schnauzte sie ihn an.

„Wenn du es ausprobieren würdest, wärst du vielleicht nicht mehr ständig sauer."

„Ich bin nicht *ständig* sauer. Nur wenn es im Job drunter und drüber geht."

„So, wie ich das sehe, geht es in deinem Job ständig drunter und drüber."

„Weil mir das so gefällt."

„Schwachsinn!", gab er zurück. „Niemand mag das."

„Eine kleine posttraumatische Belastungsstörung aus deiner Hedgefonds-Zeit?"

Jetzt kniff Josh die Augen zusammen. „Fang nicht damit an, 4C."

„Kein Problem, 4A", antwortete sie süßlich. „Du mischst dich nicht in meine Angelegenheiten ein, ich mische mich nicht in deine ein. Und vielleicht, aber nur vielleicht, können wir es dann lassen, uns gegenseitig umzubringen."

„Wenn dich irgendetwas umbringen sollte, wird es ein Herzinfarkt sein. Du bist ein Workaholic, Süße." Er lief jetzt neben ihr her, und sie gingen die Treppe gemeinsam hinunter.

„Nur weil ich nicht jede Nacht mit einem anderen schlafe und nicht bis in die Puppen auf meiner Gitarre herumklimpere, heißt das nicht, dass ich mein Leben nicht genieße."

„Ich schlafe nicht jede Nacht mit einer anderen Frau", entgegnete er, als sie die Lobby mit dem abgenutzten Marmorfußboden erreichten.

„Oh, es gibt Wiederholungen?"

„Gott, nein", sagte Josh. „Ich meinte, manche Nächte nehme ich mir frei."

„Musst dem kleinen Mann wohl die Möglichkeit geben, sich zu erholen, wie?", fragte Heather und schaute ihm direkt in den Schritt.

„Eher so, dass die anderen Nächte für die Bandproben draufgehen. Die Jungs mögen es nicht, wenn die Mädchen mich ablenken, und die Mädchen mögen es nicht, wenn die Band mich ablenkt."

Heather legte sich eine Hand auf die Brust. „Du armes Ding. Und das hast du schon so lange überlebt?"

Knapp. Das hatte er *knapp* überlebt.

Josh runzelte die Stirn, als ihn dieser finstere Gedanke überkam, doch er erlaubte seinem Gehirn nicht, diese Richtung einzuschlagen. Wahrscheinlich war es dieser Tornado von einer Nachbarin, der ihn durcheinanderwirbelte.

Zeit für einen Themenwechsel. „Wo kommst du eigentlich her, 4C?"

„Das geht dich gar nichts an."

„Würdest du bitte kurz mal für zwei Minuten aufhören, so kratzbürstig zu sein?", fragte er genervt. „Ich unterhalte mich nur freundlich."

„Das tust du nicht. Du versuchst, mir an die Wäsche zu gehen."

„Süße, wenn ich wirklich an deine Wäsche wollte, wäre ich schon längst dort", sagte er, wobei er sich nicht sicher war, ob das stimmte. Sie schien wirklich *wild* entschlossen zu sein, ihn nicht zu mögen.

„Geh weg", murmelte sie, als sie nebeneinander auf den Bürgersteig traten.

„Sag mir, woher du kommst, und ich lasse dich in Ruhe."

Fürs Erste.

Sie verdrehte die Augen. „Aus dem Mittleren Westen."

„Woher im Mittleren Westen?"

„Was willst du, eine Landkarte oder was?"

Josh ließ seinen Kopf nach hinten fallen und starrte gen Himmel. „Wie wäre es mit einem Bundesstaat, 4C? Herr im Himmel! Warum hast du von allen Frauen ausgerechnet diese neben mir einziehen lassen?"

„Es ist ja nicht so, als würde ich dich anflehen, eine Unterhaltung mit mir zu führen", stieß sie hervor. „Ich versuche nur, mich um meinen eigenen Kram zu kümmern."

Josh konnte ein kleines Lachen nicht unterdrücken. „Na schön. Du gewinnst. Ich lasse dich jetzt die Hochzeitswelt erobern."

Er hob die Hand, um ein Taxi anzuhalten. Es hielt sofort, und sie schnaubte verärgert. „Natürlich."

Josh öffnete die Tür und gab ihr ein Zeichen einzusteigen.

„Nein, nur zu", sagte sie mürrisch.

„Ich brauche kein Taxi."

„Oh", sagte sie stirnrunzelnd, als würde sie darüber nachdenken, wie sie diese ritterliche Geste umdeuten konnte. „Wo gehst du hin?"

Er schüttelte den Kopf. „Zu spät für Small Talk, 4C. Dieses Plaudern funktioniert nur beidseitig oder gar nicht."

„Gar nicht klingt *großartig*", entgegnete sie gespielt begeistert und verließ den Gehweg, um in das Taxi zu steigen.

Dann, in letzter Sekunde, schaute sie wieder auf und fing seinen Blick auf. „Hey. 4A."

„Ja?"

„Ich bin aus Michigan. Genauer gesagt, aus Merryville, einer kleinen Stadt, von der du sicher noch nie etwas gehört hast und wahrscheinlich nie wieder hören wirst."

Er betrachtete sie einen Moment lang. „Das war gar nicht so schwer, oder?"

Sie antwortete nicht und wollte in dem Augenblick in den Wagen steigen, als seine Finger kurz ihre streiften, die noch oben auf dem Türrahmen des Taxis lagen.

„Hey, warte, du hast noch nicht meine wichtigste Frage des Tages beantwortet."

„Was?", fragte sie misstrauisch.

Er versuchte es wieder mit dem langen, sexy Lächeln. „Hast du dich heute Morgen berührt? Und, besonders wichtig, hast du dabei an mich gedacht?"

„Also, um Himmels ... Auf Wiedersehen, Josh." Heather riss ihre Hand los und zog krachend die Tür zu.

Er beobachtete, wie das Taxi wegfuhr, und fühlte ein klein wenig Siegesfreude aufkommen, als sie über die Schulter blickte und ihn ansah. Ihr Kopf schnellte wieder nach vorne, sobald ihre Blicke sich trafen, und er stieß ein kurzes Lachen aus.

Jepp, alles klar. Heather Fowler aus 4C würde eine Herausforderung werden.

6. Kapitel

Die Wedding Belles hatten immer zwei Arten von Champagner im Haus. Den guten und den *richtig* guten. Alexis war in den Anfangsjahren des Unternehmens sogar nach Frankreich in die Champagne gereist, um über Schaumwein fachsimpeln zu können. Außerdem hatte sie allen Teammitgliedern, einschließlich der Empfangsdame Jessie, den Besuch eines Champagner-Seminars bezahlt, damit sie in der Lage waren, sowohl die Diamanten unter den Getränken zu erkennen als auch die gehypten Marken, die ihrem Preis nicht gerecht wurden.

Mit anderen Worten: Die Belles servierten nur qualitativ hochwertigen Champagner.

Doch offenbar war keiner davon gut genug für Danica Robinson.

Nachdem die versnobte Berühmtheit ihre Fassungslosigkeit darüber zum Ausdruck gebracht hatte, dass es keinen gekühlten Dom Pérignon gab, hatte sie nur zögernd eingewilligt, es mit dem Krug Brut Rosé zu versuchen. Ein perlendes, aromatisch vielschichtiges Getränk, von dem Heather wusste, dass es absolut köstlich war, selbst für den anspruchsvollsten Kennergaumen. Doch Danica hatte nur ihre perfekt geformte Nase gerümpft und ihr Glas beiseitegeschoben, als wäre sie persönlich beleidigt worden.

So war alles abgelaufen, seit die Braut zur Tür hereingekommen war. Sie mochte die Beleuchtung nicht, die Musik war ihr einen Tick zu laut, und sie schätzte es überhaupt nicht, bei ihrem vollen Terminkalender warten zu müssen, obwohl

Heather in weniger als sechzig Sekunden nach ihrer Ankunft den Raum betreten hatte.

Danicas Mutter war nicht viel besser. Sie war zwar eine attraktive Frau, doch das Konzept des würdevollen Alterns hatte sich Mariah Robinson nicht unbedingt zu eigen gemacht. Heather hatte Verständnis dafür, graue Haare zu färben und sich mit Anti-Aging-Pflege einzudecken, doch Mariah hatte das Ganze auf die Spitze getrieben. Ihre Schlauchbootlippen, ihre mit Botox behandelte Stirn und ihre knallenge Kleidung offenbarten das traurige Klischee einer Frau, die glaubte, dass man nur durch massives Nachhelfen attraktiv sein konnte.

Immerhin hatte Mama Robinson kein Problem mit dem Champagner. Sie war bereits bei ihrem zweiten Glas.

„*Sie* sind also die Planerin der Monteith-Hochzeit", sagte Danica und musterte Heather langsam von oben bis unten, sodass Heather ihr gesamtes Outfit anzweifelte und definitiv ihre Entscheidung bereute, ihre Locken offen zu tragen, statt das Haar zu glätten, wie sie es ursprünglich vorgehabt hatte.

Heather war sich ziemlich sicher, dass Danica noch nie in ihrem Leben einen Bad Hair Day gehabt hatte. Verdammt, sie hatte wahrscheinlich noch nie auch nur so etwas wie ein einzelnes, schwer zu bändigendes Haar gehabt.

Danicas Haare waren lang und seidig. Wie ein kastanienbrauner Wasserfall fielen sie bis zur Mitte ihres Rückens herab und hatten in den Spitzen einen leichten Schwung, damit es so aussah, als sei sie „so aufgestanden".

Sie trug einen makellos an ihrem muskulösen Körper sitzenden dunkelblauen Jumpsuit, und Heather kam sich im Vergleich dazu auf einmal unpassend businessmäßig gekleidet vor. Eigentlich hatte sie sich schon unwohl gefühlt, als sie am Morgen diesen Alexis-artigen Rock angezogen hatte. Sie hatte erwartet, wenn sie sich wie ihre Chefin kleidete, würde sie sich auch so versiert und souverän fühlen, doch sie kam sich eher vor wie eine Hochstaplerin.

Noch schlimmer: Sie hatte das seltsame Gefühl gehabt, ihr nerviger Nachbar hatte es bemerkt. Als er sie wie üblich auf seine machohafte Art von Kopf bis Fuß gescannt hatte, hatte so etwas wie Mitleid in seinem Blick gelegen.

Das musste man sich mal vorstellen. Josh Tanner bemitleidete *sie*. Ein erfolgloser Musiker bedauerte eine erfolgreiche Hochzeitsplanerin. Nein, keine Hochzeitsplanerin. Noch nicht. Zuerst musste sie dieses Meeting meistern. Heather holte tief Luft, lächelte selbstbewusst und hoffte, die schlechte Stimmung dieses Treffens auffangen zu können.

Danica erwiderte das Lächeln nicht, doch irgendwie wirkte sie durch ihre hochnäsige Art noch umwerfender. Diese Frau – oder wer auch immer dafür zuständig war, sie jeden Morgen so aussehen zu lassen – beherrschte die Kunst des Schminkens perfekt. Heather hatte schon viele Male erlebt, wie eine Braut geschminkt wurde, und erkannte ein Meisterwerk, wenn sie es sah. Und Danicas Augen-Make-up war zweifellos die Arbeit eines Meisters. Smokey Eyes, leicht verwischt, was die Aufmerksamkeit auf ihre runden blauen Augen lenkte, doch ohne dass es so aussah, als hätte sie tonnenweise Eyeliner aufgetragen.

Die Frau war hinreißend, von den glänzenden braunen Haaren bis hin zu den Füßen, die in Jimmy-Choo-Pumps steckten. Wie es in ihrem Inneren aussah, blieb abzuwarten.

„Ich war zufrieden mit dem Ergebnis der Monteith-Hochzeit“, sagte Heather lässig. Diese Stimmlage hatte sie sich bei Alexis abgeguckt. Es sollte klingen, als wäre es keine große Sache.

„Hm“, erwiderte Danica und nippte an dem Champagner, den sie nicht mochte.

„Ich würde mich freuen, wenn Sie mir etwas darüber erzählen könnten, was genau Ihnen daran gefallen hat", fügte Heather hinzu und öffnete ihren Notizblock.

Sie saßen im Beratungsraum der Belles, einem hellen, luftigen Konferenzraum mit eingebauter Champagner-Bar, ausschließlich weißen Möbeln und prachtvollen Bildern von einigen der größten Hochzeiten, die die Belles in den vergangenen Jahre ausgerichtet hatten.

Heather wünschte sich insgeheim, dass auf den überdimensionalen Leinwanddrucken eines Tages auch eine von ihr geplante Hochzeit abgebildet sein würde.

Vielleicht *diese* Hochzeit.

„Ich mochte an ihr, dass sie anders war, aber nicht anders, um des Andersseins willen", antwortete Danica, die jetzt auf ihrem Stuhl nach vorne rutschte und Heather mit ihrem Blick fixierte.

„War das die mit dem vielen Grün?", fragte Mrs. Robinson. „Das Grün hat mir nicht gefallen."

„Nein, das war die Swafton-Hochzeit", erwiderte Danica mit einer wegwerfenden Handbewegung. „Das waren nicht Sie, oder?"

„Nein, die Belles haben diese Hochzeit nicht geplant."

„Gut. Das Grün hat überhaupt nicht funktioniert. Es hat Hannah bleich aussehen lassen."

„Nichts, worüber du dir je Gedanken machen müsstest, Liebes", sagte Danicas Mutter und tätschelte die Hand ihrer Tochter.

Danica zuckte leicht mit ihren schmalen Schultern. „Ich sehe in allen Farben gut aus", erklärte sie Heather sachlich.

„Großartig!", erwiderte Heather mit aufgesetzter Heiterkeit. „Das macht es leichter, die richtige Farbe für das Kleid zu finden."

Danica lächelte spöttisch. „Ich trage Weiß. Man sollte meinen, das sei naheliegend."

Ein Hauch von Selbstgefälligkeit breitete sich in Heather aus. Sie wusste etwas, das diese hochnäsige Frau offenbar nicht wusste. „Also, eigentlich sind die Nuancen von Hochzeitsweiß viel komplizierter, als die meisten Leute denken. Einmal haben wir da Weiß und Elfenbein, ja. Aber es gibt noch viel mehr Zwischentöne. Wenn man zudem mit Texturen beim Kleid spielt, Spitze versus Seide und so weiter, ist es wichtig zu wissen, was am besten mit Ihrem Teint harmoniert."

„Oh." Danica blinzelte. „Nun, ich glaube, alles wird sehr gut mit meinem Teint harmonieren. Und mit meiner Figur. Vielleicht werde ich am Kleid nicht einmal Änderungen vornehmen lassen müssen."

Ihre Mutter nickte zustimmend.

Ernsthaft? Meinten diese Frauen das ernst?

„Apropos Änderungen. Es gibt da etwas, das ich mit Ihnen beiden besprechen möchte", sagte Heather und stand auf. Sie holte die Champagnerflasche und schenkte nach. Danica hatte anscheinend nichts dagegen einzuwenden, obwohl es kein Dom Pérignon war.

„Sind Sie sich absolut sicher mit den drei Monaten?", fragte Heather, nachdem sie sich wieder hingesetzt hatte.

„Warum? Schaffen Sie es nicht?" Mrs. Robinson machte einen kleinen Satz auf ihrem Stuhl.

Ruhig, Tiger.

„Natürlich schaffe ich das", sagte Heather ruhig. „Wir haben uns dazu verpflichtet, die Traumhochzeit unserer Klienten in jeder Zeitvorgabe umzusetzen. Die von Ihnen erwähnte Monteith-Hochzeit hatte jedoch einen Vorlauf von vierzehn Monaten. Wenn man auf diesem Level alles auf die individuellen Kundenwünsche anpassen möchte, wird es …"

„Geld spielt keine Rolle", unterbracht Danica sie.

Heather nickte bestätigend und fuhr fort. „Es wird stressig werden, für uns alle. Ich mache Ihnen da nichts vor. Es wird jeden Tag etwas zu entscheiden geben. Vielleicht bekommen Sie nicht den Traum-Designer, der Ihnen in diesem Zeitraum etwas schneidert, solche Dinge."

Danica schnaubte. „Ich glaube nicht, dass es auch nur einen lebenden Designer gibt, der nicht alles stehen und liegen lassen würde, damit ich sein Kleid trage. Ich habe fünfzig Millionen Instagram-Follower."

„Das kann sehr gut sein", erwiderte Heather in einem, wie sie hoffte, bedächtigen Tonfall, der darüber hinwegtäuschen sollte, dass ihr diese Person immer unsympathischer wurde. „Das ändert aber nichts an der Tatsache, dass die Vorbereitungsphase der Hochzeit für Sie angenehmer ist, wenn Sie große Entscheidungen nicht übereilt treffen."

Der sture Gesichtsausdruck beider Frauen gab Heather zu verstehen, dass sie sich ihre Worte sparen konnte. Zweifellos war es ihnen wichtiger, Heidi Rivera am Altar zu übertrumpfen, als an ihre geistige Gesundheit zu denken.

Oder Heathers.

„Nun gut", sagte sie. „Dann sind es drei Monate. Wie ich schon sagte, ich bin überzeugt davon, dass wir Ihnen Ihre Traumhochzeit in dieser Zeit organisieren können, aber eine Hürde, die nicht einmal in der Macht ihrer vielen Instagram-Follower steht, ist das Plaza. Sind Sie offen für eine Hochzeit unter der Woche oder ..."

„Nein. Es muss ein Samstag sein", unterbrach Danica sie und schüttelte den Kopf.

Natürlich muss es das.

„Ich habe schon angerufen", sagte Heather ruhig. „Sie haben bis April keine Samstage mehr frei."

„April?", kreischte Mariah Robinson. „Das ist viel später, als wir geplant hatten."

„Deshalb erwähne ich es", ergänzte Heather besonnen. „Es gibt jede Menge Veranstaltungsorte in der Stadt, die mindestens genauso schön und erstklassig sind, und wir werden mit Sicherheit einen freien Termin in einem finden ..."

„Nein. Das Plaza", sagte Danica, als wäre sie eine Fünfjährige, die mit dem Supermarkt-Weihnachtsmann sprach und ihn ohne jeden Zweifel für den echten hielt, der ihr den Wunsch eines pinken Ponys erfüllen konnte.

„Mrs. Robinson ..."

„Nennen Sie mich Danica", sagte sie, und ihr Tonfall klang, als sei das ein großes Privileg.

„Danica", sagte Heather, deren Lächeln von Minute zu Minute angestrengter wirkte. „Ich habe uns selbstverständlich schon auf die Warteliste des Plaza setzen lassen. Und sie werden uns Bescheid geben, falls jemand absagt. Aber wir müssen eine Alternative haben."

Danica ergriff das Champagnerglas und trank die Hälfte davon in einem Zug aus. Irgendwie schaffte sie es, diese Geste stilvoll und elegant aussehen zu lassen. Heather vermutete, dass es an den Haaren lag. Frauen mit glänzenden, glatten Haaren ließ man so ziemlich alles durchgehen.

Danica und ihre Mutter standen gleichzeitig auf, obwohl sie sich weder abgesprochen noch angesehen hatten.

Uuund es wird noch seltsamer.

„Ich bin mir sicher, dass Sie sich darum kümmern werden", sagte Danica strahlend lächelnd. „Es sei denn, Sie glauben, eine der anderen Planerinnen wäre besser geeignet für den Job."

Heather erhob sich und ihr Herz setzte für einen Moment aus bei dem Gedanken, diese Hochzeit an Alexis oder Brooke übergeben zu müssen. Sie würden sie nie ernst genug nehmen, und sie zur vollwertigen Planerin befördern, wenn ihre bis dato größte Klientin sie schon am ersten Tag feuerte. „Nein, natürlich nicht", sagte sie sanft. „Ich werde mich darum kümmern."

Du Idiotin. Wie willst du dich ‚darum kümmern', in drei Monaten eine Samstagsreservierung im Plaza zu bekommen?

Heather ignorierte die Stimme der Vernunft in ihrem Kopf. Sie würde sich später damit befassen. Alexis würde es möglich machen, wäre das ihre Hochzeit.

„Ich hätte noch ein paar Fragen, um herauszufinden, was genau Ihnen vorschwebt“, ergänzte Heather und versuchte, nicht die Nerven zu verlieren, als Danica begann, sich nach ihrem Mantel umzusehen.

Und mit „ein paar Fragen“ meinte Heather *alle möglichen* Fragen. Sie waren noch nicht einmal den Fragebogen durchgegangen, mit dem die Belles jedes ihrer Beratungsgespräche eröffneten.

Mariah lachte spöttisch. „Ähm, Helen, nicht wahr? Ist es nicht *Ihr* Job, die Ideen zu liefern?“

„Ich heiße Heather“, korrigierte Heather und biss die Zähne zusammen. „Und ja, das ist es. Aber ich möchte sichergehen, dass diese Hochzeit Ihrer Vision entspricht. Nicht meiner eigenen.“

„Sie machen das schon“, sagte Danica und stöckelte in ihren unfassbar hohen Jimmy-Choo-Wildleder-Pumps zum Empfangsbereich. „Ich melde mich bei Ihnen, wenn es Fragen gibt. Eine SMS ist am besten, wenn Sie mich erreichen wollen, im Notfall können Sie mich auch anrufen.“

Heather fiel fast die Kinnlade herunter. „Wollen Sie denn nicht … etwas involvierter sein?“

„Wozu?“, fragte Danica, zog ihren weißen Mantel an und befreite die langen Haare aus dem Kragen.

„Na ja, da wäre zum Beispiel das Kleid.“

„Oh. Ja, natürlich, da möchte ich involviert sein. Machen Sie ein paar Termine für nächste Woche aus und schreiben Sie mir, wo ich sein soll. Ich schiebe das dazwischen.“

Oh, könntest du es dazwischenschieben? Ich wäre dir ja so *dankbar.*

„In Ordnung“, sagte Heather langsam. „Und was die Blumen angeht, die Farben, den Kuchen, die Atmosphäre, die Musik, die Sitzordnung, die Trauung, die Smokings, die Kleider für die Brautjungfern, die Flitterwochen …"

„Das überlasse ich alles Ihnen", sagte Danica zuckersüß. „Ich möchte das zum Schluss natürlich abnehmen, aber ehrlich gesagt, habe ich nicht die Zeit, die Vorzüge verschiedener Torten zu beurteilen, verstehen Sie? Ich bin eher so der Typ Frau: Ich tauche auf und will, dass es sagenhaft ist."

„Dann bekommen Sie ‚sagenhaft'", erwiderte Heather und versuchte zu ignorieren, wie feucht ihre Hände wurden bei dem Gedanken, die größte Hochzeit ihrer Karriere *ohne die Braut* zu organisieren.

Und daran gemessen, was sie bisher erlebt hatte, hätten die Robinsons überhaupt kein Problem damit, Heathers Karriere zu vernichten, sollten ihnen ihre Entscheidungen nicht gefallen.

Und zwar öffentlich. Vor fünfzig Millionen verdammten Instagram-Followern.

Irgendwie schaffte Heather es, ihr Lächeln beizubehalten, bis die Frauen gegangen waren. Als sie die Tür hinter ihnen schloss, entschied sie sich, die zu laut geäußerte Bemerkung: *„Ich kann nicht glauben, dass sie keinen Dom hatten"*, von Danica zu ignorieren.

Langsam drehte Heather sich auf ihrem Absatz um. Sie sah sich nach Jessie um und fing sofort ihren Blick auf. Die wunderbare Empfangsdame der Belles wirkte hin und her gerissen zwischen dem Impuls zu lachen und blankem Entsetzen, und so ging es nicht nur ihr.

Alexis und Brooke tauchten ebenfalls auf, sie hatten das Gespräch mitverfolgen können. Brooke hatte ihre Hand auf den Mund gelegt, und selbst die sonst so unerschütterliche Alexis sah erstaunt aus.

„Aaaalso", fing Heather an. „Habe ich das falsch verstanden oder glauben die wirklich, dass ich das alles übernehme? Alleine? Und dass ich mir ihre Freigabe per WhatsApp einhole?“

Brooke nahm ihre Hand vom Mund und ließ sie herabsinken. „Sieh es von der positiven Seite. Wenigstens wird sie kein Brautmonster sein.“

Heather warf ihr einen vielsagenden Blick zu.

„Okay, sie wird kein *aktives* Brautmonster sein. Keine von denen, die versuchen, jedes kleinste Detail unter Kontrolle zu haben. Die sind *viel* schlimmer.“

„Sind sie das?“ Heather rieb sich die Schläfen.

„Absolut“, bestätigte Alexis. „Das wird schon klappen. Wann bekommen wir Hochzeitsplaner schon mal einen Blankoscheck ausgestellt, mit dem wir machen können, was wir wollen?“

„Nie, und dafür gibt es gute Gründe“, brummte Heather. „Jeder weiß, dass eine nicht eingebundene Braut einem den Todesstoß versetzen kann. Was ist, wenn ich einen Schokoladenkuchen auswähle, und der Bräutigam ist allergisch gegen Schokolade? Was, wenn ich einen DJ engagiere, wenn sie doch lieber eine Band hätten? Was wäre, wenn …“

„Was wäre, wenn wir eine weitere Flasche öffnen und den Champagner mit etwas Orangensaft vermischen, um ein geeignetes Vormittagsgetränk zu haben, und dann eine Brainstorming-Sitzung mit Mimosas abhielten?“

„Nein, nein“, sagte Heather schnell. „Ihr habt eure eigenen Aufgaben zu erledigen, ich kriege das schon selbst auf die Reihe. Wirklich.“

„Wir möchten dir helfen“, erwiderte Brooke ruhig.

„Das hier muss ich allein machen“, gab Heather in etwas schärferem Ton zurück.

Sie warf Brooke einen flehenden Blick zu, um die Zurechtweisung etwas abzumildern. *Bitte. Ich muss mich beweisen.*

Brookes Augen verengten sich leicht, während sie Heather beobachtete, doch schließlich nickte sie knapp. „Okay. Aber wenn du etwas brauchst …“

„Dann gebe ich Bescheid“, versicherte Heather ihrer Freundin, auch wenn sie wusste, dass sie niemanden um irgendetwas bitten würde. Sie würde diese Hochzeitplanung meistern, und zwar ganz allein.

Das musste sie einfach. Sie war so kurz davor, ihr Ziel zu erreichen. Sie hatte das Apartment, die Kleidung. Und in drei Monaten würde sie auch den Job haben.

Und sollte es einen winzigen, nörgelnden Teil in ihrem Hinterkopf geben, der sich fragte, ob sie nicht etwas Entscheidendes übersah, dann ignorierte Heather ihn.

7. Kapitel

„Okay, Leute, das war gut“, sagte Josh. Als der letzte Akkord des Liedes verklungen war, zog er seinen Gitarrengurt über den Kopf und legte das Instrument beiseite. „Richtig gut.“

„Moment mal. Wir sind fertig?“, fragte Felix Mendoza, der am Schlagzeug saß. Ungläubig sah er Josh an. „Das war doch jetzt nur ... wie lange? Eine Stunde?“

„Zwei“, antwortete Josh und schaute auf seine Uhr.

„Der Boss hat ein Date“, mischte sich der Leadsänger Trevor Cain ein und machte eine anzügliche Geste mit der Hand. Natürlich. Trevor konnte sich benehmen, wie es ihm gefiel, und bekam trotzdem jede Frau, die er wollte. Das war der Vorteil, war man ein Riesensänger mit tiefer, rauer Rockstimme, für die die Frauen glatt ihr Höschen fallen ließen.

„Ich wünschte, es wäre ein Date“, sagte Josh. „Ist aber eher so was wie ’ne Sperrstunde.“

„Achtung, Info, Alter. Du bist in deinem eigenen Heim. Da gibt’s keine Sperrstunden.“

„Ja, danke für diesen weisen Kommentar, Donny.“ Auf dem Weg in die Küche legte Josh eine Hand auf die Schulter seines meist zugedröhnten Bassisten.

„Im Ernst, Mann, was ist los?“, fragte Trevor und folgte Josh in die Küche.

Josh holte ein Bier aus dem Kühlschrank und bot es ihm an. Trevor nickte. Josh wollte gerade den anderen Jungs zurufen, ob sie auch eines wollten, doch Felix und Donny hatten wieder zu spielen angefangen und arbeiteten sich durch den schwierigeren Teil des Refrains.

Statt sie zu ermahnen, dachte er sich, sie hätten sicher noch zehn Minuten, bis 4C herüberkommen und ihnen die Hölle heiß machen würde.

Heute war Freitag. Das hieß, morgen war Samstag, und wie sie ihm schon mindestens ein Dutzend Mal unterbreitet hatte, waren Samstage ihre großen Show-Tage.

Pardon, *Hochzeits*-Tage. Wobei, so sauer, wie sie immer wurde, wenn es um ihren Job ging, glichen diese Tage wohl eher einer Aufführung als einer Zeremonie.

„Nicht in Stimmung heute?“, fragte Trevor und genehmigte sich einen Schluck Bier.

„Ach was, es ist diese neue Nachbarin. Sie ist nicht unbedingt einer unserer größten Fans.“

„Mist. Wie ätzend. Aber wir wussten, dass es ein Risiko war, als Mrs. Calvin auszog. Mann, wie ich dieses Bananenbrot vermisse.“

„Glaub mir, von der neuen Bewohnerin ist kein Bananenbrot zu erwarten. Ich bezweifle, dass sie überhaupt backt, und wenn sie es täte, wäre es vermutlich ein … keine Ahnung, saurer Apfel-Zyanid-Kuchen oder so was.“ Josh lehnte sich an den Tresen und rieb sich den Nacken.

„Die zickige Nachbarin geht dir aber ziemlich unter die Haut“, sagte Trevor und öffnete den Kühlschrank, um sich ein weiteres Bier zu nehmen.

Josh brachte es nicht übers Herz, Trevor zu erzählen, dass nicht Heather ihn so herunterzog. Ja, seine neue heiße Nachbarin war eine echte Nervensäge. Er würde durchaus einen Teil seiner Seele verkaufen, um derjenige sein zu dürfen, zu dem sie kam, wenn sie endlich all diese aufgestaute Energie loswerden wollte, aber … Was ihn wurmte, war nicht sie.

Vielmehr lag es an diesem diffusen Gefühl, dass es ihm nichts ausmachte, die Proben so früh zu beenden. Schlimmer noch: Josh war sogar ein wenig erleichtert. Was keinen Sinn ergab.

Er liebte Musik. Liebte es, sie zu hören, zu schreiben, zu spielen. Ohne jede Eitelkeit oder Arroganz war ihm klar, dass er das Zentrum der Band war. Die meisten Songs hatte *er* geschrieben; die Band spielte, weil *er* sie zusammengebracht hatte.

Josh war das Herz der *Weathered Gentlemen*.

In letzter Zeit hatte er diese Sache mit der Band aber nicht mehr so richtig gefühlt. Er hatte die *Musik* gefühlt, das schon. Auch auf die Gefahr hin, wie ein Weichei zu klingen, selbst in seinen eigenen Ohren: Josh hatte die Musik schon immer gefühlt. Er war als Kind während seiner gesamten Highschoolzeit nicht nur zum Baseballtraining, sondern auch zu den Chorproben gegangen, und zwar gerne.

Sein Baseballtalent hatte sich in der Highschool erschöpft, doch seine Stimme war gut genug gewesen, um anschließend am College in einer A-cappella-Gruppe aufgenommen zu werden. Nachts schrieb er seine Songs, um neben all den Hausarbeiten über Finanzthemen und den Wirtschaftstexten einen Ausgleich zu haben.

Und das war der schwierige Teil. Josh konnte ebenso gut mit Zahlen umgehen wie Musik spielen. Doch hatte er nicht einfach nur zwei unterschiedliche Talente; es war, als wären sie miteinander verknüpft. Musik war der Kontrapunkt zu den Zahlen und umgekehrt.

Das war sein Problem. Josh hatte noch immer die Musik und war verdammt froh darüber. Doch er hatte die Zahlen nicht mehr. Jedenfalls nicht mehr, seit er der Firma den Rücken gekehrt hatte. Zuerst, weil er musste, und dann, als es an der Zeit gewesen war zurückzugehen, sah er ein, dass er nicht mehr wollte.

Er wollte nicht mehr zurück zu den Anzügen und den Power-Lunches und den Power-Drinks, gefolgt von Power-Abendessen und dann … alles wieder von vorne. Tage und Nächte waren ineinander übergegangen, Wochentage und Wochenenden miteinander verschmolzen, und obwohl er wusste, dass es nicht an den vielen Arbeitsstunden gelegen hatte, dass ihm sein Leben entglitten war, hatten sie dieser Entwicklung sicher auch nicht entgegengesteuert.

Wenn er nicht die ganze Zeit über so verdammt müde und bis zum Äußersten gestresst gewesen wäre, sich nicht nur von Tiefkühlkost und Cocktails ernährt hätte, dann hätte er die Anzeichen vielleicht etwas früher bemerkt. Damit hätte er sich und seiner Familie jedenfalls eine Menge Angst erspart.

Also hatte er das Angebot seines Chefs, seinen alten Job zurückzubekommen, höflich abgelehnt und war zu … dem geworden, der er jetzt war, was auch immer das sein mochte.

Die von ihm gegründete Band bestand aus alten Kumpels und Freunden von Freunden, zusammengekommen waren sie vor einem Jahr. Die *Weathered Gentlemen* waren gut, aber nicht *großartig*. Sie hatten jede Menge Talent und waren attraktiv genug, um unter der Woche kleinere Gigs zu ergattern, wenn einer der Jungs jemanden in einer Bar oder einem Club kannte. Aber drei der vier Mitglieder hatten einen Vollzeitjob, und sie alle pflegten ein reges Sozialleben. Daher wollten sie nichts überstürzen. Für Josh war das okay gewesen. Von seinem letzten Job hatte er noch mehr als genug Geld auf der Bank liegen, um seine neue Vorliebe für das einfache Leben genießen zu können.

Für die anderen Jungs, das war ihm von Anfang an klar gewesen, war die Band nicht mehr als ein Hobby. Klar, sie würden bereitwillig mitziehen, sollten sie einen großen Hit landen. Doch die Musik war nicht ihr Leben.

Und seines auch nicht, begriff Josh.

Er brauchte Musik, keine Frage. Sie alleine *reichte* ihm aber nicht. Und als sei es nicht schlimm genug, dass ihn sein Tagesablauf in letzter Zeit zu Tode langweilte, brachte es jetzt auch die Band – die eine Sache, von der er glaubte, dass er sie wollte – nicht mehr.

Das warf die Frage auf: Was hatte er übersehen?

Ein lautes, wiederholtes Klopfen an der Tür riss ihn aus den Gedanken.

Heather.

Josh spürte, wie seine Stimmung unwillkürlich besser wurde. Er stieß sich vom Tresen ab und ging zur Tür.

„Die Nachbarin?“, rief Trevor.

„Wahrscheinlich.“

„Wozu dann das Aufreißer-Grinsen?“, fragte Trevor. „Ich dachte, sie sei eine Zicke.“

Dieses eine Mal in Trevors gesegnetem Leben war sein Timing wirklich mies. Der letzte Teil seiner Bemerkung kam aus seinem Mund, als Josh gerade die Tür geöffnet hatte, und in exakt demselben Moment hörten Donny und Felix auf zu spielen.

Das Wort *Zicke* hing in der unangenehmen Atmosphäre betretenen Schweigens in der Luft.

Josh machte sich darauf gefasst, dass Heather ihm den Allerwertesten aufriss. Er hätte es verdient. Zwar hatte er sie nicht wortwörtlich Zicke genannt, doch auch nicht unbedingt etwas Nettes über sie gesagt oder sie verteidigt.

Ja, die Frau war nervig. Aber sie war auch … interessant.

Und trotz all der Mauern, die sie um sich herum errichtete, hätte er seine Gitarre darauf verwettet, dass sich unter den Locken und der frechen Art ein Schatz versteckte.

Vielleicht. Man durfte ja wohl noch hoffen.

Zu seiner Verwunderung erwähnte sie den Zicken-Kommentar seines Kumpels mit keinem Wort. So, wie er sie kennengelernt hatte, sparte sie es sich für einen anderen Zeitpunkt auf. Vermutlich hatte sie vor, es lange und gut in ihrer weiblichen Schatzkammer all jener *Dinge, die du mir angetan hast* zu verwahren, um es irgendwann wieder hervorzuholen und ihn dafür bezahlen zu lassen.

Sie runzelte lediglich die Stirn. „Muss ich wieder das Programm ‚*Weißt du eigentlich, wie spät es ist?*' starten oder ist klar, warum ich hier bin?"

„Ahhh ..."

Kurzzeitig setzte Joshs Hirn aus, als er bemerkte, wie ihr violettes Trägerhemd ihre festen, runden, perfekten Brüste umschmeichelte – und er sich wünschte, sie sei aus einem völlig anderen Grund hier.

„Na, sieh einer an, hallo. Du musst 4C sein", begrüßte Trevor sie, kam zur Tür und sorgte dafür, dass Josh von einem bissigen Kommentar verschont wurde.

Heather schüttelte Trevors Hand. „Wie ich sehe, eilt mir mein Ruf voraus."

Josh verengte seine Augen. Hörte er einen *flirtenden Unterton* in Heathers Stimme? Er hätte nicht gedacht, dass die Spaßbremse dazu fähig war, aber ...

Ja, das war definitiv ein lasziver Wimpernschlag, den er gerade gesehen hat.

„Kann ich dir ein Bier holen?", fragte Trevor.

„Spar dir die Mühe", sagte Josh. „Sie ist hier, um allen Menschen auf der Welt den Spaß zu verderben."

„Nicht allen, Josh. Nur dir", erwiderte Heather, die Trevor noch immer süß anlächelte. „*Und* ich hätte sehr gerne ein Bier."

Josh blieb der Mund offen stehen, als Heather eintrat.

„Soll ich dir ein Sweatshirt leihen?", fragte er barsch, überrascht von sich selbst, als ihm die Frage herausrutschte.

Endlich sah sie ihn an, die sonst so großen Augen zusammengekniffen. „Warum sollte ich mir ein Sweatshirt leihen wollen?"

„Dachte nur, dir ist vielleicht kalt", brummte er und schloss die Tür hintern ihnen.

„Hey, wer ist das?", fragte Felix und kam zusammen mit Donny aus dem Probenraum.

„Das ist 4C“, sagte Trevor, ehe Josh antworten konnte.

„Heather“, korrigierte ihn seine Nachbarin sanft und schüttelte Felix und Donny die Hand.

„Also, ihr Jungs müsst die Band sein, die mich nachts wachhält“, sagte sie so freundlich, als wünschte sie sich nicht insgeheim, dass sie alle einen qualvollen Tod starben, weil sie ihr kostbare Schlafenszeit raubten. Josh fühlte sich, als würde er in eine Parallelwelt eintauchen. Wer war dieses lächelnde, charmante Wesen? Warum wedelte sie nicht mit den Armen in der Luft herum wie eine Irre, sodass er gezwungen war, sie zu küssen, um sie zum Schweigen zu bringen?

Und gemessen an Trevors musterndem Blick war er nicht der Einzige, der bemerkte, dass Heather Fowler in ihrem knappen kleinen Trägerhemdchen und der Pyjamahose verdammt küssbar aussah.

„Was für ein Bier möchtest du?“, fragte Josh Heather.

„Ich hab schon“, mischte sich Trevor ein. Er tauchte an ihrer Seite auf und drückte ihr eine Flasche in die Hand. Sie warf einen Blick in den Probenraum.

„Hier also kommt der Lärm her, hm?“, fragte sie.

Josh Augen verengten sich, als sein Freund kurz mit der Hand Heathers Rücken berührte. „Genau“, sagte Trevor. „Aber es tut uns leid, dass es dich wachhält.“

„Oh, schon okay“, erwiderte sie und wedelte mit der Hand. „Ich meine … es ist nicht okay. Aber heute konnte ich ohnehin nicht schlafen, also bekommt ihr einen Freifahrtschein. Wer von euch spielt denn was?“

„Donny spielt Bass, Felix sitzt am Schlagzeug. Josh ist der Leadgitarrist und ich, als wichtigstes Mitglied, bin am Mikro.“

„Oh! Ich dachte, Josh wäre der Sänger“, sagte Heather und sah kurz über die Schulter zu ihm. Ihre Blicke trafen sich, und Josh fühlte einen Hauch von … irgendwas.

„Ah, erzählt er das den Frauen neuerdings?“, scherzte Trevor.

„Nein, ich … ich höre ihn manchmal singen“, murmelte Heather.

„Unser Junge hier kann sehr gut singen, aber warte, bis du *mich* gehört hast, meine Liebe.“

Josh drehte sich leicht angewidert um und holte ein weiteres Bier aus dem Kühlschrank. Trevor und die anderen drängten Heather dazu, sich den Probenraum anzusehen, und schienen völlig aus dem Häuschen darüber zu sein, diese Art von Publikum zu haben, und sei es noch so widerwillig.

„Yo, Tanner“, rief Felix.

„Was?“, antwortete er, öffnete die Flasche und setzte sie an die Lippen, während er gedanklich abzuschütteln versuchte, was auch immer ihn heute so herunterzog.

„Lass uns Heather zeigen, dass wir mehr können als das bisschen Lärm, das durch ihre Schlafzimmerwand dringt.“

Josh wandte sich um und sah, wie Donny einen seiner Küchenstühle durch den Raum schleifte und damit im Probenraum verschwand.

„Also gut, meine Liebe. Du setzt dich jetzt einfach mal hier hin und machst es dir bequem“, sagte Trevor. „Tanner! Komm schon, Mann!“

Josh hörte den tiefen Ton, den Donny mit seiner Bassgitarre anstimmte, einen kleinen Aufwärmrhythmus, den Felix trommelte, und wusste, dass er aus dieser Nummer nicht mehr herauskam. Wenn er sich jetzt weigerte, diesen Song zu spielen, würde er wie ein Vollidiot dastehen.

Dennoch rührte er sich nicht und trank stattdessen noch einen Schluck Bier.

Er blickte auf, als er spürte, dass er beobachtet wurde, und sah Heather in der Tür stehen. Sie lehnte am Türpfosten und betrachtete ihn.

„Alles okay, 4A?“ Sie klang unbeschwert, fast ein wenig zurückhaltend, als wollte sie gar nicht so genau wissen, warum er hier alleine herumstand und sich so seltsam unwohl in seiner Haut fühlte.

Er wusste es zu schätzen. In den vergangenen paar Jahren hatte Josh genug Zeit mit Menschen verbracht, die sich in seiner Gegenwart aufführten, als würden sie auf rohen Eiern laufen, und permanent lieblich gurrten. Manches davon war echt, anderes weniger.

Heathers nüchterne Frage war erfrischend – und genau das, was er brauchte.

Er war glücklich und gesund und lebte seinen Traum, verdammt noch mal!

Auch wenn er sich nicht mehr sicher war, ob es wirklich *sein* Traum war.

„Kommst du mir jetzt auf die sensible Tour?“, fragte er und nahm einen letzten Schluck Bier, bevor er es beiseitestellte und auf sie zuschlenderte.

Heathers Augen verengten sich. „Wohl kaum. Ich wollte nur, dass du dich zusammenreißt, damit ich sehe, was euer süßer Leadsänger draufhat.“

Er trat absichtlich so in den Türrahmen, dass sie weder rechts noch links an ihm vorbeikam, ohne mit ihm zusammenzustoßen, und grinste über ihr Unbehagen.

„Du hast bessere Laune heute Abend“, bemerkte er und ließ seinen Blick über ihre verrückten Locken und ihren entspannten Gesichtsausdruck gleiten. „Warum?“

„Ob du es glaubst oder nicht, ich bin kein Hausdrache.“

„Ha.“

Heather stieß ihn gegen die Schulter und sah ihn missmutig an. „Bin ich wirklich nicht!“

„Heißt das, du fängst an, Bananenbrot zu backen wie Mrs. Calvin?“

„Ja, klar! Und Coffee Cake und Zuckerplätzchen und was auch immer du sonst noch an Süßem magst. Und dabei trage ich eine mit Rüschen besetzte, sehr feminine Schürze."

„Und ich gehe davon aus, dass du unter dieser Schürze nichts trägst?", fragte er und beugte sich leicht zu ihr nach vorne.

„Schon wieder richtig!", sagte sie in gespieltem Entzücken. „Ich liebe es einfach, nackt zu backen."

Joshs Puls wurde schneller, doch Trevor unterbrach sie jäh, bevor das nicht jugendfreie Bild in seinem Kopf zu einer ausgewachsenen Fantasie heranreifen konnte.

„Alter, machen wir das jetzt oder was?"

Josh sah Heather an.

„Ein Lied", sagte sie und hielt einen Finger in die Luft. „Ich kann mir genauso gut anhören, wie die Musik von dieser Seite der Wand aus klingt."

Sie ging zurück in den Probenraum und setzte sich in den Ohrensessel in der Ecke. Josh folgte ihr hinein, griff nach seiner Gitarre und hob den Gurt über den Kopf. Dann fing er ihren Blick auf und blinzelte ihr zu.

Heather verdrehte die Augen und Josh konnte sein Grinsen nicht verbergen, als er seinen ersten Akkord spielte.

Schon wieder hatte diese rotzfreche Frau mit der großen Klappe es geschafft, ihn aus seinem dunklen Loch herauszuholen.

Es wurde immer klarer: Diese faszinierende neue Nachbarin war womöglich *genau das*, was er brauchte, um sich lebendig zu fühlen.

8. Kapitel

Das letzte Mal, dass Heather sich erlaubt hatte, einen Freitag- oder Samstagabend zu genießen, war schon Ewigkeiten her. Verdammt, es war *Jahre* her, seit sie mal eine Nacht durchgetanzt oder zu tief ins Glas geschaut hatte. Dafür, dass sie erst siebenundzwanzig war, war das schon etwas traurig. Aber es war der Preis für ihren Traum vom Hochzeits-Business. Ihre ruhigsten Tage waren Montag und Dienstag, wenn ihre anderen Freunde sich von ihren wilden Wochenendaktivitäten erholten. Und ihre stressigsten Arbeitstage waren die Wochenenden, wenn alle anderen die Sau rausließen.

Meistens machte ihr das nichts aus, auch wenn sie sich aufgrund der fehlenden Schnittmenge mit den Terminplänen anderer Leute manchmal etwas einsam fühlte. Sie wollte Hochzeitsplanerin sein, mehr als alles andere, und wenn das hieß, dass ihre sozialen Kontakte eingeschränkt waren, war das eben so.

Doch das hielt sie jetzt nicht davon ab, sich darüber zu freuen, eingemummelt auf der Couch eines süßen Typen zu sitzen und den Arm eines anderen süßen Typen locker auf den Schultern zu spüren. Und wenn sie vielleicht ein klein wenig enttäuscht darüber war, dass dieser Arm nicht Josh gehörte, schob sie es auf ihr drittes – viertes? – Bier.

„Also, 4C, du hast uns noch gar nicht erzählt, warum du an einem Freitagabend so verrückt lange auf bist", sagte Josh, setzte die Bierflasche an die Lippen und beobachtete sie. Sein Blick streifte kurz ihre Schulter, auf der Trevor seine Hand abgelegt hatte, doch er sah ebenso schnell wieder weg.

Trevor schaute auf seine Uhr. „Verrückt lange auf? Es ist nicht einmal Mitternacht."

„Weit jenseits der Zubettgehzeit einer Hochzeitsplanerin", erklärte Josh.

„Nein, heute nicht", antwortete Heather, rutschte tiefer ins Sofa hinein und legte ihre Füße auf Joshs Couchtisch ab. Wann hatte sie ihre Schuhe abgestreift? Und warum war es hier so verdammt gemütlich?

Joshs Augen verengten sich. „Ich dachte, samstags sei am meisten los."

„Normalerweise ist das auch so. Aber morgen habe ich frei."

Frei.

Es war eine seltsame Vorstellung, morgen nicht arbeiten zu müssen. Doch ihre Vorbereitungen für die Robinson-Hochzeit hatten zur Folge, dass sie nicht so viel Zeit hatte, bei Alexis oder Brookes Hochzeiten auszuhelfen, daher war sie morgen fein raus. Sie hatte ihre Hilfe angeboten, aber beide hatten abgelehnt. Normalerweise hätte sie darauf bestanden, weil sie sich so unentbehrlich wie möglich machen wollte, aber um ehrlich zu sein, *wollte* Heather den Tag freihaben. Sie brauchte Zeit, um nachzudenken, wobei sie nicht sicher war, worüber eigentlich. Und vielleicht ging es bei freien Tagen ja genau darum: darüber nachzudenken, worüber man einmal nachdenken sollte.

Oh Mann!

Heather schaute hinab auf das halb geleerte Bier in ihrer Hand und stellte es auf dem Tisch ab. Wahrscheinlich hatte sie bereits mehr als genug davon gehabt.

„Wie ist es denn, Hochzeitsplanerin zu sein?", fragte Trevor. Er verlagerte seine Hand leicht und spielte mit einer Strähne ihres Haares.

Dieses Mal war sich Heather sicher, dass Josh die Bewegung verfolgte, auch wenn er keine Miene verzog. Keine Eifersucht erkennbar.

„Assistenzplanerin", korrigierte sie aus reiner Gewohnheit. „Jedenfalls vorläufig."

Ihr Blick verfing sich mit Joshs, während sie so dicht neben Trevor saß, dass ihre Hüfte seine berührte.

„Und was meinst du mit ‚vorläufig'?", fragte Josh.

„Ich stehe kurz vor einer Beförderung", antwortete sie, lehnte sich nach vorne und griff nach der Bierflasche, allerdings weniger, um daraus zu trinken, sondern eher, damit ihre Hände etwas zu tun hatten.

„Hey, das ist doch großartig!", rief Trevor und zog erneut an einer Locke.

Und wieder beobachtete Josh die Bewegung. Dieses Mal kniff er die Augen zusammen, ehe er sie wieder ansah.

„Wie geht es dir damit?", fragte er.

Sie stieß ein überraschtes Lachen aus. „Wie es mir damit geht, befördert zu werden? Wie geht es denn den meisten Menschen damit?"

„Ich habe nicht nach den meisten Menschen gefragt", gab Josh zurück und nippte an seinem Bier. „Ich habe dich gefragt."

Sie kniff die Augen zusammen. „Du bist irgendwie schräg heute Abend. Was ist los?"

„Stimmt", stieg Trevor ein. „Du bist ein bisschen schräg, Mann."

„Ich meine nur, dass es im Leben mehr gibt als Arbeit", brummte er.

„So wie das hier?", entgegnete Heather und deutete gereizt auf seine Wohnung, wo sie zu dritt leicht angesäuselt auf dem Sofa herumhingen, während die anderen beiden Bandmitglieder vor dem Bildschirm klebten und ein Ballerspiel spielten. „Sein Leben *so* zu verbringen ist natürlich *viel* besser."

„Hey, wenigstens bin ich nicht ständig angefressen und schlecht drauf", gab er zurück.

„Wenn ich mal angefressen und schlecht drauf bin, dann, weil ich einen Kindskopf als Nachbarn habe, dessen Leben darin besteht, Gewichte zu stemmen, irgendwelche Mädels zu vögeln und sich von seiner Mom Pfannkuchen backen zu lassen", schimpfte sie, stieß sich vom Sofa ab und stapfte in die Küche, um den Rest ihres Bieres in den Ausguss zu schütten und sich davonzumachen.

„Nichts da, Süße, du kannst jetzt nicht abhauen", sagte Josh und folgte ihr in die Küche. „Du hast an *meine* Tür geklopft, schon vergessen? Ich hatte den Jungs längst gesagt, nicht mehr so laut zu sein und Schluss zu machen für heute. Du warst diejenige, die hier stolz ihren freien Tag anpries, als wäre er ein nationaler Feiertag oder so was."

„Hey, entspannt euch mal, Leute", mischte Trevor sich ein, kam ebenfalls in die Küche und stellte sich zwischen die beiden.

Sie ignorierte Trevor und schleuderte ihre Bierflasche in die Recyclingkiste, obwohl sie sie am liebsten Josh an den Kopf geworfen hätte. „Also, *entschuldige* bitte, wenn für mich die Tage keine endlose Aneinanderreihung von Fitness und Vögeln sind."

„Wenn du etwas mehr vögeln würdest, wärst du vielleicht nicht ständig so zickig!", konterte Josh. Sein Gesicht war angespannt und wutverzerrt.

Vor Empörung blieb Heather der Mund offen stehen, doch sie schloss ihn wieder. Es gab einen viel effektiveren Weg, es ihm heimzuzahlen, als ihm eine gepfefferte Antwort entgegenzuschleudern.

„Weißt du was, 4A? Ich glaube, du hast absolut recht." Sie schenkte ihm ein langes, sinnliches Lächeln und sah ihn verwirrt zusammenzucken, als sie langsam auf ihn zukam. Nur dass sie in letzter Sekunde ihren Kurs korrigierte und sich auf Trevor zubewegte. Sie legte ihm die Hand in den Nacken, zog seinen Kopf zu sich herunter und küsste ihn.

Der Kuss war … okay.

Sie versuchte, sich darin zu verlieren, wirklich. Trevor war sexy und lustig und den Abend über beim Flirten keineswegs schüchtern gewesen. Doch als er sich von der Überraschung erholt, seinen Arm um ihre Taille geschlungen und den Kuss intensiviert hatte, wurde Heather bewusst, dass sie kaum mehr spürte als das Gefühl, lange nicht mehr so leidenschaftlich geküsst worden zu sein.

Er war nicht der richtige Mann, um ihre Durststecke zu beenden.

Dennoch gab sie vor Josh ihr Bestes. Sie bog ihren Rücken so durch, dass ihr Körper sich eng an Trevors schmiegte, gab hungrige kleine Stöhngeräusche von sich und löste sich nur langsam von ihm.

Sie hielt ihren Blick fest auf Trevors Lippen gerichtet, als seien sie die köstlichste Sache der Welt. Ihre Antennen aber nahmen nur Josh Tanner und seinen unverhohlenen Ärger wahr, der in Wellen auf sie einschlug. Der Hauch eines Schuldgefühls kam in ihr auf, als sie erkannte, dass sie Trevor benutzte. Sein kurzes, freundliches Zwinkern gab ihr jedoch zu verstehen, dass es ihm nicht im Geringsten etwas ausmachte. Und die Art und Weise, wie er amüsiert den Mund verzog, zeigte, dass er sehr wohl wusste, was sie vorhatte, ganz im Gegensatz zu Josh.

„Wir sollten das bald mal wiederholen“, sagte er mit einer tiefen, sexy Schlafzimmerstimme.

Josh gab einen knurrenden Ton von sich. Heather lächelte Trevor an. „Das wäre schön.“

Langsam ging sie einen Schritt nach hinten, lenkte ihre Aufmerksamkeit auf Josh, als würde ihr gerade erst wieder einfallen, dass er hier war. „Bis demnächst, 4A.“

Er antwortete nicht, sondern starrte erst sie, dann Trevor wütend an.

Es war ihr Triumph, und sie beide wussten es.

Doch als sie zurück in ihr Apartment ging, alleine, mit dem Geschmack des falschen Typen auf den Lippen, fühlte es sich weniger wie ein Sieg an, sondern eher wie der Beginn eines sehr gefährlichen Spiels.

9. Kapitel

Eine Sache, die Heather seit ihrem Umzug nach Manhattan ziemlich schnell gelernt hatte, war, dass Sonntage in New York City vor allem eines bedeuteten: Brunch. Mimosas und saftige Omeletts waren für sie daher alles andere als Fremdwörter. Heute aber würde sie noch einen draufsetzen – und einen Brunch *ausrichten*.

An Samstagen fand das Alltagsgeschäft der Belles statt. Da jedoch auch Sonntage zunehmend beliebt für Veranstaltungen rund um Hochzeiten wurden, kam es nur noch selten vor, dass sie alle drei und auch Jessie einen freien Sonntag hatten. Heather hatte entschieden, eine Ausnahme zu machen, und sie alle zu einem Einweihungsbrunch bei ihr zu Hause einzuladen. Sie hatte zudem Logan Harris eingeladen, den ruhigen, unglaublich sexy Buchhalter der Belles, sowie Brookes neuen Freund Seth. Jessies neuer Freund war nicht in der Stadt, und konnte daher der Einladung nicht nachkommen.

Ursprünglich war es ihr wie eine geniale Idee vorgekommen. Heather hatte eine perfekt vorbereitete Tafel vor Augen gehabt, Orangensaft in einem Kristallkrug neben Champagner in dem Eisbehälter im Polka-Dot-Stil, den sie im Ausverkauf bei Kate Spade erstanden hatte, eine frisch gebackene Quiche und einen Obstsalat mit frischer Vanille und Minze. Alles würde rechtzeitig bereitstehen, damit Heather ihre Haare waschen und föhnen und dieses grüne Kleid anziehen konnte, von dem sie glaubte, dass es ihre Augen besonders funkeln und leuchten ließ.

Und dann …

Verschlief sie trotz des Weckers.

Beziehungsweise *der* Wecker. Aller drei.

Sie war wirklich zu nichts zu gebrauchen.

Gestern war ein völlig chaotischer Tag gewesen. Sie war durch die Stadt gelaufen, um für die Robinson-Hochzeit Alternativen zum Plaza zu suchen. Als sie schließlich ihren müden Körper um neun Uhr abends nach Hause getragen hatte, ohne eine einzige praktikable Lösung gefunden zu haben, war das Letzte, wozu sie imstande war, in einen Laden zu hetzen oder den Tisch einzudecken.

Stattdessen hatte sie vergangene Nacht eine Einkaufsliste geschrieben und ihren Wecker auf fünf Uhr morgens gestellt. Und einen auf Viertel nach fünf. Und einen auf halb sechs, nur um sicherzugehen, dass sie um sechs Uhr auf dem Weg war, um die Sachen für die Quiche, das frische Brot und den Obstsalat zu kaufen, und außerdem alles, was sie für das neue Coffee-Cake-Rezept brauchte, das sie auf Pinterest gefunden hatte.

Ihr Gehirn hatte das alles bis auf die Minute durchgeplant.

Ihr Körper hingegen hatte anderes im Sinn gehabt.

Und zwar *schlafen*.

Nach einer ruhelosen Nacht zu viel hatte er beschlossen, dass jetzt der richtige Zeitpunkt war, um etwas Schlaf nachzuholen. Und die angeschlagene Heather hatte es fertiggebracht, alle drei Wecker wieder auszuschalten.

Statt also um sechs Uhr die Wohnung verlassen zu haben, war sie jetzt um neun Uhr ungeduscht, hatte keine einzige Zutat im Haus, den Tisch nicht gedeckt, und um elf sollten die Gäste eintrudeln.

Zwei Stunden, um … alles hinzubekommen.

Eilig zog Heather sich an, hetzte zur Wohnungstür, und überlegte kurz, ob sie allen schreiben und um eine Stunde Aufschub bitten sollte, aber das war *überhaupt* nicht der Eindruck, den sie erwecken wollte. Sie wollte, dass die anderen Belles den Brunch als offiziellen Startschuss für die neue Heather verstanden: versiert, anspruchsvoll und absolut imstande, zu einer vollwertigen Planerin aufzusteigen. In dieses Apartment zu ziehen war Schritt eins gewesen. Und in besagte Wohnung Leute einzuladen, sie sehr stilvoll mit Essen und Getränken zu bewirten war der nächste – und notwendige – Schritt zwei. Den durfte Heather nicht vermasseln.

Sie schaute auf, als Joshs Tür sich öffnete und sein nerviges, mittlerweile vertrautes Gesicht auftauchte, mit … heilige Mutter Gottes! … sehr viel nackter Haut darunter.

Ihr kleiner Streit und Heathers Knutscherei mit Trevor lagen etwas mehr als eine Woche zurück, und keine ihrer Begegnungen seitdem war auch nur ansatzweise entspannt abgelaufen. Zwar gab es noch immer jede Menge Witzeleien und Geplänkel zwischen ihnen, wie es ihre Beziehung von Anfang an gekennzeichnet hatte, doch das unbeschwerte Necken war verschwunden. Stattdessen herrschte eine merkwürdige Spannung, die Bedauern in ihr auslöste, auch wenn sie gar nicht genau wusste, warum.

Sie hob eine Hand, um ihre Sicht auf den straffen, muskulösen Körper einzuschränken, den ihr Nachbar ungeniert zur Schau stellte. „Kannst du das bitte bedecken?"

„Was bedecken? Die entscheidenden Stellen sind verhüllt."

„Mit einem Hauch von Nichts", murmelte sie und versuchte, das Bild von Josh, der nichts als schwarze Boxershorts trug, aus dem Kopf zu bekommen. „Ernsthaft, Josh. Du kannst doch nicht nackt die Tür öffnen."

„Notiert", sagte er und bückte sich, um seine Zeitung aufzuheben.

„Und da ist noch so etwas", warf sie ein und schirmte ihre Augen weiterhin ab. „Eine echte Zeitung? Wirklich? Du hast schon vom Internet gehört, oder?"

„In mir schlummert eine alte Seele, 4C. Nichts geht über ein wenig Druckerschwärze auf den Fingern, wenn man den ersten Schluck Kaffee am Morgen trinkt."

Seine Bemerkung über Kaffee rief ihr ins Gedächtnis, dass sie noch keinen gehabt hatte, und sie unterdrückte ein leises Stöhnen. Gerade noch so.

„Ich muss jetzt los", sagte sie murrend, zu müde und gestresst, um mit ihm zu diskutieren.

„Hey, warte!" Joshs Stimme klang jetzt etwas schärfer. Er eilte in den Hausflur und versperrte ihr den Weg. „Irgendwas stimmt hier nicht."

Gestern hätte sie ihn entweder ignoriert oder angelogen, aber da sie ungefähr dreißig Sekunden von einem Nervenzusammenbruch entfernt war, berichtete sie ihm, ehe sie sich's versah, von dem ganzen Chaos: dem hirnrissigen Herumlaufen gestern, der Erschöpfung letzte Nacht und der Weckerpanne von heute Morgen. Und sie zählte verzweifelt auf, was in den nächsten zwei Stunden alles erledigt werden musste.

„Und das alles ist deine Schuld", schloss sie und zeigte mit dem Finger auf ihn.

Er grinste und sah wieder ein bisschen aus wie der alte Josh. „*Natürlich* ist es das."

„Du und deine Band, ihr habt diese Woche viel mehr geprobt als sonst, zu allen Tages- und Nachtzeiten."

„Wo ist das Problem? Sauer, dass Trevor nicht vorbeigekommen ist, um dir seine Zunge in den Mund zu stecken und dich zu begrapschen?", fragte er sarkastisch und verschränkte die Arme vor seiner blanken Brust. Es schien ihn nicht im Geringsten zu stören, dass er halb nackt im Hausflur herumstand.

Nein, ich bin sauer, dass du *mich nicht begrapscht hast.*

„Egal", murmelte sie und drängte an ihm vorbei. „Ich verschwende meine Zeit."

Josh streckte seinen Arm aus, legte ihr die Hand auf die Hüfte und hinderte sie am Weitergehen. „Warte!"

Seine Finger blieben einen Moment lang dort, und Heather sog scharf die Luft ein. Sie hatte nicht gewusst, wie sehr sie es vermisst hatte, berührt zu werden, und ihr Gehirn erfasste, wie gut er sich anfühlte. Und roch. Und …

„Du bist doch wohl nicht etwa nackt, weil da eine Frau bei dir ist, oder?“, platzte es aus ihr heraus.

Er hob seine Augenbrauen. „Eifersüchtig?“

„Angewidert“, gab sie zurück.

„Brauchst du nicht zu sein. Neuerdings erlebe ich so etwas wie eine Durststrecke.“

„Mit neuerdings meinst du … seit einer Woche?“

„Ja, weißt du, manche von uns halten es für Quatsch, ein ganzes Jahr ohne Sex auszukommen, 4C.“

„Es war kein ganzes Jahr“, murmelte sie.

Aber nah dran. Sehr nah dran.

Heather trat einen Schritt zurück, um seiner Nähe zu entkommen, nur war sie nicht schnell genug, denn er streckte erneut seine Hand aus und schnappte ihr Telefon aus ihrer Tasche.

„Was machst du da?“ Sie versuchte, es sich zurückzuholen, doch er hob es höher in die Luft und begann, darin herumzutippen.

„Nun, gemessen an deiner Empörung über meine Zeitung, nahm ich an – und zwar zu Recht, wie ich ergänzen möchte –, dass du alles in deinem Telefon aufbewahrst. Auch deine Einkaufsliste.“

„Na und? Was machst du? Was tippst du da ein?“

„Meine Telefonnummer“, antwortete er.

„Ich will deine Telefonnummer nicht. Wenn ich dich wegen Ruhestörung anschreien muss, komme ich direkt vorbei.“

„Hier.“ Er ignorierte ihren Kommentar und gab ihr das Telefon zurück.

„Was hier?“, fragte sie. „Hast du mich gerade auf einer Sexseite angemeldet?“

„Eine Sexseite? Du meinst Pornos, 4C? Und wie genau, glaubst du, soll das funktionieren?“

„Also, was hast du getan?"

„Ich habe deine Einkaufsliste weitergeleitet."

„An wen?"

„An mich", antwortete er und machte sich auf, in sein Apartment zurückzugehen, wobei er die Tür offen stehen ließ.

„Gruselig, selbst für deine Verhältnisse", rief sie ihm hinterher.

Josh seufzte, drehte sich um und kam wieder auf sie zu, bis er direkt vor ihr anhielt und sie den Kopf nach hinten neigen musste, um ihn anzusehen.

„Du bist so begriffsstutzig, 4C."

Sie runzelte die Stirn.

„Ich gehe für dich zum Supermarkt", sagte er.

Sie öffnete den Mund, und er bedeckte ihn mit seiner Hand, ehe sie antworten konnte. „Sag nicht nein. Ich bin ein netter Kerl. Lass es mich beweisen. Bitte."

Langsam senkte er seine Hand, und Heather schluckte. „Ich habe nie gesagt, dass du kein netter Kerl seist."

Er grinste. „Natürlich hast du das. Mehrfach."

„Ich kann dich nicht für mich einkaufen lassen", sagte sie bestimmt.

Josh legte Heather beide Hände auf die Schultern, drehte sie so herum, dass sie ihre eigene Wohnungstür vor Augen hatte, und schob sie in diese Richtung.

„Der Plan ist folgender. Du bewegst deinen süßen Hintern da hinein, gehst unter die Dusche, machst dich hübsch, und dann wirbelst du hin und her und deckst aufgeregt deinen Tisch mit pinken Platzdeckchen ein oder was auch immer."

Ihr Kopf schnellte herum. „Woher weißt du, dass ich pinke Platzdeckchen habe?"

Er lächelte nur. „Ich gehe in den Supermarkt. Besorge deinen ganzen Kram. Dann kochst du. Allerdings keine Quiche. Du machst Rührei, vielleicht ein Omelett."

Ihre Augen verengten sich. „Du weißt, dass ich pinke Platzdeckchen habe und dass ich vorhatte, eine Quiche zu machen?"

„Frauen lieben Quiche", erwiderte er. „Das habe ich noch nie verstanden."

„Nun, ich bin eine Frau, und die meisten Gäste, die kommen, sind Frauen, insofern …"

„Die meisten?"

„Drei Mädels und zwei Typen."

Er betrachtete sie. „Typen? Hm."

Es lag ihr auf der Zunge zu erklären, wer Logan und Seth waren, aber aus irgendeinem Grund behielt sie es für sich. Vielleicht wollte sie, dass er darüber grübelte. Nur ein bisschen.

„Du musst nicht für mich einkaufen gehen", sagte sie. „Wirklich."

„Ich weiß", gab er zurück und ging zu seiner eigenen Wohnungstür. „Aber du wirst es annehmen."

„Werde ich das?", fragte sie, obwohl sie ziemlich sicher war, dass er recht hatte. Verflucht, sie kramte bereits ihre Schlüssel aus der Tasche.

„Wirst du."

„Was springt für dich dabei heraus?", fragte sie argwöhnisch, als er gerade die Tür schließen wollte.

Er streckte seinen Kopf wieder hinaus und hob vielsagend seine Augenbrauen.

„Nein", sagte sie und zeigte mit dem Schlüssel auf ihn. „Ich werde nicht mit dir schlafen aus Dankbarkeit dafür, dass du mir Eier kaufst."

Sein Grinsen wurde immer breiter. „Bin in einer halben Stunde wieder da. Sei ruhig noch in ein Handtuch gewickelt, wenn ich klopfe."

„Vergiss es!", rief sie.

Doch auch sie grinste jetzt, denn mit ihr und Josh war alles wieder beim Alten.

10. Kapitel

„Wie viele Bananen hatte ich auf meiner Einkaufsliste stehen?“, fragte Heather, als sie ein zweites Bündel aus der Tüte holte. „Ich brauche nur ein paar für den Obstsalat.“

„Sicher, aber du wirst viele für das Bananenbrot brauchen“, sagte Josh und räumte in ihrem Kühlschrank ein paar Sachen zur Seite, um Platz zu schaffen für die Eierkartons, die er mitgebracht hatte.

Sie drehte sich um und starrte seinen Rücken an. „Ich mache kein Bananenbrot.“

„Na ja, heute nicht“, gab er zurück. „Sie müssen erst richtig reif und braun werden.“

„Entschuldige, ich muss da etwas klarstellen. Ich werde niemals Bananenbrot backen.“

„Sicher wirst du das“, wandte er ein und holte ein Bund glatter Petersilie aus der Tüte. „Als Dankeschön.“

„Okay. Ich gebe zu, ich schulde dir etwas“, sagte sie langsam. „Aber ich weiß gar nicht, wie man Bananenbrot macht.“

„Keine Sorge.“ Er zwinkerte. „Ich schon.“

Heather verdrehte die Augen, auch wenn ihr der Gedanken, demnächst gemeinsam mit ihm in der Küche zu stehen, einen seltsamen, kleinen Glückskick verpasste. Eigentlich mochte sie das Gebäck nicht sonderlich, doch sie fing an, ihren Nachbarn zu mögen. Sehr sogar.

Nicht in romantischer Hinsicht. So verrückt war sie nicht, sich auf einen Mann einzulassen, auf dessen Waschbrettbauch quasi *Herzensbrecher* gekritzelt stand. Doch sie konnte nicht leugnen, dass der Kerl ihr ans Herz wuchs. Gewaltig.

Sie packte weiter die Einkäufe aus und rief das Coffe-Cake-Rezept auf ihrem iPad auf. Wow. *Wow!* War es schon immer so kompliziert gewesen? So viele Zutaten. So viele Schritte. So wenig Zeit.

Josh schob die Hände in seine Hosentaschen und schlenderte in ihrem Apartment umher. „Die Tafel sieht schön aus."

Der gedeckte Tisch sah wirklich gut aus, was ihm zu verdanken war, denn er hatte ihr die Zeit gegeben, sich darum zu kümmern. Heather hatte blitzartig geduscht und die Haare an der Luft trocknen lassen. In der Zwischenzeit hatte sie sorgfältig die frischen Blumen arrangiert, die sie gestern auf dem Nachhauseweg mitgenommen hatte, und Serviettenringe aus den Resten einer wunderschönen silbernen Schleife gebastelt, die von einer der Hochzeiten im Sommer übrig geblieben waren.

Sie hatte kein edles Porzellan, doch ihre schlichten weißen Teller bildeten einen hübschen Kontrast zu den pinken Platzdeckchen, und Heather vervollständigte den Look mit silbrig glänzenden Kerzen, die für einen gewöhnlichen Brunch vielleicht ein klein wenig übertrieben waren, ihrem eher rustikal eingerichteten Apartment aber einen eleganten Touch verliehen.

„Ja, nun, das ist der einfache Teil", sagte Heather, flitzte in der Küche herum und suchte das nötige Zubehör zusammen. Dabei fiel die Metallschüssel, die auf einer Million anderer Dinge balancierte, krachend zu Boden, gefolgt von einer Tüte Mehl, dem Holzlöffel und einer Packung Salz, die glücklicherweise noch geschlossen war, sodass wenigstens das Salz nicht verschüttet wurde.

Heather stellte die übrigen Sachen beiseite und beugte sich im selben Moment hinunter wie Josh, um die Sachen aufzuheben.

Beide griffen nach der Schüssel, und sie schaute überrascht auf, denn er ließ nicht los, als sie daran zog. Er sah sie an, als versuchte er, in ihrem Gesicht zu lesen. „4C, wie schlecht genau bist du in der Küche?"

Sie biss sich auf die Unterlippe. „Ähm, ich mache großartige Chocolate Chip Cookies?!"

Er seufzte leise, stand auf und reichte ihr eine Hand, um sie hochzuziehen. „Irgendwie wusste ich, dass du so etwas sagen würdest. Also gut, 4C, lass uns loslegen."

Heather runzelte die Stirn. „Womit?"

Josh zog zwei Schneidebretter hervor und legte ihr eins vor die Nase. „Du machst den Obstsalat."

„Ist das Gericht nicht männlich genug, um dich damit abzugeben?", fragte sie.

„Überhaupt nicht. Aber ich habe ja auch keine Wahl, denn ich nehme an, du möchtest kein Steak servieren, oder? Einfach nur ein großes, saftiges Stück Fleisch?"

„Groß, ja? Als Ausgleich für etwas anderes, Tanner?"

„Entschuldige, wenn du das gute Stück hättest sehen wollen, hättest du das heute Morgen erledigen müssen, *bevor* ich meine Hose angezogen habe."

Heather verdrehte die Augen. „Ich bin mir sicher, es wird nicht das letzte Mal gewesen sein, dass du in Boxershorts herumstolziert. Und nein, kein Steak zum Brunch. Aber im Ernst, du musst mir nicht helfen."

„Halt die Klappe, 4C. Ich hab mich in der letzten Woche schon oft genug über dich geärgert. Okay, lass uns die Eier vorbereiten. Bist du in der Lage, Omeletts zu machen? Oder soll ich alles vorbereiten, damit du Rührei zubereiten kannst, sobald deine Gäste hier sind?"

„Ich schätze, Rührei wäre gut", antwortete sie, unverhohlen niedergeschlagen. „Nicht so ausgefallen, wie ich mir erhofft hatte, aber ich habe noch nie ein Omelett gemacht. Und ich bin mir nicht sicher, ob es der richtige Zeitpunkt ist, damit anzufangen, wenn ich fünf Gäste bekochen muss."

„Erzähl mir von diesen Leuten, die du unbedingt beeindrucken willst", sagte er und schlug ein Ei in eine Schüssel. Für einen Mann, dem noch seine Mutter Pfannkuchen macht, stellte er sich überraschend geschickt an.

„Die Frauen sind meine Kolleginnen", antwortete Heather, öffnete die Packung Erdbeeren und begann, das Obst zu waschen und klein zu schneiden. „Die anderen Belles und unsere Rezeptionistin."

„Die Belles?"

„Die *Wedding Belles*", erklärte sie. „So heißt unsere Agentur für Hochzeitsplanung."

„Und diese Belles", fragte er, während er in ihrer Schublade nach einem Schneebesen suchte, „das sind die wählerischen Quiche-Tanten?"

„Nur damit das klar ist: Quiche ist köstlich", erwiderte Heather und deutete mit dem Messer auf ihn. „Und nein, sie sind nicht wählerisch. Nicht wirklich. Brooke ist quirlig und süß. Jessie ist eine kleine Rakete und wahrscheinlich die extrovertierteste Person, die du je kennenlernen wirst. Und Alexis ist …"

Heather unterbrach sich. Wie erklärte man jemandem Alexis Morgan?

„Kompliziert", sagte sie schließlich.

„Ist das die weibliche Umschreibung, um zu sagen, dass du sie nicht magst?"

„Nein, ich liebe sie!", widersprach Heather und schaufelte eine Handvoll klein geschnittener Beeren in die Schüssel. „Ich meine, ja, sie ist meine Chefin, aber sie ist auch eine gute Freundin geworden. Wenn ich kompliziert sage, meine ich nur … Manchmal denke ich, dass ich sie gar nicht richtig kenne. Ich bin mir nicht sicher, ob das überhaupt jemand tut."

„Eine geheimnisvolle Frau", sagte Josh und fing an, Pilze klein zu schneiden. „Das ist sexy."

„Sagt der Mann, dessen Bettgenossinnen allesamt ständig kichern und Lipgloss tragen."

„Machst du deine Artgenossinnen schlecht, 4C?", fragte er.

„Absolut nicht, 4A. Ich war selbst bekannt dafür, zu kichern und Lipgloss zu tragen. Andersherum: Ich habe *dich* schlechtgemacht."

Er nickte. „Ja, sicher. Du musst deine Mauern aufrechterhalten, ich versteh' schon."

„Oh, ich bin nicht diejenige mit einem Schutzwall für meine Gefühle", entgegnete sie selbstsicher, öffnete die Schachtel mit den Blaubeeren und spülte die Früchte ab.

Zu ihrer Überraschung ging Josh nicht weiter darauf ein, weder mit einer abwehrenden Bemerkung noch mit einer scherzhaften. Stattdessen konzentrierte er sich weiter auf die Pilze, als könnte er sich mit dieser Tätigkeit dunkle Gedanken vom Leib halten. Doch zwischen seinen Augenbrauen hatte sich eine kleine Falte gebildet. Heather biss sich auf die Unterlippe und musterte sein Profil eingehend. Sie war hin und her gerissen zwischen dem Drang, ein wenig nachzubohren, und dem Wunsch, seine Privatsphäre zu respektieren.

Sie schüttete ihm ja auch nicht gerade ihr Herz aus, da konnte sie das auch nicht von ihm erwarten. Und doch, je näher sie ihn kennenlernte, desto mehr wollte sie ihn wirklich *kennen*. Sie ahnte, dass Josh mindestens genauso geheimnisvoll war wie Alexis. Er war nur erheblich besser darin, es zu verstecken, als Heathers verschlossene Chefin.

Sie verfielen in ein freundschaftliches Schweigen. Heather machte den Obstsalat fertig, Josh stellte die übrigen Zutaten für das Rührei bereit. Es würde keine luxuriöse Quiche werden, aber für Rührei würde es eine erstklassige Variante sein: gemischte Pilze, Frühlingszwiebeln und etwas geriebener Schweizer Käse.

„Speck ja oder nein?“ Heather hielt eine Packung hoch und schaute nervös auf die Uhr. Sie hatten nur noch zwanzig Minuten Zeit.

„Ernsthaft?“, fragte er zurück und nahm ihr die Packung ab. „Die Antwort lautet immer ja. Hast du ein Backblech?“

Heather blinzelte. „Wofür?“

„Den Speck.“

„Man brät Speck nicht auf einem Backblech.“

„Du vielleicht nicht“, stellt Josh klar und schob sie mit der Hüfte beiseite, als er entdeckt hatte, in welchem Schrank sie ihre Bleche aufbewahrte.

Heather beobachtete skeptisch, wie er das Backblech mit Alufolie auslegte, ein Kuchengitter darauf stellte und den Speck in ordentlichen Streifen darauf legte.

„Du hast vergessen, ihn vorzuheizen“, sagte sie, als er die Ofentür öffnete und das Blech hineinschob.

„Es kommt in den kalten Ofen. Stell ihn auf 200 Grad und check das Ganze in zwölf bis vierzehn Minuten.“

„Versuchst du, meinen Brunch zu sabotieren?“, fragte Heather. Ihre Mutter hatte nie Speck gebraten – und auch sonst nicht viel gekocht –, doch Heathers Großmutter hatte ihn immer in einer gusseisernen Pfanne auf dem Herd zubereitet.

„Ich denke, du musst mir vertrauen“, sagte er, fischte sich eine Traube aus ihrem Obstsalat, steckte sie in den Mund und schenkte ihr ein unerträglich selbstzufriedenes Lächeln.

„Ja, denn das machen schlaue Frauen in New York City bekanntlich. Sie vertrauen fremden Männern, die es lieben, nackt herumzulaufen und alle paar Tage eine andere Frau flachzulegen.“

Josh schob sich mit den Armen nach oben und setzte sich auf ihren Küchentresen. „Fremd? Wirklich? Du hast mich in Boxershorts gesehen, du hast mir und meiner Band bei den Proben zugehört, ich habe gerade für dich eingekauft, *und* du hast meine Mutter kennengelernt. Ich würde sagen, wir sind weit davon entfernt, Fremde zu sein, 4C.“

„Stimmt“, gab sie zu und legte sich die Zutaten für ihren Coffee Cake zurecht. Er würde nicht fertig sein, bis die Gäste eintrafen, aber sie konnte ihn in den Ofen schieben, sobald der Speck draußen war. „Weißt du, jetzt, wo ich darüber nachdenke, hat, glaube ich, noch kein Freund je für mich den Einkauf erledigt. Und ganz sicher habe ich noch nie die Mutter eines Typen kennengelernt.“

„Wirklich?“, fragte er.

Sie sah zu ihm herüber, als sie den Zucker abwog. „Du scheinst überrascht zu sein.“

„Bin ich auch. Neben der ganzen Girl-Power-Energie hast du etwas leicht Altmodisches an dir. Ich hätte gedacht, dass du schon mehrere Male in die Nähe eines Altars gekommen wärst.“

Heather schnaubte.

„Komm schon“, drängte er. „Willst du mir erzählen, dass du dein kleines, schlecht gelauntes Herz noch nie an einen Typen verloren hast?“

„Nein“, antwortete sie zögerlich. „Ich weiß nicht, ob ich dafür gemacht bin.“

„Na, sieh mal einer an“, sagte er, wobei er leicht grinste. „Da haben wir etwas gemeinsam.“

„Wie? Der passionierte Singlemann war noch nie verliebt? Ich bin schockiert. Schockiert!“

„Hey, ich habe nie behauptet, dass ich noch nie verliebt war“, korrigierte er sie. „Ich habe nur nicht vor, es in Zukunft zu sein.“

„Wirklich? Wann warst du verliebt?“, fragte sie und war neugierig, welcher Typ Frau einen überzeugten Junggesellen an sich binden konnte.

„Zweite Klasse. Sie hieß Robin und sie ließ mich in der Pause mit ihrem Game Boy spielen.“

„Und du hast sie trotzdem ziehen lassen?"

„Ich schäme mich zu sagen, dass eine andere Lady meine Aufmerksamkeit auf sich gezogen hatte. Sie hieß Anna und hatte bessere Spiele auf ihrem Game Boy."

„Warst schon damals ein Player, was?"

„Damals und für immer", sagte er.

Er neckte sie noch immer, doch sein Ton klang jetzt etwas eindringlicher, als würde er ihr etwas anderes sagen wollen.

Heather sah auf und blickte direkt in seine Augen. „Josh Tanner, versuchst du gerade, mich von etwas abzuhalten? Willst du mich davor warnen, mich in dich zu verlieben, weil du das nie erwidern würdest?"

Er lachte. „Ist es so offensichtlich?"

„Definitiv", sagte sie und schob seine Beine beiseite, damit sie einen Löffel aus der Schublade ziehen und ihren Teig probieren konnte.

„Und für den Fall, dass ich mich nicht deutlich genug ausgedrückt habe: Ich bin überzeugt davon, dass mein armes, kleines Herz deinem *Charme* ohne Probleme widerstehen kann."

„Bin froh, das zu hören, 4C. Denn trotz deiner angriffslustigen Art bist du ein Beziehungsmädchen. Und ich bin kein Beziehungstyp."

„Irgendeine Frau wird das schon ändern", sagte Heather und tauchte den Löffel in den Teig.

Josh ergriff ihr Handgelenk, und sie sah hoch, erschrocken darüber, wie fest er sie hielt. „Nein", widersprach er leise. „Das wird sich nicht ändern."

„Schon gut", sagte sie und lachte nervös. „Entspann dich. Niemand versucht, dich vor den Altar zu schleifen."

Er lächelte, doch es wirkte aufgesetzt, und ein Anflug von Traurigkeit überkam sie, als sie merkte, wie resolut er in diesem Punkt war. Ihr Instinkt sagte ihr, dass mehr dahintersteckte als das Gehabe eines Frauenhelden, der jede Art von Verpflichtung mied. Josh hielt bewusst Abstand von der Möglichkeit, eine Beziehung zu führen, und zwar wegen etwas, das jenseits seiner Vorliebe für One-Night-Stands lag.

„Eine Frage habe ich", sagte er. Sein Daumen strich über die Innenseite ihres Handgelenks, seine Stimme klang tief und gefährlich.

Heather schluckte. „Was?"

Sein Blick fiel auf ihren Mund. „Warum hast du Trevor geküsst?"

Sie stieß ein gepresstes Lachen aus und versuchte, ihm ihre Hand zu entwinden, doch er hielt sie fest. „Weil er heiß ist."

Josh kniff die Augen zusammen. „Wohl kaum."

„Nun, ich glaube nicht, dass ein heterosexueller Mann am besten beurteilen kann, wie heiß ein anderer Mann ist", konterte sie.

Joshs Blick fiel auf den Löffel in ihrer Hand. Er hob ihn zu seinem Mund und ließ ihn auf unerhört sexy Weise zwischen seine Lippen gleiten.

„Köstlich", meinte er, leckte den Löffel sauber und hielt ihrem Blick stand.

„Hör auf zu flirten", entgegnete sie und versuchte, ihre Hand frei zu bekommen. „Du hast mir *eben noch* erzählt, es wäre zwecklos, wenn ich mich in dich verlieben würde."

„Oh, ich will gar nicht, dass du mich liebst, 4C. Das heißt aber nicht, dass ich nicht will, dass du mich *willst*."

„Ich versuche, mich zu beherrschen", sagte sie, legte den benutzten Löffel in die Spüle und schob seine Beine erneut beiseite, um einen neuen aus der Schublade zu ziehen.

Er griff ihr Kinn zwischen seinen Daumen und Zeigefinger, sodass sie ihn ansehen musste. „Ich frage dich noch einmal. Warum hast du Trevor geküsst?"

„Warum so neugierig?" Ihre Stimme klang heiserer, als sie beabsichtigt hatte.

„Nicht neugierig“, gab er zurück. „Eifersüchtig. Irrational und zum Verrücktwerden eifersüchtig, 4C.“

Überrascht öffnete sie den Mund, und vor Aufregung drehte es ihr den Magen um.

Joshs Blick blieb auf sie gerichtet. Er suchte. Wartete.

„Ach, verdammt“, murmelte sie. „Genau *deshalb* habe ich ihn geküsst. Ich wollte dich eifersüchtig machen.“

Einer seiner Mundwinkel ging nach oben. „Ich weiß.“

Josh senkte seinen Kopf herunter zu ihrem. Er bewegte sich langsam, gab ihr Zeit, sich zurückzuziehen.

Sie kam ihm entgegen.

Hungrig stießen ihre Münder aufeinander. Es war, als würden der Unabhängigkeitstag und Silvester zusammenfallen. Feuerwerk. In ihrem Kopf, ihrem Bauch, ihren … anderen Körperteilen.

Sie legte ihre Hand auf seine Hüfte. Ihre Finger verhedderten sich in dem weichen Stoff seines T-Shirts, während seine Hand zu ihrem Nacken hochwanderte und er sie näher zu sich heranzog. Seine Zunge glitt in ihren Mund, sein Atem schmeckte nach Minze und Kaffee und *Mann*.

Langsam rückte er ein Stück von ihr ab. Heather stieß ein kleines Stöhnen aus, und versuchte, ihn noch einmal an sich heranzuziehen. Josh lachte leise und knabberte mit den Zähnen an ihrer Unterlippe, ehe seine Zunge erneut ihre suchte und sie dann endgültig freigab. „Da ist jemand an der Tür, 4C.“

Heather fuhr zurück, und das Klopfgeräusch drang zu ihr durch. „Verdammt“, murmelte sie und schaute auf die Uhr. „Wie konnte die Zeit so schnell vergehen?“

„Sorry“, sagte er sanft, strich ihr eine Locke aus dem Gesicht und sprang wieder vom Tresen herunter. „Ich wollte eigentlich verschwunden sein, bevor sie eintreffen.“

Heather runzelte die Stirn. „Wovon sprichst du? Du bleibst natürlich zum Brunch, Schwachkopf.“

„Ach ja?“ Er blinzelte überrascht.

Heather spürte ihr Herz weicher werden, als er sich so unerwartet verletzlich zeigte, versuchte aber, es zu ignorieren. „Natürlich bleibst du. Du hast mir beim Einkaufen geholfen, beim Vorbereiten … Du musst bleiben.“

„Ich möchte nicht stören“, sagte er, als ein lauteres, kräftigeres Klopfen von der Tür herüberschallte.

Sie fing seinen Blick auf. „Nun, ich glaube über falsche Schüchternheit sind wir schon hinaus. Findest du nicht?“

11. Kapitel

Als Josh Heather in der Gegenwart ihrer Freunde beobachtete, brauchte er kaum fünf Minuten, um eine Sache zu erkennen: Heather liebte ihren Job weitaus mehr, als er seinen je geliebt hatte. Oder wenigstens liebte sie ihre Kolleginnen.

Heather war *glücklich*. Sie strahlte geradezu.

Er war sich nicht sicher, warum ihn das erstaunte. Aus irgendeinem Grund hatte er, da sie immer so verspannt war, wohl angenommen, der berufliche Stress sei durch einen externen Druck ausgelöst – als würde ihr ein wilder Dämon im Nacken sitzen, der sie dazu antrieb, noch mehr zu leisten, noch besser zu sein.

Als er jetzt aber erlebte, wie lebhaft sie die Besichtigung einer neuen Hotellobby schilderte, die sie auf ihrer gestrigen Tour entdeckt hatte, erkannte er, dass das überhaupt nicht der Fall war. Ihr Job brachte sicherlich einiges an Druck mit sich, doch es war Heather *selbst*, die ihn erzeugte, eben weil ihr die Arbeit so viel bedeutete. Es war ihr ungeheuer wichtig, anderen Leuten eine perfekte Hochzeit zu bereiten.

Und einen Schreckensmoment lang war Josh … eifersüchtig. Eifersüchtig darauf, dass sie eine Berufung und eine Karriere hatte, die sie von innen heraus leuchten ließ.

„Und du bist der laute Nachbar." Josh sah vom Herd auf, wo er soeben für die Rühreier ein Stück Butter in die Pfanne gegeben hatte, und sah, dass Alexis Morgan, ihn beobachtend, in die Küche kam.

Sobald die Gruppe zur Tür hereingekommen war, hatte Josh verstanden, was Heather mit *kompliziert* gemeint hatte. Er nahm eine gewisse Dualität an ihr wahr. Sie war auf eine klassische, unaufgeregte Art schön. Große braune Augen, schlank, zierlich. Aber gerade, wenn man annahm, sie sei ruhig und schüchtern, sah sie einen mit einem Blick an, der einem zu verstehen gab, dass man nie auch nur im Entferntesten ahnen würde, was in ihr vorging. Niemals.

Er und Heather hatten Witze über den inneren Schutzwall des jeweils anderen gemacht, und davon konnten sich beide nicht freisprechen. Aber Alexis Morgan bewegte sich da auf einem ganz anderen Level. Nicht nur hatte die hübsche Brünette eine Riesenmauer um sich herum errichtet, sie war sich dessen auch sehr bewusst. Ihr war klar, wie andere Leute sie wahrnahmen, denn sie prüfte sehr sorgfältig, was sie von sich preisgab und wie sie sich darstellte.

„Lauter Nachbar“, erwiderte Josh und schwenkte die Pfanne, sodass die brutzelnde Butter den Pfannenboden bedeckte. „Nennt sie mich so?“

Alexis hob ihre Champagnerflöte an die Lippen und beobachtete ihn. „Sie erwähnte ein- oder zweimal, dass sie wegen deiner Band wenig Schlaf bekommt.“

Das versetzte Josh einen leichten Stich, er fühlte sich schuldig. Er war nicht völlig immun gegenüber Heathers Beschwerden. Und auch nicht egoistisch genug zu denken, dass es sein Recht war, in einem Wohnhaus, in dem er sich die Wände mit anderen Menschen teilte, um Mitternacht Livemusik zu spielen.

Doch er hatte Spaß an dem Sparring, das es mit sich brachte. Ohne seine laute Musik wären sie wohl noch immer zwei Fremde, die an den Briefkästen Höflichkeiten austauschten, so wie er es mit den übrigen Bewohnern des Hauses tat. Und keine Nachbarn, die ebenso gut darin waren, sich zu küssen wie sich zu streiten.

Sein Blick schnellte hinüber zu Heather, die gerade die Gläser der anderen auffüllte und lachte, als die blonde Hochzeitsplanerin, Brooke, irgendeine Geschichte über ihren aktuellen

Kunden erzählte, der unbedingt einen Speckkuchen haben wollte.

Nein, er wollte definitiv nicht, dass er und sie Fremde waren. Er fühlte sich lebendig wie sonst nie, wenn er mit ihr zankte. Und dieser Tage bedeutete am Leben zu sein alles für ihn. Wahrscheinlich hatte er ihr deshalb angeboten, beim Brunch zu helfen, sobald er gesehen hatte, wie durcheinander und überfordert sie gewesen war. Wenn ihn seine Mutter jetzt nur sehen könnte, dachte er voller Ironie.

„Du magst sie", sagte Alexis leicht lächelnd.

Josh griff nach der Schale mit den Eiern, die er vorher verquirlt hatte. Sie war direkt. Er mochte das. Doch er konnte auch direkt sein.

„Ja, ich mag Heather. Und du magst deinen Buchhalter. Logan, nicht wahr?"

Alexis' Augen verengten sich. „Natürlich mag ich ihn. Wir sind Freunde."

„Klar", erwiderte Josh und lächelte unbeschwert. „Das meinte ich ja."

Eigentlich hatte er das überhaupt nicht gemeint, und so, wie sie ihn weiterhin mit verengten Augen fixierte, wusste Alexis das auch. *Sie* mochte vielleicht denken, sie und ihr Buchhalter seien nur Freunde, doch der Mann hatte sich angewöhnt, seinen Blick nur dann auf sie zu richten, wenn sie nicht hinsah. Josh erkannte einen Mann in Not, und Logan Harris war, was Alexis betraf, geradezu ausgehungert.

Glücklicherweise wurde ihre Unterhaltung unterbrochen, bevor sie unangenehm werden konnte. Logan, der in die Küche geschlendert kam, als Josh die Eier in die Pfanne gab und Heathers Schublade nach einem Pfannenwender absuchte, bewahrte ihn davor.

„Du kochst?", fragte er Josh, und sein britischer Akzent half nicht dabei, seine Überraschung zu verbergen.

„Ich weiß, ich sehe nicht danach aus“, antwortete Josh, der seine Arme zu den Seiten ausbreitete und auf sein graues Henley-Shirt und seine Jeans heruntersah. „Aber meine Mutter bestand darauf, dass ich mich ab meiner Collegezeit selbst verpflegen konnte, also hat sie mir ein paar Basics beigebracht. Eier. Hähnchen Parmesan. Solche Dinge.“

„Also, was machst du, Josh?“, fragte Logan.

„Ich bin Musiker“, sagte er. Und da er keine große Lust hatte, näher darauf einzugehen, verlagerte er den Fokus des Gesprächs auf den anderen Mann. „Du bist Buchhalter, ja?“

„Jepp. Langweilig, was?“, entgegnete Logan auf angenehm selbstironische Weise und nippte an seinem Getränk.

„Eigentlich nicht“, erwiderte Josh langsam, während er den Pfannenwender durch das Rührei zog. „Früher habe ich mal … Ich mag Zahlen.“

„Ja?“ Logans Augen leuchteten auf.

„Und ich bin raus“, sagte Alexis und ging hinaus, um sich den anderen Frauen anzuschließen. Sie befragten Brookes Freund Seth gerade zu einem neuen Hotel, das sein Unternehmen bald auf den Bahamas eröffnen würde.

„Ich versteh schon, weißt du“, sagte Logan leise. „Ich spiele Klavier.“

Joshs Kopf schnellte hoch. An dem stillen Einvernehmen in den Augen des Mannes erkannte Josh, dass er es tatsächlich verstand. Was ziemlich ungewöhnlich war: Nur sehr wenige Menschen in seinem Freundeskreis schienen nachvollziehen zu können, dass Musik und Zahlen untrennbar miteinander verbunden waren. Dass Mathematik die Basis jeder Komposition war, wenn man nur mal aufmerksam zuhörte. Das war der Grund, warum Joshs Gedanken immer zu komplexen Zahlenaufgaben wanderten, wenn er spielte, und warum er in seiner Zeit als Hedgefonds-Manager im Job nie ohne seine Kopfhörer anzutreffen gewesen war.

„Für wen arbeitest du?“, fragte Josh und gab Käse in die fast fertigen Rühreier.

„Für mich.“

Joshs Interesse war schlagartig geweckt. „Wirklich?“

Logan zuckte die Achseln. „Damals in London habe ich immer gedacht, ich würde mal für eine große Firma arbeiten. Aber ich will nicht, dass jemand anderes das Sagen hat. Es ist nicht einfach, ein eigenes Unternehmen zu führen, schon gar nicht in Manhattan. Doch die Freiheit und der Umstand, dass ich niemandem gegenüber Rechenschaft ablegen muss, die sind es wert.“

„Ha.“ Josh schaltete den Herd aus, doch statt Heather zu rufen und zu fragen, wie sie die Eier servieren wollte, blieb er regungslos stehen, in Gedanken versunken.

Es war seltsam, aber er hatte noch nie daran gedacht, sein eigenes Ding zu machen. Für ihn war sein Job in der Finanzbranche immer mit der Geschäftswelt der großen Firmen verbunden gewesen. Die Anzüge, das Eckbüro und das Leben, das sich nie wirklich anfühlte wie sein eigenes.

„Es ist okay, es zu vermissen“, sagte Logan gedehnt.

Josh stieß ein schroffes Lachen aus. „Bei allem Respekt, Mann, denn du wirkst wie ein netter Kerl ... Aber du kennst mich nicht.“

Logan ignorierte das und betrachtete Josh mit seinen braunen Augen. Für einen Mann, der gerade waschechten Tweed trug, hatte er einen scharfsinnigen Blick.

„Für wen hast du gearbeitet?“, fragte Logan. „Bevor du das mit der Musik versucht hast.“

„Sullivan and Manning“, antwortete Josh. So hieß seine alte Firma.

Logan pfiff. „Große Nummer.“

Josh äußerte sich nicht dazu. Das musste er nicht. Sullivan and Manning war ein Synonym für das ganz große Geld. Zu ihren Klienten zählten einige der reichsten Menschen der Welt. Demzufolge waren ihre Angestellten einige der reichsten Menschen der Stadt. Allerdings half einem kein noch so hoher Geldbetrag, wenn das Schicksal einen drankriegen wollte, so wie es Josh drangekriegt hatte.

Heather trat an seine Seite und bewahrte ihn vor Logans neugierigen Fragen und seinen eigenen dunklen Gedanken. „Das hättest du nicht tun müssen", rief sie überrascht aus und blickte auf die Rühreier.

„Was soll ich sagen?", antwortete er und sah hinab auf ihre Locken. „Irgendwie gefällt mir die Vorstellung, dass du in meiner Schuld stehst. Was mache ich jetzt hiermit? Hast du irgendeine schöne Platte, auf der ich das anrichten kann?"

„Nicht hierfür", antwortete sie. „Also, wenn du mich meine Quiche hättest machen lassen, wie ich das vorhatte …"

Josh sah zu Logan hinüber. „Magst du Quiche?"

„Ähm …"

„Hey, Seth", rief Josh quer durch den Raum. „Magst du Quiche?"

Seth schaute Brooke unsicher an.

„Na ja …"

„Sage ich doch", meinte Josh und tätschelte Heathers Wange.

Sie verdrehte die Augen. „Egal. Okay, jeder kann sich am Herd bedienen. Los, Leute, nehmt euch einen Teller."

„Sieh einer an, so flexibel kannst du sein", sagte Josh anerkennend. Die plappernden Gäste versammelten sich mit ihren Tellern in der Küche und deckten sich wie an einem Buffet mit Brötchen, Obstsalat, Eiern und Speck ein.

Fünf Minuten später saßen alle um Heathers Tisch herum versammelt. Josh freute sich, dass sie anscheinend nichts dagegen hatte, als er sich neben sie setzte. Sie verstanden sich ziemlich gut auf diese freundschaftliche Art, wie er sich eingestand.

„Also, Josh", fing Brooke an und piekte ein Stück Banane

mit ihrer Gabel auf. „Was sagst du dazu, dass unsere Freundin die Hochzeit einer der berühmtesten Frauen des Landes plant?"

„Ah." Er schaute zu der hübschen Blondine auf. „Was?"

„Ich habe es ihm gegenüber noch nicht erwähnt", warf Heather schnell ein.

„Was erwähnt?"

„Die Belles planen die Hochzeit von Danica Robinson", klärte Jessie ihn auf. „Und zwar mit allem Drum und Dran, weil sie zu beschäftigt ist, um ihre Vorlieben zu äußern. Heather leitet das Projekt."

Eine Sekunde lang starrte Josh die rothaarige Rezeptionistin an, dann warf er einen Seitenblick auf Heather.

„Danica Robinson?", fragte er.

Heather stocherte mit ihrer Gabel herum. „Ja. Sie ist diese große Social-Media-Nummer. Reality TV, Prominente ... die Art."

Ja. Ja, er wusste *ganz genau*, wer Danica Robinson war.

Josh legte seine Gabel ab und lehnte sich zurück. Er fühlte sich beobachtet, also ließ er seinen Blick über den Tisch schweifen und sah direkt in die hellblauen Augen von Seth Tyler. Josh hatte Seth schon ein- oder zweimal getroffen. Sie waren keine Freunde, aber damals, in seiner Hedgefonds-Zeit, hatte Josh zahlreiche noble Wohltätigkeitsveranstaltungen besucht. Die Tyler-Familie war bei den meisten anwesend. Himmel, sie hatten die Hälfte dieser Events *ausgerichtet*. Doch das war lange her. Seth konnte sich sicher kaum an ihn erinnern, geschweige denn daran, dass ...

Der verständnisvolle Blick aus Seths Augen gab ihm zu verstehen, dass der Mann sich sehr wohl erinnerte. Und das leichte Nicken, dass Seth es nicht erwähnen würde.

Doch der stille Austausch war nicht unbemerkt geblieben. Alexis Morgan mit ihren verdammten Adleraugen lehnte sich leicht nach vorne. „Jungs. Gibt es da etwas, das ihr der Gruppe mitteilen wollt?“

Josh zögerte einen Moment, erkannte dann aber, dass er nichts zu verbergen hatte.

„Um ehrlich zu sein, kenne ich Danica.“

Jeder starrte ihn an.

„Du meinst, du hast von ihr *gehört*“, hakte Heather nach.

Er sah sie an. „Äh, nein. Ich meine, ich kenne sie. Persönlich.“

Sie begriff und ihre Augen traten beinahe hervor. „Du hast Danica Robinson gevögelt?“

Josh gab ein bellendes Lachen von sich. „Großer Gott, 4C. Wir waren zusammen.“

Heather und alle anderen starrten ihn weiterhin an. „Du führst keine Beziehungen.“

Er zog eine Schulter hoch. „Heute nicht. Damals schon.“

„Und damals, als du noch Beziehungen geführt hast, bist du mit Danica Robinson zusammen gewesen? Wieso habe ich das nicht gewusst?“

„Sie war damals noch nicht berühmt. Jedenfalls nicht so sehr wie jetzt. Ein paar Erwähnungen auf den Klatschseiten, aber ihr Name war nicht landesweit bekannt.“

„Wie lange wart ihr zusammen?“

„Zwei Jahre. Mehr oder weniger“, antwortete er, griff nach dem Obstsalat und bediente sich. „Wir haben uns auf einer Party kennengelernt und fingen an … miteinander auszugehen.“

Er spürte, wie die meisten am Tisch Blicke austauschten.

„Zwei Jahre, das kann man schon eine echte Beziehung nennen“, sagte Brooke langsam.

Josh zuckte die Achseln, versuchte, seinen Ärger zu unterdrücken und rief sich ins Gedächtnis, dass sie keineswegs wissen konnten, wie sehr er es hasste, über diese Zeit in seinem Leben zu sprechen. „Ich habe nie behauptet, dass es keine war.“

„Wer hat wen verlassen?“, fragte Jessie so unverfroren und geradeheraus, dass er lächeln musste. Dabei riefen ihre Worte Erinnerungen in ihm wach, die ihn mitten ins Herz trafen.

„Sie hat es beendet“, antwortete er und griff nach seinem Mimosa-Glas.

Sie wollte nicht an einen sterbenden Mann gefesselt sein.

Das war nicht ganz fair. Danica Robinson war alles andere als die Liebe seines Lebens gewesen, und ihre Beziehung hatte sich schon totgelaufen, bevor ihm sein Leben entglitten war. Das hatte es aber kein bisschen leichter gemacht, verlassen zu werden. Nie hatte er jemanden so sehr gebraucht wie in jenem Moment, als sie gegangen war.

Heather berührte seinen Unterarm, und er schaute zu ihr, gefasst auf … alles Mögliche.

„Es tut mir leid“, sagte sie leise.

Er zuckte mit den Schultern. „Ist lange her. Passionierter Junggeselle, schon vergessen?“

„Nun, wenn es dich tröstet, sie scheint ein echtes Biest zu sein“, warf Jessie ein.

Alexis stieß ein entsetztes Lachen aus. „Jessie! Sie ist eine Kundin! Wie viele Mimosas hattest du schon?“

Jessie sah verlegen aus, aber nur ein wenig. „Es tut mir leid, aber das ist sie. Wir alle denken das.“

Brooke nippte an ihrem eigenen Getränk und tätschelte Alexis’ Arm. „Es stimmt. Die Frau ist ein Albtraum. Welche Frau ist denn so drauf, dass sie überhaupt kein Interesse daran zeigt, ihre eigene Hochzeit zu planen, aber gleichzeitig erwartet, dass es das Event des Jahrhunderts wird?“

Josh schnaubte. „Klingt nach Danica.“

„Du kennst sie gut“, sagte Heather, und es klang, als würde sie laut denken.

„Das passiert, wenn man mit jemandem zusammen ist, 4C“, erwiderte er.

„Nein, ich meine, du *kennst* sie. Was sie mag. Was sie nicht mag …“

„Das sollte mir jetzt aber nicht schräg vorkommen, oder?“, fragte er und sah Heather argwöhnisch an.

Ihr Lächeln wurde breiter. „Weißt du, was das bedeutet? Ich muss diese Hochzeit nicht länger blind planen. Es bedeutet, ich bin klar im Vorteil, denn ich habe dich an meiner Seite.“

Josh ließ den Löffel in die Schüssel fallen. „Sag mir bitte, du deutest nicht an, was ich glaube, dass du andeutest.“

Sie tätschelte seinen Arm. „Sagen wir es so, ich glaube, herausgefunden zu haben, wie du die vielen schlaflosen Nächte wiedergutmachen kannst.“ Heather blickte in die aufmunternden Gesichter der anderen Belles und lächelte jetzt beseelt. „Du, Josh Tanner, wirst mir helfen, diese Hochzeit zu planen.“

Josh starrte sie an und ließ dann den Blick durch die Runde schweifen, um zu sehen, ob sich außer ihm noch jemand Sorgen um ihre geistige Verfassung machte. Zu seinem Entsetzen nickten alle Frauen ehrfürchtig und zustimmend. Seth Tyler warf ihm einen mitfühlenden Blick zu und reichte ihm eine fast volle Champagnerflasche.

„Das wird nicht passieren, 4C.“

Sie lehnte sich zurück und schnaubte leicht. „Mit harten Bandagen, also schön. Was muss ich dafür machen? Bananenbrot? Ich backe dir Bananenbrot. Alles, was du willst, 4A, spuck’s aus.“

Es lag ihm auf der Zunge zu sagen, dass er weder Bananenbrot noch etwas anderes so dringend haben wollte, dass er bei der Hochzeit seiner scheußlichen Exfreundin mithelfen würde. Doch als er in Heathers hoffnungsvolle braune Augen blickte, und sie diese sexy kleinen Schmolllippen machte, die ihn daran erinnerten, wie süß sie schmeckte, erkannte er, dass es vielleicht doch etwas gab, das er so dringend wollte.

Er wollte Heather Fowler.

In seinem Bett.

12. Kapitel

Später an diesem Tag, Heather war noch immer ganz berauscht vom Erfolg ihres ersten selbst ausgerichteten Brunchs, machte sie es sich gemütlich für ein weiteres wichtiges Wochenendritual: eine Tasse Apfel-Zimt-Tee und ihr Sonntagabendtelefonat mit ihrer Mutter.

Es war Heather gewesen, die diese Tradition vor Jahren eingeführt hatte, als sie noch aufs College gegangen war. Sie hatte darauf bestanden, dass die wöchentlichen Updates ihretwegen stattfanden – weil sie es vermisste, zu Hause bei ihrer Mutter zu sein. Doch sie ahnte, dass diese die Wahrheit kannte – dass es bei den Telefonaten mehr um ihre Mutter ging als um sie selbst.

Nicht dass Joan Fowler gluckenhaft gewesen wäre. Das war sie überhaupt nicht. Heather war damit groß geworden, dass ihre Mutter zwei, manchmal drei Jobs hatte. Das bedeutet, sie hatten sich daran gewöhnt, oft voneinander getrennt zu sein. Zum Teufel, als Heather in der elften Klasse der Highschool war, hatte ihre Mom die Nachtschicht in einem Vierundzwanzig-Stunden-Diner übernommen. Es hatte sich angefühlt, als sei ein ganzes Jahr vergangen, ohne dass die beiden sich gesehen hätten.

Während der Collegezeit hatten sich die Dinge noch einmal verändert. Auch wenn die Michigan State nur eine Autostunde entfernt von ihrer Heimatstadt lag, hatte die örtliche Trennung zur Folge gehabt, dass Heather nicht auf die Ernährung ihrer Mutter achtgeben konnte. Sie war auch nicht dagewesen, um die Arbeitskleidung ihrer Mom in den Trockner zu legen, ehe sie schimmelig roch.

Ihre Mutter war nicht etwa schludrig gewesen, die beiden hatten einfach immer aufeinander aufgepasst. Nur war es schwer für die Studentin, die Aufgaben zu Hause weiterhin aus der Ferne zu übernehmen, und sei es nur eine Stunde, die zwischen ihnen lag. Noch komplizierter wurde es, seit Heather ihrem Traum gefolgt und nach New York gezogen war.

Ihre Mom hatte ihr das nie missgönnt, ihrer Tochter nicht *einmal* vorgeworfen, dass diese gegangen war. Im Gegenteil, Joan hatte Heather immer am meisten angefeuert. Sie war diejenige, die darauf drängte, dass Heather nicht nur große Ziele verfolgte, sondern sie auch erreichte. Während die Trailer-Park-Freunde ihrer Mom ihren Töchtern geraten hatten, realistisch zu bleiben, hatte Joan Heather gesagt, sie solle nach den Sternen greifen.

Der größte Stern für Heather war New York City gewesen.

Den Segen ihrer Mutter zu haben, minderte jedoch nicht ihre Schuldgefühle. Nichts konnte das, wobei die Sonntagstelefonate vielleicht ein wenig halfen.

„Hi, Schatz“, zwitscherte ihre Mutter, kaum dass sie den Hörer abgenommen hatte. „Wie geht es meiner liebsten Tochter?“

„Blendend“, antwortete Heather, machte es sich auf der Couch bequem und zog ihre Beine an die Brust. Sie stellte ihren Becher auf den Knien ab und schob die bewährte Gegenfrage hinterher. „Wie geht es meiner liebsten Mutter?“

„Rot.“

Heather zog die Augenbrauen hoch. „Schon wieder Hitzewallungen?“

„Nein. Also, ich meine, ja. Die Wechseljahre haben mich offiziell in ihren Fängen. Aber nein, ich meinte, rothaarig.“

„Ich dachte, du wärst schon rothaarig.“

„Nein, ich hatte eine Weile kastanienbraunes Haar. Schon vergessen?“

„Ach ja“, sagte Heather, auch wenn sie nicht die leiseste

Ahnung hatte, welche Haarfarbe ihre Mutter wann trug. Joan hatte schon viele seltsame Jobs gehabt, um die kleine Familie zu ernähren, und später, um Heather zu helfen, die Lehrbücher fürs College zu bezahlen. Ihre Leidenschaft war jedoch immer das Frisieren gewesen. Die Kellnerjobs kamen und gingen, ebenso wie die Einsätze als Haushaltshilfe, aber Friseurin war Joan durch und durch.

„Hast du es selbst gemacht?“ Heather nippte an ihrem Tee.

„Nee, Sissy hat mir geholfen“, antwortete ihre Mutter und meinte ihre beste Freundin und langjährige Nachbarin. „Dafür habe ich ihr mit dem Grau geholfen.“

„Ist Sissy nicht längst ergraut? Geht sie nicht stark auf die Sechzig zu?“

„Hüte deine Zunge“, sagte Joan, aber ohne jede Schärfe in der Stimme. „Und ja, aber es ist eine Kunst, es so aussehen zu lassen, als sei es Absicht. Sissy hat Glück, dass ich diese Fertigkeit beherrsche.“

Heather lächelte über die Abwesenheit jeglicher Bescheidenheit ihrer Mutter.

„Eines Tages wirst du schon sehen, wie hilfreich das sein kann. Oder vielleicht auch nicht. Du hattest immer schon bemerkenswerte Haare.“

Bemerkenswert? Wohl kaum. Aber es waren immer die Leute ohne Locken, die welche haben wollten.

In fast jeder Hinsicht war Heather die Miniaturausgabe ihrer Mutter. Die gleichen großen Augen, das gleiche, leicht träge Lächeln. Die gleiche schmale Figur und die gleichen geschwungenen Augenbrauen. Aber während Heathers Haare der reinste Locken-Unfall (okay, ein Locken-Gewirr) waren, hatte Joan schnurgerade Haare. Die Locken waren das einzig Sichtbare, das Heather von ihrem längst verstorbenen Vater geerbt hatte. Sie hasste die Vorstellung, durch irgendein körperliches Merkmal mit ihrem nichtsnutzigen, treulosen Vater verbunden zu sein, konnte aber die Ironie darin nicht leugnen, dass eine Friseurin eine Tochter hatte, deren Locken praktisch nicht zu bändigen waren – so wie die Schusterkinder, die mit den schlechtesten Schuhen herumlaufen.

„Die Mädels im Shop sind fast durchgedreht, als ich ihnen erzählt habe, dass du die Hochzeit von Danica Robinson planst", erzählte ihre Mutter.

„Mom! Du weißt, dass wir Belles nicht über die Hochzeiten reden dürfen, an denen wir arbeiten. Wir müssen sogar Verschwiegenheitserklärungen unterschreiben."

„Aber *du* hast darüber gesprochen."

„Ja, mit meiner *Mutter*", entgegnete Heather und rieb sich die Schläfen.

„Und ich habe mit meinen *Freundinnen* darüber gesprochen. Sie erzählen es keiner Menschenseele, mach dir keine Sorgen, meine Süße."

Heather schnaubte. Jane Fowlers Freundinnen waren vielleicht loyal, aber diskret waren sie nun wirklich nicht. Dennoch war nicht davon auszugehen, dass der Klatsch und Tratsch aus Merryville jemals bis zu Danica Robinsons Ohren dringen würde. Und die Hochzeit war nicht gerade streng geheim. Jessie hatte erzählt, sie würde schon seit Wochen Medienanfragen dazu beantworten.

„Nur ... keine Details mehr für die Mädels, okay?", bat Heather und versuchte, dabei so sanft wie möglich zu klingen.

„Nein, nein, natürlich nicht", versicherte ihr ihre Mutter. „Aber sonst läuft es gut? Das letzte Mal, als wir darüber sprachen, warst du ziemlich gestresst."

„Äh, ich weiß nicht, ob man den Zustand gut nennen kann", antwortete Heather und rückte den Becher auf ihren Knien zurecht. „Ich habe mir gestern ein paar Locations angesehen und Danica meine Einschätzung geschrieben. Sie schrieb nur zurück, ich solle ‚das Beste davon' auswählen."

„Na, das ist doch gut. Sie vertraut dir."

„Mag sein. Und ich bin froh darüber, dass sie sich nicht wie eine totale Diva aufführt. Aber findest du das nicht komisch?", fragte Heather. „Ich meine, sie ist ein riesiger Reality Star, alle werden über ihre Hochzeit berichten, und ihr ist es nicht wichtig genug, sich da einzubringen?"

„Ich hab neulich die Sendung gesehen", sagte Joan. „Sie ist damit beschäftigt, ihre neue Schuhlinie einzuführen. Vielleicht hat sie keine Zeit."

„Für ihre Hochzeit?"

„Na ja, nicht, dass ich je verheiratet gewesen wäre", sagte ihre Mutter langsam. „Aber vielleicht ist sie schlau genug zu wissen, dass eine Hochzeit nur ein Tag ist und dass es in Wahrheit um die Ehe geht."

Heather verdrehte die Augen. Das hatte sie schon das ein oder andere Mal gehört. Verdammt, wie oft hatte sie es schon *selbst gesagt*? Es war der übliche Spruch, mit dem man versuchte, künftige Bräute zu beruhigen. Sie glaubte nur nicht, dass es hier darum ging. Danica kam ihr nicht gerade wie eine romantische Seele vor, die auf der Suche nach den wirklich wichtigen Dingen im Leben war.

„Ich hatte jedoch einen kleinen Glücksmoment", begann Heather langsam.

„Oh?"

„Also, es gibt da diesen Typen …"

„Oh!"

„Nein, nicht so ein Typ", wehrte Heather lächelnd ab. Wie alle Mütter auf der Welt dachte auch Joan Fowler, das Leben ihrer Tochter wäre glücklicher, wenn sie einen netten jungen Mann finden und sich häuslich niederlassen würde. Heather wollte ihre Mutter nicht kränken, aber als sie jung war, hatte sie nie die Stabilität erlebt, die ihr als Vorbild für ihre Beziehungen hätte dienen können. Joan wechselte ihre Männer wie andere ihre Unterwäsche, und manchmal war Heather zwischen die Fronten geraten. Daraus hatte sie abgeleitet, dass ein Leben ohne einen Mann ruhiger, stabiler war, und so hatte sie es immer gewollt. „Aber verrückterweise war der Typ, der hier nebenan wohnt, zufällig mal mit Danica zusammen."

„Hm."

„Was hm?"

„Ist das derselbe Nachbar, der furchtbar laut Musik spielt?"

„Ja."

„Der süße Typ."

„Ich kann mich nicht daran erinnern, gesagt zu haben, dass er süß ist", erwiderte Heather misstrauisch.

„Aber das ist er, nicht wahr?"

Heather schnaubte. *Süß* war nicht das richtige Wort, um Joshs Aussehen zu beschreiben. Eher *unfassbar heiß*. Seine Attraktivität war ihr fast dienlich. Sie war wie eine ständige Ermahnung, ihm ja nicht zu verfallen, denn Männer, die so aussahen wie er, waren keine, in die man sich verlieben sollte. Das waren Männer, die man aus der Ferne anhimmelte, mit denen man sich gelegentlich etwas zoffte und die man sich ansonsten vom Leib hielt – weit, weit entfernt.

Auch wenn sie anscheinend ein Händchen dafür hatten, einem heiße, umwerfende Küsse zu geben, wenn man es nicht erwartete.

„*Jedenfalls*", sagte Heather, „waren Josh und Danica ein paar Jahre zusammen. Wenn irgendjemand ein Gefühl dafür hat, was diese Frau möchte, dann ist es doch der Mann, der sich schier verbogen hat, um ihr zu gefallen."

„Und er war einverstanden damit?"

„Ja, tatsächlich", antwortete Heather. Sie war immer noch etwas überrascht, wie gelassen er gewesen war, als er zugestimmt hatte, ein paar Dinge für Danicas Hochzeit zu besprechen. Andererseits, wenn es etwas gab, das sie von Josh erwarten konnte, dann war es, überrascht zu werden. „Er schaut sich morgen mit mir sogar ein paar Veranstaltungsorte an."

„Hmm."

„Mom."

„Er mag dich", rief Joan fröhlich.

„Ja, nun. Weil wir Freunde sind." *Freunde, die sich geküsst haben.*

„Solche Freunde hatte ich zu meiner Zeit auch mal. Einer davon machte mir eine Tochter."

„Widerlich", murmelte Heather. Sie war sehr dafür, mit ihrer Mom eine Gilmore-Girls-artige Beziehung zu führen, mehr Freundinnen als Mutter-Tochter. Aber bei Gesprächen über Sex zog sie eine Grenze.

„Du bist jung, Liebes! Ein kleines Techtelmechtel könnte genau das sein, was …"

„Nein. Darüber sprechen wir nicht!", unterbrach Heather sie. „Themenwechsel … Hast du über mein Angebot zu Thanksgiving nachgedacht?"

Das kurze Schweigen ihrer eigentlich so gesprächigen Mutter war Antwort genug, und Heather versuchte, den aufkommenden Frust herunterzuschlucken, doch es gelang ihr nicht.

„Der neue Manager im Restaurant denkt darüber nach, den Laden geöffnet zu lassen", sagte ihre Mom. „Wenn ich die Schicht übernehme, bekäme ich das doppelte Gehalt."

„Mom, wenn du Geld brauchst …"

„Nein", insistierte ihre Mutter so scharf, wie Heather es von ihr nicht gewohnt war. „Ich weiß es zu schätzen, wirklich, aber ich komme gut zurecht. Und du weißt, ich würde dich liebend gerne an Thanksgiving sehen, also wenn du kommen willst …"

„Mom, ich bin jetzt seit fast fünf Jahren in New York", erwiderte Heather leise. „Du bist noch nicht *einmal* hier gewesen, um mich zu besuchen."

Ihre Mutter antwortete nicht, und Heathers Frust wandelte sich in Schmerz. Sie wusste, dass New York *ihr* Traum war, nicht der ihrer Mutter. Wusste, dass ihre Mutter wunschlos glücklich war in ihrem Trailer, so, wie Heather es nie hätte sein können.

Trotz ihrer wiederholten Angebote, ihrer Mutter die Reise zu bezahlen, damit sie sie besuchen käme, hatte Joan immer eine Ausrede gefunden. Es endete üblicherweise damit, dass Heather an den Feiertagen nach Michigan kam und sie in alte Gewohnheiten verfielen, wenn sie und ihre Mom sich an den kleinen Tisch quetschten und Schinken-Sandwiches oder Dosensuppe aßen, weil die großen Pläne ihrer Mutter, etwas zu kochen, von einer neuen Fernsehshow oder einem Anruf von Sissy zunichte gemacht worden waren.

„New York ist nichts für mich“, sagte Joan versöhnlich.

„Woher willst du das wissen?“, fragte Heather schnippischer als sonst. „Du warst noch nie hier.“

Ihre Mutter seufzte. „Liebes, du weißt, ich bin stolz auf alles, was du erreicht hast, aber du musst akzeptieren, dass ich hier glücklich bin.“

„Ich verlange doch gar nicht von dir hierherzuziehen. Du musst nicht mein Leben führen. Ich möchte nur, dass du es einmal siehst“, entgegnete Heather in flehentlichem Tonfall.

„Ich sehe es doch. Ich like alles, was du auf Facebook postest, und …“

„Das ist nicht dasselbe, Mom.“

„Was willst du von mir, Liebes? Willst du, dass ich mir High Heels anziehe und mit dir Martinis trinken gehe?“

„Du musst dich nicht darüber lustig machen. Das verlange ich nicht von dir, und das weißt du.“

Am anderen Ende ertönte ein langer Seufzer. „Vielleicht sollten wir beide etwas herunterkommen“, sagte Joan. „Ich hasse es, mich mit dir zu streiten.“

„Ich hasse es auch, mich zu streiten", erwiderte Heather. „Aber es sollte gar keinen Streit geben, nur weil ich dich zu Thanksgiving zu mir nach Hause einlade."

„Ich muss jetzt weitermachen, Schatz."

Womit? Mit einer deiner Sendungen? fragte sich Heather insgeheim und bereute den sarkastischen Gedanken sofort wieder. Ihre Mutter arbeitete hart, härter als jede andere Frau, die Heather kannte, und sie verdiente die Gelegenheit, sich zu entspannen. Heather kam nicht umhin zu denken, dass sie ihre Mutter in gewisser Weise zurückließ, und dieser Gedanke machte sie fast unerträglich traurig.

„Na gut", sagte Heather und zwang sich, ihre Stimme heiterer klingen zu lassen, damit ihre Mutter die Bitterkeit darin nicht spürte. „Kein Problem."

„Viel Glück mit dem Hochzeitskram. Ich kann es kaum erwarten, nächste Woche alles darüber zu erfahren."

„Ja, danke."

„Ich hab dich lieb. Das weißt du doch, oder? Und das meine ich so. Ich bin so stolz auf dich."

„Ich weiß", sagte Heather. „Ich hab dich auch lieb."

Sie verabschiedeten sich voneinander, und nachdem sie aufgelegt hatten, zog Heather ihre blaue Tagesdecke von der Rückseite ihres Sofas, hüllte sich darin ein und versuchte, das stechende Gefühl der Einsamkeit abzuwehren.

Ihre Mom hatte Sissy, ihre Salonfreundinnen und ihre Gäste im Restaurant. Verdammt, sogar die laute, manchmal zankende Trailer-Park-Gemeinschaft war füreinander da.

Heather hatte … niemanden. Sicher, da waren Alexis und Brooke. Sie waren genauso sehr Freundinnen wie Kolleginnen, aber sie hatten ihre eigenen Sorgen. Heather arbeitete so viel, dass sie kaum Zeit hatte, außerhalb der Belles einen Freundes- und Bekanntenkreis in New York aufzubauen. Sie überlegte, ihre alten Mitbewohner aus Brooklyn anzurufen, um mit ihnen auszugehen. Doch der Gedanke an den Small Talk, wie alle versuchen würden, sich gegenseitig auf den neuesten Stand zu bringen, erschöpfte sie schon beim Gedanken daran, statt sie zu beschwingen.

Auf den Punkt gebracht: In der Millionenstadt fühlte sich Heather plötzlich ziemlich einsam.

Sie schleppte sich in die Küche, um ihren Becher auszuspülen. Josh war nach dem Brunch geblieben und hatte ihr beim Aufräumen geholfen, aber es gab noch den übervollen Mülleimer, der nach draußen gebracht werden musste. Heather trug ihn ins Treppenhaus und in Richtung Müllschlucker am Ende des Flures.

Auf dem Rückweg gerieten ihre Schritte ins Stocken, als sie eine bekannte Gestalt vor Joshs Haustür stehen sah. „Mrs. Tanner!"

Joshs Mutter drehte sich zu ihr um. Sie hatte eine riesige, mit Folie bedeckte Schüssel in der Hand und auf ihrem Gesicht breitete sich ein freundliches Lächeln aus.

„Heather! Liebes. Sie sehen ja entzückend aus. Und bitte, nennen Sie mich Sue, meine Liebe. Bei Mrs. Tanner komme ich mir immer so alt vor. Dieses Gefühl geben mir schon meine Falten."

Heather lächelte.

„Ich schätze mal, Sie wissen nicht, wo mein Sohn ist, oder?", fragte sie hoffnungsvoll.

Heather schüttelte den Kopf. „Ich hab ihn seit heute Morgen nicht mehr gesehen. Macht er nicht auf?"

Sue seufzte. „Nein. Ich weiß, ich hätte vorher anrufen sollen. Ich war nur in der Stadt und habe eine Freundin besucht, und ich kann nie widerstehen, ihm Lasagne mitzubringen. Sein Lieblingsgericht."

„Wenn Sie möchten, kann ich sie in meinem Kühlschrank für ihn aufbewahren."

„Nein, nein, ich habe einen Schlüssel“, sagte sie. „Ich habe ihm nur ausreichend Zeit gegeben, die Tür zu öffnen, für den Fall, dass er da drinnen mit einer Dame zusammen ist“, ergänzte Sue und zwinkerte leicht.

Heather zwang sich zu lächeln, obwohl sie sich bei dem Gedanken an Josh und eine *Dame* am liebsten übergeben hätte oder auf etwas einschlagen wollte.

„Würden Sie das einmal für mich halten, Liebes?“

Heather tat ihr den Gefallen und nahm die Schüssel mit Lasagne, während Joshs Mom in ihrer Tasche nach dem Schlüssel suchte. Sie spürte einen kleinen Stich der Eifersucht und fragte sich, ob Josh wusste, wie glücklich er sich schätzen konnte, eine Mutter zu haben, die es kaum erwarten konnte, vorbeizukommen und ihn zu sehen – und sei es unangekündigt.

Heathers Mutter kam nicht einmal zu Besuch, wenn ihre Tochter dafür bezahlte.

„Hier ist er“, sagte Sue, zog triumphierend lächelnd einen Bund heraus und steckte den Schlüssel ins Schloss. „Bringen Sie die Lasagne doch bitte hinein, ja, Liebes? Joshy, bist du da? Ich bin's, deine Mutter, zieh dir etwas an!“

Viel Glück dabei, lag es Heather auf der Zunge.

Doch es gab keine Anzeichen von Josh, und Heather betete, dass er nur im Fitnessstudio war und nicht ausgegangen, um jemanden aufzureißen.

„Ich habe gehört, es soll heute Nacht schneien“, sagte Sue und summte fröhlich, während sie in Joshs Kühlschrank Platz schuf. „Ich liebe diesen ersten Schnee einfach, vor allem vor Thanksgiving. Er kündigt an, dass es bis zu den Feiertagen nicht mehr lange hin ist, wissen Sie?“

Heather schluckte ihre Bitterkeit herunter. Das Gespräch erinnerte sie an das Telefonat mit ihrer Mutter und die Erkenntnis, dass sie Thanksgiving alleine verbringen würde. Schon wieder.

Sue schien zu bemerken, dass Heather nicht antwortete, und sah zu ihr herüber. Ihr Gesicht wurde weicher. „Meine Liebe, haben Sie Familie in der Stadt?"

Heather schüttelte den Kopf. „Nein. Es gibt nur mich und meine Mom in Michigan."

„Ah. Fahren Sie über Thanksgiving zu ihr?"

Heather schüttelte ihren Kopf und öffnete den Mund, um zu antworten, doch zu ihrem eigenen Entsetzen füllten sich ihre Augen mit Tränen. „Oh, Liebes", murmelte Sue, kam auf sie zu und legte eine Hand an Heathers Wange. „Sie kommen zu uns nach Hause."

Heather stieß ein kleines Lachen aus und schniefte. „Das ist lieb, aber das kann ich wirklich nicht."

„Natürlich können Sie", schimpfte Sue. „Auf gar keinen Fall lasse ich ein süßes Mädchen wie Sie die Feiertage alleine verbringen."

Heather berührte die Handrücken der Frau und löste sich lächelnd von ihr. „Ich weiß es zu schätzen, wirklich. Aber ich würde mir komisch vorkommen, bei ihrem Familienfest zu stören."

„Würde es einen Unterschied machen, wenn ich Ihnen erzählte, dass Sie ein willkommener Puffer zwischen mir und meiner Schwiegermutter wären?"

Heather lächelte, schüttelte aber immer noch den Kopf. Sue seufzte. „Okay, ich will Sie nicht drängen. Aber versprechen Sie mir, dass Sie es sich wenigstens überlegen werden."

„Das werde ich", log Heather.

Es war schon schlimm genug, dass sie Josh in dieses ganze Chaos mit Danica Robinson mit hineinzog. Sie mochte den Kerl viel zu sehr, um auch noch sein Thanksgiving-Fest zu ruinieren.

Heather und Sue verließen Joshs Apartment, und Sue nahm Heather lange und sehr mütterlich in die Arme, nachdem sie Joshs Tür wieder verschlossen hatte. „Ich hoffe, ich sehe Sie an Thanksgiving“, flüsterte sie. Dann machte sie sich los und winkte ihr zum Abschied fröhlich.

Lange nachdem Joshs Mutter gegangen war, stand Heather regungslos da. Jenseits aller Vernunft war sie versucht, Sue Tanner hinterherzulaufen und ihr zu sagen, ja, sie würde sehr gerne zu Thanksgiving kommen.

Stattdessen drehte sie sich auf dem Absatz um, ging zurück in ihre stille Wohnung und versuchte verzweifelt, sich nicht zu fragen, wo Josh war. Sie stellte den Fernseher an, sah sich stumpf einige Stunden lang irgendwelche Wiederholungen von Serien an und machte sich schließlich bettfertig.

Als sie ihren Pyjama anzog, bildete sich ein unerwarteter Kloß in ihrem Hals – wie aus dem Nichts drohten Tränen aufzusteigen, und sie erkannte, wie schrecklich einsam sie war. Doch gerade, als sie kurz davor stand, sich ihrem Selbstmitleid hinzugeben, drang der vertraute Klang von Joshs Musik ihr ins Ohr.

Noch vor einer Woche wäre sie in diesem Moment wutschnaubend auf dem Weg in den Flur gewesen und hätte an seine Tür gehämmert, doch heute kroch sie ins Bett und hörte einfach zu.

Dann erklang seine Stimme. *Seine* Stimme, nicht die des Leadsängers, was bedeutete, dass er heute alleine probte.

Heather schlang sich die Decke um die Schultern, rollte sich ein und drückte ein Ohr an die Wand, während sie Joshs tiefem Bariton lauschte. Er sang etwas Langsames und Schwermütiges. Und auch wenn sie wusste, dass er nicht ihr etwas vorsang, und er nicht ahnen konnte, wie sehr sein Song zu ihrer Stimmung passte, erlaubte sie sich, so zu tun, als *würde* er ihr tatsächlich vorspielen. *Für* sie singen.

Und als sie spürte, wie ein Teil der Anspannung aus ihrem Körper wich und sie sich entspannt in ihr Kissen kuschelte, traf sie die Erkenntnis, dass sie vielleicht gar nicht so alleine war, wie sie angenommen hatte.

13. Kapitel

In dem Moment, als Josh sich bereit erklärt hatte, Heather bei einigen Details für Danicas Hochzeit auf die Sprünge zu helfen, war ihm das Vorhaben simpel vorgekommen. Er würde zu Tortenverkostungen mitkommen, sich ein paar schicke Hotels ansehen, möglicherweise sogar den Besuch einiger Blumenläden über sich ergehen lassen.

Mit anderen Worten, er würde mitspielen und Mädchenkram machen, bis er herausgefunden hätte, wie er Heather dorthin lotsen konnte, wo sie beide zusammen sein sollten: im Bett.

Doch nach den ersten drei Stunden, die er damit verbracht hatte, ihr bei der Planung zu helfen, erkannte er, dass er die Größenordnung von Heathers Job vollkommen unterschätzt hatte. Josh hatte gedacht, die Welt der Wall Street sei verrückt. Doch das war nichts gegen die Lichtgeschwindigkeit, in der Heather Fowler durch die Stadt flitzte. Bisher waren sie an drei Veranstaltungsorten, in einem Geschäft für Brautmode, einem für Smokings, einem Laden für Bastelbedarf (er hatte draußen gewartet) gewesen, und es war noch nicht einmal Lunchzeit.

Apropos Mittagessen, er war am Verhungern. Josh streckte die Hand aus, griff nach Heathers Ellenbogen und drehte sie zu sich herum. Er unterbrach ihren Redeschwall über die Vor- und Nachteile von Seidenblumen gegenüber echten Blumen, ehe sie eine weitere U-Bahn-Station hinunterstürmen konnte, um ihn aus dem Meatpacking District hinaus und Gott weiß wohin führen konnte.

„Was ist?“, fragte sie und schaute gehetzt auf ihre Uhr.

Er wartete, bis sie zu ihm aufsah und ihre Blicke sich trafen, ehe er antwortete. Zwar half er ihr gerne, doch er begann, sich ein wenig vorzukommen wie ein Hund, von dem erwartet wurde, dass er den ganzen Tag ergeben ein paar Schritte hinter ihr herumtänzelte.

„Bis jetzt habe ich dir erzählt, dass Danica Orange hasst, Blau liebt, Rosen für überbewertet hält, unsicher in Bezug auf ihren Hintern ist und nichts mit Vorkriegsarchitektur anfangen kann."

„Ja, und ich habe mich für die Infos bedankt", erwiderte sie verdutzt. „Hast du gedacht, du bekommst einen Orden?"

Einen Blowjob, um ehrlich zu sein.

„Das wäre nett. Alle Männer lechzen danach, einen Orden zu haben, um sich daran zu erinnern, dass sie die Hochzeit ihrer Exfreundin planen durften. Doch mir reicht auch ein Sandwich."

„Ein Sandwich?"

Er verstärkte den Druck auf ihren Ellenbogen und zog sie aus dem Eingangsbereich der U-Bahn heraus in Richtung einiger Restaurants, an denen sie gerade vorbeigekommen waren.

„Mittagessen, 4C. Du musst mir ein Mittagessen geben."

Sie schnaubte und sah wieder auf ihre Uhr. „Okay, aber ich muss zurück in die Innenstadt. Da gibt es eine Handvoll Foodtrucks …"

Josh ignorierte sie, öffnete bereits die Tür zum *Pastis* und führte Heather hinein.

„Josh, ich habe keine Zeit für …"

„Für Lunch? Doch, das hast du", unterbrach er sie, wandte sich an die Kellnerin und hielt zwei Finger in die Höhe.

Einen Augenblick später saßen sie an einem gemütlichen Tisch in einer hinteren Ecke des Ladens. Heather starrte ihn wütend an und die Kellnerin klimperte mit den Wimpern, doch Josh war viel zu beschäftigt mit der Speisekarte, um sich dafür zu interessieren.

Die Kellnerin entfernte sich, und Heather lehnte sich nach vorne. „Hör mal, ich weiß es zu schätzen, dass du mir hilfst, aber ich muss wirklich …“

„Das hier ist eines von Danicas Lieblingsrestaurants“, sagte Josh, ohne von der Speisekarte aufzusehen.

Heather lehnte sich zurück. „Wirklich?“

„Ja. Wir sind mindestens einmal die Woche hergekommen, als wir noch zusammen waren, meistens an einem Freitag- oder Samstagabend, wenn sie sehen und gesehen werden konnte.“

„Und du auch“, mutmaßte Heather.

Er sah auf. „Im Moment trage ich einen Hoodie. Glaubst du wirklich, das ist mir wichtig?“

„Nein“, antwortete sie langsam. „Aber ich glaube, es war dir mal wichtig. Warum sonst würdest du mit jemandem wie Danica Robinson zusammen sein?“

„Ich habe dir schon gesagt, dass sie damals noch nicht berühmt war“, sagte er leicht gereizt.

„Ich wette, sie wollte es sein.“

„Sicher“, sagte er vorsichtig und legte die Speisekarte beiseite. „Aber ich nicht.“

Heather verschränkte die Arme auf dem Tisch und sah ihm fest in die Augen. „Also hat sie dir den Arm verdreht, ja? Hat dich hier hereingezerrt, so wie du mich gerade.“

Josh seufzte. „Na schön. Du hast gewonnen. Ich *war* damals vielleicht etwas anders drauf.“

Heather lächelte und, ja, er lernte die Frau immer besser kennen. Denn er hatte darin ihr Siegerlächeln erkannt. Sie würde es nie zugeben, doch sie *liebte* es, einen Streit zu gewinnen.

Die Kellnerin kam herüber, und nachdem Heather ein schnödes Mineralwasser bestellt hatte, orderte er für sie beide eine Flasche Wein.

„Im Ernst? Ich arbeite.“

„Stimmt schon", antwortete er schulterzuckend. „Aber du musst auch mal leben. Es ist ein französisches Restaurant. Tu so, als wärest du Französin."

„Ich bin Deutsche."

„Zu hundert Prozent?", fragte er und strecke die Hand nach dem Brotkorb aus.

Sie zuckte die Achseln. „Wenigstens zur Hälfte, auf der Seite meiner Mom. Ich kenne meinen Vater nicht."

„Ah", sagte er. Da war kein Zorn in ihrer Stimme, keine Traurigkeit. Das sagte ihm, dass sie das schon vor langer Zeit als ihre Wirklichkeit akzeptiert hatte. Als jemand, der eine enge Beziehung zu beiden Elternteilen hatte, zog ihn das ziemlich herunter.

„Stehst du deiner Mutter nahe?"

„Ja", antwortete sie.

Ihre Stimme klang zuversichtlich, doch als sie es sagte, schaute sie herunter auf ihre Serviette. Auch wenn er sie nicht bedrängen wollte – es ging ihn nichts an, wirklich nicht –, kam die nächste Frage aus seinem Mund, noch ehe er sich bremsen konnte.

„Michigan, richtig?"

Heather nickte. „Etwas außerhalb von Detroit."

„Siehst du sie oft?", fragte er, strich eine großzügige Portion Butter auf eine Brotscheibe und reichte sie ihr.

Heather zögerte nicht, nahm das Brot und biss hinein. Er verbarg ein Lächeln.

„Ich versuche, wenigstens einmal im Jahr hinzufahren", sagte sie und wischte sich mit der Serviette den Mund ab. „Thanksgiving, Weihnachten oder so."

„Fährst du dieses Jahr auch nach Hause?"

„Das hier ist mein Zuhause", betonte sie. „Ich komme von dort, aber New York … Das hier ist jetzt mein Zuhause", wiederholte sie.

Josh lehnte sich in seinem Stuhl zurück und beobachtete sie, während die Kellnerin mit der Weinflasche an den Tisch trat. Er übernahm die Schwenk- und Probierprozedur, nickte der Kellnerin anerkennend zu und wartete, bis sie beide ein gefülltes Glas vor sich stehen hatten. Dann nahm er den Gesprächsfaden wieder auf.

„Und keine Geschwister, richtig?"

Sie schüttelte den Kopf.

„Fährst du dieses Jahr über Thanksgiving hin?"

Verwundert sah sie ihn an. Die Traurigkeit in ihrem Gesicht konnte er kaum ertragen, und er öffnete schon den Mund, um sie zu sich nach Hause einzuladen, erkannte aber, wie schräg das gewesen wäre. So gut kannte er sie auch wieder nicht, und sie einzuladen würde einen falschen Eindruck erwecken.

Bei seinen Eltern.

Bei Heather.

Bei ihm selbst.

Dennoch, der Gedanke daran, mit ihr die Feiertage zu verbringen …

„Deine Mom hat mich eingeladen", sagte sie leise und sah ihn nicht an. „Zu Thanksgiving."

Josh hielt vor Überraschung die Luft an, stieß dann aber ein resigniertes Lachen aus. „Natürlich hat sie das. Wann?"

Heather hob eine Schulter an. „Gestern Abend. Sie hat dir Lasagne vorbeigebracht."

„Ach ja, richtig. Trevor und ich waren etwas trinken. Und, kommst du?"

Heather runzelte die Stirn. „Natürlich nicht."

„Warum nicht?"

Sie starrte ihn an. „Weil es ein Familienfest ist. Ein großes. Und ich gehöre nicht zur Familie."

Er nahm sein Weinglas in die Hand. „Hast du etwas anderes vor?"

Sie biss sich auf die Unterlippe. „Nein. Meine Mom kommt dieses Jahr nicht."

„Perfekt." Er hob das Glas an. „Dann kommst du mit zu meinen Eltern. Das Dinner wird mittelmäßig sein, aber die Pie ist großartig."

„Na ja, alles dreht sich um die Pie", erwiderte sie zögernd.

Er blinzelte. „Ganz genau. Apropos Gebäck, wann machen wir unser Bananenbrot?"

„*Wir* machen kein Bananenbrot", sagte sie und nahm einen kleinen Schluck von ihrem Wein, und dann noch einen.

„Ich bin dir pflichtbewusst überallhin durch die Stadt gefolgt, um die Hochzeit meiner Ex zu planen. Und vergiss nicht, ich habe deinen Freunden gestern Brunch gemacht und den Einkauf für dich erledigt. Das verlangt auf jeden Fall ein Bananenbrot."

Und Sex. Bitte auch Sex.

„Weißt du was? Schön", sagte sie, nippte erneut an ihrem Wein und schien sich etwas zu entspannen. „Sag Bescheid, wann, und wir machen das verdammte Brot."

„Ich glaube, mir gefällt diese umgängliche Version von dir. Wäre jetzt ein guter Zeitpunkt, auch andere Gefallen einzufordern?"

„Wenn das ein Versuch ist, mehr Bandproben auszuhandeln, lautet die Antwort nein. Immer wieder nein. Mir ist aufgefallen, dass du in letzter Zeit alleine spielst. Wo sind die Jungs?"

„Haben wir mich belauscht?"

„Weichen wir der Frage aus?", konterte sie.

Verdammt. Das versuchte er in der Tat.

Er schämte sich nicht dafür, in letzter Zeit die Proben abgesagt zu haben, wobei es ihm vielleicht etwas peinlich war, dass er sich die Notlüge ausgedacht hatte, eine Frau sei der Grund dafür gewesen.

In Wahrheit hatte er schon länger keinen weiblichen Übernachtungsgast mehr gehabt. Seit … Wochen. Konnte das sein? *Mist!*

Was den wirklichen Grund für die Absage der Bandproben betraf – er hatte keine Ahnung, außer dass er es nicht mehr fühlte. Er wollte Musik machen, aber nicht so tun, als wären er und seine Jungs die nächsten Stones.

Er wollte nur für sich spielen.

Und, wie es aussah, auch für seine neugierige Nachbarin.

„Brauchst du nie einfach mal … eine Auszeit?"

Heather neigte den Kopf zur Seite. „Was meinst du?"

Josh rollte seine Schultern und kam sich albern vor. „Ich weiß nicht. Vergiss es."

Sie streckte ihre Hand über den Tisch aus. Fast hätte sie seine erreicht, und er spürte den heftigen und starken Wunsch, dass sie ihre Geste ausführte und ihn berührte.

„Geht es dir gut?", fragte sie sachte.

Er blinzelte. „Alles gut bei mir."

Sie sah ihn nur mit festem Blick an, der so viel besagte wie *Schwachsinn*.

„Ich mag deine Stimme."

Er hatte gerade sein Weinglas an die Lippen führen wollen und erstarrte. „Wow, danke, 4C."

„Nein, ich meine … Ich mag sie *wirklich*. Lieber als die Stimme eures Leadsängers."

Josh betrachtete sie. „Trevors Stimme eignet sich perfekt für die Lieder, die ich schreibe."

„Nur für einige der Lieder", entgegnete sie. „Für die lauten, lärmenden Hau-drauf-Songs."

Er lachte. „So viel Lob."

„Die Balladen. Die passen besser zu deiner Stimme."

Josh wand sich. „Ich schreibe keine Balladen."

„Nun, wie würdest du sie denn nennen?", fragte sie sanft.

„Die ruhigeren Stücke wie das eine, das ich dich letzte Nacht habe singen hören. Die sind langsamer. Hübsch."

„Okay", warf er ein und zeigte mit dem Weinglas auf sie. „Wir nennen sie Balladen, aber wir nennen sie nicht hübsch."

Sie lächelte. „Ich glaube, diese Songs magst du auch am liebsten."

„Meine Güte", murmelte er, nahm die Speisekarte hoch und hielt sie sich vor sein Gesicht, um ihre neugierigen Blicke abzuwehren.

Heather schnappte sie ihm weg. „Warum hast du die Bandprobe gestern Abend abgesagt?"

„Weil eine Frau bei mir war", blaffte er sie an. Die Lüge kam ihm über die Lippen, bevor er es sich noch einmal überlegen konnte. Augenblicklich fühlte er sich elend. Die Jungs anzulügen war eine Sache. Das machten Jungs eben so.

Aber Heather anzulügen … Das fühlte sich nicht richtig an.

Schon gar nicht, als sie anfing zu blinzeln und wegsah. Als wäre sie verletzt.

Ach was. So war ihre Beziehung nicht.

Und doch, als er jetzt darüber nachdachte, Heather könnte einen Kerl mit nach Hause nehmen … Der Gedanke, irgendein Typ würde mit seinen Hände über diese schlanken Kurven fahren, seine Finger in diese herrlichen Haare tauchen …

Mist. *Mist!*

Ihre Kellnerin kam herüber und bewahrte sie beide davor, weiter diesen Weg zu beschreiten, den, so viel schien sicher, keiner von beiden gehen wollte. Nachdem er ein Steak bestellt und sie sich für Muscheln entschieden hatte, ließ er sie dankbar das Gespräch auf ein sichereres Terrain lenken: Danica.

Nie im Leben hätte er gedacht, dass seine völlig gestörte Ex ein angenehmes Gesprächsthema sein könnte. Doch verglichen mit der Gefahr, mit seiner Nachbarin eine Grenze zu überschreiten, gar die erste gute Sache zu zerstören, die sich seit Jahren anbahnte, war es definitiv das kleinere Übel.

„Dann erzähl mir mal mehr darüber, warum ihr beide euch getrennt habt“, sagte Heather und schenkte sich etwas Wein nach.

Josh zuckte mit den Schultern. „Das Übliche, schätze ich. Wir haben uns auseinandergelebt. Wir haben uns öfter gestritten als gut verstanden. Ich ertappte mich dabei, Ausreden zu finden, um nicht ans Telefon zu gehen, wenn sie anrief. Ich hatte keine Ahnung mehr, wie ich sie glücklich machen konnte. Und sie hat mich mit Sicherheit nicht mehr glücklich gemacht.“

Er ließ den Teil aus, in dem sie ihm gesagt hatte, seine Krankheit sei einfach „zu viel“.

Heather spielte mit ihrem Weinglas. „Ich habe Danica kennengelernt. Ich gebe zu, ich versuche zu verstehen …“

„Was ich in ihr sah?“, ergänzte er grinsend.

Jetzt wand sie sich. „Ich weiß, ich soll nicht schlecht über Kunden sprechen, aber du bist … irgendwie ein Freund, schätze ich, und ich … ich verstehe es nicht.“

„Ich war damals ein anderer Mensch“, sagte er leise. „Und glaub mir, die alte Version von Josh Tanner war genau die Art von Trottel, die sich gerne auf so eine aufmerksamkeitssüchtige Diva einließ.“

„War das zu der Zeit, als du ein Hedgefonds-Manager warst?“, fragte sie.

Er zuckte zusammen. „Nicht gerade mein Lieblingsthema, 4C. Normalerweise bist du ganz gut darin, deine Neugierde im Zaum zu halten.“

„Nun, freu dich nicht zu früh, denn ich lasse meiner Neugierde jetzt freien Lauf. Warum hast du gekündigt?“

Sag es ihr, drängte ihn sein Unterbewusstsein. *Sag ihr, dass du krank geworden bist und dein Leben auf den Kopf gestellt wurde.*

Doch er bekam die Worte nicht heraus. Er wusste, es war unvernünftig, aber er wollte nicht als der kranke Mann wahrgenommen werden. Das kannte er schon. Ein Jahr seines Lebens hatte er damit verbracht, der Mann zu sein, den die Leute bemitleideten, und das hatte er einfach ... hinter sich gelassen.

Er wollte nicht, dass Heather ihn mitleidig und besorgt ansah, jedes Husten und jedes Gähnen analysierte.

Dafür war bereits seine Mutter zuständig.

„Die Geschäftskunden in meiner alten Firma waren knallhart", sagte er und versuchte, einen Weg zu finden, sie nicht anzulügen, ohne ihr jedoch die ganze Wahrheit zu sagen. „Die Bezahlung war gut. Richtig gut. Aber es wurden endlos viele Überstunden gemacht, und der Lifestyle war so, wie man es aus Filmen kennt."

„Inwiefern?"

„Viel zu viel Alkohol, Drogen zur Entspannung. Arbeitstage, die nahtlos in Happy Hours übergingen, anschließend zu späten Abendessen führten, danach zu Partys, die die ganze Nacht andauerten, bis man wieder ins Büro ging, wo man einen Ersatzanzug hängen hatte und alles wieder von vorne losging."

„Zu der Zeit warst du mit Danica zusammen?", fragte sie.

Er nickte. „Ihr Vater war ein Kunde meiner Firma. Nicht *mein* Kunde. Dafür war ich noch zu jung. Aber wir haben uns auf irgendeiner Wohltätigkeitsveranstaltung kennengelernt, und ich schätze, wir dachten, wir könnten den jeweils anderen für unsere Zwecke nutzen. Sie war neu in der Szene, kaum fertig mit dem College. Ich führte sie ein, und als Gegenleistung bekam ich Zugang zu einem der reichsten Männer der Stadt."

Josh blickte kurz zu ihr und machte sich auf Kritik oder Missachtung gefasst, doch stattdessen sah er nur Interesse.

„Habt ihr euch getrennt, nachdem du gekündigt hast?"

„So ziemlich."

Ihm war klar, dass er kurz angebunden war, aber er wollte einfach nicht darüber sprechen. Das hatte er schon lange nicht mehr getan.

„Ich weiß, es ist eine Weile her", sagte Heather und nahm sich ein weiteres Stück Brot, „aber da du sie gekannt hast, findest du es nicht merkwürdig, dass sie so gar nichts zu tun haben will mit dieser Hochzeit?"

„Um ehrlich zu sein, ja", antwortete Josh nachdenklich. „Kann sein, dass sie sich verändert hat, aber die Danica, die ich kannte, war ein totaler Kontrollfreak. Ich erinnere mich noch gut daran, wie sie beschlossen hat, ihr Badezimmer umzugestalten. Sie hat ein halbes Dutzend Innenarchitekten verschlissen, sich viel zu sehr in deren Arbeit eingemischt, wegen irgendeiner speziellen Farbnuance, Meeresgrün oder was weiß ich."

Heather tippte mit ihren Fingernägeln auf den Tisch. „Genau das hatte ich erwartet, als sie mich engagierte. Ich war darauf vorbereitet. Also ergibt es überhaupt keinen Sinn, dass sie die unengagierteste Braut ist, die ich je hatte."

„Wie gesagt, vielleicht hat sie sich verändert?", mutmaßte Josh.

„Möglich", antwortete Heather, klang aber nicht so, als würde sie es glauben. Er wusste selbst nicht, ob er es tat. Danica hatte schon immer Hintergedanken gehabt, bei allem, was sie tat. Hinterhältig wäre sicher das treffende Wort für sie.

„Halt die Augen offen, 4C." Er hatte das Bedürfnis, sie zu warnen, auch wenn er nicht wusste, wovor. Er hatte seit Jahren nicht mehr mit Danica gesprochen.

„Oh, das tue ich", sagte sie mit fester Stimme. „Da ist definitiv etwas im Busch. Solange ich aber nicht herausgefunden habe, was, bleibt mir nichts anderes übrig, als die Hochzeit so gut zu planen, wie ich kann."

„Wolltest du schon immer Hochzeitsplanerin werden?", fragte er.

„Ah …"

Seine Augen verengten sich, als er ihren beschämten Tonfall wahrnahm. „Gestehe."

Sie seufzte. „Okay. Gut. Aber es ist peinlich."

„Das sind die guten Sachen immer."

Heather nestelte an ihrer Serviette herum. „Meine Mom ist eine … Romantikerin. Und damals, als ich noch klein war, hatte sie einen Freund – eigentlich *viele* Freunde. Und auch, wenn sie nie länger als ein paar Monate geblieben sind, hat sie nicht aufgehört zu glauben, dass einer es doch tun würde. ‚Das ist er, Süße. Den werde ich heiraten', sagte sie dann. Und bevor ich groß wurde und erfuhr, wie Beziehungen *wirklich* funktionieren, erlaubte ich mir zu träumen. Ich erlaubte mir zu planen."

Joshs Herz zog sich leicht zusammen. „Du hast die Hochzeit deiner Mutter geplant."

„*Hochzeiten*", korrigierte sie ihn traurig lächelnd. „Es gab eine Menge Freunde, und bei jedem habe ich mir eine neue Farbgebung, ein neues Thema, eine neue Location überlegt. Jede Hochzeit war perfekter als die vorherige."

„Ist je eine davon Wirklichkeit geworden?", fragte er behutsam.

„Nein", antwortete sie so beiläufig, dass es aufgesetzt wirkte. „Aber es war eine gute Übung, nicht wahr?"

„Ich habe eine Schwester, daher weiß ich, dass viele kleine Mädchen ihre eigene Hochzeit planen."

Sie zuckte die Achseln. „Vielleicht jene, deren Eltern glücklich verheiratet sind."

Ihre Stimme klang nicht verbittert. Nur müde und resigniert.

„Hast du nie über deine eigene nachgedacht?", hakte er nach und wusste selbst nicht, warum er das fragte.

„Immer mal wieder", sagte sie. „Allerdings sehe ich keinen Sinn darin, mir zu viele Gedanken darüber zu machen. Ich werde dafür bezahlt, mir den Kopf über die Hochzeiten anderer Leute zu zerbrechen. Und ich liebe es. Wirklich."

„Du lebst also deinen Traum."

„Ja", antwortete sie und drehte langsam ihr Weinglas auf dem Tisch. „Ich wollte immer in New York leben. Ich wollte schon immer Hochzeitsplanerin sein."

„Und nun sieh dich an", sagte er.

Sie erwiderte seinen Blick und lächelte. „Und nun sieh mich an."

„Also, was ist denn noch auf deiner Liste all jener Dinge, die du im Leben noch erreichen willst, wenn du jetzt schon Kurs nimmst auf die Erfüllung deiner beruflichen Ziele?"

„Die Erfüllung meiner persönlichen Ziele, schätze ich", sagte sie und zuckte leicht mit den Achseln. „Ich weiß. Es ist erbärmlich, dafür einen Plan aufzustellen, aber es passiert nicht von alleine, daher …"

„Was für einen Plan?", fragte er und war plötzlich gereizt, auch wenn er nicht hätte sagen können, aus welchem Grund. „Wenn du willst, können wir dir ein kleines Schild basteln, das du dir um den Hals hängen kannst. Darauf steht dann: ‚*Noch zu haben und auf der Suche.*'"

„So abwegig ist das gar nicht", erwiderte sie. „Ich glaube, es wäre mal an der Zeit, diese Dating-Portale und -Apps oder so auszuprobieren."

„Oh! 4C. Nein."

„Was denn?", rief sie aus. „Dafür muss man sich nicht schämen! Viele Leute begegnen ihrem Seelenverwandten auf diese Weise."

„Ja, aber nicht *du*."

Sie funkelte ihn an. „Warum nicht *ich*?"

Josh öffnete den Mund, nur um zu erkennen, dass er keine gute Antwort parat hatte.

„Genau", entgegnete sie ziemlich selbstgefällig. „Ich nehme

an, ich kann dich nicht dazu überreden, mein Profil zu erstellen? Trotz deiner abartigen Tendenzen scheinst du dich in der Dating-Welt bestens auszukennen."

„Habe ich das richtig verstanden?", meinte er und lehnte sich nach vorne. „Du hast mich schon als professionellen Handlanger für Danicas Hochzeit angeworben. Und jetzt willst du auch noch, dass ich dir helfe, jemanden für dich zu finden? Was kommt als Nächstes? Soll ich für dich atmen?"

Sie lehnte sich ebenfalls nach vorne und nahm dieselbe Haltung ein wie er. „Na, warum führst du nicht gleich mein *Leben*? Dein eigenes lebst du nicht wirklich, oder, Tanner?"

Vor Überraschung fuhr Josh zurück. So ein *Blödsinn*! Der größte Blödsinn. Er *lebte*. Verdammt, genau deswegen war er nicht in seinen alten Job zurückgegangen. Deshalb lebte er seinen Traum, deshalb weigerte er sich, wieder zu diesem destruktiven Workaholic zu werden ...

„Es tut mir leid, wenn ich zu weit gegangen bin", sagte sie leise. „Vielleicht irre ich mich, aber ich habe das Gefühl, als seist du hinter all dem Scherzen und Zwinkern etwas ... verloren."

Was zur *Hölle* ...

Er unterdrückte einen Gefühlsausbruch, als die Kellnerin erschien, und keiner von beiden sagte ein Wort, als die nichts ahnende, gut gelaunte Dame ihnen ihre Hauptgerichte servierte.

Dann waren sie wieder alleine, und Josh holte tief Luft.

„Nur weil ich nicht jede Minute eines jeden Tages wie den Teil eines großen Lebensentwurfs durchgeplant habe, heißt das noch lange nicht, dass ich verloren bin", sagte er ruhig.

„Hey!", rief sie und klang verletzt. „Ich habe nur versucht, dir zu helfen, so, wie du mir geholfen hast."

„Nun, lass es gut sein", sagte er mit zusammengebissenen Zähnen. „Lass uns einfach nicht mehr darüber reden."

„Josh ..."

„Ich sagte, lass stecken, Heather!"

„Hör mal, ich habe offenbar einen wunden Nerv getroffen, und es tut mir leid. Ich denke nur …“

„Mir ist egal, was du denkst. Haben wir uns verstanden?“

Ihr Mund blieb zu, und er erkannte an der Anspannung ihres Kiefers, dass sie mit den Zähnen knirschte.

„Ja“, sagte sie nach einigen Momenten eisigen Schweigens. „Verstanden.“

„Gut“, sagte er ruhig und griff nach seinem Besteck.

Sie begannen zu essen. Zwischen ihnen herrschte betretenes Schweigen, und Heather warf ihm über ihr Wasserglas hinweg tödliche Blicke zu. Josh wartete darauf, erleichtert darüber zu sein, dass sie aufhörte, sich in sein Leben einzumischen.

Doch die Erleichterung stellte sich nicht ein.

Sein Leben war genauso, wie er es gewollt hatte – genauso, wie er es sorgfältig durchdacht hatte.

Warum fühlte es sich an, als würde es nicht länger zu ihm passen?

14. Kapitel

„Ich meine ja nur, der Mann ist zum Brunch mit deinen Freunden geblieben. Er hat den Brunch für deine Freunde vorbereitet. Bist du dir sicher, dass da nichts ist?“ Brooke nippte an ihrem Veuve Clicquot und fixierte Heather mit diesem direkten Blick, der dieser schon oft wie von Zauberhand die Wahrheit entlockt hatte.

Es war Freitagabend, und sie waren unterwegs, um nachträglich Alexis' Geburtstag zu feiern, allerdings auf klassische Alexis-Weise. Es gab keine Kurzen, keine Nachtclubs, keine wilden Party. Stattdessen eine ruhige, entspannte Nacht in einer exklusiven Champagner-Bar in der Innenstadt.

Eine Handvoll von Alexis Nicht-Kollegen-Freunden war auch da. Doch nach dem obligatorischen Small Talk mit ihnen fand sich Heather neben Brooke wieder. Die schien, während sie damit beschäftigt war, mit Seth sexy Textnachrichten auszutauschen, wild entschlossen zu sein, mit Heather über diese eine Sache zu reden, über die Heather nicht reden wollte: Josh Tanner.

Heather seufzte und nahm einen Schluck von dem köstlich prickelnden Rosé, den sie bestellt hatte.

„Ich bin mir sicher. So verrückt bin ich nicht, etwas mit meinem Nachbarn anzufangen. Dann würden wir uns irgendwann trennen, und ich müsste ausziehen, weil es zu unangenehm wäre, neben meinem Ex zu wohnen.“

„Warum denkst du, dass ihr euch trennen würdet?“ Das kam von der Frau, die gegenüber von Brooke saß: Leah McHale, eine umwerfende Rothaarige und eine der Hochzeitsfotografinnen, die die Belles sehr oft buchten. Heather kannte Leah und ihren Freund Jason Rhodes, ebenfalls Fotograf, seit Jahren. Sie hatte ihnen sogar geholfen zusammenzukommen, wenn man es genau nahm.

Heather warf Leah einen Blick zu. „Du würdest es verstehen, hättest du ihn mal gesehen. Er ist nicht der Typ Mann, der bei einem bleibt. Brooke? Gib mir Rückendeckung."

Brooke schürzte ihre glänzenden Lippen und band ihre langen blonden Haare zu einem unordentlichen Dutt auf dem Kopf zusammen. „Er wirkt schon etwas wie ein nie erwachsen gewordener Frauenheld."

„Glaub mir, so benimmt er sich auch", ergänzte Heather.

„Und das mit der Lärmbelästigung macht er immer noch?"

„Ja, wobei wir ein paar Regeln vereinbart haben", gab Heather zu und zog die Schale mit gesalzenen Nüssen zu sich heran. Sie schüttelte sie leicht, bis sie eine weitere Mandel fand.

„Und an die hält er sich?"

Heather hob eine Schulter an. In Wahrheit hatte sie seit ihrem Beinahe-Streit im Restaurant tagelang nichts mehr von Joshs Musik gehört. Entweder spielte er, wenn sie nicht da war, oder er spielte überhaupt nicht mehr.

Sie hoffte, es war nicht Letzteres. Jeder Depp konnte sehen, dass er die Musik liebte. Sie brauchte. Vielleicht lag sie falsch, wenn sie dachte, die Musik lenke ihn von etwas ab, aber sie glaubte nicht. Vielmehr vermutete sie, dass er sich hinter der Musik versteckte, sie als Ausrede benutzte, um etwas anderes zu verdrängen.

Sie wusste nur nicht, was dieses *Etwas* war.

Hätte sie sich zurückhalten sollen mit ihrer Neugierde? Vielleicht. Aber, verdammt, sie hatte ihm ihr Herz ausgeschüttet. Noch nie hatte sie jemandem erzählt, woher ihr Interesse für Hochzeitsplanung kam. Ihm schon. Heather hatte sich geöffnet, wie sie es schon lange, lange nicht mehr getan hatte, und dafür nichts zurückbekommen. Daher war sie jetzt ein wenig ... sauer.

„Wie läuft es mit der Robinson-Hochzeit?“, fragte Leah. „Muss ich beleidigt sein, dass du mich dafür noch nicht angefragt hast?“

Heather seufzte. „Glaub mir, deinen und Jasons Terminkalender habe ich als Erstes geprüft. Ihr seid voll ausgebucht zu dieser Zeit, da sie das Ganze schon in wenigen Monaten über die Bühne gebracht haben will.“

„Hängt sie immer noch am Plaza-Traum?“, fragte Brooke.

„Und wie. Da haben wir kein Glück, aber ich habe sie immerhin dazu gebracht, sich für einen Konditor zu entscheiden, der noch Kapazitäten hat.“

„Lass mich raten: Sie möchte als Hochzeitstorte etwas Riesiges und Protziges.“

„So in etwa. Ich habe sie zu Geschmacksrichtungen befragt, und sie antwortete, es sei ihr egal, weil in ihrem Freundes- und Bekanntenkreis ohnehin niemand Kuchen esse.“

„Dann klingt ihre Hochzeitsgesellschaft, als ob sie aus der Hölle kommt.“

Heather schnaubte zustimmend. Deshalb liebte sie Brooke. Die Frau sah aus wie ein hinreißendes Strandhäschen in ihrem kurzen, schimmernden schwarzen Kleid und dem perfekten Make-up, aber sie wusste ein gutes Dessert oder leckeres Stück Kuchen zu schätzen.

„Ich kann nicht glauben, dass Josh mit ihr zusammen war“, sagte Brooke und nippte erneut an ihrem Champagner. „Sie wirken so unterschiedlich.“

„Offenbar war er damals anders drauf“, erklärte Heather. „Er war mal Hedgefonds-Manager in einer dieser großen Firmen. Ich weiß nicht einmal genau, was das ist.“

„Es bedeutet Geld“, sagte Brooke.

Heather wollte noch mehr Fragen stellen, wollte in Erfahrung bringen, wie sie sich Joshs ehemaligen Beruf vorzustellen hatte und wie solche Typen tickten. Aber Brooke war dafür die falsche Ansprechpartnerin.

Brookes Exverlobter war ein fester Bestandteil der Wall Street gewesen, bis er nach Los Angeles gezogen war und Brooke kennengelernt hatte. Und *dann* hatte man den Kerl wegen so ziemlich jeden Wirtschaftsverbrechens angeklagt, das es gab. Seine Festnahme hatte nur Minuten vor dem Ja-Wort stattgefunden.

Heather nahm an, es war gut, dass die Polizei ihn vorher geschnappt hatte und nicht hinterher, aber für Brooke hätte sie sich gewünscht, die Beamten wären noch früher dran gewesen. Der Skandal hatte Brookes Karriere als Hochzeitsplanerin an der Westküste kaputt gemacht. Aber er hatte Brooke nicht zerstört. Dafür war ihre Freundin zu stark. Und jetzt hatte sie einen Mann gefunden, der sie wie eine Königin behandelte. Heather hätte sich nicht mehr für ihre Freundin freuen können, aber um ehrlich zu sein, war ein klitzekleiner Teil von ihr grün vor Neid. Wann würde Heather jemanden finden, der sie so sehr und bedingungslos liebte? Würde sie jemals so jemanden begangen?

„Was ist passiert?", fragte Brooke.

Heather lenkte ihre Aufmerksamkeit wieder auf das Gespräch.

„Hmm?"

„Du hast gesagt, er sei damals anders drauf gewesen. Und das glaube ich, wenn er als Hedgefonds-Manager mit einer Park-Avenue-Prinzessin zusammen war. Aber so ist er heute nicht mehr. Nicht wahr? Mein Eindruck von ihm beim Brunchen war ein völlig anderer."

„Du hast recht", sagte Heather. Der Josh, den sie kannte, wirkte nicht wie ein Typ, der jemals einen Anzug getragen hatte. Und sie konnte sich kaum vorstellen, dass er je einer geregelten Arbeit nachgegangen war.

„Was also hat die Veränderung bewirkt?“, fragte Leah sanft.

„Ich wünschte, ich wüsste es“, antwortete Heather, mehr zu sich selbst als zu ihren Freundinnen.

„Sieht so aus, als hättest du den Kerl, der *nur* dein Nachbar ist, ziemlich gern.“

„Er ist auch ein Freund“, gab Heather zu.

Brooke schmunzelte. „Ja, sicher. Es klingt langsam so, als würdest du dir Alexis’ Rede leihen, die sie immer hält, wenn sie über Logan spricht.“

„Ähm, okay, das ist jetzt echt frech“, entgegnete Heather. „Ich bin nicht ansatzweise so blind.“

Sie alle sahen hinüber zum Geburtstagskind, das etwas weiter weg am Tisch inmitten ihrer Freunde aus Collegezeiten saß und mit der Kellnerin besprach, welchen Champagner sie als Nächstes wählen wollte. Die Kellnerin sah leicht panisch aus; vermutlich hatte sie inzwischen verstanden, dass Alexis sehr viel mehr über die Weinkarte wusste, als sie selbst.

„Meint ihr, sie weiß, dass Logan in sie verliebt ist?“, fragte Heather.

„Ehrlich? Nein. Ich glaube, der Mann ist ihr blinder Fleck“, antwortete Brooke. „Und Liebes … Glaub mir, wenn ich dir sage, du wirst den Rest deines Champagners ungefähr jetzt heruntergestürzt haben wollen.“

Verwirrt blickte Heather zu Brooke. „Warum?“

Brooke fixierte die Eingangstür. „Weil Danica Robinson soeben hereingekommen ist.“

Heather erstarrte. „Im Ernst?“

„Ja.“

„Hat sie mich gesehen?“

„Ja.“

„Mist“, murmelte Heather und strich sich mit der Hand

über die Haare, obwohl sie eigentlich wusste, dass es völlig egal war, wie sie in Danica Robinsons Augen aussah. Die Frau wollte sie wegen ihrer Fähigkeiten in Sachen Hochzeitsplanung, nicht wegen ihres Aussehens.

Dennoch setzte Heather ein strahlendes Lächeln auf, sobald Danica näher kam. Die Frau sah vollkommen makellos aus in ihrem weißen Minikleid und den langen, zu einem hohen Pferdeschwanz zusammengebundenen Haaren. Eine Parfümwolke umgab sie, als sie auf ihren zwölf Zentimeter hohen High Heels zu Heather, Brooke und Leah trat.

„Heather, oh, mein Gott! Hi, Sie sehen toll aus! Was machen Sie denn hier?“

Heather stand da und fühlte sich wie eine Idiotin, während sie die Luftkussnummer mit ihrer berühmten Kundin vollführte. Eine Kundin, die es kaum geschafft hatte, ihre Textnachrichten zu beantworten, und sie nun umarmte als seien sie beste Freundinnen.

„Wir feiern den Geburtstag einer Freundin“, antwortete Heather und deutete in Alexis’ Richtung.

„Oh, Alexis, natürlich, Happy Birthday, meine Liebe“, rief Danica und winkte Alexis desinteressiert mit einem Finger zu.

„Leute, ihr kennt die Wedding Belles natürlich“, sagte Danica an ihre Begleitungen gewandt. Einige der Frauen nickten und lächelten aufgesetzt. Die Männer sahen aus, als wäre ihnen das vollkommen egal.

Männer, wie Heather bemerkte, von denen keiner Danicas Verlobter war.

„Also, ich habe heute Abend alle genötigt, mit mir auszugehen, um mich mal von diesem ganzen Hochzeitsstress zu erholen, wissen Sie?“, meinte Danica mit breitem Lächeln. „Aber rufen Sie mich demnächst unbedingt an, ich möchte alles über die Blumen wissen, die Sie in Ihrer letzten Voicemail erwähnt haben.“

Heather starrte sie an. War das ihr Ernst?

Wegen der Blumen hatte sie ihr mindestens zwölf Sprachnachrichten hinterlassen, alle bereits in der vergangenen Woche. Heather hatte sich dann dazu entschlossen, zu improvisieren und die Blumen selbst auszusuchen, dank Joshs Tipp, dass Danica Rosen hasste.

Dennoch, was sollte sie tun? Sie konnte wohl kaum laut aussprechen, dass ihre prominente Kundin eine stinkfaule Braut war.

Aber sie wollte es. Oh, wie sehr sie es wollte.

„Ihr solltet mal mein Kleid sehen“, sprudelte es aus Danica heraus, an die Freunde gerichtet. „Es ist traumhaft!“

Heather blinzelte. Danica hatte kein Kleid. Bisher war sie noch nicht zu einer einzigen Anprobe erschienen.

Als könnte sie Heathers Gedanken lesen, fing Danica in genau dem Moment ihren Blick auf und zwinkerte ihr zu, als seien sie Mitverschwörerinnen.

Heather konnte kaum mehr an sich halten, und hätte Brooke sich nicht laut geräuspert, und Alexis ihr nicht den *Tu's-nicht*-Blick zugeworfen, dann hätte Heather Danica Robinson wissen lassen, wo sie sich ihr erfundenes Kleid hinstecken konnte.

Stattdessen lächelte Heather noch aufgesetzter als Danicas Entourage. „Ja, Sie haben sich Ihre Pause von der ganzen Planerei absolut verdient“, sagte sie süßlich. „Genießen Sie Ihren Abend, und wir telefonieren Anfang nächster Woche?“

„Unbedingt“, antwortete Danica. „Ich rufe Sie an, ja? Kann's kaum erwarten. Tschüss, meine Lieben.“

Sie drehte sich auf dem Absatz um, hob eine Hand als Signal für ihre Freunde, ihr zu folgen, und ging auf den mit einem Seil abgesperrten Bereich im hinteren Teil der Bar zu. Ein halbes Dutzend Kellner trippelte hinterher, beladen mit Champagner-Kübeln.

„Ist das gerade wirklich passiert?“, fragte Heather ungläubig und biss die Zähne zusammen. Unbewusst ballte sie ihre Hände zu Fäusten.

„Mach dich nicht verrückt, Heather", sagte Alexis beschwichtigend und trat mit Brooke neben sie. Gemeinsam brachten sie sie dazu, sich wieder zu setzen.

Leah rieb ihr über das Knie. „Das hast du gut gemacht. Ich weiß, es ist ätzend, aber du musst professionell bleiben."

„Es ergibt einfach keinen Sinn", sagte Heather, ihren Blick auf Danica gerichtet. Die Frau war einem der Typen in ihrer Gruppe verdammt nahe an die Pelle gerückt.

„Ich dachte, dieses ganze ‚Ich-habe-nichts-damit-zu-tun'-Gehabe wäre ein neuer, bizarrer Trend, den sie setzen wollte, aber sie will offensichtlich, dass die Leute denken, sie sei involviert."

„Es ist tatsächlich merkwürdig", murmelte Alexis nachdenklich. „Vor allem nach dem, was in der Klatschpresse zu lesen war."

Heather schaute ihre Freundin an. „Was meinst du?"

Brooke und Alexis tauschten Blicke aus, und Heather wedelte mit ihrer Hand zwischen ihnen. „Nein, nein. Lasst das. Bring mich auf den neuesten Stand."

„Es hat Gerüchte gegeben, dass Danica Troy betrügt", erklärte Brooke.

„Keine Ahnung, wer das wieder in Umlauf gebracht hat", sagte Heather und nickte unmerklich in Danicas Richtung. „Das ist nichts Neues, oder? Jeder weiß, dass Untreue-Skandale die Auflagen steigern, auch die, die nicht auf Fakten beruhen."

„Stimmt", pflichtete Alexis ihr bei, biss sich auf die Unterlippe und sah besorgt aus, was untypisch war für sie. „Aber irgendwas an dem Ganzen stimmt einfach überhaupt nicht."

„Wem sagst du das", murmelte Heather und rieb sich die Schläfen. „Weißt du was? Ich will jetzt nicht weiter darüber nachdenken. Montagmorgen rufe ich Danica an und teile ihr meine Bedenken mit. Aber vorher wünsche ich mir ein Schaumbad und einen tiefen, festen Schlaf."

Sie blickte auf ihre Armbanduhr. „Beziehungsweise den bestmöglichen Schlaf, den ich bekommen kann, wenn man bedenkt, dass es schon nach eins ist."

Einen Vorteil hatte das lange Aufbleiben an einem Freitagabend, sie würde das *Bumm-Bumm-Zschsch* von Joshs Bandprobe verpasst haben.

„Macht es dir etwas aus, wenn ich dich für den Rest deiner Geburtstagsnacht alleine lasse?", fragte sie an Alexis gewandt.

Alexis winkte ab. „Ich bitte dich. Insgeheim hoffe ich, wir alle brechen bald auf, damit ich vor morgen früh noch etwas Arbeit erledigen kann."

Heather verdrehte die Augen und gab ihrer Freundin einen Kuss auf die Wange. „Du bist schlimm. Das weißt du, oder?"

„Braucht eine von euch morgen Unterstützung?", fragte Brooke. „Ich habe morgen nichts vor bis zu der unkomplizierten Mortin-Hochzeit."

„Nein, danke, ich brauche keine", sagte Heather, stand auf und griff nach ihrer Jacke.

Es stimmte. Ihre Hochzeit morgen war unproblematisch. Das Paar hatte sich für einen kleinen Rahmen entschieden, ein eleganter Empfang auf einer Jacht. Alles, was Heather zu tun hatte, war sicherzustellen, dass die entsprechenden Lieferanten pünktlich an Bord waren und dass die Toiletten nicht nur mit den üblichen Düften und Minzbonbons, sondern auch mit genügend Medikamenten gegen Reiseübelkeit ausgestattet waren.

Kein Problem. Wenigstens schien diese Braut sich tatsächlich für ihre Hochzeit zu interessieren, dachte Heather und blickte noch einmal verstohlen zu Danica Robinson und ihrer Truppe im Separee hinüber.

„Ehrlich, ihr wisst beide, wie sehr ich dieses Business liebe.

Aber ich würde lügen, wenn ich behauptete, dass ich mich nur ein bisschen darüber freue, an Thanksgiving nicht ins Büro zu müssen", sagte Alexis und leerte ihr Glas.

Thanksgiving.

Und mit einem Mal sank Heathers ohnehin schon schlechte Laune noch tiefer in den Keller. Sie liebte Thanksgiving. Und mal im Ernst, wer nicht? Das ganze herrliche Essen und der Wein und die willkommene Ausrede, am nächsten Tag schon morgens Pie essen zu können.

Doch sie hatte auch gehofft, dass es in diesem Jahr *ihr* Erntedankfest sein würde. Ein Tag, an dem sie mit ihrer Mom zur Macy's Thanksgiving Day Parade gehen und später mit ihr nach Hause kommen würde, wo der köstliche Duft eines Truthahnbratens sie erwartete. Vielleicht hätten sie sogar eine Pie zusammen gemacht …

Stattdessen würde sie ganz alleine sein.

Und ja, es war ihre Entscheidung gewesen, nicht nach Michigan zu fahren. Nicht nur, weil sie an dem Wochenende nach den Feiertagen eine Hochzeit hatte, sondern weil sie vielleicht ein klein wenig stur war.

Heather war immer diejenige gewesen, die an den Feiertagen verreiste. Immer diejenige, die den Weg nach Hause auf sich genommen und Thanksgiving so gefeiert hatte, wie ihre Mutter es wollte. Was in Ordnung wäre, wenn ihre Mutter gebrechlich wäre. Aber Joan Fowler war gesund und munter und durchaus in der Lage, ein Flugzeug zu besteigen, wenn sie wollte.

Aber sie *wollte* nicht. Heather liebte ihre Mutter, doch sie war es auch leid, immer diejenige zu sein, die sich nach ihrer Mutter richtete.

Und was Josh betraf, der darauf bestand, dass sie die Einladung seiner Mutter annahm – nun, sie war sich *ziemlich* sicher, dass dieses Angebot vom Tisch war. Nicht dass sie darauf zurückgekommen wäre, falls es doch noch existierte.

Einen kurzen Moment lang war Heather eifersüchtig auf die anderen Belles, die Pläne für den Feiertag hatten. Brooke und Seth würden auf dem Weg nach Kalifornien sein, um den Feiertag mit Brookes Familie zu verbringen. Alexis würde … nun, Himmel, niemand wusste, wohin Alexis unterwegs sein würde, da sie sich weigerte, darüber zu sprechen. Aber sie hatte angekündigt, sich das Wochenende freizunehmen, was selten genug geschah, und alle waren zu froh, dass sie ihren überfälligen Urlaub nahm, um sie nach weiteren Details auszuquetschen.

Sah aus, als gäbe es statt Truthahn eine Portion Selbstmitleid für Heather zum diesjährigen Thanksgiving-Fest.

Heather zwang sich, ein Lächeln aufzusetzen, als sie sich verabschiedete, und trat hinaus in die frische Herbstnacht. Es war ein langer Nachhauseweg, wenn sie zu Fuß ging, aber Heather konnte frische Luft gut gebrauchen. Sie musste nachdenken und sich wieder aus diesem Tief befreien.

Sie tauschte ihre High Heels gegen bequeme, flache Schuhe, die sie immer in ihrer übergroßen Tasche bei sich trug. Doch dreißig Minuten später, als sie bei ihrem Wohnhaus ankam, hatte das Nachdenken sie nur noch trübsinniger gemacht.

Und als sie die Stufen hinaufstapfte, wurde ihr Gemütszustand erneut herausgefordert.

Joshs Tür war offen. Er stand im Türrahmen, mit einem Arm an den Türpfosten gelehnt. Ohne Shirt, natürlich.

Er verabschiedete sich von jemandem.

Von einer Frau.

Heather konnte das Gesicht der Frau nicht sehen, doch ihr schlankes Profil und der glänzende braune Pferdeschwanz deuteten darauf hin, dass sie ziemlich attraktiv war. Die Art, wie Josh sie ansah, ließ keine Fragen offen.

Großartig. Genau das, was sie jetzt brauchte. Einen Platz in der ersten Reihe für den Abgang einer von Joshs Liebschaften.

Er schaute zu ihr, sobald sie in Sichtweite war, und sie hätte schwören können, dass er vor Überraschung leicht zusammenzuckte.

Doch sein Blick blieb gelangweilt und lässig, als er sie und ihren kurzen Rock ansah. „Hey, 4C."

„Hey", erwiderte sie grimmig und zog ihre Schlüssel aus der Tasche.

Die Frau drehte sich um, um zu sehen, mit wem Josh sprach, und Heather erkannte, dass sie recht gehabt hatte. Die Frau war attraktiv. Große braune Augen, pinker Lippenstift, perfekter Lidschatten.

Na dann.

Sie hatte größere Sorgen, als sich Gedanken darüber zu machen, ob der One-Night-Stand ihres Nachbarn sie freundlich fand oder nicht.

Zum Beispiel die Tatsache, dass sie einen seltsamen Knoten im Magen spürte, wenn sie sich Josh und diese andere Frau zusammen vorstellte.

Da sie diesen Gedanken nicht vertiefen wollte, jedenfalls nicht vor Josh und seiner Bettbekanntschaft, schob sie den Schlüssel ins Schloss und wollte gerade ein „Gute Nacht" hervorbringen, als sie hörte, wie eine andere vertraute Stimme ihren Namen rief.

„Heather. Hey!"

Sie blickte sich um und sah Trevor, den Leadsänger aus Joshs Band, neben Josh stehen.

Heather grüßte lächelnd, dieses Mal ehrlich. Sie mochte Trevor. Wie Josh war auch er mit jeder Menge Charme und Selbstbewusstsein gesegnet, aber anders als Josh schien der Kerl keine geheime Seite zu haben, die er vor der Welt verborgen hielt.

„Wie geht's?", fragte sie ihn.

„Ehrlich?", antwortete er und zeigte auf Josh, „dieser Typ hat die Probe sausen lassen, um Kitty zu unterhalten. Also … fühle ich mich ein bisschen wie das dritte Rad am Wagen."

Da war er wieder. Der Knoten. Schmerzhafter dieses Mal.

„Eigentlich“, sagte Trevor, löste sich von Josh und zwinkerte Kitty freundlich zu, „hätte ich nichts gegen einen Fluchtweg.“

„Du hast einen“, erwiderte Josh. „Die Treppen. Oder den Fahrstuhl. Deine Entscheidung. Es sei denn, du möchtest, dass ich dich aus dem Fenster werfe, das mache ich gerne ...“

„Möchtest du etwas Gesellschaft?“, unterbrach Trevor Josh und richtete die Frage an Heather.

Heather öffnete den Mund, um Nein zu sagen. Der einzige Grund, warum sie die Bar verlassen hatte, war, dass sie von den Menschen wegkam und alleine vor sich hin schmoren konnte. Doch als ihr Gehirn noch dabei war, eine höfliche Ausrede zu formulieren, erkannte Heather, dass sie im Grunde genommen gar nicht alleine sein wollte. Der Gedanke daran, einsam in ihrem Apartment zu sitzen, die Decke anzustarren und sich vorzustellen, wie Josh und diese Frau ...

„Über etwas Gesellschaft würde ich mich sehr freuen“, antwortete sie mit einem breiten Lächeln an Trevor gerichtet.

Aus dem Augenwinkel meinte sie, Josh wieder zusammenzucken zu sehen.

Trevor grinste sie an und Heather schwang die Tür weit auf, machte eine spielerisch einladende Geste und gab ihm zu verstehen, er möge vorangehen. Sie machte einen Schritt, um ihm zu folgen, doch in letzter Sekunde blickte sie zu Josh hinüber. Es war ein Sog, dem sie sich nicht entziehen konnte – als hätte er sie lautlos *aufgefordert*, ihn anzuschauen.

Er sah sie direkt an, mit undurchdringlicher Miene, den Mund fest verschlossen.

Sie schluckte und wünschte sich inständig, sie wüsste, wie sie diese schräge Spannung zwischen ihnen auflockern konnte. Wünschte sich, sie könnten den Lunch am Montag wiederholen, und war hin und her gerissen zwischen dem Drang, auf ihn einzuschlagen, und dem Bedürfnis, seine Dämonen zu besänftigen, über die zu reden er sich so standhaft weigerte.

Heather öffnete den Mund, um etwas zu sagen – irgendetwas –, doch er sah weg und lenkte seine Aufmerksamkeit wieder auf Kitty. Er schenkte ihr ein charmantes Lächeln und beugte sich nach unten, um ihr etwas ins Ohr zu flüstern.

Heather stockte der Atem und sie spürte einen stechenden Schmerz.

Also klammerte sie sich an ihre Wut.

Heather folgte Trevor in ihr Apartment, warf Josh einen letzten Blick zu und schloss langsam und bedächtig die Tür hinter sich.

15. Kapitel

„Du hast einen riesigen Bauch. Das weißt du schon, oder?"

Joshs Schwester warf ihm über ihr Orangensaftglas einen funkelnden Blick zu. „Nein, liebster Bruder. Ich habe eine Bowlingkugel, die ganz entspannt auf meiner Blase liegt, und Fußgelenke, die sich anfühlen wie Wasserbomben. Aber ich hatte keine Ahnung, dass ich einen riesigen Bauch habe. Danke für diese öffentliche Bekanntgabe."

Josh seufzte und sah seinen Schwager an. „War sie die ganzen neun Monate über so?"

Kevin kratzte sich am Bart. „Ich gehe mal Pizza holen. Wer möchte Pizza?"

Jamies Hand schoss in die Höhe. „Ich will die *ganze* Pizza."

Josh streckte seine Hand aus und tätschelte den runden Bauch seiner Zwillingsschwester. „Schließlich isst du für zwei."

Jamie schnaubte. „Ich bitte dich. Das Kind muss mit der Nabelschnur klarkommen. Die Pizza gehört mir, nur mir."

„Als jemand, der sich mit dir die Nabelschnur geteilt hat, bin ich mir ziemlich sicher, dass es nicht so abläuft."

„Hör bloß auf damit. Ich weiß, dass du da drinnen herausgefunden hast, wie du dir die Athletengene sichern kannst, während ich die Moppelgene abbekommen habe."

„Ich hatte vergessen, wie gut du in Bio warst", sinnierte Josh.

Jamie wollte sich nach vorne beugen, um ihm einen Schlag zu verpassen, lehnte sich aber schnell wieder müde seufzend zurück. „Vergiss es. Wenn das Kind erst einmal draußen ist, werde ich dich windelweich prügeln. Im Moment bin ich dir einfach zu dankbar, dass du den weiten Weg auf dich genommen hast, um herzukommen. Kevin geht mir auf den Keks."

„Und das war mein Stichwort, um Pizza zu holen", sagte Kevin, erhob sich und gab seiner Frau einen Kuss auf den Kopf. „Kanadischer Speck und Ananas, so wie letztes Mal?"

Jamie gab ein Würgegeräusch von sich. „Was wird das? Versuchst du mich umzubringen? Wer isst denn Obst auf einer Pizza?"

„Du, letzte Woche", antwortete Kevin und suchte auf dem unaufgeräumten Tisch nach seinem Autoschlüssel.

„Nun, die Gelüste des Babys haben sich geändert. Jetzt will sie Wurst und Pilze."

„Ich dachte, das Baby bekommt nichts von der Pizza ab", wandte Josh ein.

„Lass es, Mann", murmelte Kevin. „Lass es einfach sein. Bin gleich wieder da. Bringt euch nicht um."

Josh hob eine Hand und winkte seinem Schwager zum Abschied zu. Dann runzelte er die Stirn. „Gibt es hier keinen Bringdienst?"

„Bleib locker, New York, wir sind hier in Nashville, nicht am Ende der Welt. Natürlich haben wir Bringdienste. Er nimmt momentan nur jede Gelegenheit wahr, um vor mir zu flüchten."

„Ich kann mir gar nicht vorstellen, warum", neckte er sie, erhob sich vom Küchentisch und füllte ihr Glas auf.

„Ich weiß, ich bin ein Monster", entgegnete sie, lehnte sich zurück und streichelte ihren Bauch. „Ich bin nur unzufrieden, weil ich über Thanksgiving nicht bei der Familie sein kann. Blöde Flugeinschränkungen am Schwangerschaftsende."

„Du weißt, wir hätten auch alle zu euch kommen können", sagte er, stellte den Orangensaft vor ihr ab und setzte sich wieder.

„Schon klar. Aber Dad muss am Montag wieder arbeiten, und Mom hat dieses Wohltätigkeitsding am Freitag. Und ehrlich gesagt, ist es wahrscheinlich besser so. Ich bin in letzter Zeit so mies gelaunt, weil ich mich fett und schrullig fühle und mir der Rücken weh tut."

Er lehnte sich nach vorne und nahm ihre Hand. „Das schaffst du schon. Nur noch ein paar Wochen, nicht wahr?"

Jamie richtete sich etwas auf. „Oh, mein Gott. Josh. Es tut mir leid. Du musst denken, ich sei unmöglich, mich über ein bisschen Rückenschmerzen und geschwollene Füße zu beschweren. Ich hab nicht nachgedacht, entschuldige."

Er schüttelte den Kopf. „Sag das nicht. Meine Erfahrungen machen deine nicht weniger wichtig."

Ihr Gesichtsausdruck blieb niedergeschlagen, und Josh drückte ihre Hand. „Jamie. Ich dachte, das hätten wir hinter uns."

„Die Schuld?", murmelte sie. „Nein, nicht wirklich."

Josh ließ seinen Kopf sinken und versuchte, das Richtige zu sagen. Niemand stand ihm näher als Jamie – als sie aufwuchsen, waren sie zugleich beste Freunde und erbittertste Feinde, so wie es oft bei Geschwistern war. Als sie erwachsen wurden, blieb nur die Freundschaft übrig. Wegen seiner Erkrankung, und das konnte nur ein Zwilling verstehen, fühlte sie sich schuldig, da sie ihm nicht helfen konnte.

„Brauchst du etwa noch mehr aufmunternde Worte?", neckte er sie. „Soll ich dir all die Gründe aufzähle, warum es nicht deine Schuld ist, und dabei *seeeehr* langsam sprechen, so wie Dad, wenn er enttäuscht ist?"

Jamie lächelte, doch nur angedeutet und gezwungen, und sein Magen zog sich zusammen, als er sah, wie ihr die Tränen in die Augen traten. „Ich bin unfassbar froh, dass es dir gut geht", flüsterte sie.

„Das sind wir beide", sagte er. „Aber jetzt bist du an der Reihe, dass die Leute einen Wirbel um dich machen. Was glaubst du, warum ich zu Besuch gekommen bin?"

„Um ehrlich zu sein, bin ich froh, dass du es ansprichst", sagte sie und wischte sich über die Augen. „Ich freue mich, dich zu sehen. Wirklich. Aber glaube ja nicht, ich würde nicht bemerken, wie du deine Ausweichmiene aufsetzt."

Josh blinzelte. „Brauche ich hierfür einen Drink?"

Jamie deutete auf den Bereich hinter sich. „Bier ist im Kühlschrank, Sprit über dem Kühlschrank."

„Mist, das heißt also ja", brummte er, ging zur Hausbar und kramte darin herum, bis er einen Bourbon hervorholte. Er schenkte sich einen ordentlichen Schluck in ein Glas, fügte einen Spitzer Wasser hinzu und gesellte sich wieder zu seiner Schwester an den Tisch.

„Ich weiß, du hältst die Klappe nicht, bis du gesagt hast, was du sagen willst, also bitte schön."

„Du läufst vor etwas weg, und ich möchte wissen, wovor."

„Vor gar nichts", entgegnete er und nahm einen Schluck seines starken, belebenden Getränks.

„Ich bitte dich. Weißt du noch, als du mit Kelly Nicholson Schluss machen wolltest, weil du Valerie – oder wie hieß sie noch – lieber mochtest, aber nicht wusstest, wie du es Kelly sagen solltest? Oder damals, als du Dads Baseball, signiert von Cal Ripken, genommen hast, um damit in der Schule anzugeben, und ihn verloren hast? Oder als du Omas Schmuckschachtel kaputt gemacht …"

„Jamie. Komm zum Punkt."

„Richtig. Egal … Immer wenn du etwas oder jemanden meidest, hast du diesen bestimmten Gesichtsausdruck."

„Einen Gesichtsausdruck."

Sie nickte. „Ja. Deine Mundwinkel sind etwas angespannt, deine Nase ist ganz flach und dein Blick ist durchtrieben."

Er konnte sie nur anstarren. „Wäre es in Ordnung, wenn ich das aufzeichne, damit ich es dir, wenn du nicht mehr schwanger bist, vorspielen und dich auslachen kann?"

„*Oh*, hatte ich das schon erwähnt?", fragte sie und zeigte auf ihn. „Du versuchst dann auch immer, das Thema zu wechseln."

„Ja, nun, ich kann gar nicht verstehen, warum. Meine vergangenen Verfehlungen in allen Einzelheiten aufgezählt zu bekommen, das entspricht absolut meiner Vorstellung von einer gepflegten Unterhaltung."

„Na gut", lenkte sie ein und nickte nachsichtig. „Lass uns nicht über deine vergangenen Fehler sprechen. Lass uns nur über die gegenwärtigen reden. Ich spüre, dass eine Frau daran beteiligt ist?"

Josh tat so, als würde er sich in der Küche umsehen. „Brauchst du dafür nicht deine Kristallkugel?"

„Josh!" Jetzt fuhr sie ihn an. „Würdest du bitte mit mir reden?"

Er seufzte, nahm einen weiteren Schluck und hasste es, dass sie recht hatte, wie immer.

Er mied tatsächlich etwas.

Und es war eine Frau.

Josh seufzte erneut. „Okay. Es gibt da dieses Mädchen."

Jamie grinste, verkniff sich jedoch ein *Wusste ich's doch.*

„Sie ist vor ein paar Wochen nebenan eingezogen, und wir … verbringen Zeit miteinander."

„Weißt du, ich bin dreiunddreißig, so wie du. Du musst keinen Euphemismus für Sex benutzen."

„Ehrlich gesagt, so ist es gar nicht", murmelte er.

„*Wirklich?!*", stieß sie aus, und ihr Interesse schien sich verzehnfacht zu haben, denn sie setzte sich nach vorne auf die Stuhlkante, mit der Hand auf ihrem Bauch. „Jetzt wird es interessant."

„Weniger interessant als vielmehr frustrierend. Die Anziehungskraft beruht auf Gegenseitigkeit. Wir wissen es beide. Aber sie geht völlig auf in ihrem Job, und dann hat sie etwas mit Trevor am Laufen, und die ganze Zeit stellt sie mir diese nervigen Fragen …"

Jamie legte sich die Hand über den Mund, doch er sah das Lächeln noch.

„Nicht", brummte er.

„Es tut mir leid", sagte sie und streckte eine Hand nach ihm aus. „Du bist nur so süß, wenn du dich in eine Frau verknallst, die das nicht erwidert."

„Ich bin nicht in sie verknallt", stieß er brummend hervor. „Wir sind nur befreundet, und ich hätte nichts dagegen, wenn wir dieser Übereinkunft gewisse Vorteile hinzufügen könnten."

„Und wie findet sie das?"

„Gute Frage. Im einen Moment küsst sie mich, als würde sie über mich herfallen wollen, im nächsten schleppt sie mich durch Blumenläden und sinniert über Pfingstrosen, und direkt danach verführt sie Trevor."

Jamies Augen weiteten sich vor Faszination. „So. Viele. Fragen. Ich weiß gar nicht, wo ich anfangen soll."

„Ich habe noch was für dich", murmelte er. „Mom hat sie zu Thanksgiving eingeladen."

Jamie brach in schallendes Gelächter aus und schlug mit der Hand auf den Tisch. „Oh, Gott, es wird immer besser. Was gäbe ich darum, da sein zu können."

„Ja, nun, du wirst nicht viel verpassen. Bin mir ziemlich sicher, dass sie nicht kommt."

Jamies Mundwinkel sanken herab. „Josh. Sag mir nicht, du hast sie ausgeladen."

„Nein. Natürlich nicht. Es ist nur … Es ist etwas vorgefallen und sie ist nicht besonders gut auf mich zu sprechen."

Ihre Augen verengten sich. „Was hast du gemacht?"

„Woher weißt du, dass ich etwas getan habe?"

Sie deutete nach unten. „Eierstöcke."

Josh wand sich. „Widerlich. Lass das. Jedenfalls, ich habe nichts gemacht, genauer gesagt, ich habe sie … ziemlich angefahren, sich nicht in meine Angelegenheiten einzumischen."

Jamies Lächeln war nun völlig verschwunden. „Josh … Weiß dieses Mädchen …"

„Heather."

„Weiß Heather, dass du krank warst?"

Er trank erneut einen Schluck Bourbon. Und noch einen. „Nein."

Sie seufzte leicht. „Josh."

„Es spielt keine Rolle", blaffte er sie an. „Das ist meine Vergangenheit."

„Sicher. Aber sie hat deine Gegenwart geformt. Und deine Zukunft. Und wenn du möchtest, dass die Frau ein Teil von dem einen oder …"

Jamie brach ab, und Josh rieb sich die Stirn. Was wollte er von Heather? Er konnte sich nicht vorstellen, dass sie ein Teil seiner Zukunft sein könnte. Was seine Zukunft betraf, erlaubte er sich nicht, sich überhaupt etwas mit jemandem vorzustellen. Er war sich nicht sicher, dass er eine hatte.

Doch der Gedanke, dass Heather nicht mehr zu seinem Leben gehören könnte, ließ ihn unruhig werden.

Josh seufzte und starrte seine Schwester an. „Gibt es eine Möglichkeit, dass wir den Teil, in dem du über mich lachst und mich beschimpfst, überspringen und wir direkt zum Rat kommen?"

„Absolut", antwortete sie und war überrascht, dass er seinen Arm über den Tisch streckte. Sie tätschelte ihm die Hand. „Okay, hier ist er. Hat Heather Ja zu der Einladung gesagt?"

Er zuckte mit den Schultern. „Ich glaube, sie fühlt sich unwohl."

„Aber sie hat sonst niemanden, zu dem sie gehen kann? Sonst hätte sie es nicht in Erwägung gezogen."

Josh wurde nervös bei der Vorstellung, Heather könnte alleine sein. „Ihre Mom lebt in einem anderen Bundesstaat. Ich habe das Gefühl, dahinter verbirgt sich eine größere Geschichte, doch ich kenne sie nicht.“

„Also ich habe die Frau nie kennengelernt, daher kann ich nur raten“, sagte Jamie und schürzte die Lippen, „aber ist es möglich, dass sie genauso verletzlich ist wie du?“

„Hey, wer hat etwas über Verletzlichkeit gesagt?“

„Richtig, richtig, weil du ein großer Mann bist, kennst du so etwas nicht“, beschwichtigte ihn seine Schwester ironisch. „Was ich meine, ist, vielleicht braucht Heather etwas anderes als dein sexy Lächeln, deine Anmache und deinen Bizeps.“

Seine Augen verengten sich. „Ich kaufe ihr keine Blumen.“

Jamie lächelte. „Ich glaube, es könnte etwas viel Banaleres als Blumen sein. Und Günstigeres. Diese Frau steht kurz davor, die Feiertage alleine zu verbringen. Ist es möglich, dass sie sich von dir nur … ein bisschen Freundlichkeit wünscht? Um nicht einsam zu sein?“

Josh atmete schwer aus und setzte sich zurück, genervt davon, wie leicht seine Schwester direkt zum Kern der Sache vordrang, während er tagelang gedanklich darauf herumgekaut hatte. „Also gut, was mache ich jetzt?“

„Sei ihr ein Freund. Glaub mir, wenn ich dir sage, dass es für manche Frauen keine bessere Verführungstechnik gibt. Und noch etwas, Josh.“

Er verdrehte die Augen. „Was?“

Jamie drückte seine Hand und wartete, bis er sie ansah. „Ich denke, du könntest auch einen Freund gebrauchen. Einen echten Freund. Einen, der alles über dich weiß.“

16. Kapitel

Heather hatte genau eine Sache an Thanksgiving vor: ausschlafen.

Für diese Gelegenheit hatte sie sich sogar eine Schlafmaske besorgt. Eine flauschige mit Leopardenmuster. Damit sie endlich – *endlich!* – etwas Schlaf aufholen konnte.

Die Schlafmaske leistete hervorragende Arbeit dabei, das Sonnenlicht von ihren Augen fernzuhalten. Sie hatte jedoch keine Chance, gegen den Anfang dreißigjährigen Mann anzukommen, der in ihrem Wandschrank herumwühlte.

Zuerst dachte Heather, sie würde träumen. Oder halluzinieren.

Doch eine volle Minute später, nachdem sie ihre Maske hochgeschoben und schlaftrunken in die Richtung geblickt hatte, aus der der Lärm kam, wurde ihr qualvoll bewusst, dass dies kein Traum war.

Josh Tanner war in ihrem Schlafzimmer und durchforstete ihre Kleidung, als gehörte ihm die Wohnung.

Was. Zum. Geier.

„Im Ernst?" Ihre Stimme war ein einziges schläfriges Krächzen.

Er blickte über die Schulter und lächelte dreist. „Morgen, 4C. Du siehst aber hübsch aus heute Morgen. Und mit hübsch meine ich: Deine Haare sind *enorm*."

Heather setzte sich auf. „Wie bist du hier hereingekommen?"

„Schlüssel", antwortete er nur, als wäre das völlig naheliegend, drehte sich zurück zum Schrank und zog ein blau-weißgestreiftes Kleid heraus. „Ist das ein Zelt?"

„Was meinst du mit *Schlüssel*?“, fragte sie und wollte sich ihr Haar glattstreichen, erkannte dann aber, dass es sinnlos wäre. Sie war mit nassen Haaren eingeschlafen. Seine Beschreibung, sie seien *enorm*, war vermutlich eine höfliche Formulierung.

„Mrs. Calvin hatte einen bei mir deponiert.“

Natürlich.

„Und das erfahre ich erst jetzt, weil …?“

Er warf ihr ein weiteres dreistes Grinsen zu. „Das habe ich mir für eine besondere Gelegenheit aufgehoben. Frohes Thanksgiving, 4C.“

„Moment mal.“ Sie hob eine Hand und runzelte die Stirn, während die letzten Schleier des Schlafes davonzogen. „Du redest wieder mit mir?“

„Was meinst du damit?“ Er hängte das Maxikleid zurück in den Schrank; nicht dorthin, wo er es gefunden hatte, sondern in die hinterste Ecke, als hoffte er, sie würde vergessen, dass es existierte.

„Oh, ich weiß nicht, wie wäre es damit, dass du mich mit eisernem Schweigen bestraft hast, nachdem ich vergangene Woche meine Nase in deine persönlichen Angelegenheiten gesteckt habe? Verdammt, Josh, ich habe dich seit Tagen nicht mehr gesehen oder gehört.“ Abgesehen von der schrecklich unangenehmen Szene vor ihren Wohnungen neulich, mit Kitty und Trevor.

Heather konnte mit Sicherheit sagen, dass nichts gelaufen war zwischen ihr und Trevor. Sie hatten sich unterhalten und einen Film angesehen. Irgendwann war sie eingeschlafen, und er war weg, als sie am nächsten Morgen aufwachte.

Aber was mit Josh und Kitty passiert war, davon hatte sie nicht die leiseste Ahnung. Und wenn die Wahrheit nicht jene war, die sie erhoffte, dann war sie sich nicht sicher, ob sie sie überhaupt wissen wollte.

„Weil ich verreist war", sagte er und warf einen schwarzen Pullover aufs Bett. „Das solltest du anziehen."

„Wohin verreist?"

„Nach Nashville. Zu meiner Schwester."

„Seit wann hast du eine Schwester?", murmelte sie, griff nach ihrem Haarband auf dem Nachttisch und band die Haare zu einem Dutt oben auf ihrem Kopf zusammen.

„Schon immer. Jamie."

„Älter? Jünger?"

„Zwilling."

Heather starrte ihn an, während er eine schwarze Hose herauszog und sie zu dem Pulli warf. „Ja. Lebt in Nashville. Sie kann an Thanksgiving nicht nach Hause kommen, weil sie schwanger mit einem Fünfzig-Kilo-Brocken ist. Also habe ich sie für ein paar Tage besucht."

„Nun, und was war davor?", fragte Heather unwirsch. „Du hast kaum mit mir gesprochen."

„Ich habe nachgedacht."

„Du meinst, du hast geschmollt", verbesserte sie ihn.

„Nein, *du* hast geschmollt. Ich habe nachgedacht."

„Warum diese Unterscheidung?"

Er deutete auf ihre Brüste, dann auf ihren Schritt. „Titten. Und, ah …"

Sie hob ihre Augenbrauen an. „Ja? Welches bezaubernde Wort für die weibliche Anatomie möchtest du raushauen, großer Mann?"

Josh grinste nur. „Kaffee ist gleich fertig. Schwing deinen Hintern unter die Dusche."

„Warum?"

„Weil heute Thanksgiving ist. Wir werden in wenigen Stunden im Haus meiner Eltern erwartet und ich soll auf dem Weg dorthin noch ein paar Blumen besorgen für die verdammte Tafel meiner Mom."

„*Wir* werden im Haus deiner Eltern erwartet?"

„Hast du vergessen, dass ich dich eingeladen habe?"

„Nein, ich schätze, ich bin einfach davon ausgegangen, dass die Einladung im Zuge des Grübelns nicht mehr zur Debatte stand."

„Hör auf, so ein Mädchen zu sein. Du gehst jetzt unter die Dusche, oder willst du so gehen, sabbernd und mit abstehenden Haaren?"

Sie hob ihre Hand an die Wange, um eventuell vorhandene Speichelspuren wegzuwischen. „Bist du dir sicher?"

Er zeigte in Richtung ihres Badezimmers. „Geh. Oder ich gebe dir nichts von dem Kaffee ab, den ich mitgebracht habe."

„Ich habe meinen eigenen Kaffee."

„Ich weiß. Anständiges Zeug. Meiner ist jedoch besser."

„Josh, ich weiß das Angebot zu schätzen, aber ich glaube wirklich nicht …"

Er zog sein Handy aus der hinteren Hosentasche. „Kein Problem. Ruf nur kurz meine Mom an und sag ihr, dass du nicht kommst. Sie hat schon für dich eingedeckt und spricht seit Tagen darüber, aber ich bin mir sicher, sie wird nur ein wenig weinen …"

Heather stöhnte. „Du bist böse. Außerdem bist du derjenige, der das hier verbockt hat. Erinnerst du dich an deine grantige ‚Ich bin ein Mann, ich spreche nicht'-Nummer? Du hast dich wie ein Arsch benommen, Josh."

Er überraschte sie, indem er ihr fest in die Augen blickte. Sein Telefon ließ er wieder in der Hosentasche verschwinden. „Ich weiß. Es tut mir leid. Wirklich. Lass es mich wiedergutmachen."

„Wie?", fragte sie mit zusammengekniffenen Augen.

„Also, na ja, ich habe keinen wirklichen Plan, der darüber hinausgeht, dir Kaffee zu bringen", gab er zu und lächelte verlegen.

Heather stieß ein gespielt müdes Seufzen aus. „Kaffee wird reichen."

„Du bist leichte Beute, Heather Fowler. Viel zu leichte Beute."

„Sagt der Mann, der noch nie auch nur in die Nähe meiner weiblichen Körperteile gekommen ist."

Heather meinte diesen Kommentar als Scherz, doch seine Augen verdunkelten sich, und sein Blick schweifte nach unten.

„Hey", warf sie ein und hielt einen Finger in die Höhe. „Lass das. Ich werde nicht eine deiner Frauen werden."

„Wir werden sehen, 4C."

Heather verdrehte die Augen und griff nach der Decke, hielt dann inne und wartete darauf, dass er ging. Er rührte sich nicht vom Fleck. Sein übliches Henley-Shirt und die Jeans hatte er gegen Anzughemd und -hose eingetauscht, und er sah gut aus. Richtig gut.

„Etwas Privatsphäre, bitte?", bat sie, als er sich noch immer nicht bewegt hatte.

Er grinste. „Ich wusste es. Das klitzekleine Trägerhemdchen hat kein Unterteil, nicht wahr?"

„Ich trage Unterwäsche", murmelte sie.

„String?"

Sie schnaubte, aber tatsächlich *war* es ein String. Er gehörte nicht zu ihren Lieblingsschlafsachen, aber sie hinkte mit dem Wäschewaschen hinterher. Und sie hatte schon seit dem College nicht mehr in Hosen oder Shorts geschlafen.

„Raus", befahl sie.

„Zicke." Doch er ging und schloss die Tür hinter sich.

Als sie endlich allein war, konnte Heather das große, glückliche Lächeln nicht mehr zurückhalten. Voll Energie schlug sie die Bettdecke zurück und sprang aus den Federn.

Sie war überrascht gewesen, wie sehr seine Anwesenheit ihr gefehlt hatte. Und wenn er wollte, dass sich ihre Beziehung auf dieser kokettierenden, oberflächlichen Ebene abspielte, dann bitte. Lieber das, als überhaupt nicht befreundet zu sein.

Und Himmel, wenn sie einfach wieder nur Freunde wären, würde sie vielleicht aufhören, diese schlimmen Träume von ihm zu haben, die ihr seit Wochen den Schlaf raubten. Träume, in denen er ihr den String mit den Zähnen auszog, Träume, in denen sie ihm ihre Fingernägel in den Rücken grub, während sie wie festgenagelt unter ihm lag …

„Wow“, murmelte Heather, als sie die Schubladen ihrer Kommode aufzog. „Also wird es eine *kalte* Dusche.“

„Warum?“

Heather quiekte vor Überraschung und wirbelte herum. Den BH an die Brust gedrückt, warf sie ihrem Nachbarn einen bösen Blick zu.

„Josh!“

Er schenkte ihr ein träges Lächeln und hielt ihr einen Becher hin. „Kaffee?“

Zwei Sekunden lang drängte sie der Anstand, ihn hinauszuschicken, aber … Was zur Hölle. Er hatte bereits einen Blick auf ihren Hintern erhascht, und sie wollte den Kaffee wirklich.

Sie kam auf ihn zu und nahm den Kaffee entgegen, ignorierte aber sein selbstgefälliges Lächeln. „Für jemanden, der sich darüber beklagt, dass seine Mutter keinen Sinn für Grenzen hat, überschreitest du gerade selbst recht viele.“

„Was soll ich sagen, der Apfel fällt nicht weit vom Stamm. Außerdem, 4C, können wir über deine BH-Wahl reden?“, fragte er und nickte in Richtung der Unterwäsche, die sie in der Hand hielt.

„Nein“, antwortete sie und nippte an dem heißen Kaffee.

„Denn ich muss dir sagen, wenn wir es tun wollen, würde ich darum bitten, dass du etwas anderes trägst als dieses hellbraune Ding in deiner Hand.“ Er rümpfte die Nase. „Es sieht aus wie etwas, das meine Großmutter tragen würde.“

Heather verschluckte sich fast an ihrem Kaffee. „Erstens ist es ein sogenannter Nude-Ton, nicht hellbraun."

„Es ist braun", insistierte er und trank ebenfalls einen Schluck Kaffee.

„Und zweitens", fuhr sie fort, „wie um alles in der Welt kommst du darauf, dass *wir es tun* würden?"

Er zuckte die Schultern. „Du hast etwas davon gemurmelt, dass du eine kalte Dusche bräuchtest, und ich kann dir versichern, es ist besser, dem Verlangen nachzugeben, als es zu unterdrücken."

„Widerlich."

„Außerdem", ergänzte er, „sah ich gerade deinen Hintern und … Alle Achtung, 4C. Von dem Tag an, als ich dich kennenlernte, ahnte ich, dass du zwei süße Brötchen hast, und das wurde mir soeben bestätigt."

Heather lachte, legte ihre Hand auf seine Brust und schob ihn rückwärts hinaus. „Raus. Jetzt aber wirklich."

„Na schön", rief er, nachdem sie ihm die Tür vor der Nase zugemacht hatte. „Aber glaub ja nicht, ich hätte nicht bemerkt, wie du soeben meine Brustmuskeln begrapscht hast."

Sie lächelte noch immer, als sie aus der Dusche kam und sich anzog. Den hautfarbenen BH trug sie absichtlich, nur um ihn zu ärgern. Wobei er es nie herausfinden würde, ermahnte sie sich nachdrücklich.

Der Pulli, den er herausgesucht hatte, war einer ihrer Lieblingsteile, also zog sie ihn an, und dann nahm sie sich etwas mehr Zeit für das Make-up, einfach weil es ein Feiertag war …

„Wie viel Zeit haben wir noch?", rief sie und trug eine weitere Schicht Mascara auf.

„Genug. Föhn dir die Haare", antwortete er. „Ich will nicht, dass du mir erfrierst."

Sie öffnete die Tür und fand ihn auf ihrer Arbeitsfläche in der Küche sitzend, wo er etwas auf seinem Smartphone überflog.

„Woher wusstest du, dass das der Grund meiner Frage war?“

„Zwillingsschwester, schon vergessen?“, fragte er, ohne vom Bildschirm aufzusehen.

„Ja, was das betrifft“, fing sie an, lehnte sich mit der Schulter an den Türpfosten ihres Schlafzimmers und beobachtete ihn. „Wie kommt es, dass du Jamie nie erwähnt hast?“

„Wir haben Zeit fürs Haaretrocknen, nicht zum Plaudern“, sagte er.

„Richtig. Gott bewahre, dass wir uns zwischen zwei Streits mal normal unterhalten.“ Sie schloss die Tür wieder und war enttäuscht, dass er sie abgewürgt hatte, wenn auch nicht überrascht.

Dennoch fand sie es komisch, dass er nie eine Zwillingsschwester erwähnt hatte. Es erweckte den Eindruck, als stünden sie sich nicht nahe, doch war er hingeflogen, um sie zu besuchen, und das in der Woche vor Thanksgiving, wenn das Reisen ein Albtraum war. Sie mussten wenigstens eine einigermaßen stabile Beziehung haben.

Dreißig Minuten später waren Heathers Haare größtenteils trocken, was dem teuren Diffusoraufsatz ihres Föns zu verdanken war, der ihre Haare davon abhielt, sich allzu sehr zu kräuseln. Josh stand an der Eingangstür und hatte ihren Mantel und ihre Handtasche im Arm.

„Es fühlt sich falsch an, jemandem bei sich zu Hause zu besuchen und nichts mitzubringen“, sagte sie und steckte ihre Arme in den Mantel, den er ihr hinhielt.

„Wir bringen etwas mit. Blumen, weißt du noch? Mom hat außerdem ihre Nachbarn *und* die Eltern meines Vaters eingeladen. Sogar nach vierunddreißig Jahren Ehe versucht sie noch, meine Großmutter für sich zu gewinnen. Sie ist sich ziemlich sicher, dass ihr das mit dem perfekten Blumengesteck gelingen wird.“

„Und das hat was mit mir zu tun?“

„Bist du eine Hochzeitsplanerin oder nicht?"

„Sicher, aber ich engagiere Floristen. Ich bin nicht selbst eine von ihnen", entgegnete sie und schob ihn aus der Wohnung.

„Du bist mir gegenüber klar im Vorteil. Vergangenes Jahr, als sie ihren Priester zum Abendessen eingeladen hatte, brachte ich gelbe Nelken mit, und sie hat mich fast als ihren Sohn verleugnet."

„Gelbe Nelken? Himmel! Zum Glück lässt zumindest dein Äußeres nichts zu wünschen übrig", sagte Heather.

Wie sich herausstellte, war Josh weniger *schlecht* beim Auswählen der Blumen als vielmehr desinteressiert. Er entschied sich dafür, mit der Kassiererin zu flirten, während Heather mit dem Inhaber fachsimpelte.

Um ehrlich zu sein, hatte John recht gehabt. Heather war in ihrem Element, sie liebte es. Und wenn sie noch ehrlicher war, freute sie sich riesig darüber, ihr Können für jemanden einzusetzen, der es zu schätzen wüsste.

Heather liebte ihre Mutter über alles. Wirklich. Doch sie hatte es schon vor langer Zeit aufgegeben, stolz ihr Können zu präsentieren. Ihre Mom bestand darauf, dass Kunstblumen eine bessere Investition seien als frische Blumen. Ihre vertrauten Cookies hatte sie lieber als die köstlichen Macarons, die Heather vorsichtig im Flugzeug transportiert hatte, um sie ihr zu schenken.

Heather wusste, es war nicht die Absicht ihrer Mutter, Heathers Karriere kleinzureden, doch sie würde lügen, wenn sie behauptete, sich nicht insgeheim zu wünschen, ihre Mom könnte sie irgendwie verstehen. Wenigstens ein bisschen. Und zumindest ein wenig stolz darauf sein würde, was ihre Tochter erreicht hatte.

Heather schüttelte den Kopf, um die negative Energie abzuschütteln. Sorgfältig wählte sie die Blumen aus den verschiedenen Eimern aus. Sie stellte ein komplettes Gesteck zusammen, drehte es hin und her, um es von allen Seiten zu sehen, und bewunderte ihr Werk. Es war Thanksgiving, und sie würde den Tag mit einer Familie verbringen. Was machte es schon, wenn es nicht ihre eigene war? Es war definitiv besser als Tofu-Truthahn für eine Person.

Albern grinsend schlich Heather sich an Josh heran, schlug ihm mit dem Strauß auf den Kopf und unterbrach sehr effektiv das, was auch immer er da mit der Minderjährigen am Start hatte.

„Komm schon, du Depp. Lass uns gehen."

„Oh, Heather. Sie sind wunderschön!" Sue streckte die Arme aus und griff herzhaft nach den Blumen.

„Woher willst du wissen, dass ich sie nicht ausgesucht habe?", mischte sich Josh murrend ein, als sie im Foyer seines Elternhauses in New Jersey standen, und von seiner Mutter begrüßt wurden.

„Gelbe Nelken, Schatz. Du erinnerst dich", antwortete Sue und wandte ihre Wange Josh zu, damit er ihr einen Kuss gab.

„Ein Wunder, dass du mich immer noch deinen Sohn nennst." Er schlang beide Arme um seine Mutter, mitsamt den Blumen. „Hallo, Ma. Ein schönes Thanksgiving."

Heathers Herz schmolz ein klein wenig. Oder sehr. Ein Mann, der lieb zu seiner Mutter war, gab es etwas Besseres?

„Hallo, mein Schatz", sagte Sue, tätschelte Joshs Wange und lächelte ihn an.

Heather hätte schwören können, dass Joshs Mom Tränen in den Augen hatte, und sah weg. Mit einem Mal wurde ihr schmerzlich bewusst, dass sie eine Fremde war, die ein Familienfest störte.

Doch dann wandte Sue sich wieder Heather zu. Sie verlagerte die Blumen auf die Seite und reichte ihr die freie Hand.

„Heather, meine Liebe, es ist schön, Sie wiederzusehen. Josh hat sich so gefreut, dass sie mitkommen, und glauben Sie mir, wir teilen seine Freude."

„Jepp. Ich hab alles in mein Tagebuch geschrieben", sagte Josh sarkastisch.

Sue verdrehte die Augen. „Josh, geh und hilf deinem Vater."

„Womit? Die Fernbedienung zu finden?"

„Oh, ich habe es dir noch gar nicht erzählt. Wir frittieren den Truthahn dieses Jahr. Du kannst dir denken, wessen Idee das war."

„Die Diät läuft also gut?", fragte Josh.

„Geh schon." Sue machte eine wedelnde Bewegung mit der Hand. „Er ist da hinten. Deine Großeltern sind zum Glück noch nicht da. Ich brauche bis dahin einen Mimosa oder fünf. Wie ist es mit Ihnen, Heather?" Sue wandte sich an Heather und zwinkerte ihr verschwörerisch zu.

Heather nickte dankbar. „Ein Mimosa wäre toll."

„Josh, Schatz, mach uns doch bitte ein paar Mimosas, ja? Die Getränke stehen auf der Anrichte im Esszimmer."

„Ich dachte, ich sollte Dad mit dem Truthahn helfen."

„Champagner kommt an erster Stelle, immer." Sue hakte sich bei Heather ein. Josh verdrehte die Augen, ging aber brav in Richtung Esszimmer, wie Heather annahm.

„Ich bin so froh, dass Sie hier sind", sagte Sue und drückte Heathers Arm leicht.

„Ich weiß wirklich zu schätzen, dass Sie mich eingeladen haben."

„Nicht der Rede wert. Ich kann Ihre Situation gut verstehen – und die Ihrer Mom ebenso. Wir haben auch eine Weile gebraucht, bis wir uns an die Großstadt gewöhnt haben. Nicht, dass Jersey mit Manhattan zu vergleichen wäre, aber es ist schon eine Umstellung im Vergleich zu Bozeman in Montana."

„Daher kommen Sie?", fragte Heather überrascht.

Sie und Josh hatten nie darüber gesprochen, woher er ursprünglich kam, aber irgendwie war sie davon ausgegangen, dass er von hier stammte. Er wirkte sehr heimisch in New York.

„Wie lange leben Sie schon hier?“, fragte Heather und blieb stehen, um sich die vielen Bilder an der Wand anzusehen.

„Wir sind vor ein paar Jahren hergezogen.“ Sue stellte sich neben Heather und blickte ebenfalls auf die Bilder. „Um näher bei Josh zu sein.“

Etwas war da in der Stimme der älteren Frau. Ein Anflug von Schwermut. Heather sah sie aus dem Augenwinkel an und fragte sich, was der traurige Gesichtsausdruck und der entsprechende Tonfall zu bedeuten hatten. Das muss ein enger Familienbund sein, wenn die Eltern ihren Sohn so sehr vermissten, dass sie in ein ganz anderes Bundesland zogen, um näher bei ihm zu sein. Sie verspürte einen Hauch Bitterkeit in sich aufsteigen und dachte an ihre Mutter, die es nicht einmal fertigbrachte, ein Flugzeug zu besteigen, um sie einmal zu besuchen.

Heather blickte zurück auf die Wand und beugte sich nach vorne, um ein Bild von Josh und einer hübschen, molligen Blondine, die fröhlich in die Kamera strahlte, näher zu betrachten. „Ist das Jamie?“

Sue lächelte. „Ja. Sie lebt mit ihrem Ehemann in Nashville. Normalerweise kommt sie auch zu Thanksgiving, aber sie bekommt in ein paar Wochen mein erstes Enkelkind.“

„Ja, Josh erwähnte, dass er sie besuchen gefahren ist.“

„Er ist ein guter Junge.“

„Stehen sie sich nahe, die Geschwister?“, fragte Heather.

Sue zögerte, bevor sie antwortete. „Sie arbeiten daran. Früher waren sie unzertrennlich, doch nachdem … Jamie hat sich ein bisschen zurückgezogen. Aber Josh bemüht sich um sie, und ich möchte gerne glauben, dass alles fast wieder beim Alten ist.“

Nach *was*? Es war der zweite seltsame Hinweis, den Sue innerhalb weniger Minuten gegeben hatte, und die Neugierde übermannte Heather. Doch bevor sie nachfragen konnte, trat Josh zu ihnen, mit zwei Mimosas in den Händen. „Meine Damen", sagte er und reichte ihnen je eine kristallene Champagnerflöte.

Seine Augen richteten sich auf die Bilder an der Wand und verengten sich ein wenig, als er seine Mutter ansah. Doch Sue hatte alle Spuren der Traurigkeit aus ihrem Gesicht verbannt und ein strahlendes Lächeln aufgesetzt.

„Wo sind meine Manieren? Heather, Liebes, lassen Sie uns den Flur verlassen. Sie müssen mir helfen, diese entzückenden Blumen anzurichten, während die Jungs unserem Truthahn zigtausende Kalorien hinzufügen. Ab mit dir, Josh, Schatz."

„Dann verpasse ich doch das Frauengespräch."

Er klang lässig, doch Heather hätte schwören können, dass in seiner Stimme eine kleine Warnung in Richtung seiner Mutter lag. Sue streckte die Arme aus, drückte seinen Unterarm und ging in die Küche.

Joshs Schultern entspannten sich etwas bei dieser wortlosen Unterhaltung, die zwischen Mutter und Sohn stattgefunden hatte, und er wandte sich wieder Heather zu. „Alles gut bei dir?"

Sie lächelte. „Ja. Mir geht es gut. Wirklich."

„Schön."

Er wollte gerade gehen, doch Heather rief seinen Namen, und er drehte sich wieder um.

„Was ist los?"

„Danke", sagte sie und sah ihm fest in die Augen.

„Wofür?" Er hob seine Augenbrauen.

„Hierfür", antwortete sie und deutete auf das Heim seiner Eltern. „Dafür, dass du mich mitgenommen hast. Ich wäre … Ich wäre heute alleine geblieben. Und ich habe so getan, als wäre es das, was ich wollte. Aber das hier ist schön. Es ist besser."

Josh lächelte. „Niemand will alleine sein, 4C.“

Er schlenderte weg und pfiff ein verfrühtes Weihnachtslied. Heather starrte ihm hinterher.

Niemand will alleine sein. Das hatte er gesagt.

Seltsame Worte für jemanden, von dem sie annahm, dass er tief im Innern einsamer war als sie selbst.

17. Kapitel

„Ich mag sie.“

Josh nahm die tropfende Servierplatte entgegen, die ihm seine Mutter reichte, und trocknete sie ab. „Ja, das hast du schon ungefähr hundert Mal gesagt.“

„Du magst sie auch. Sonst hättest du sie nicht mit hierher gebracht“, betonte sie und schaute ihn wissend an, während sie einen weiteren dreckigen Teller in das Spülwasser gleiten ließ.

„Wir sind Freunde, Mom.“

„Mmm-hmm. Du hast an einem Feiertag noch nie einen Freund oder eine Freundin zum Abendessen mitgebracht.“

„Weil all meine anderen Freunde Familie vor Ort haben“, entgegnete er und schaute herüber ins Wohnzimmer, wo Heather mit seinem Vater neben dem Feuer saß und lachte. Sie sahen sich ein altes Fotoalbum an, in dem es wahrscheinlich jede Menge Bilder von seinem nackten Babyhintern gab.

„Hat sie erwähnt, dass ihre Mutter aus Michigan kommt?“, fragte Sue.

„Ja“, antwortet Josh und griff nach einem weiteren Teller zum Abtrocknen.

„Aber sie stehen sich nicht sehr nahe.“

„Doch, ich glaube schon“, erwiderte Josh und legte den Teller auf den sauberen Stapel. „Sie telefonieren jeden Sonntag. Aber ihre Mom wollte nicht nach New York kommen, und ich habe den Eindruck, das wurmt Heather.“

„Natürlich tut es das. Das ist ihr Zuhause. Ich bin mir sicher, sie würde das gerne mit ihr teilen. Schade, dass ihre Mom sich nicht überwinden kann.“

„Nicht jeder hat so viel Glück mit seinen Eltern“, sagte er und beugte sich zu seiner Mutter herunter, um ihr einen Kuss auf die Wange zu geben.

Sie verdrehte die Augen. „Du schmierst mir Honig um den Mund, damit ich aufhöre, dich weiter über deine und Heathers Beziehung auszufragen.“

„Freundschaft. Es ist eine Freundschaft“, berichtigte er sie und dachte daran, was seine Schwester ihm geraten hatte.

Und je mehr Josh darüber nachdachte, desto mehr fragte er sich, ob eine Freundschaft vielleicht genau das war, wobei er es mit Heather belassen sollte. Er wollte sie noch immer – ziemlich dringend sogar. Doch er mochte sie viel zu sehr, als dass er sie verlassen könnte. Und wenn er mit ihr schlief, gäbe es keine andere Möglichkeit, als sie zu verlassen.

Das Dilemma: Er bekam den Anblick ihres Hinterns nicht mehr aus dem Kopf. Es hatte ein Spaß sein sollen, als er am Morgen in ihr Schlafzimmer geplatzt war, er wollte sie aufregen, denn diese Art war es eben, wie sie miteinander umgingen. Und er hatte es wiedergutmachen wollen, dass er sich neulich im Restaurant wie ein Arsch verhalten hatte.

Doch dann hatte sie einfach nur dagestanden, die Haare ganz zerzaust, mit einem winzigen Trägerhemd und einem roten Tanga, und er begehrte sie plötzlich so sehr, dass er glaubte, gleich in Ohnmacht zu fallen.

Das musste aufhören. Jetzt. Vor allem, seit Trevor wie besessen von der Frau zu sein schien. Er wollte seinen besten Freund nicht vom Sex abhalten. Wohl zum hundertsten Mal in der vergangenen Woche fragte er sich, ob etwas zwischen ihnen gelaufen war in jener Nacht, als Trevor mit in ihre Wohnung gegangen war.

Trevor hatte er nicht gefragt. Er wusste, er würde ihn sofort durchschauen, und Josh wollte bei seinem Leadsänger und engen Freund keinen falschen Eindruck erwecken. Und er wollte Heather ja auch nicht für sich selbst, er wollte nur …

Wenn er das wüsste.

Er hatte keine Ahnung, was er wollte.

„Sie weiß nicht, was dir passiert ist", sagte seine Mutter leichthin und reichte ihm einen weiteren Teller. Lieber Gott, nahm dieser Stapel denn gar kein Ende?

„Was meinst du?"

Seine Mutter drehte sich zu ihm und blickte ihm fest in die Augen. „Du weißt genau, was ich meine."

Er schluckte und sah in Heathers Richtung. Sie hatte sich seiner Großmutter zugewandt, nickte und lächelte höflich. Wahrscheinlich musste sie sich gerade einen Vortrag über ihre Körperhaltung anhören. Josh hatte Glück, dass alle seine vier Großeltern noch am Leben waren. Doch die Eltern seines Vaters kamen aus dem Süden und konnten entsprechend ein bisschen steif sein.

„Ich sehe keinen Grund, es zu erwähnen", sagte er. „Dieser Typ bin ich nicht mehr."

„Stimmt, du bist nicht mehr der Typ in dem Sinne, dass du nicht mehr das Wall-Street-Ass bist. Und in dem Sinne, dass du nicht mehr krank bist."

Wachsam sah er sie an.

„Aber, Josh, Schatz, diese Vergangenheit … Sie ist ein Teil von dir. Wenn sie dir eine wirkliche Freundin ist, würde sie es wissen wollen. Wie kommt es, dass das Thema nie aufgekommen ist?"

„Es kam auf", grummelte er.

„Und?"

„Ich habe ihr das Wort abgeschnitten", sagte er leise.

Seine Mutter sah ihn unglücklich an und seufzte. „Oh, Josh."

„Hör zu, ich bin nicht stolz darauf", sagte er. „Ich habe ein paar Tage geschmollt. Dann kam ich wieder zur Vernunft und erkannte, dass ich mich wie ein Idiot verhalten habe."

„Und du hast dich entschuldigt."

„So ähnlich."

Seine Mutter schnaubte. „Typisch Mann. Wie viel Uhr ist es eigentlich? Ich wollte noch mit deiner Schwester skypen, bevor es zu spät wird."

Er sah auf seine Armbanduhr. „Halb sieben."

„Wie geht es ihr?"

„Sie ist eine Kugel", antwortete Josh. „Aber ansonsten gut. Richtig gut."

„Ich freue mich, dass es mit euch wieder … aufwärtsgeht."

„Mich ärgert, dass es überhaupt zu einem Bruch gekommen ist", sagte er leise. Ihr gegenüber würde er es nie zugeben, aber er war am Boden zerstört gewesen, als Jamie weggezogen war. Ausgerechnet, als alles besonders hart für ihn war. Zwischen ihnen lief es zwar wieder besser, doch ein Teil von ihm hielt sie auf Abstand, damit sie ihm ja nicht nah genug kommen konnte, um ihm wieder wehzutun.

„Es war hart für sie. Ihren Zwillingsbruder zu sehen und zu denken, sie müsste diejenige sein, die ihm hilft, aber nichts tun zu können."

„Absurd", murmelte er und legte den Teller auf den Berg sauberen Geschirrs.

„Ich weiß, dass du das denkst. Aber versetze dich mal in ihre Lage. Wenn sie diejenige gewesen wäre, die eine Knochenmarkspende gebraucht hätte, und man dir erzählt hätte, du seist kein passender Spender …"

Josh schwieg einige Augenblicke lang. „Das hätte mich fertiggemacht."

„So wie es sie fertiggemacht hat."

Josh atmete tief aus. Er hasste es, dass seine Familie hatte miterleben müssen, wie schlecht es ihm ging, doch er wusste, dass es für seine Schwester besonders schwer gewesen war. Geschwister waren die wahrscheinlichsten Kandidaten für eine passende Knochenmarkspende, und Jamie hatte sich in den

Kopf gesetzt gehabt, sie als Zwilling sei zweifellos die Richtige.

Leider stimmte das nur für eineiige Zwillinge.

Jamie war keine passende Spenderin gewesen, und sie hatte sich einfach … zurückgezogen. Nicht körperlich. Sie war noch immer dagewesen, hatte ihm während seiner Chemo die Hand gehalten, ihm Brownies gebracht, die guten. Aber sie hatte sich von ihm entfernt, und als ihr Ehemann ein Jobangebot aus Nashville bekommen hatte, war sie mit ihm gegangen, sobald Josh auf dem Weg der Besserung gewesen war.

„Wir haben darüber gesprochen", erzählte er seiner Mutter. „Bei meinem letzten Besuch."

„Das ist gut", sagte seine Mutter erfreut. „Ich bin so froh. Irgendetwas Bahnbrechendes?"

Josh zuckte mit den Schultern. „Nicht wirklich. Es war ungefähr das, was wir erwartet hatten. Das Gefühl der Schuld hat sie fast bei lebendigem Leibe aufgefressen, aber ich glaube, sie sieht es endlich ein. Erkennt, dass es nichts gab, was sie hätte tun können. Dass es nicht ihre Schuld war, all das."

„Ich wusste, es würde nur etwas Zeit brauchen. Es war ihr eigener Kampf. Nichts, was ich oder du hätten beeinflussen können, außer ihr etwas Raum zu geben."

„Ich weiß", sagte er leise.

Er hatte seine Schwester nie dafür verurteilt. Natürlich nicht. Sicher, er hatte, ebenso wie alle anderen, gehofft, dass sie eine passende Spenderin war. Und ja, sein Herz war ihm in die Hose gerutscht, als sich herausgestellt hatte, sie war es nicht.

Aber er war auf einer Spenderliste gelandet. Und hatte Glück gehabt. Jamie war nicht die passende Spenderin gewesen, aber jemand anderes war es.

Joshs neue Wirklichkeit war die Remission, und seine Familie war auf dem Stand, es sei fast unmöglich, dass der Krebs wiederkehrte. Die Wahrheit wussten er und seine Ärzte. Das war seine Realität, eine, die er keinem Menschen wünschte, der ihm wichtig war.

„Kann ich Dad dafür gewinnen, den Abwasch zu übernehmen?“, fragte Josh. „Ich denke, ich sollte vielleicht Heather retten. Großmutter hat gerade einen Satz begonnen mit ‚zu meiner Zeit‘. Ich schätze, für ihren ersten Besuch hat sie uns Tanners lange genug ertragen.“

„Ihr erster Besuch, wie? Es wird also auch weitere geben?“, fragte seine Mutter verschmitzt.

„Jetzt ist es offiziell“, sagte er und warf das Geschirrtuch auf den Küchentresen. „Ich bin fertig mit dem Abwasch.“

Sie lachte. „Okay, na gut. Lass mich euch nur noch ein bisschen Pie einpacken.“

Als er und Heather dann in der Tür standen und sich verabschiedeten, war es wesentlich mehr als nur eine Pie. Truthahn, das weiße Fleisch für ihn, das dunkle für Heather. Kartoffelpüree, Füllung, extra Bratensauce und die Ermahnung seiner Großmutter, dass sie beide lernen sollten, beim Essen kleinere Happen zu nehmen, das würde ihrer Verdauung helfen.

Josh umarmte seine Familie, und Heather tat dasselbe. Er bemerkte, dass es eine aufrichtige Ganzkörperumarmung war und kein gestelzter, formeller Abschied wie unter Fremden üblich. Sie war mit seiner Familie recht schnell warm geworden, und das machte ihn … froh.

Es gefiel ihm, sie so zu sehen. Unbeschwert. Entspannt. Glücklich.

„Soll ich dir etwas abnehmen?“, fragte Heather, als sie es endlich geschafft hatten, sich von seiner Familie loszureißen, und die ruhige Straße in Richtung Bahnhof hinunterliefen.

„Dieses Angebot habe ich nicht gehört, als ich auf dem Hinweg deinen Blumenberg schleppen musste.“

„Wenn du glaubst, dass Blumen und Pie dasselbe sind, bist du nicht mehr ganz dicht. Gib schon her.“

„Aber du bist doch Hochzeitsplanerin", sagte er und hielt die beiden gefüllten Papiertüten außerhalb ihrer Reichweite. „Du musst Blumen lieben."

„Das tue ich auch. Aber Pie liebe ich noch mehr. Ich bin schließlich in erster Linie eine Frau, dann erst Hochzeitsplanerin."

Josh knurrte und reichte ihr widerwillig eine der Tüten.

„Ich mag deine Familie", sagte sie, neigte den Kopf nach hinten und sah in den klaren Nachthimmel. „Du hast echt Glück."

„Ja, das habe ich", bestätigte er. Er war nicht blöd. Er wusste, wie gut er es hatte. Ja, seine Mom mischte sich etwas zu sehr ein und der Truthahn seines Vaters war ein kleines Desaster gewesen. Seine Großeltern konnten etwas spießig sein. Und seine Schwester hatte irgendwie die Nerven verloren, als er krank geworden war.

Aber sie liebten einander. Sie waren füreinander da, trotz des ganzen Dramas und der schrägen Angewohnheiten.

„Möchtest du deine Mom anrufen?", fragte er, als sie die Treppen zum Bahnsteig hochgingen.

Sie sah ihn überrascht an. „Woher wusstest du, dass ich gerade daran gedacht habe?"

„Es ist ein Feiertag. Sie ist deine einzige Angehörige. Das war nicht so schwer."

„Macht es dir etwas aus?"

„Überhaupt nicht. Wir haben noch ein paar Minuten, bis der Zug kommt."

Josh legte die Tüten auf der Sitzbank ab und setzte sich. Heather entfernte sich ein Stück. Ihre Mutter musste beim ersten Klingeln abgehoben haben. Er bemerkte, dass Heathers Stimme eine ganze Oktave nach oben ging, als sie mit ihrer Mutter sprach, und voller Begeisterung war, die … nicht unaufrichtig klang. In ihrer fröhlichen Stimme nahm er eine gewisse

Entschlossenheit wahr, als würde sie ihre Mom nicht wissen lassen wollen, wie sehr es sie verletzt hatte, den Feiertag nicht zusammen mit ihr verbracht zu haben.

Josh hätte wetten können, dass Heathers Mutter eine liebe, nette Frau war, aber nicht erkannt hatte, wie wichtig der Tochter die Anerkennung ihrer Mutter war.

Als er sah, wie Heather auf dem Bahnsteig umherlief, wie sie über irgendetwas lachte, das ihre Mutter sagte, hatte er das Bedürfnis, sie zu umarmen und ihr zu sagen, dass sie genug war, so, wie sie war.

Nein, nicht genug.

Dass sie außergewöhnlich war. Erfolgreich und ehrgeizig und lustig und klug.

Und sexy.

Der Gedanke, die Finger von ihr zu lassen, verlor mehr und mehr an Reiz, jedenfalls im Vergleich zu gestern, als er sich diesen dämlichen Plan hatte einfallen lassen.

Der Zug näherte sich. Heather legte auf, ließ ihr Telefon in ihre Handtasche fallen und kam auf ihn zu. Er nahm die Tüten.

„Alles in Ordnung?“, fragte er.

Heather zuckte mit den Schultern. „Ja. Ich dachte, sie musste gestern arbeiten, aber ich schätze, sie hat sich dafür entschieden, doch lieber freizunehmen, und das ist gut. Sie war mit einer Freundin zusammen. Die beiden haben sich Filme mit Julia Roberts angesehen.“

Josh nickte und fragte sich, ob es sie ärgerte, zu wissen, dass ihre Mutter die Arbeit als Grund genannt hatte, nicht nach New York kommen zu können, und dann nicht einmal arbeiten musste.

Doch ihre Laune schien ungetrübt, als sie im Zug zwei Sitze nebeneinander fanden. Beide genossen still die Wonne prall gefüllter Bäuche und freuten sich auf das lange Wochenende, das vor ihnen lag.

Es war genug, dachte er und machte es sich in seinem Sitz bequem. Es reichte, ihr ein Freund zu sein.

Und dann spürte er, wie etwas gegen seine Schulter stieß. Es war Heathers Kopf. Sie war eingeschlafen.

Er lächelte und verlagerte seine Position ein wenig, damit sie entspannt an ihm liegen konnte. Vorsichtig griff er ihre Wange und lehnte ihren Kopf fester gegen seine Schulter, damit er nicht unangenehm hin und her rollte.

Sie stieß einen glücklichen Seufzer aus, und Josh ließ seine Hand einen Moment lang sanft auf ihrem Gesicht liegen.

Es war genug, dachte er wieder.

Es musste genug sein.

18. Kapitel

„Ich habe dir doch gesagt, du hast gesabbert", sagte er und wischte sich über die Schulter, während sie die Treppe zu ihren Wohnungen hinaufgingen. „Ich habe getrockneten Speichel auf meiner Jacke."

„Quatsch", erwiderte Heather, die voranging, ohne sich umzudrehen.

Wahrscheinlich stimmte es aber.

Normalerweise wäre es ihr unangenehm gewesen, wach zu werden und festzustellen, dass sie ihr Kinn an seinen Hals geschmiegt, ihren Arm um seine Taille geschlungen hatte, und dass sie seinen Arm auf ihrer Schulter spürte. Aber da Josh nun mal war, wie er war, hatte er gleich einen Witz über ihr Schnarchen gemacht und beschwerte sich nun über das Sabbern. Zwei Themen, die klarstellten, dass jede Intimität zwischen ihnen definitiv rein platonisch und absolut unsexy war. Ein Teil von ihr wünschte sich, dass er sie als Frau sah. Ihr war nach diesem schönen Tag aber noch so warm ums Herz, dass sein Desinteresse an ihrer Weiblichkeit ihr nichts ausmachen konnte.

Heather fühlte sich furchtbar illoyal ihrer Mutter gegenüber, doch ihr kam der Gedanke, dass das heutige Fest genau so gewesen war, wie sie sich einen Feiertag immer erträumt hatte. Damals, wenn sie an Thanksgiving-Abenden im Diner gesessen hatte, während ihre Mutter gearbeitet hatte, und Heather in grünen Bohnen aus der Dose herumgestochert hatte, die Bratensauce auf dem Teller war bereits erstarrt, als man ihr die Feiertagsmahlzeit serviert hatte.

Und dieser Umgang der Familienmitglieder miteinander.

Das liebevolle Hickhack, ein wenig Drama und die Liebe. So viel Liebe. Überall war sie zu spüren gewesen: in der Art, wie Josh seiner mürrischen Großmutter sanft ein Lächeln entlockt hatte, nicht zu schweigen von den schnulzigen, liebestrunkenen Blicken, die sich Joshs Eltern über den Tisch zugeworfen hatten. Die Tanners würden wahrscheinlich nie ermessen können, welches Geschenk sie ihr bereitet hatten, doch sie war ihnen dankbar für die Einladung.

Als sie vor ihren jeweiligen Wohnungstüren ankamen, griff Heather nach einer der Tüten und warf einen Blick hinein. „Ist das die mit der Pie?"

Er schaute in seine eigene Tüte und grinste siegessicher. „Nein. Du hast die Karotten und die Kartoffeln. Ich habe die Pie."

Sie reichte ihm die Tüte. „Tauschen."

„Auf gar keinen Fall! Ich möchte das Stück Pie genauso sehr wie du. Vielleicht esse ich sie zu einer Tasse erstklassigen Kaffees."

Sie stöhnte. „Du weißt, dass ich nicht damit umgehen kann, wenn du so schlimme Dinge sagst."

Josh trat näher an sie heran, zuckte mit den Augenbrauen und senkte seine Stimme, bis es nur noch ein heiseres Raunen war. „Kannst du sie schon riechen? Die dunklen, gerösteten Bohnen? Mit leichter Rauchnote, etwas schokoladig? Kannst du schmecken, wie dir der satte, bittere Geschmack über die Zunge streift und sich mit der Süße der Pie vermischt?"

„So redest du also mit den Frauen, die du in deine Wohnung locken willst? Es funktioniert hervorragend", entgegnete Heather.

Etwas flackerte in seinem Blick, doch dann lächelte er, und der Augenblick war vorüber. „Eigentlich wollte ich mich in *deine* Wohnung einladen. Mein Kaffeevorrat ist bei dir, von heute Morgen."

„Noch beeindruckender, der Schachzug“, sagte Heather und steckte ihren Schlüssel ins Schloss. „Du hast es geschafft, eine Einladung in mein Apartment zu bekommen.“

„Ah. Aber reicht er auch, um zu deinem String zu kommen?“

Sie verdrehte die Augen und ignorierte ihn, trat in ihre Wohnung und wusste, er würde folgen.

„Apropos heute Morgen, trägst du den String noch?“, fragte er und schloss die Tür hinter sich.

„Apropos heute Morgen, wie wäre es, wenn du mir diesen Ersatzschlüssel geben würdest?“ Sie hievte die Tüten auf den Tresen und begann, die Speisen in ihrem Kühlschrank zu verstauen.

„Wie ich sehe, reißt du die Essensreste meiner Familie an dich.“

„Okay, na gut, behalte den Schlüssel für den Moment“, sagte sie und schob eine Packung Milch beiseite, um Platz zu schaffen für die Tupper-Boxen gefüllt mit Bratensauce. „Wir teilen uns das Sorgerecht für die Reste.“

Heather zog zwei Teller für die Pie heraus, während Josh sich daran machte, Wasser zu erhitzen und Kaffee in seine Druckkanne zu geben. Sie versuchte zu ignorieren, dass ihr gut gefiel, wie mühelos er sich in ihrer Wohnung bewegte.

Als würde er hierhergehören.

„Pekannuss oder Kürbis?“, fragte sie.

„Im Ernst?“

„Also beides“, sagte sie und schnitt zwei große Stücke für ihn und zwei kleinere für sich ab.

Heather wartete geduldig, bis der Kaffee fertig war, ehe sie einen Happen aß. Josh nicht. Er war bereits bei seinem zweiten Stück mit Kürbis angekommen, als sie sich mit zwei Bechern Kaffee an ihren Tisch setzten.

„Kann ich dich etwas fragen, ohne dass du gleich ausflippst?“ Joshs Kauen verlangsamte sich und sein Blick wurde argwöhnisch. Heather hob beschwichtigend ihre Gabel an. „Keine Sorge, du musst nicht antworten."

„Okay", sagte er zögernd.

Sie nahm ein Stück cremige Pie in den Mund und zog langsam die Gabel wieder heraus, während sie ihn beobachtete und sich fragte, ob es weise war, ihn zu fragen.

Was soll's.

„Irgendwas ist mir entgangen, nicht wahr?"

„Hm?"

„Aus deiner Vergangenheit. Du musst es mir nicht sagen, wenn du nicht willst. Und ich verspreche dir, nie nach Einzelheiten zu fragen. Aber es gibt ein fehlendes Puzzleteil, stimmt's? Etwas, das ich nicht über dich weiß und worüber du nicht sprechen magst. Deshalb bist du neulich beim Mittagessen so wütend geworden. Deshalb redet deine Familie die ganze Zeit über deine Kindheit und das Gestern, doch alles, was ein paar Jahre zurückliegt, ist tabu."

Josh starrte lange auf seinen Kaffee, und einen Moment lang dachte sie – oder hoffte vielmehr –, er würde sich ihr anvertrauen.

Stattdessen nickte er nur. Das war alles. Ein Nicken.

Heather schluckte die Enttäuschung herunter.

„Okay!", sagte sie mit aufgesetzter Fröhlichkeit. „Ich erwähne es nicht mehr. Wirklich. Ich weiß, dass du nicht darüber sprechen willst. Ich wollte nur sichergehen, dass ich nicht spinne, weißt du? Und ich …"

„4C. Heather. Hör auf."

Seine Stimme war ruhig. Fest.

Sie schlug sich die Hand auf den Mund. „Es tut mir leid."

„Nein, du musst dich nicht entschuldigen", erwiderte er und streckte den Arm aus, hielt aber inne, als hätte er es sich noch einmal anders überlegt. „Mir tut es leid. Es ist nicht so, dass ich nur mit *dir* nicht reden möchte. Ich möchte mit *niemandem* darüber sprechen. Meine Familie weiß, was los war, weil sie dabei war, ebenso wie ein paar Freunde, die geblieben sind. Aber glaub mir, manchmal wünsche ich mir, ich könnte ihre Erinnerungen löschen."

„War es so schlimm?", fragte sie leise.

„Das weniger." Er nestelte mit seiner Gabel herum. „Ich möchte nur nicht darüber definiert werden, was in der Vergangenheit geschehen ist. Ich möchte als der gesehen werden, der ich heute bin, und mich nicht darauf reduzieren lassen, was vor ein paar Jahren passiert ist."

„Aber ich würde nicht ..."

„Doch", unterbrach er sie, freundlich, aber bestimmt. „Das würdest du. Du würdest mich nicht anders sehen oder dich mir gegenüber anders verhalten *wollen*, aber du würdest es *tun*. Und das möchte ich nicht."

Sie seufzte in ihren Kaffee hinein und wusste, dass es aussichtslos war. „Okay."

„Ich mag uns so, wie wir sind", fuhr er fort. „Ich mag es, wie du dich *jetzt* mir gegenüber verhältst."

Bei dieser Bemerkung zog sie einen Mundwinkel leicht nach oben. „Wie, leicht zickig?"

Er erwiderte das Lächeln. „Nicht zickig. Eher ... unerschrocken."

Sie schnaubte. „Genau so will jede Frau von einem Mann beschrieben werden, den sie ..."

Joshs Blick verschärfte sich. „Von einem Mann, den sie was?"

Heather erstarrte und alle möglichen Schimpfwörter rasten ihr in Lichtgeschwindigkeit durch den Kopf.

„Nichts. Keine Ahnung", sagte sie, legte die Gabel auf den Teller und trug ihn zur Spüle, obwohl sie die Pie nicht aufgegessen hatte. Es spielte keine Rolle. Ihr war der Appetit vergangen.

Josh folgte ihr mit seinem eigenen Teller in der Hand, der aber leer gegessen war. Er stellte ihn neben ihrem auf dem

Tresen ab, und als Heather zur Seite gehen wollte, um etwas Abstand von ihm zu gewinnen, hob er einen Arm an und stützte sich am Tresen ab, sodass sie nicht wegkam, ohne ihn zu berühren.

Und ihn zu berühren stand heute wirklich nicht zur Debatte.

„Von einem Mann, den du was, 4C?"

Sie schüttelte den Kopf. „Ich weiß nicht."

„Doch, das weißt du."

Sie hob ihr Kinn an und sah ihm in die Augen. „Ich weiß es wirklich nicht. Ehrlich. Ich weiß nicht, was ich sagen wollte."

Es stimmte. Sogar jetzt war sie sich nicht sicher, welches Wort ihr Gehirn zu formulieren versucht hatte. Es war, als wäre der Satz aus einem tief verborgenen Teil ihres Selbst hervorgekrochen, den sie sonst verschlossen hielt.

„Rate", forderte er sie auf und kam ein winziges Stück näher. Nicht nah genug, um sie zu berühren, nur so nah, dass sie seine Körperwärme spürte, sein Rasierwasser roch, seinen dunkelblond schimmernden Bartschatten sah.

„Du bist nicht der Einzige, der findet, dass manche Dinge besser ungesagt bleiben sollten, Josh."

Seine Augen verengten sich ein wenig. „Nicht?"

Sie schüttelte den Kopf und ging einen Schritt zurück, damit sie auf der anderen Seite an ihm vorbeikam, doch er hob den anderen Arm und ließ die Hand langsam auf die Arbeitsplatte sinken. Mit seinen Armen hielt er sie regelrecht gefangen.

Es waren tolle Arme.

Sogar unter seinem Hemd konnte sie die Wölbung seines Bizepses sehen, konnte sehen, wie sich der Stoff über der Brust und den Schultern spannte. Ihr Blick fiel auf seinen Hals, der oberste Knopf seines Hemdes war geöffnet, nur so weit, dass der Kragen seinen Adamsapfel perfekt umrahmte und die geschmeidige Haut darunter sichtbar machte.

Plötzlich wusste Heather genau, welches Wort ihr Unterbewusstsein auszudrücken versucht hatte: *begehrt.*

Er war ein Mann, den sie wollte.

Ziemlich dringend sogar.

All die Schimpfworte gingen ihr wieder durch den Kopf, lauter dieses Mal.

Kann sein, dass sie ihn wollte, aber sie wollte nicht *das hier.* Wollte nicht eine weitere Liebschaft sein, eine weitere Frau auf der langen Liste der Eroberungen von Josh Tanner. Verdammt, vor kaum einer Woche hatte sie gesehen, wie dieses Kitty-Mädchen aus seiner Wohnung kam, schlank und sexy und mit glänzenden Haaren. Und morgen würde es eine andere Kitty geben, und am nächsten Abend noch eine, und …

„Heather."

„Was?" Dieses Mal brachte sie nicht den Mut auf, ihm in die Augen zu schauen.

„Sieh mich an."

Sie schüttelte den Kopf.

„Bist du dir sicher, dass du den Satz nicht beenden willst?"

„*Absolut*", platzte es aus ihr heraus.

Er lachte verdutzt auf, vielleicht ein wenig verletzt, aber vermutlich hatte nur sein Ego einen Dämpfer erlitten. Sie ahnte, dass ihn nicht besonders viele Frauen abwiesen.

Andererseits mussten auch nicht so viele Frauen direkt neben ihm wohnen. Die Glücklichen.

„Vor ein paar Minuten hast du mich gefragt, ob du mich etwas fragen kannst", sagte er. „Jetzt bin ich dran."

„Ich habe dir schon gesagt, dass ich nicht weiß, wie ich den Satz beenden wollte", log sie.

„Das ist nicht meine Frage."

„Na schön. Und dann gehst du zur Seite?"

Josh lächelte, und von der Wärme, die darin lag, wurde ihr ganz heiß. „Sicher. Dann gehe ich zur Seite."

Sie gestikulierte ungeduldig mit ihrer Hand als Zeichen, er möge fortfahren.

„Hast du mit Trevor geschlafen?“

Ihr Blick schnellte zu ihm hoch. „*Was?*“

Seine Miene war undurchdringlich, sein Lächeln verschwunden. „In dieser einen Nacht, als Trevor mit in dein Apartment kam. Hast du da mit ihm geschlafen? Oder irgendwann danach?“

Sie stieß ein ungläubiges Lachen aus. „Du hast kein Recht, mich das zu fragen. Nicht mit der endlosen Liste an Frauen, die bei dir ein- und ausgehen.“

Josh kam noch etwas näher, und Heather wich nach hinten aus, bis ihr Hintern den Tresen berührte. Ihre Hüfte war nur Zentimeter von seiner Hand entfernt. „Hast. Du. Mit. Trevor. Geschlafen.“

Heather runzelte verwirrt die Stirn und schüttelte den Kopf. „Nein. Warum?“

„Weil ich wissen musste, ob du zu jemandem gehörst, bevor ich das hier mache.“

Plötzlich lagen seine Lippen auf ihren.

Und Heather küsste Josh Tanner, als sei es das Einzige, was sie jemals hatte tun wollen.

19. Kapitel

Josh war ein guter Küsser.

Irgendwie hatte sie gehofft, sie hätte es sich das beim letzten Mal eingebildet, aber nein. Der Mann war wirklich richtig gut.

Von der ersten Sekunde an, als er mit nacktem Oberkörper die Tür geöffnet hatte, hatte sie gewusst, sie würde es genießen. Die *wirkliche* Überraschung war die Tatsache, dass er im Küssen nicht nur geschickt war, nicht nur *heiß* – obwohl beides zutraf –, die Überraschung war, es war *perfekt*.

Als wären ihre Münder füreinander gemacht.

Er begann langsam, strich mit den Lippen kaum merklich über ihre. Keine Zunge, nur seine Lippen auf ihren. Sie erforschten sich gegenseitig, als wollten sie testen, wie sie zueinander passten – *ob* sie zueinander passten.

Und das taten sie, definitiv.

Seine Zunge streichelte die Mitte ihrer Unterlippe. *Aufmachen.*

Sie gehorchte, und seine Zunge glitt zu ihrer.

Heather wimmerte und hob ihre Hände an sein Gesicht. Eine Hand legte sie an seine Wange, die andere schlang sie ihm um den Hals und hielt seinen Kopf nach unten gebeugt, für den Fall, dass er wieder zur Vernunft kam und sich zurückziehen wollte.

Josh tastete nach ihrer Taille, griff mit den Fingern nach hinten zu ihrem unteren Rücken, während sie sich an ihn presste, sodass sie zwischen ihm und dem Tresen feststeckte.

Er schmeckte nach Muskatnuss, Kaffee und *Josh*. Das Letztgenannte war es, das sie um den Verstand brachte.

Langsam glitt er mit seinen Händen seitwärts an ihr hoch, streichelte mit seinen Daumen langsam über ihre Rippen und hielt kurz vor ihren Brüsten inne.

Heather keuchte erneut vor Verlangen, und er antwortete mit einem Stöhnen. Seine Finger wanderten jetzt über ihren Körper, er zog sie dicht an sich heran, neigte den Kopf und vertiefte, intensivierte den Kuss.

Diese Art von Kuss war besser als Sex. Außer es ging um Josh. In seinem Fall war das hier nur ein Vorgeschmack auf mehr, dessen war sie sich sicher.

Nachdem sie sich voneinander gelöst hatten, um Luft zu holen, lehnte er seine Stirn an ihre und lachte sanft. „Nun, 4C, was machen wir hier?"

Als Antwort hob sie ihren Blick und sah ihn an. Langsam legte sie ihre Hände vorne auf sein Hemd, spielte mit den Fingern am zweiten Knopf von oben und öffnete ihn.

Sein Blick wurde unruhig. „Heather ..."

Sie beugte sich nach vorne und drückte ihren Mund auf seinen Hals, biss leicht mit den Zähnen in die warme Haut und umspielte die Stelle gleich anschließend mit der Zunge.

Er atmete stoßweise, während er ihren Kopf umschloss, als würde er sie wegdrücken wollen. Und in einem allerletzten Versuch, ihn von ihrem Vorhaben zu überzeugen, neigte sie ihre Hüften nach vorne und rieb sich ziemlich schamlos an der unverkennbaren Wölbung seiner Erektion. Es war ihr egal. Jetzt, wo sie eine Ahnung von ihm und seinen Künsten in dieser Hinsicht gekriegt hatte, wusste sie, dass sie das hier ganz haben wollte – nein, *musste* –, auch wenn es nur heute Nacht wäre.

Sein Körper rührte sich nicht. Mit den Fingern spielte er in ihren Haaren. „*Du* verführst *mich*, 4C?"

„Funktioniert es?"

Schwer atmete er gegen ihre Wange. „Ich will dich natürlich. Aber ..."

„Kein Aber“, unterbrach sie ihn schnell, hob ihren Kopf und strich ihm mit dem Mund über die Lippen. „Wir müssen keine große Sache daraus machen. Es kann einfach nur Sex sein.“

Zweifelnd sah er sie an, und sie hob herausfordernd die Augenbrauen an. „Es sei denn, du läufst Gefahr, dich Hals über Kopf in mich zu verlieben. Es ist in Ordnung, wenn das so ist. So etwas passiert.“

Sie lächelte, als sie seinen Blick auffing. „Oh, deswegen machst du dir gar keine Sorgen, nicht wahr? Es ist mein armes kleines Herz, das du hier in Gefahr wähnst.“

Josh wand sich. „Es klingt herablassend, wenn du es so sagst.“

Heather zog ihre Augenbrauen hoch. „Ja, nicht wahr?“

Er öffnete seinen Mund und sie legte ihm die Finger sanft auf die Lippen. „Josh. Lass mich ausreden. Ich mag dich. Du magst mich. Wir sind Freunde. Wir sind Nachbarn. Aber bei allem Respekt, ich bin viel zu schlau, um mich in dich zu verlieben.“

Er lächelte. „Sollte ich beleidigt sein?“

„Wie wäre es, wenn du stattdessen einfach nackt wärst? Ich werde langsam ungeduldig.“

„Wirst du dich morgen früh hassen? Oder mich?“

„Nein. Nicht nachdem ich meinen Kaffee hatte“, konterte sie.

Joshs Lachen klang echt. „Nun, mit einer Sache liegst du richtig, 4C. Ich mag dich wirklich.“

„Ich weiß“, meinte sie und zog seinen Kopf wieder herunter zu ihrem. „Aber Josh. Nicht mehr reden. Heute Nacht möchte ich nicht, dass wir Josh und Heather sind, die sich zanken, ich möchte … ich will …“

Josh glitt zart mit dem Mund über ihre Lippen. „Ich weiß. Ich will es auch, Heather.“

Heather. Nicht 4C.

Sein Kuss war sanft. Er umspielte ihre Lippen, bis sie sich

öffneten, umschmeichelte ihren Mund mit süßen, heißen Liebkosungen, seine Zunge sehnsüchtig und verführerisch.

Im hintersten Winkel ihres Gehirns war ihr klar, dass er Dutzende Frauen geküsst hatte, wahrscheinlich sogar noch mehr. Doch heute Nacht küsste er *sie*, und es fühlte sich … bedeutend an.

Er ließ die Hände seitlich an ihrem Körper hinaufwandern, was sie an ihre heißen Träume erinnerte, und sie lächelte. Er hielt inne. „Kitzelig?"

Sie schüttelte den Kopf. „Nein. Nur richtig, richtig gut."

Er begann, sie von ihren Sachen zu befreien, mit gemächlichen, langsamen Bewegungen, und nahm sich die Zeit, jeden Quadratzentimeter ihrer enthüllten Haut zu erforschen.

Sie tat es ihm nach, so gut sie konnte. Flink löste sie die verbleibenden Knöpfe und schob ihm dann das Hemd über Schultern und Arme.

Heather erstarrte kurz vor Nervosität, als er sich daran machte, ihren BH-Verschluss zu öffnen, und er verharrte. „Möchtest du, dass ich aufhöre?"

Sie schloss die Augen. „Ich bin darin nicht so gut wie du."

Josh zog sich etwas zurück und legte ihr einen Finger auf die Lippen. „Glaub mir. Es ist sehr, sehr gut, allein, weil du es bist."

Erneut senkte sie die Lider und ihr stockte der Atem.

Er sagte genau das Richtige, und das wusste er vermutlich selbst. Als er dieses Mal nach ihrem BH griff, erstarrte sie nicht. Und kaum dass er ihre Brüste umschloss, bog sie sich ihm entgegen und biss sich auf die Unterlippe, während er mit den Daumen über ihre empfindlichen Stellen glitt. Sie stöhnte, und er lächelte darüber. Dann fuhr er damit fort, ihre Brüste zu erkunden, ließ seine Finger um ihre Brustwarzen kreisen und rieb sie, bis sie hart waren.

„Du magst das", flüsterte er.

Sie nickte.

„Ich auch“, erwiderte er. Dann bückte er sich leicht, sodass sein Mund auf gleicher Höhe war wie ihre Brüste, und ihr Atem beschleunigte sich erwartungsvoll.

Doch die Berührung blieb aus.

Wild vor Verlangen schaute sie herunter und sah, wie er sie beobachtete. Erst als ihre Blicke sich begegneten, gab er ihr, was sie wollte, umschloss eine Brustwarze und zog sie in seinen feuchten, warmen Mund.

„Josh.“ Sie vergrub ihre Hände in seinen Haaren.

Als Antwort ging er jetzt zur anderen Brust über und schenkte ihr ebenso viel Aufmerksamkeit. Dann richtete er sich auf, nahm sie bei der Hand und führte sie ins Schlafzimmer.

„Ins Bett? Wie konventionell“, stichelte sie und versuchte, das Unbehagen darüber abzuschütteln, dass sie fast nackt war und ihre Brustwarzen noch feucht und kalt von seinen Lippen waren.

„Ja, nun, ich dachte, ich verwöhne dich mal, wegen des Feiertags und so.“

„Was passiert denn, wenn kein Feiertag ist? Sex in der Küche?“

Josh drehte sich herum, nachdem sie das Bett erreicht hatten, und zog sie an sich heran. Ihre blanken Brüste stießen gegen seinen harten Brustkorb, was ihre Lust nur verstärkte. „Sex in der Küche. In der Dusche. Auf der Couch. Im Taxi …“

„Sex im *Taxi*?“

Er lächelte vieldeutig und küsste sie langsam und innig, während sie versuchte, herauszufinden, ob er sie nur neckte.

Am Ende war es unwichtig. Denn als er sie sanft auf die Matratze drückte und sich auf sie schob, gab es nur *diesen einen* Moment.

Er streifte erst ihr die Hose ab, dann sich seine und betrachtete Heathers Körper. Mit einem Finger glitt er am Bündchen ihres Slips entlang, knapp unter ihrem Bauchnabel.

„Du hast nie meine Frage beantwortet." Er verstummte, während sein Finger etwas tiefer wanderte.

„Welche Frage?" Ihre Stimme war belegt.

„Trägst du immer noch einen String?"

Statt einer Antwort hob Heather nur ihre Augenbrauen an. „Ich dachte, wir hätten ausgemacht, nicht mehr zu reden."

Er kniff die Augen zusammen. Langsam drehte er sie auf den Bauch und stöhnte, als er die Antwort auf seine Frage erhielt.

„Warum bin ich nur so besessen von deinem Hintern?" Er wanderte mit den Fingern ihren Rücken hinunter, bis sie bei dem winzigen Stück Stoff des Strings ankamen.

Neckend hakte er einen Finger darunter, und Heather verschränkte die Arme unter ihrem Kopf, biss sich in den Handrücken, um ihn nicht anzuflehen, sie endlich zu berühren.

Sie musste nicht länger warten.

Schon streichelte er sie, bedeckte mit seiner Handfläche ihren Po und küsste ihren Nacken.

Er ließ eine Hand nach unten gleiten und unter den Stoff ihres Slips, dann tauchte er ohne Ankündigung einen Finger in ihre feuchte Mitte. Beide stöhnten.

Josh verlagerte sich, zog seine Hand wieder zurück, nur um unter sie zu greifen und wieder eine Hand in ihren Slip gleiten zu lassen. Dieses Mal nahm er zwei Finger und umkreiste sie langsam, während sie sich voller Verlangen an ihn presste.

Heather versuchte, sich auf ihren Rücken zu rollen, doch Josh ließ sie nicht. Mit seinem Körpergewicht hielt er sie fest und auf dem Bett gefangen – und erforschte und reizte sie unermüdlich mit den Fingern, seine unermüdlichen Finger, bis sie kam und ihre Schreie nur von ihren Armen gedämpft wurden.

Er ließ sie sich beruhigen und küsste sanft ihre Schulter, bis ihr Stöhnen verebbte und sie nur noch schwer atmete. Dann drehte er sie herum.

Josh drückte seinen Mund auf ihren, küsste sie wild und leidenschaftlich. „Sag mir, dass du ein Kondom hast."

Heather schaffte es, ihre lethargischen Gliedmaße so weit zu bewegen, dass sie die Schublade ihres Nachttischs öffnen und eine Packung Kondome herausholen konnte, die schon seit langer, langer Zeit nicht mehr benutzt worden war.

Josh nahm ihr ein Kondom aus der Hand und drückte sie noch einmal an sich heran. Seine Hand verfing sich in ihren Haaren. Er küsste Heather und legte sie langsam wieder auf den Rücken.

„Du bist so wunderschön", flüsterte er dicht an ihrem Hals. „Und ich will das hier schon verdammt lange."

„Dann lass uns nicht länger warten."

Sie öffnete sich für ihn, während er sich über ihr in Stellung brachte, und wartete, bis sie ihm in die Augen schaute. Dann drang er in sie ein, langsam, prall und hart.

„Oh Gott", flüsterte er. „Oh Gott, 4C."

Er zog seine Hüfte leicht zurück, und als er das nächste Mal nach vorne stieß, presste sie sich ihm entgegen. Ihre Körper bewegten sich im perfekten Rhythmus miteinander.

„Noch mal", bat sie. „Mehr."

Er gab ihr mehr. Er gab ihr alles. Den einen Arm hatte er hinter ihren Hals gelegt, mit dem anderen fand er ihre Mitte. Mit zwei Fingern rieb er sie, bis sie so weit war.

„Ja", stöhnte er. „Heather …"

Er stieß einen heiseren Schrei aus, den Kopf in ihrem Haar vergraben. Er drang tief in sie hinein, ihre Hände krallten sich in seinen Hintern und trieben ihn an, bis er auf sie sank, mit bleierner, willenloser Schwere.

Selbst in ihrer postkoitalen Seligkeit ereilte Heather die ärgerliche Erkenntnis, dass sie mit Josh Tanner gerade den besten Sex ihres Lebens gehabt hatte.

Sie riss die Augen auf, da ihr bewusst wurde, dass sie das

gerade laut gesagt hatte, doch bevor sich Verlegenheit in ihr breit machen konnte, drückte er sanft seine Lippen auf ihre. „Gleichfalls, 4C."

Sie lächelte glücklich und strich mit ihren Fingern über seine Schultern. Er legte seinen Kopf neben ihrem auf das Kissen.

Als die postorgastische Wonne langsam verblasste und die Wirklichkeit wieder Einzug in ihr Denken einhielt, erkannte Heather, dass sie ihn fernab der sexuellen Befriedigung noch nie so sehr gewollt hatte.

Ein gefährliches Terrain bei einem Mann, der sehr deutlich gemacht hatte, dass er nichts Ernstes im Sinn hatte.

20. Kapitel

Heather wachte auf mit einer großen männlichen Hand auf ihrer Brust und einer Erektion an ihrem Hintern.

Noch ehe der Schlaf sich vollkommen gelichtet hatte, verdrehte sie die Augen und wandte sich zu Josh, doch er rutschte näher an sie heran und hielt ihren Rücken an sich gedrückt.

„Bleib“, sagte er. „Ich will nicht, dass du anfängst, so ein Getue über morgendlichen Mundgeruch und sonstigen Kleinkram zu starten.“

„Der einzige morgendliche Kleinkram, der mich im Augenblick interessiert, ist Kaffee“, maulte sie.

Er strich mit seinem Daumen über ihre Brustwarze, und sie hielt die Luft an.

„Erst Kaffee“, sagte sie, umklammerte sein Handgelenk und versuchte, seine Hand wegzuschieben.

Er fuhr mit der anderen Hand ihren Körper hinab und glitt mit den Fingern zwischen ihre Oberschenkel.

In ungefähr zehn Sekunden war sie feucht und drückte sich an ihn.

„Zuerst Kaffee oder …“

„Kaffee später“, gab sie keuchend von sich, als zwei Finger in sie eindrangen. „Kaffee später.“

Josh griff über ihren Kopf hinweg nach einem Kondom – ihr viertes – und rollte es sich über. Dann klemmte er eine Hand unter ihre Knie. Er hob ihr Bein leicht an, und hielt einen Moment lang inne, ehe er in sie stieß.

Es war gut. Immer wieder gut.

„Zum Teufel mit dir“, brachte sie stöhnend hervor.

„Ich will, dass du dich selbst berührst", befahl er, hob sich auf die Ellenbogen und blickte über ihre Schulter an ihrem Körper hinab.

Heather biss sich auf die Unterlippe. Sie war nicht prüde im Bett, allerdings fühlte sie sich um einiges mutiger, wenn nicht gerade das frühe Morgenlicht alle Mängel hervorhob.

Josh senkte seinen Kopf auf die empfindliche Stelle zwischen Schulter und Hals und strich leicht mit der Zunge darüber. „Du bist wunderschön", sagte er.

Diese Ermutigung hatte sie gebraucht. Sie ließ ihre Hand an ihrem Bauch vorbei nach unten gleiten, zögerte kurz und rieb sich mit ihren Fingern.

Josh stöhnte und beschleunigte sein Tempo, wobei er sich erneut hochstemmte und ihre Hand beobachtete. Sie beide beobachtete.

Sie konnte nicht anders und schaute auch hinunter. Der Anblick dessen, wie er immer wieder in sie eintauchte, während ihre Finger kreisten und streichelten, war so unverhohlen sexy, so schier körperlich, dass sie schneller zum Höhepunkt kam, als jemals zuvor.

„Josh …"

„Komm."

Und sie kam. Er erreichte zur selben Zeit den Höhepunkt und stöhnte, ein tiefes knurrendes Geräusch, durch und durch männlich.

Beide sanken in ihre Kissen zurück. Sein Arm ruhte schwer auf ihrer Taille, sein schwerer Atem zerzauste ihre Haare, die, um es in seinen Worten zu sagen, enorm sein mussten.

Schließlich rollte sie sich auf den Rücken, sah ihn an und hielt sich den Mund zu. Er hatte diese morgendliche Mundgeruchsache angesprochen. Klar, es war nur Josh, doch sie hatte immer noch gewisse Ansprüche.

„Kaffee." Ihre vorgehaltenen Finger dämpften ihre Worte.

„Ich hätte gerne welchen“, meinte er, ohne die Augen zu öffnen.

Sie gab ihm einen Klaps auf den Bauch, was ihr in Anbetracht dessen, dass er einen regelrechten Waschbrettbauch hatte, vermutlich mehr weh tat als ihm.

Er grunzte und rollte sich in einer Bewegung aus dem Bett in den Stand, zog das Kondom ab und schlenderte in Richtung Bad. Sie hörte die Spülung, dann kehrte er gemächlichen Schrittes wieder zurück, um seine Hose zu holen, in die er ohne Unterwäsche stieg. Er beobachtete sie.

„So siehst du heiß aus.“

„Zerzaust“, korrigierte sie ihn.

„Nein. Heiß. Aber lass es dir nicht zu Kopf steigen. Du bist ohnehin schon unerträglich mit deinem Riesen-Ego.“

Mit offenem Mund starrte sie ihn an. *„Ich* bin diejenige mit dem Riesen-Ego?“

„Ja, das bist du.“

Dann sang er „Schmückt den Saal“, offenbar eines seiner Lieblingsweihnachtslieder, schlenderte aus dem Raum und machte sich in ihrer Küche zu schaffen. Kurz darauf steckte er seinen Kopf durch die Schlafzimmertür. „Mir ist gerade aufgefallen, dass wir unser Bananenbrot noch gar nicht gemacht haben.“

„Zum hundertsten Mal, bitte hör auf, so zu tun, als würden wir das je machen.“

„Okay“, lenkte er ein. „Aber nur, weil ich etwas anderes gefunden habe, was wir zusammen machen und das etwas interessanter ist als Bananenbrot.“

Sie hob ihren Kopf und verengte die Augen zu Schlitzen. *„Etwas?* Wo genau rangiert Sex neben deinem geschätzten Bananenbrot?“

„Kommt drauf an. Sprechen wir über Bananenbrot mit Nüssen?“

Heather griff hinter sich, nahm eine Kerze von ihrem Nachttisch und hielt sie so, als würde sie einen Football werfen. „Apropos Nüsse, pass lieber auf deine auf."

„Ich hatte vergessen, wie du ohne Kaffee drauf bist", sagte er. „Leg die Waffe nieder, 4C. Ich habe eine italienische Röstung, die deinen Namen trägt."

Er verschwand wieder, und Heather lächelte, als sie zur Kommode ging, ihre Unterwäsche anzog – dieses Mal keinen String, da er diese Schwäche für sie hatte und ihre weibliche Anatomie eine Pause brauchte –, dann in eine graue Jogginghose schlüpfte und ein Trägerhemdchen überstreifte.

Normalerweise hätte sie sich die Haare gekämmt, aber es war Josh. Und ging es nicht genau darum, wenn man mit jemandem Sex hatte, mit dem man nie eine romantische Beziehung haben würde? Um so etwas wie krause Haare musste sie sich keine Gedanken machen.

Sie betrat die Küche, als er gerade dabei war, den Kaffee einzuschenken.

„Und du dachtest, ich würde dich am Morgen hassen", sagte sie und griff gierig nach dem Becher, den er ihr entgegenhielt.

„Tust du also nicht?"

„Was?", fragte sie, nahm ihren Kaffee mit ins Wohnzimmer und setzte sich auf die Couch.

„Mich hassen." Seine Stimme klang ungezwungen, doch sein Blick sah leicht argwöhnisch aus, als versuchte er, in ihrem Gesicht zu lesen.

Sie zuckte die Schultern. „Das fühlt sich für mich nicht wie ein peinlicher Morgen danach an. Für dich?"

„Nein", antwortete er. „Aber woher weiß ich, dass du nicht wartest, bis ich weg bin, um dein Schamkarussell zu starten?"

„Schamkarussell? Was zum Henker ist das denn?"

„Du weißt schon. Wenn ihr Frauen anfangt, euch viel zu viele Gedanken zu machen und euch zu fragen, warum ich nicht nach eurer Nummer gefragt habe, oder ob ihr einen Fehler gemacht habt, oder wenn ihr euch fragt, die wievielte Kerbe in meinem Bettpfosten ihr gewesen seid …"

„Das werde ich nicht tun", versprach sie und trank ihren Kaffee. „Wobei, rein aus Neugierde, mit wie vielen Frauen hast du geschlafen?"

„Mit vielen", sagte er, ohne sich zu rechtfertigen, und ließ sich in einen Sessel ihr gegenüber fallen.

Das überraschte sie nicht. Himmel, sie hatte eine Menge von ihnen gesehen. Apropos …

Heather warf einen Blick auf die Wanduhr. „Hey, wie lange dauert es, bis deine Mom herkommt, um Pfannkuchen zu machen? Das macht sie doch immer für deine One-Night-Stands, oder?"

Josh stöhnte. „Glaub mir, so hatte ich mir den Morgen damals nicht unbedingt vorgestellt."

„Was, dass deine Mom dich in flagranti erwischt?"

„Sie hat zum Glück nur das Nachspiel mitbekommen."

„Also sind die Pfannkuchen nicht dein Standardprogramm."

„Großer Gott, nein! Normalerweise biete ich ihnen Müsli an, nur um dann zu sagen, dass ich keine Milch mehr im Haus habe."

„Hast du dann *wirklich* keine Milch mehr?"

„Eigentlich nicht."

Heather schüttelte den Kopf. „Josh."

„Was? Ist ja nicht so, als hätte ich ihnen Frühstück im Bett versprochen, als ich sie zu mir eingeladen habe. Sie wissen Bescheid."

Heather fragte sich, ob darin eine geheime Botschaft für sie lag. Eine freundliche Erinnerung daran, dass auch sie Bescheid wissen und nicht mehr erwarten sollte, als er zu geben bereit war.

Sie lehnte sich nach vorne, umklammerte ihren Becher mit beiden Händen und wartete darauf, dass er sie ansah.

Was er auch tat, aber so, als sei er auf der Hut. „Du siehst aus, als würdest du gleich eine Rede halten."

„Das werde ich auch, also hör zu und mach dir, wenn nötig, Notizen. Was ich vergangene Nacht gesagt habe, meinte ich auch so. Ich ziehe keine großen Rückschlüsse aus dem, was passiert ist. Ich bin heute Nacht nicht aufgewacht, um dich beim Schlafen zu beobachten. Ich habe keine Löcher in die Kondome gepiekt in der Hoffnung, von dir ein Kind der Liebe zu bekommen …"

Josh lachte. „Himmel, 4C."

Sie sah ihn ruhig an. „Ich habe allerdings Hunger. Deine Mom ist nicht hier, um uns Pfannkuchen zu machen. Ich kann keine Pfannkuchen machen, und ich will dein blödes Müsli nicht."

„Pie?", fragte er hoffnungsvoll.

„Ich dachte mehr an Brunch", antwortete sie. „Ich komme so gut wie nie dazu, brunchen zu gehen. Im Hochzeitsgeschäft gibt es selten ein freies Wochenende, und die Belles haben heute tatsächlich mal einen freien Tag, bevor morgen wieder, wie immer nach einem Feiertag, die Hölle über uns losbricht."

Er sagte nichts, und es versetzte ihr einen Stich, sie war enttäuscht. „Es ist okay, wenn du nicht mitkommen möchtest", sagte sie leise. „Ich habe überhaupt kein Problem damit, alleine brunchen zu gehen, und überhaupt keine Skrupel, alleine Mimosas zu trinken."

„Nichts da", entgegnete er und trank einen Schluck Kaffee. „Ich kenne genau den richtigen Laden. Die Kartoffelpulver sind der Wahnsinn, und das French Toast ist mit Mascarpone gefüllt, falls du auf so etwas stehst."

„Wirklich?" Sie bemühte sich gar nicht, ihre Freude zu verbergen. „Du willst mit mir da hingehen?"

„Natürlich." Er stand auf und leerte seinen Kaffee. „Gibt es eine bessere Möglichkeit, dir dabei zuzuhören, wie du vom besten Sex deines Lebens erzählst?"

Heather schürzte die Lippen, als sie ihn in die Küche schlendern sah, mit diesen breiten Schultern und der schlanken Taille.

„Ich höre keine Einwände“, sagte er.

„Ich werde deinem unersättlichen Ego kein weiteres Futter liefern“, entgegnete sie und sprang auf die Füße. „Also erwarte nicht zu viel.“

„Ich schätze mal, du lässt mich vor dem Brunch nicht mehr ins Fitnessstudio gehen, oder?“, fragte er hoffnungsvoll.

„Pass auf, was du sagst“, sagte sie und ging in Richtung Bad, um zu duschen. „Ich verlasse das Haus in dreißig Minuten. Du wirst dich entscheiden müssen, was du mehr willst, Bankdrücken oder French Toast.“

„Wie wäre es mit Sex?“, rief er ihr hinterher. „Steht das zur Debatte?“

„Im Ernst? Das haben wir schon – wie oft? – vier Mal gemacht.“ Sie zog sich das Trägerhemd über den Kopf und war nicht überrascht zu sehen, wie er sie dabei beobachtete.

„Wie wäre es mit einem fünften Mal?“ Sein Blick war auf ihre nackten Brüste geheftet.

„Ernsthaft?“

„Aber klar“, sagte er und lächelte schief. Er kam auf sie zu, legte ihr eine Hand in den Nacken und zwang sie, zu ihm hochzusehen.

Sein Blick fiel auf ihren Mund. „Du bist auch die Beste, die ich je hatte, weißt du.“

Heathers Herz machte einen Sprung, und ihr lustvernebeltes Hirn klammerte sich an die Hoffnung, dass es keine Lüge war. „Ich habe niemals bestätigt, dass du der Beste gewesen bist“, stichelte sie.

Josh strich ihr mit dem Daumen über die Unterlippe. „Wenn du dir noch nicht sicher bist, kenne ich, glaube ich, eine Möglichkeit, dich davon zu überzeugen.“

„Ach ja? Wie denn?“

Josh schob sie ins Bad. „Es ist an der Zeit, meine Drohung mit dem Sex unter der Dusche wahr zu machen."

„Okay, aber ich meinte es ernst, als ich sagte, ich will in einer halben Stunde gehen."

„Kein Problem, 4C. Ich brauche nur fünf Minuten für das, was ich mit dir vorhabe. Aber ich kann auch zehn, wenn du meinst, du benötigst mehr Zeit."

Wie sich herausstellte, wollte sie fünfzehn Minuten. Und dann noch ein paar mehr.

21. Kapitel

„Mann, das machst du jedes Mal“, meckerte Trevor, als er den Pizzakarton öffnete und begann, darin herumzustochern. „Du weißt doch, ich hasse Oliven.“

„Sorry, vergessen“, log Josh. Er wusste nur allzu gut, dass sein Freund sie verabscheute, doch er liebte sie, und Trevor hatte das Herauspicken zu einer Kunstform erhoben. Es war Mittwochabend, und Heather hatte eine der seltenen Hochzeitsveranstaltungen unter der Woche. Also hatte er Trevor zu sich eingeladen, um sich mit ihm das Eishockeyspiel der Rangers anzusehen. Es war sein erster Heather-freier Abend seit Tagen, und er vermisste sie, obwohl sie sich erst gestern gesehen hatten.

Diese Frau brachte ihn wirklich in die Bredouille.

Trevor schob sich ein olivenfreies Pizzastück in den Mund, zeigte ihm den Stinkefinger und nahm noch einen riesigen Happen. Dann ließ er sich wieder nach hinten ins Sofa fallen. „Wie geht's dir, Mann?“

Josh öffnete zwei Bierflaschen, stellte sie auf dem Tisch ab und ließ sich auf der gegenüberliegenden Seite der Couchgarnitur nieder. „Gut.“

Trevor schmunzelte. „Dir geht's besser als gut. Du bist praktisch hierher stolziert. Und du hast die Proben am Sonntagabend abgesagt.“

„Es war Feiertag.“

„Es war Sex, jede Wette“, konterte Trevor. „'ne heiße Braut ist der einzige Grund, warum du jemals eine Probe absagst.“

Schuldgefühle machten sich in Josh breit. Er lehnte sich nach vorne und nahm sich ein Stück Pizza, damit er einen Grund hatte, den Blickkontakt zu seinem besten Freund zu unterbrechen. „Waren die Jungs sauer?“

„Nein“, antwortete Trevor und biss erneut ein Riesenstück ab. „Für sie ist es nur ein Hobby. Damit sie etwas zu tun haben. Es bedeutet ihnen nicht so viel wie uns.“

Überrascht blickte Josh auf. „Bedeutet es dir so viel?“

„Natürlich“, sagte Trevor, blickte aber weiterhin auf den Bildschirm.

„Trev.“

Sein Freund sah ihn erstaunt an. „Was?“

„Was meinst du, wo es hingeht mit der Band?“

Trevor stopfte sich den Rest des Pizzarandes in den Mund und lehnte sich nach vorne, um sein Bier zu nehmen. „Keine Ahnung. Ich schätze mal, ein paar mehr Gigs wären ein guter Anfang. Wir haben seit dem Sommer, als wir bei irgendwelchen Hochzeiten gespielt haben, nichts mehr gemacht.“

„Und darüber hinaus?“

Trevor trank einen Schluck und beobachtete ihn. „Wie wär’s, wenn du einfach mit der Sprache herausrückst und sagst, was dir durch den Kopf geht?“

Josh biss von seiner Pizza ab und zuckte die Schultern. „Ich weiß nicht. Hab in letzter Zeit nur nachgedacht.“

„Über?“

„Die Band.“ *Das Leben. Und was zur Hölle ich damit anfangen soll.*

„Und?“

Josh rollte seine Schultern und griff nach dem nächsten Stück Pizza. „Keine Ahnung. Vergiss es.“

„Willst du die Band auflösen?“

„Das habe ich nicht gesagt“, beeilte Josh sich zu sagen.

Trevor lächelte kurz. „Aber du hast es auch nicht geleugnet.“

„Ich weiß nicht, ob ich uns in großen Hallen spiele sehe“, gab Josh zu.

Trevor seufzte und stellte sein Bier ab, zog den Pizzakarton zu sich heran und trennte sich ein weiteres Stück ab. „Ich bin mir auch nicht sicher, ob ich uns da sehe."

Josh verlangsamte einen Moment lang sein Kauen. „Ja?"

„Wir sind gut. Vielleicht sogar wirklich gut. Deine Songs sind großartig, Mann. Aber um es so hinzukriegen, dass wir alle in der Lage wären, unsere Berufe an den Nagel zu hängen und wirklich loszulegen, müssen wir besser als großartig sein, verstehst du?"

Josh nickte. Er verstand. Und nahm es ihm nicht übel. Er hatte Talent, das wusste er. Und Trevor auch, ebenso wie die anderen Jungs. Doch man brauchte mehr als bloßes Talent, um in der Musikwelt zu bestehen. Man brauchte Power, Hingabe und eine tiefes *Verlangen*, und er war sich nicht sicher, ob sie das als Gruppe hatten.

Er wusste nur, er hatte es nicht.

„Ich werde wahrscheinlich immer singen", fuhr Trevor fort und warf eine Olive auf einen leeren Teller. „Und du wirst immer schreiben und singen und Gitarre spielen, du Dreifach-Gewinner. Das meinte ich damit, als ich sagte, wir wollen es mehr als die anderen. Ich weiß nicht, ob sie weiterspielen würden, wenn es komplizierter wäre und sie niemanden hätten, der ihnen den Raum zur Verfügung stellt, wenn sie mehr Zeit und Motivation investieren müssten. Ist es lahm zu sagen, ich mag meinen Beruf?"

„Nein, natürlich nicht, Mann."

Wieder spürte Josh Schuldgefühle in sich aufsteigen, denn er wusste gar nicht ganz genau, womit Trevor eigentlich seinen Lebensunterhalt bestritt. Er war Projektmanager bei irgendeiner großen Webdesign-Firma, was auch immer das bedeutete. Aber Trevor schien zu gefallen, was er machte. Er lästerte nicht über die Arbeit, wie die meisten anderen.

„Was ist mit dir?", fragte Trevor nach einigen Minuten Pause.

„Was soll mit mir sein?"

„Ich weiß, du hast tonnenweise Kohle beiseitegeschafft. Ich schätze mal, es ist so viel, dass du nie wieder wirst arbeiten müssen, insbesondere da du haust wie ein Achtzehnjähriger."

Josh trank einen Schluck und reagierte nicht auf das, was Trevor gesagt hatte. Das musste er auch nicht. Trevor war einer seiner wenigen Freunde aus der Zeit *davor*. Einer jener Freunde, die vor seiner Krankheit, nach seiner Krankheit und, am wichtigsten, während seiner Krankheit da gewesen waren.

„Ich weiß, dass du dich langweilst", fuhr Trevor fort.

Josh zuckte die Schultern.

„Wollen deine alten Chefs dich nicht zurückhaben?"

„Doch. Sie haben mir ein Angebot gemacht. Ich habe es ausgeschlagen."

„Kann ich verstehen. Dieser Job hat dich fast bei lebendigem Leibe verschlungen. Aber du musst doch irgendwas machen, Mann. Du bist viel zu schlau, um deine Tage damit zu verbringen, ins Fitnessstudio zu gehen, Musik zu schreiben, die du gar nicht verhökern willst, und mit der Nachbarin zu flirten."

Josh hielt inne, als ihm wieder der eigentliche Grund dafür einfiel, warum er Trevor eingeladen hatte. „Ähm, wegen besagter Nachbarin …"

„Du vögelst sie, ich weiß", sagte Trevor zerstreut und sah zum Bildschirm.

Josh kratze sich an der Stirn. „Das Wort hätte ich jetzt nicht benutzt, aber, ja, wir haben diese Grenze überschritten."

„Die Sexgrenze."

Josh nickte und beobachtete das Profil seines Freundes dahingehend, ob er einen Anflug von Anspannung oder Groll erkennen konnte. Doch Trevor biss noch einmal von seiner Pizza ab und streckte ihm über den Tisch die Faust hin für eine Ghettofaust, alles ohne den Blick vom Hockeyspiel zu lösen.

Josh erwiderte die Geste und lachte. „Du bist nicht sauer."

„Warum sollte ich sauer sein?"

„Du wirktest … interessiert."

Trevor wandte sich ihm zu und grinste. „Ja, nicht wahr?"

„Aber warum hast du dann …" Joshs Augen verengten sich, und als er Trevor dieses Mal die Faust entgegenstreckte, war es, um ihm gegen die Schulter zu boxen. „Du Mistkerl."

„Was denn? Es war unübersehbar, dass du besessen warst von ihr. Dachte nur, ein bisschen Eifersucht würde das Ganze vielleicht ins Rollen bringen."

Josh wollte seinem Freund gegenüber nicht zugeben, wie gut dessen Plan aufgegangen war. „Ich bin nicht besessen von ihr. Ich mag sie einfach nur."

„Alter, das bedeutet *von jemandem besessen* zu sein."

„Wie? Heißt das, du hast keine weiblichen Freunde, die du einfach nur magst?"

„Doch."

„Und gibt es Frauen, mit denen du schläfst, die du ebenfalls magst?"

„Klar."

„Und du bist *von allen* besessen?", fragte Josh selbstzufrieden.

Trevor seufzte und lehnte seinen Kopf ans Polster. „Mann, bist du dämlich."

„Was?"

Trevor wandte ihm den Kopf zu und fing Joshs verärgerten Blick auf. „Ja, ich mag meine weiblichen Freunde. Ja, ich mag einige der Frauen, mit denen ich schlafe. Aber es ist die Schnittmenge, die dich umhaut, Mann. Sie ist eine Freundin *und* du schläfst mit ihr. Das ist gefährliches Terrain."

„Gar nicht", erwiderte Josh automatisch. „Es ist nur …"

Trevor hob die Augenbrauen an. „Na?"

„Scheiße", sagte Josh und sackte auf dem Sofa zusammen. „Schon gut, keine Ahnung. Halt die Klappe. Ich weiß nicht, warum ich es überhaupt erwähnt habe."

„Klar weißt du es. Du wolltest sicherstellen, dass du dich nicht in das Mädchen deines Kumpels verguckst."

„Mein Gott, können wir diese Frauengespräche sein lassen?", entgegnete Josh gereizt. „Ich vergucke mich in niemanden. Heather und ich haben nur Spaß miteinander."

„Schön", sagte Trevor und hob abwehrend seine Hände. „Wie auch immer. Willst du noch ein Bier?"

Josh nickte, und einige herrliche Augenblicke lang war Ruhe, und sie beide waren einfach nur zwei Kerle, die sich ein Spiel ansahen, Bier tranken und Pizza verdrückten.

„Wo ist Heather?", fragte Trevor beiläufig.

„Hochzeit", sagte Josh, ohne von seinem Smartphone aufzusehen, auf das er immer wieder starrte. Noch immer keine Nachricht von ihr. Sie arbeitete wohl noch.

„Ah", sagte Trevor und grinste.

Josh ignorierte ihn und legte das Telefon beiseite.

Zwei Minuten später nahm er es wieder in die Hand. Nur um ihr zu schreiben, dass er lange aufbleiben würde, falls sie später noch herüberkommen wollte.

Dieses Mal konnte er das leise Lachen seines Freundes nicht mehr ignorieren. Josh griff in den Pizzakarton und warf eine Olive nach ihm, die Trevor einfach abwehrte.

„Schon gut, Alter, schon gut. Aber, hey, ich bin nur neugierig … Glaubst du, sie plant eure Hochzeit umsonst, oder wirst du die Kosten ihrer noblen Hochzeitsagentur übernehmen müssen?"

Jetzt schleuderte Josh gleich eine ganze Handvoll Oliven in Trevors grinsendes Gesicht.

„Wir haben nur Spaß miteinander", wiederholte er.

Dann zwang er sich, sein Telefon nicht mehr anzurühren, solange Trevor noch hier war.

Aber er wollte so gerne.

Und das machte ihn dann doch ein wenig unruhig.

22. Kapitel

„Mist! *Mist!*“ Heather drückte schnell auf die Delete-Taste ihres iPads und löschte den gesamten faden Absatz, den sie geschrieben hatte und in dem es um die Vorteile ging, bei einem Hochzeitsbrunch Eggs Benedict zu servieren. Sie versuchte es mit einem tiefen Atemzug, konzentrierte sich aufs Neue und begann wieder auf das Display zu hauen. Kurz nach neun Uhr morgens war Heather bereits mit den Nerven am Ende.

Einerseits hatte sie endlich bekommen, was sie wollte: In ihrem Kalender stand, sie würde Danica Robinson persönlich treffen.

Andererseits …

In ihrem Kalender stand, sie würde Danica Robinson persönlich treffen.

Es wäre das erste Mal seit ihrem Beratungsgespräch. Ihr seltsames Aufeinandertreffen in der Bar zählte nicht.

Heather würde genau dreißig Minuten haben – auf mehr ließ sich Danica nicht ein –, um die gesamte Hochzeitsplanung durchzugehen, vom Probedurchlauf des Abendessens bis hin zum Hochzeitsbrunch. Und sie musste die tickende Bombe platzen lassen, dass das Plaza nach wie vor ausgeschlossen war als Location. Sie hatte diverse andere sehr brauchbare Möglichkeiten in der Hinterhand, um die Detonation abzumildern, doch ihr Gefühl sagte ihr, dass es Danica vollkommen egal war und sie sich auf eine entsprechende Wirkung auf ihr Geständnis gefasst machen konnte.

Heather hatte ihre Bürotür offen gelassen, wie es im Büro alle machten, außer wenn sie am Telefon waren. Daher überraschte es sie keineswegs, als ihre Chefin wie aus dem Nichts in der Tür auftauchte. Heather hatte weiß Gott genug Lärm gemacht.

„Alles gut bei dir?“, fragte Alexis und kam damit direkt zur Sache.

„Ja“, antwortete Heather. Ihr Blick blieb auf ihr iPad geheftet. „Oder auch nicht. Keine Ahnung. Diese ganze Sache läuft nicht gerade so, wie ich mir meine erste Promi-Hochzeit erträumt habe. Ich habe nicht erwartet, Danicas neue beste Freundin zu werden oder so. Aber irgendwie dachte ich, dass es mehr … Spaß machen würde. Harte Arbeit, klar. Aber eine, die Spaß macht.“

„Falls du dich damit besser fühlst: Du übertreibst wirklich nicht“, sagte Alexis, betrat Heathers kleines Büro und setzte sich auf den Stuhl neben Heathers Schreibtisch. „Ich mache das nun schon eine Weile länger als du, und ich habe so etwas noch nie erlebt.“

„Nun, hoffentlich verlieren wir wegen meiner kleinen Komm-zur-Besinnung-Rede keine Kundin“, sagte Heather seufzend.

Alexis zuckte mit den Achseln. „Vielleicht wäre das gar nicht so schlecht.“

Heather sah auf, ihr Mund stand offen. „Verzeihung, haben Sie Alexis Morgan irgendwo gesehen? In Alexis' Astralkörper scheint sich eine andere, völlig gelassene Frau eingenistet zu haben.“

„Jeder hat Grenzen, und Danica ist kurz davor, meine zu überschreiten“, sagte Alexis. „Ich erwarte von meinen Planerinnen, dass sie hart arbeiten und bis zu einem gewissen Grad auch unverschämtes Benehmen unserer Kundinnen ertragen. Aber hier stimmt etwas nicht. Danica kann nicht einerseits vollkommen passiv sein *und* andererseits das Plaza verlangen. Es geht nur dies oder das. Entweder voll dabei oder ganz draußen.“

„Großartig“, sagte Heather und grinste breit. „Lass mich

wissen, wie es lief, wenn du ihr das in …“, sie sah auf ihre Uhr, „zwanzig Minuten mitteilst.“

Alexis setzte ein leichtes Lächeln auf. „Das schaffst du schon. Bleib einfach ruhig und sag ihr, dass du gerne weiter mit ihr arbeiten möchtest, aber wir besser verstehen wollen, was ihr vorschwebt, damit wir ihre Wünsche mit ihrem Budget umsetzen können.“

„Sie hat Geld wie Heu“, entgegnete Heather. „Was ist, wenn das Argument bei ihr nicht zieht?“

„Dann appelliere an ihr Ego. Fahr das ‚Hilf mir, dich gut aussehen zu lassen‘ auf. Du könntest durchblicken lassen, dass das Kleid, das du ausgesucht hast und das anzusehen sie noch nicht für nötig erachtet hat, im Hippie-Style ist.“

Heather lachte, während sie an ihrem Latte macchiato nippte. „Ja. Das könnte funktionieren.“

Alexis erhob sich. „Du machst das schon. Lass mich wissen, wie es lief.“

Heather nickte abwesend und widmete sich wieder ihrem iPad.

Ihre Chefin blieb in der Tür stehen. „Heather?“

„Ja?“ Sie blickte auf.

„Sex steht dir gut.“

Heathers Kiefer klappte nach unten. „Ähm …“

Alexis hielt eine Hand hoch. „Du musst nichts erklären. Du siehst einfach glücklich aus. Trotz des ganzen Stresses mit Danica. Du musst Josh mal in meinem Namen danken.“

„Ja. Ich bin mir ziemlich sicher, das Erste, was er von mir braucht, ist ein Dankeschön im Namen von jemand anderem dafür, dass er Sex mit mir hat. Du hast ihn doch kennengelernt, oder? Wie es aussieht, passt sein Ego kaum in unser gesamtes Wohnhaus.“

„Na ja, gemessen an deinem ausgesprochen frischen Teint würde ich sagen, dass dieses Ego vielleicht verdient ist?“

Du hast ja keine Ahnung.

Sie und Josh hatten den größten Teil der vergangenen eineinhalb Wochen damit verbracht, nun ... *es zu tun*. Meist nur an den Abenden, aber die Nächte waren länger und länger geworden, und zum ersten Mal, seit sie den Kerl getroffen hatte, machte es ihr nicht so viel aus, dass er sie nachts wach hielt.

„Dachte ich mir", sagte Alexis süffisant. „Ich freue mich für dich."

Heather lag der Vorschlag auf der Zunge, dass Alexis vielleicht selbst ein bisschen Zeit für Sex einplanen sollte. Etwa mit einem gewissen britischen Buchhalter. Doch Alexis war schon verschwunden und Heather blieb nichts anderes übrig, als die Minuten bis zu ihrem Showdown mit Danica zu zählen.

Heather war darauf eingestellt, dass ihre Kundin sich verspäten würde, doch zu ihrer Überraschung kam Danica fünf Minuten früher, und was noch besser war, ohne ihre Mutter im Schlepptau.

„Hi. Danke, dass Sie gekommen sind", sagte Heather mit höflichem Lächeln, während sie Danica in den Besprechungsraum geleitete. „Kann ich Ihnen etwas zu trinken anbieten? Kaffee? Wasser?"

Danica lächelte. „Das letzte Mal haben Sie mir Champagner angeboten."

„Den Sie nicht gemocht haben", stellte Heather klar, bevor sie sich eines Besseren besinnen konnte.

Danica stieß ein überraschtes Lachen aus.

„Aber ja, natürlich, wenn Sie gerne etwas Champagner hätten", fügte Heather schnell hinzu.

„Nein, danke", antwortete Danica.

Beide Frauen setzten sich, und zwar genau an dieselben Plätze wie beim letzten Mal. Und wie zuvor hatte Heather das Gefühl, dass die Frau sie beobachtete. Doch dieses Mal nahm Heather die andere Frau ebenfalls genauer unter die Lupe.

Sie sah umwerfend aus wie immer. Ihr Haar war lang und professionell geföhnt, eine Frisur, die sicher von einem Stylisten kam, darauf hätte Heather viel Geld gewettet. Ihre Fingernägel waren in einem trendigen Tiefschwarz lackiert, ohne auch nur den Hauch eines Makels. Ihr Outfit war perfekt.

Doch Heather war mit ihrem Erscheinungsbild heute auch verdammt zufrieden. Ihre Haare fielen in sexy Wellen und waren nicht so kraus gelockt wie sonst, was dem trockenen, kalten Winterwetter zu verdanken war. Sie trug ein schlichtes weißes Top mit einem schwarzen Blazer, in dem sie sich zugegebenermaßen ziemlich cool vorkam. Die grauen Slacks, die sie trug, ließen ihren Hintern noch ein kleines bisschen wohlgeformter aussehen, als er normalerweise war. Fand sie. Und Josh hatte es ebenfalls gefallen. Als sie sich auf den Weg zur Arbeit machte, hatte er ihr den To-go-Becher mit Kaffee gereicht und ihr einen zärtlichen Klaps auf den Po gegeben.

Apropos Josh, es war schräg, sich vorzustellen, dass er mit dieser Kreatur vor ihr zusammen gewesen war. Danica wirkte so kühl und berechnend, und Josh war alles andere als das.

„Also. Sie wollten mich sehen?“, sagte Danica und lächelte versteinert.

„Richtig. Ja, ich habe ein paar Sachen, die ich mit Ihnen kurz durchgehen wollte“, antwortete Heather und legte ihre Finger auf das iPad. „Aber zuerst gibt es etwas, das ich mit Ihnen besprechen möchte.“

Danica hob ihre perfekte Augenbraue an. „Ja?“

Und los geht’s.

„Ich respektiere Ihren Ansatz, sich hier nicht einzumischen, aber ich mache mir zunehmend Sorgen, dass Sie überhaupt nicht die Hochzeit bekommen werden, die Sie erwarten, wenn ich nicht etwas mehr Orientierung von Ihnen bekomme.“

Danica blinzelte, offenbar überrascht darüber, dass sie herausgefordert wurde.

„Ich habe Ihnen offen und ehrlich gesagt, dass ich Ihnen freie Hand gebe. Ich hätte gedacht, das wäre der Traum einer jeden Hochzeitsplanerin."

„Ja", erwiderte Heather langsam. „Und nein. Um ehrlich zu sein, ist das nicht irgendeine Hochzeit. Wie Sie sich sicher vorstellen können, ist jede Hochzeitszeitschrift der Welt heiß darauf, über Sie zu berichten. Sogar hochzeitsferne Zeitschriften rufen ständig an und hoffen auf etwas Exklusives."

„Und das ist etwas Schlechtes?"

„Im Ernst? Es ist mein Traum", sagte Heather und entschied sich, alles auf eine Karte zu setzen. „Das klingt für Sie jetzt wahrscheinlich idiotisch, aber ich habe fast mein ganzes Leben lang davon geträumt, Hochzeitsplanerin zu sein, und mit diesem Traum ist ein gewisser Ruf verbunden. Dafür schäme ich mich nicht."

„Natürlich nicht", murmelte Danica.

„Es ist nur, ich habe mir immer vorgestellt, wenn ich es endlich schaffen würde ... Wenn ich diese große, bombastische Hochzeit planen würde, auf die jeder schauen, über die jede Braut sagen würde: ‚Diese, ich möchte *diese* da.' Dann ginge es darum, dass es mein Erfolg wäre, weil ich die Traumhochzeit der *Braut* geplant habe. Nicht meine eigene."

„Gemessen daran, was ich bisher gesehen habe, ist es völlig in Ordnung, wie Sie mich repräsentieren", sagte Danica und machte eine wellenförmige Handbewegung.

„Ich möchte besser sein als ‚in Ordnung'. Ich möchte Sie außerdem rundheraus fragen, ob es etwas gibt, das ich wissen sollte. Eine bestimmten Grund, warum Sie so desinteressiert sind an Ihrer eigenen Hochzeit."

„Ich bin nicht desinteressiert."

Heather starrte die Frau einfach geradeheraus an.

Zu ihrer Überraschung fiel Danicas Gesicht einen Moment lang in sich zusammen, ehe sie beide Hände hob und sich durch ihre perfekten Haare fuhr. „Mist. Okay, *na schön*. Das muss aber unter uns bleiben."

„Natürlich", sagte Heather ruhig, obwohl sie sich beileibe nicht so fühlte. Sie hatte recht. Irgendetwas war hier tatsächlich im Busch.

Danica sah auf. Sie sah unglücklich aus und überhaupt nicht wie die selbstbewusste Frau, die Heather sonst aus den Hochglanzmagazinen entgegenstarrte.

„Natürlich habe ich eine Traumhochzeit im Kopf", sagte Danica leise. „Wie die meisten Frauen habe ich ständig darüber nachgedacht. Die Einzelheiten änderten sich natürlich immer wieder mal, wenn man bedenkt, dass ich alle paar Wochen eine neue Lieblingsfarbe habe. Aber ich habe darüber nachgedacht. Jedes Mal, wenn ich auf einer Hochzeit von Freunden war, habe ich mir in Gedanken Notizen gemacht. Ich möchte dies, das aber nicht. Ich finde die Torte großartig, aber nicht die Blumen …"

Sie verstummte und Heather blieb still. Wartete ab.

„Als Troy um meine Hand angehalten hat, bin ich ein bisschen … ausgeflippt. Tatsächlich habe ich den Ring gefunden, bevor er mir überhaupt einen Antrag gemacht hat, und die Hochzeit öffentlich verkündet, bevor er die Frage überhaupt gestellt hatte."

Heathers Augen weiteten sich leicht, und Danica lächelte grimmig. „Ich weiß. Glauben Sie mir, ich weiß. Ich war nur so aufgeregt, wissen Sie? Und ich habe mich entschuldigt. Es war wieder gut. Er hat mir den Antrag gemacht, so wie er es gewollt hatte, mit Champagner und alldem. Aber ich bin dann einfach ein bisschen … durchgedreht. Total durchgedreht. Ich konnte nur noch darüber sprechen, fing an, Hochzeitsmagazine zum Abendessen mitzubringen, und verlangte, dass er aussuchte, wie er feiern wollte."

Danica seufzte, legte ihre Hände auf dem Tisch ab und starrte gedankenverloren auf ihre manikürten Finger.

„Um ehrlich zu sein, mutierte ich zum totalen Brautmonster, bevor ich überhaupt zu Ihnen kam. Ich war nicht einmal sicher, ob ich eine Hochzeitsplanerin haben oder lieber alles selbst machen wollte. Auf *meine* Weise. Und das hat zu einem Bruch zwischen Troy und mir geführt. Er ist älter. Alles, was er wollte, war eine ruhige Hochzeit, und das möglichst bald, deswegen der Januar-Termin. Aber *ich* wollte …"

„Die große weiße Hochzeit", beendete Heather den Satz.

„Ja. Genau das. Also … habe ich einen Rückzieher gemacht. Kalter Entzug. Fast jedenfalls. Ich habe Sie gefunden und Troy versprochen, dass ich nicht mehr über die Hochzeit sprechen würde, außer wenn logistisch etwas benötigt würde. Er ist glücklich. Ich bin glücklich …"

„Sind Sie es wirklich?", fragte Heather leise.

Danica biss sich auf die Unterlippe. „Ich gebe mir wirklich große Mühe, mich nicht um die Einzelheiten zu kümmern, und meistens gelingt mir das auch. Es gibt nur eine Sache dieses Traums, den ich irgendwie nicht loslassen kann. Der eine Teil meiner Hochzeitsfantasie, die nie verblasst ist."

„Das Plaza", sagte Heather langsam.

Danica nickte.

Nun … Mist.

„Es war unser Kompromiss", erklärte Danica mit einem kleinen, traurigen Lächeln. „Er bekommt die Hochzeit in drei Monaten, wenn ich sie im Plaza feiern kann."

Heather lehnte sich zurück. Sie war überwältigt von der unerwarteten Informationsflut. Um ehrlich zu sein, fühlte sie sich ein wenig schuldig, dass sie das Schlimmste über Danica gedachte hatte. Ja, die Frau war selbstsüchtig und schusselig, aber Heather war davon ausgegangen, dass es bei ihrer Obsession für das Plaza darum ging, im Magazin *Page Six* präsent zu sein.

Offenbar ging es um mehr als das, und Heather konnte es verstehen. Jede Braut, mit der sie je gesprochen hatte, hatte diese *eine Sache* im Kopf, die nicht verhandelbar war, ein bestimmter Schmuck, eine bestimmte Art von Blumen, die Geschmacksrichtung der Torte, der Lieblingssong. Einmal hatte Heather es sogar geschafft, für eine Braut und einen Bräutigam, die sich im Kultladen Geno's in Philadelphia kennengelernt hatten, um Mitternacht eine Lieferung original Philly Cheesesteak Sandwiches zu veranlassen.

Aber es gab Dinge, die für Geld nicht zu haben waren. Ein freier Samstag im Plaza war so etwas.

„Ist schon gut", sagte Danica bedrückt. „Sie können es mir sagen. Es wird nicht passieren, oder?"

Heather war erneut überrascht von Danicas Einsichtigkeit. „Ich werde Sie nicht anlügen. Es ist sehr, sehr unwahrscheinlich", sagte sie ruhig. „Ich rufe mehrmals die Woche an. Die haben da drüben bereits die Nase voll von mir. Aber das Beste, was ich erreichen konnte, ist, dass wir die ersten auf der Warteliste sind. Und falls sich doch eine Gelegenheit bietet, müssen Sie verstehen, dass wir nicht viel Vorlauf haben werden, und wir werden definitiv nicht den Termin bestimmen können."

Danica sah wieder auf ihre Fingernägel. „Und Sie sagten, dass wir die Save-the-Date-Karten mit der Terminankündigung bald verschicken müssten."

Ähm, eher gestern.

„Ja, das sollten wir", sagte Heather. „Das sind unsere Alternativen. Wir können die Save-the-Date-Karten verschicken und die Einladungskarten bis zur letzten Minute zurückhalten, in der Hoffnung, dass das Plaza an diesem Tag wie durch ein Wunder tatsächlich verfügbar ist. Oder wir verzichten auf den ganzen Vorgang mit Terminankündigung und Einladung und halten die Hochzeit sehr klein und spontan. Sollte im Plaza tatsächlich etwas frei werden, können wir Freunde und Familienmitglieder für eine ruhige, vertraute Feier zusammentrommeln."

Danica biss auf ihre Unterlippe. „Also, im Grunde bedeutet das, es gibt eine geringe Aussicht auf eine überschaubare Last-Minute-Hochzeit im Plaza, oder ich lasse das Plaza ganz fallen und plane etwas anderes."

Heather nickte. „Ja. Das oder wir verschieben den Termin nach hinten, wenn die Location verfügbar ist."

„Das ist keine Option", sagte Danica. „Ich habe es Troy versprochen."

Heather zog ihr iPad zu sich heran und wusste, jetzt war nicht die Zeit, Danica Stoffmuster für die Brautjungfernkleider oder Fondantfarben zu zeigen. Nicht, wenn sie noch nicht einmal einen Termin und einen Veranstaltungsort hatten.

„Nehmen Sie sich doch etwas Zeit, um darüber nachzudenken", sagte sie sanft. „Lassen Sie mich Ende der Woche wissen, in welche Richtung Sie gehen wollen."

Danica nickte und schluckte. „Okay. Und außerdem … Ich schätze, ich sollte mich bei Ihnen bedanken. Ich weiß, ich kann etwas … Ich bin es gewohnt, zu bekommen, was ich will. Manchmal kommt mir gar nicht in den Sinn, dass ich es nicht haben kann."

Heather unterdrückte ein Lächeln. Danica wurde in absurdem Maße verhätschelt, doch wenigstens besaß sie ein Quäntchen Selbsterkenntnis. Irgendwie waren Divas erträglicher, wenn sie erkannten, dass sie Divas waren.

„Melden Sie sich, wann immer Sie so weit sind", sagte Heather, und die beiden Frauen standen auf. „Und in der Zwischenzeit bin ich da, für alles, was Sie brauchen."

Danica lächelte und wirkte fahrig. „Danke. Ich weiß Ihre Geduld zu schätzen. Es tut mir leid, wenn ich respektlos gewirkt habe. Ich hatte mir fest vorgenommen, die Hochzeit locker zu nehmen, und ich habe es vermutlich etwas übertrieben."

„Ist schon gut", sagte Heather ruhig, als wäre das Ganze in den vergangenen Wochen nicht der Grund für diverse Migränen gewesen. „Mein einziges Ziel ist, Ihnen Ihre Traumhochzeit zu ermöglichen. Ich brauche nur etwas mehr Hilfe dabei, um zu verstehen, wie diese aussieht."

„Verstanden. Wirklich."

Nachdem Danica gegangen war, kehrte Heather zurück in ihr Büro und war ungeheuer erleichtert darüber, wie das Gespräch verlaufen war, und ein bisschen beschämt, dass sie so viel Energie darauf verwendet hatte, wegen der Robinson-Hochzeit auszuflippen, statt das Problem mit Danica direkt anzugehen. Wenn sie schon vor Wochen bestimmter aufgetreten wäre, hätte sie sich eine Menge Kopfschmerzen ersparen können.

Dennoch, das war vermutlich ein Teil des Lernprozesses. Wenn sie wie Alexis und Brooke sein wollte, musste sie ihre eigenen Fehler machen. Lernen, wann man die Dinge nahm, wie sie kamen, und wann man die Situation in die Hand nahm und änderte.

Heute war ein Tag gewesen, an dem sie die Dinge in die Hand genommen und gesagt hatte, wo es langging. Auf sanfte Weise.

Heather griff nach ihrem Handy, rief Joshs Kontakt auf und schrieb eine kurze Nachricht über ihren Mini-Erfolg. Doch dann zögerte sie, bevor sie auf Senden drückte.

Vor wenigen Tagen hätte sie ihm die Nachricht geschickt, ohne darüber nachzudenken. Sie hätte einem Freund – und zwar dem, der ihr mit der Hochzeit half – erzählt, dass sie Fortschritte machte. Da sie jetzt aber miteinander schliefen, erzählte sie ihm – was genau? Er war nicht ihr *Freund*. Das hatte er weiß Gott deutlich gemacht. Sie hätte es auch nicht gewollt. Das würde nur Herzschmerz mit sich bringen.

Sie legte ihr Telefon ab, tippte mit den Fingernägeln auf den Tisch und überlegte. Dann, bevor sie sich den Kopf weiter zerbrechen konnte, nahm sie ihr Telefon wieder in die Hand und drückte auf Senden.

Bei jedem anderen Kerl, mit dem sie seit Kurzem schlief, wäre das undenkbar gewesen. Höchstwahrscheinlich würde er ausflippen, wenn seine neue Eroberung plötzlich persönlich und mitteilsam wurde.

Doch es war Josh. Er behandelte sie nicht anders, seit er sie zum ersten Mal nackt gesehen hatte, und sie würde ihn auch nicht anders behandeln.

Sie waren schließlich immer noch Freunde. Und er war noch immer Danicas Ex – verrückt. Alle Regeln, laut denen sie die Nachricht mit ihm teilen konnte, trafen immer noch zu. Dessen war sie sich ziemlich sicher.

Josh schrieb fast augenblicklich zurück.

Jawoll! Hast du ihr erzählt, dass du ihren Ex vögelst? Gab es einen Zickenkrieg? Hast du Fotos gemacht?

Heather verdrehte die Augen und antwortete.

Ja. Denn hier geht es allein um dich.

Apropos ich und was ich alles bin, willst du später Bananenbrot machen? Ich habe noch mehr Bananen gekauft, nachdem du die letzten hast vergammeln lassen. Sie eignen sich perfekt zum Backen.

Ich kann mich gerade nicht um dich und deinen Bananenbrotfetisch kümmern. Ich muss arbeiten.

Mach sie fertig. Und vergiss nicht, mir die Fotos vom Zickenkrieg zu schicken. Ihr wart beide nackt, oder?

Heather lächelte noch immer, während sie ihr Telefon zurück in ihre Tasche legte und wieder an die Arbeit ging.

„Da hat aber jemand gute Laune.“

Heather wirbelte herum und lächelte überrascht, als sie Logan Harris in ihrer Tür stehen sah.

„Logan! Komm herein! Was machst du hier? Ich dachte, du und Alexis habt eure super geheimen Treffen frühmorgens?“

Er setzte sein ruhiges, sexy Lächeln auf, trat ein und machte es sich auf ihrem Besucherstuhl bequem. „Du weißt schon, dass das zweideutig klingt, nicht wahr?“

„Ich denke, du wünschtest, eure Treffen hätten eine doppelte Bedeutung“, witzelte sie.

Er blinzelte vor Überraschung hinter seiner Hornbrille, und Heather spürte, wie ihr die Röte in die Wangen schoss, als sie erkannte, was sie gerade gesagt hatte. Sie und Logan waren Freunde, aber *so gute* Freunde nun auch wieder nicht.

„*Na ja*“, sagte er und lehnte sich zurück. Die einfachen Worte klangen locker und präzise in seinem entzückenden Akzent.

„Sorry“, sagte sie. „Ich weiß nicht, warum ich das gesagt habe. Ich bin heute ziemlich kaputt …“

Logan hielt eine Hand hoch. „Heather. Bitte. Schon gut.“

„Es tut mir leid“, wiederholte sie geknickt.

„Entschuldige dich nicht dafür, aufmerksam zu sein.“

Ihr Mund blieb offen. „Warte, also du … du willst …?“

„Alexis? Ja, natürlich. Man sollte meinen, das sei die vielen Jahre über ziemlich offensichtlich gewesen. Dein Kommentar versichert mir, dass es so ist.“

„Na ja, für mich jedenfalls. Und Brooke.“

„Und Alexis?“, fragte er. „Weiß sie es?“

Heather atmete tief aus und hoffte, sie hätte bessere Nachrichten für den armen Kerl. „Ich weiß nicht. Vielleicht? Wir haben sie immer wieder damit aufgezogen. Ihr zwei wirkt einfach so … stimmig. Aber sie hat immer darauf bestanden, dass ihr nur Freunde seid.“

Er lächelte nur kurz. „Nur Freunde. Ja. Das sind wir ganz sicher."

„Warum lädst du sie nicht mal ein, mit dir auszugehen?", fragte Heather, lehnte sich nach vorne und legte ihre Arme auf ihren Beinen ab, die Hände zwischen ihren Knien verschränkt.

„Du kennst Alexis so gut wie ich. Wie, glaubst du, würde das ablaufen?"

Heather setzte sich zurück, stellte sich genau vor, wie es ablaufen würde, und hatte Mitleid mit dem Mann, der ihr gegenübersaß.

„Genau", sagte er. „Diese Frau macht nichts, was sie nicht machen will. Lässt sich auf nichts ein, das nicht ihre eigene Idee ist."

„Ah", sagte Heather, während ihr seine Strategie klar wurde. „Du wartest. Darauf, dass sie zur Vernunft kommt."

„Das tue ich", bestätigte er. „Und ich bitte darum, dass du dasselbe tust."

„Mit anderen Worten, du wartest schon zu lange, als dass ich das jetzt vermasseln sollte."

Er blinzelte, schnell und sexy. „Sagen wir, ich spiele auf lange Sicht."

„Du bist ein geduldiger Mann, Logan Harris."

„Es ist ein Fluch, so viel ist sicher." Er veränderte seine Sitzposition, und sein Gesichtsausdruck war sofort wieder unerbittlich und geschäftstüchtig. „Eigentlich ist Alexis gar nicht der Grund, weshalb ich vorbeigekommen bin."

„Schieß los", sagte Heather.

Logan richtete seine Brille aus, und Heather musste fast lächeln, denn der Wechsel von liebestrunkenem Mann zu Buchhalter mit einer Mission war unübersehbar.

„Dein Freund. Josh Tanner. Steht ihr euch nahe?"

Heather schmunzelte. Mann, was für eine Fangfrage. „Wir … verstehen uns gut", fügte sie etwas lahm hinzu.

„Er ist Musiker“, stellte Logan fest.

„Ja“, sagte Heather und war verwirrt.

„Aber das ist er nicht immer schon gewesen. Er sagte, er war ein Hedgefonds-Manager?“

Heather hob die Schultern. „Ja. Ich weiß nicht viel darüber. Es wäre eine Untertreibung zu sagen, er spricht nicht gerne über diese Phase seines Lebens.“

„Interessant“, sagte Logan. „Denn ich hatte den Eindruck, er vermisst es.“

Ach.

Heather hatte diesen Eindruck manchmal auch. Aber wenn er es vermisste, warum ging er dann nicht dorthin zurück?

„Ich glaube, er liebt die Musik“, sagte sie langsam.

„Oh, ich bin mir sicher, dass er das tut“, erwiderte Logan. „Ich liebe die Musik auch. Aber ich glaube, die Musik ist für jemanden wie Josh einfach nicht genug.“

„Bitte, erzähle ihm das gerne“, sagte sie. „Darf ich vorschlagen, bei dem Gespräch eine schusssichere Weste zu tragen?“

„Du hast mit ihm darüber gesprochen?“

„Genau genommen, nicht unbedingt darüber, zurück an die Wall Street zu gehen. Aber ich habe mehr oder weniger angedeutet, dass er … verloren wirkt. Er hat anschließend tagelang nicht mehr mit mir gesprochen. Das Thema ist anscheinend tabu.“

„Nun“, sagte Logan und seufzte leicht. „Das ist höchst enttäuschend.“

„Warum?“ Heather war neugierig, warum jemand, der Josh einmal getroffen und vielleicht fünf Minuten mit ihm gesprochen hatte, so interessiert an ihm war.

„Ich denke darüber nach, meine Tätigkeit zu erweitern“, antwortete Logan. „Eigentlich ist erweitern vielleicht nicht der richtige Ausdruck, wobei ich tatsächlich eine andere Person brauche, um meine Vision umzusetzen.“

„Und zwar?"

„Ich möchte eine App entwickeln."

„Eine App? Wie …" Heather hielt fragend ihr iPhone in die Höhe.

Logan nickte. „Ja. Haargenau. Ich werde dich nicht mit Details langweilen, daher die Kurzversion: Buchhaltung wird für Unternehmen immer eine Notwendigkeit bleiben. Und trotzdem ist es uns als Berufsgruppe nicht gelungen, uns in irgendeiner bedeutsamen Weise weiterzuentwickeln. Vom Buch zum Rechner, ja, und schließlich zu digitalen Tabellen und so weiter. Doch während mir diese Neuerungen die Arbeit erleichtern, ändern sie nichts an der Tatsache, dass meine Kunden auf mich angewiesen sind."

„Ist das nicht etwas Gutes? Für dich, meine ich. In Sachen Jobsicherheit und so."

„Ja. Und nein. Ein erheblicher Teil meiner Arbeit besteht aus kleinen, einfachen Tätigkeiten. Immer und immer wieder."

Heather beobachtete ihn. „Du langweilst dich."

„Ich würde mich gerne weiterentwickeln."

„Eine britische Art zu sagen, man langweilt sich?"

Logan lachte. „Klar. Auf jeden Fall möchte ich ein neues Modell entwickeln. Eines, mit dem die Kunden ihre Buchhaltung selbst machen können. Mit einer großen Informationsdatenbank im Hintergrund für die am häufigsten gestellten Fragen. Denn glaub mir, ich muss oft immer wieder dieselben Fragen beantworten. Mir schwebt vor, dass alles auf einem Abonnement beruht. Sie registrieren sich bei meinem Unternehmen und bekommen Zugang zu meinem Wissen."

Heather nickte und verstand, warum so etwas das Potenzial hatte, groß zu werden. „Aber wie passt Josh hier hinein?"

„Ich brauche einen Partner. Derzeit gibt es nur mich. Und der Tag hat einfach nicht genug Stunden, als dass ich meine aktuellen Kunden unterstützen und dieses neue Projekt zum

Laufen bringen könnte. Ich muss Entwickler einstellen, eine Website bauen, einen Businessplan erstellen. Ich brauche Hilfe."

„Warum suchst du nicht einen anderen Buchhalter?"

„Weil ich deinen Freund mochte", sagte Logan schlicht. „Wir Buchhalter können ein ziemlich langweiliger Haufen sein, und Josh ist alles andere als das. Er versteht die Grundlagen dessen, was ich tue. Er denkt in Zahlen, das weiß ich. Ich kann es erkennen. Außerdem hat er etwas … Jugendliches an sich."

„Ich bin mir ziemlich sicher, dass ihr ungefähr gleich alt seid."

„Ja, aber trägt er Ellenbogenschoner?" Logan hob seine Arme und zeigte Heather, dass sein Tweed-Sakko tatsächlich welche hatte.

Heather brach in Gelächter aus. „Verstanden."

„Vielleicht klappt es nicht", sagte Logan. „Es ist gewagt. Ich wollte nur einmal bei dir vorfühlen und sehen, ob es sich überhaupt lohnt, mit ihm zu sprechen. Sollte ich jemals nach England zurückgehen, brauche ich hier jemanden, dem ich vertrauen kann."

Erwartungsvoll sah er sie an, und Heather biss sich auf die Unterlippe. „Ich weiß nicht, was ich dir sagen soll. Wirklich nicht. Ich finde deine Idee brillant und denke, du hast recht, Josh hätte wahrscheinlich eine Menge beizusteuern. Ich glaube auch, dass er es richtig gut finden würde. Das Problem ist … Na ja, Mist, ich weiß nicht, was das Problem ist. Wie gesagt, er wird komisch, wenn es um Lebensziele und ähnliche Themen geht."

Logan nickte, stand auf und nahm seine moderne Aktentasche, die sich etwas mit den Ellenbogenschonern biss. „Verstanden. Wenn du dich entscheiden solltest, es nicht zu erwähnen, werde ich nie wieder davon anfangen. Ein guter Deal?"

„Logan?", fragte sie, bevor er ging.

Er drehte sich um.

„Ich weiß, du kennst Josh nicht, jedenfalls nicht richtig. Aber als du dich beim Brunch mit ihm unterhalten hast, sah er da … glücklich aus?“

Logan war einige Augenblicke lang still, während er überlegte. „Ich würde nicht sagen, dass er unglücklich war, aber nein, glücklich wäre nicht das erste Wort, mit dem ich ihn beschreiben würde.“

„Und welches dann?“

Logans Lächeln wirkte etwas traurig. „Verängstigt. Ich würde sagen, er hat vor irgendetwas entsetzliche Angst.“

„Aber wovor?“, fragte Heather.

Logan hob eine Schulter. „Ich wage zu behaupten, dass das vielleicht etwas ist, was du herausfinden solltest.“

23. Kapitel

„Also, was glaubst du, welches würde Danica am besten gefallen?“, fragte Heather und schob das iPad quer über den Tisch zu Josh hinüber. Dann füllte sie beide Weingläser auf.

Er zog das Tablet zu sich heran und blickte lange auf den Bildschirm, ehe er den Kopf hob und sie ansah. „Du machst Witze, oder? Ich sehe hier Rosa, Rosa und Rosa.“

„Nein.“ Sie lehnte sich nach vorne und tippte mit ihren Nägeln jeweils auf die abgebildeten Muster. „Du siehst *Staubrosa*, *Himmlisches Mauve* und *Zarte Winterröte*.“

Josh formte seine Finger zu einer Pistole und hielt sie sich unter das Kinn. „Können wir endlich etwas zu essen bestellen?“

„Nachdem wir die Farbe der Brautjungfernkleider ausgesucht haben.“

„Das da“, sagte er und zeigte ohne hinzusehen auf den Bildschirm.

Sie neigte den Kopf. „Wirklich? Findest du es nicht ein bisschen zu dunkel?“

„Heather. Ich *werde* dich umbringen.“

„Okay, okay. Also *Zarte Winterröte*.“ Sie zog das iPad wieder zu sich heran und wechselte zu ihrem Notebook, wo sie es eintrug.

„Warum kann Danica nicht selbst die Farbe ihrer hässlichen Brautjungfernkleider aussuchen? Ich dachte, seit eurer letzten Besprechung seid ihr beste Freundinnen.“

„So weit würde ich nicht gehen“, sagte Heather, lehnte sich zurück und griff nach ihrem Weinglas. „Es läuft definitiv besser. Aber ich versuche immer noch, ihr die langweiligen Details zu ersparen."

„Richtig. Behellige bloß nicht die Braut, aber schikaniere gerne ihren Ex."

„Ich haben keine Beschwerde von dir gehört, als ich eine Kostprobe von dem Schokoladenkuchen mitgebracht habe."

Josh streckte seine Arme über dem Kopf aus. Sein T-Shirt rutschte etwas nach oben und legte einen winzigen Streifen seiner Bauchmuskeln frei, wovon sie einen ganz wässrigen Mund bekam.

Erst die Arbeit, dann das Vergnügen.

„Du bist also gewillt, mir bei der Essensauswahl für die Hochzeit zu helfen, aber nicht bei der Farbgebung."

„Ehrlich, ich weiß gar nicht, warum du so überrascht klingst. Wie viele Kerle kennst du, die herumsitzen und verschiedene Farbnuancen von rosa Kleidern diskutieren wollen?"

„Das mit den Kleidern ist jetzt alles so weit klar. Ich muss aber herausfinden, ob wir lieber elfenbeinfarbene oder weiße Kerzen nehmen. Die weißen passen besser zu ihrem Kleid, die elfenbeinfarbenen besser zu der blassrosa Farbgebung, die ich zusammenstelle. Irgendwelche Gedanken dazu?"

„Ist noch etwas vom Kuchen übrig?"

Heather seufzte und schaltete ihr iPad aus. „Okay. Du gewinnst. Kein Hochzeitsgerede mehr."

„Du kannst schon darüber reden. Mir ging nur der Gesprächsstoff aus." Er streckte die Hand über dem Tisch aus, nahm ihre Hand und rieb ihr mit dem Daumen über das Handgelenk.

„Nein, du hast recht. Ich glaube, ich habe Danica Robinson schon genug Zeit diese Woche geschenkt."

„Aber du hast Fortschritte gemacht, nicht wahr? Ihr habt den Veranstaltungsort und das alles festgelegt?"

Heather nickte.

Danica hatte sie heute angerufen – angerufen, nicht eine SMS geschrieben, Schreck, lass nach – und verkündet, sie habe beschlossen, auf das Plaza zu verzichten. Sie hatte sich sogar bereit erklärt, Heather morgen zu den zwei besten Locations zu begleiten, die sie in der Hinterhand hatte, beides wunderschöne Hotels mit der gleichen exklusiven Eleganz des Plaza und dem nicht unwesentlichen Vorteil, *verfügbar zu sein*.

Joshs Telefon klingelte. Er zog es aus der Hosentasche, stellte es leise und legte es auf dem Tisch ab.

„Du kannst rangehen, wenn du musst."

Er zuckte mit den Schultern. „Nichts Wichtiges."

Heather fummelte an der einen Ecke ihres iPads herum. Meistens war sie ziemlich zufrieden mit dem, wie es zwischen ihr und Josh lief. Die Vertrautheit. Die Gesellschaft. Sie sahen sich fast jeden Abend, arbeiteten und aßen gemeinsam, oder schauten sich zusammen einen Film an.

Und dann gab es den Sex. Viel, sehr viel Sex.

Doch manchmal war es, als wäre da eine unsichtbare Wand zwischen ihnen. Eine Grenze, die Josh nicht überschreiten würde. Wenn es um ihren Job ging, um ihr Leben, ihre Themen, war er immer da, hörte zu und gab Ratschläge. Wie noch niemand zuvor, den sie je kennengelernt hat, konnte er ihre schlechte Laune vertreiben, indem er sie neckte oder verführte.

Doch es war eine Einbahnstraße. Sein Leben blieb absolut tabu. Sie konnte ihn nicht einmal dazu bewegen, über seinen Tag im Fitnessstudio oder seinen neusten Song zu sprechen, geschweige denn über irgendetwas Tiefergehendes, das mit seinem Leben zu tun hatte.

Das Gespräch mit Logan vor ein paar Tagen klang noch in ihr nach. Ihr Gefühl sagte ihr, dass Josh perfekt geeignet wäre für den Job – es sagte ihr auch, dass er in dieser Aufgabe aufblühen würde.

Die Frage war vielmehr, ob er sich erlauben würde, aufzublühen.

„Es ist Trevor“, platzte es aus ihm heraus. „Er hat angerufen.“

„Oh“, sagte Heather und blinzelte überrascht. „Und du willst nicht rangehen?“

„Er glaubt, er hat jemanden gefunden, der mein Schlagzeug kauft.“

„Was meinst du damit? Das Schlagzeug gehört dir? Ich dachte, das gehört … Wie heißt er doch gleich?“

Josh schüttelte den Kopf. „Nein. Meins. Alles im Probenraum gehört mir. Die Jungs spielen nur damit.“

„Ah. Willst du das Schlagzeug gegen ein neueres Modell austauschen?“ Sie versuchte, lässig zu klingen, obwohl sie insgeheim begeistert war, dass er sich öffnete, wenn auch nur ein bisschen.

Statt zu antworten, hielt er sein Telefon in die Höhe. „Macht es dir etwas aus, wenn ich Thai bestelle?“

Sie unterdrückte ihre Enttäuschung. „Nein. Mach nur.“

„Pad Thai mit Shrimps, richtig? Und Frühlingsrollen.“

„Ja, großartig.“ Sie zog ihr iPad zu sich heran und schaltete es wieder an. „Hey, wie geht es deiner Schwester? Jetzt irgendwann müsste es so weit sein, nicht wahr?“

„Überfällig. Baby Josh ist überfällig, aber noch habe ich nichts gehört.“

„Baby Josh?“

„Es wird ein Mädchen, aber ich habe immer noch Hoffnungen, dass sie sie nach ihrem Onkel nennen. Wenn das Kind Glück hat, wird es aussehen wie ich.“

„Ja, davon träumen alle Mädchen. So auszusehen wie ein nie erwachsen werdender Frauenheld.“

Er sah auf. „Ein nie erwachsen werdender Frauenheld?“

„Der gut im Bett ist. Richtig gut. Hatte ich vergessen, das zu erwähnen?“, zog sie ihn auf.

Josh erwiderte das Lächeln nicht.

„Hey“, sagte sie und streckte die Arme nach ihm aus. Doch er stand abrupt auf und entfernte sich von ihr.

„Wäre es besser, wenn ich den ganzen Tag Anzüge tragen würde? Wenn ich mit einem ans Ohr gehefteten Telefon herumlaufen und über vollkommen unwichtigen Schwachsinn labern würde?“

Heather blinzelte. „Ähm. Was soll das?“

„Ich bin dreiunddreißig Jahre alt. Als unreifer Junge bezeichnet zu werden ist nicht gerade der Traum eines erwachsenen Mannes.“

„So habe ich das nicht gemeint“, sagte sie leise.

„Wie hast du es denn gemeint?“

Oh-oh.

„Ich meinte nur, du wanderst nicht gerade auf dem typischen Pfad“, sagte sie sanft. „Das ist nichts Schlechtes.“

„Ich habe die Band aufgelöst.“

Oha! Was?

Sie schüttelte den Kopf. „Ich bekomme gerade ein Gesprächsschleudertrauma. Einen Schritt zurück. Wie war das?“

„Es ist keine große Sache. Trev und ich haben uns vor ein paar Tagen darüber unterhalten. Für die anderen ist es nur ein Hobby, und wir sehen das Ganze nirgendwo hinsteuern, wenn wir uns da nicht voll reinhängen. Was wir nicht tun. Also ...“ Er zuckte mit den Schultern. „*Finito.*“

„Und was ist es für dich?“, fragte sie. „Ich hatte immer den Eindruck, dass du ziemlich leidenschaftlich bei der Sache bist.“

„Bin ich auch. Das wird sich auch nicht ändern. Ich hab nur ... Keine Ahnung. Die Entscheidung fühlte sich richtig an.“

Heather nickte. „Solange du damit glücklich bist, ist sie es.“

„Glücklich wäre jetzt zu viel gesagt“, entgegnete er und warf sein Telefon seufzend auf den Tisch. „Es fühlt sich richtig an, ich weiß nur nicht ...“

Er verstummte und Heather schluckte, entschied dann aber, das Risiko einzugehen. „Du weißt nicht, wodurch du es ersetzen sollst?"

Sein Blick schoss zu ihr. „Ja. So was in der Richtung."

„Hm. Was willst du denn tun?", fragte sie.

„Ich weiß nicht, 4C. Nicht jeder von uns hat das Glück, schon mit zwölf zu wissen, wie der Lebenstraum, oder wie man das nennt, aussieht."

„Toll", blaffte sie ihn an, ihr riss der Geduldsfaden. „Wenn du wieder eine deiner Schmollphasen hast, bitte schön. Aber tu mir den Gefallen und sprich keine Themen an, über die du nicht reden willst."

Sie schnappte sich ihr Weinglas und stürmte in Richtung Spüle. Sie brachte es nicht über sich, das Getränk wegzuschütten. Aber sie würde auch nicht herumsitzen und Small Talk mit einem Typen führen, der jedes Mal herumeierte, wenn sie versuchte, eine Verbindung auf entfernt menschlichem Niveau zu ihm aufzubauen.

„Nicht sauer sein", murmelte er und trat hinter sie.

„Das bin ich aber, ein bisschen", sagte sie. „Manchmal kommt es mir vor, als würdest du dich tatsächlich gerne unterhalten. Du fängst mit etwas an, und dann entscheidest du, dass du dieses Gespräch lieber doch nicht führen möchtest, und gibst mir die Schuld dafür."

Er rieb sich die Stirn. „Und genau *deswegen* habe ich keine Freundin."

Autsch.

Ihr Mund stand offen. „Im Ernst? Du hast keine Freundin, weil du ein *Arsch* bist!"

„Heather."

Sie war fertig. Er wollte es leicht und unbeschwert haben, bitte. Aber sie würde *nicht* herumsitzen und ihm als emotionaler Punchingball dienen.

„Weißt du, so etwas funktioniert in beide Richtungen." Sie schleuderte ihm die Worte entgegen, während sie sich zur Tür aufmachte. „Gespräche – entschuldige, *Nicht*-Gespräche – wie diese sind genau der Grund, aus dem *ich* keinen Freund habe."

„Hey, würdest du mal einen Moment warten?", fragte er und kam hinter ihr her.

Heather wirbelte herum. „Warum, damit du hier herumhängen und alle möglichen Gesprächsköder auswerfen kannst und dann sauer wirst, wenn ich einen davon annehme? Du verkaufst dein Schlagzeug, aber du erzählst mir nicht, warum. Du löst die Band auf, aber darüber willst du auch nicht reden. Und Gott bewahre, dass wir darüber sprechen, was du vielleicht *stattdessen* machen wollen würdest, denn dann drehst du total durch!"

Seine Nasenflügel blähten sich vor Ärger, seine Augen wurden leer und kalt, und plötzlich konnte sie sich sehr gut vorstellen, wie der alte Josh ausgesehen haben musste, bevor er entschied, völlig unbekümmert zu sein. Welche Ausstrahlung er gehabt haben musste, als er in teuren Anzügen umherschritt, niederen Mitarbeitern unfreundlich Anweisungen erteilte und mittags zu vierhundert Dollar teuren Power-Lunches ging.

Doch obwohl zunehmend klarer wurde, dass es einen alten und einen neuen Josh gab, war der *echte* Josh nirgends zu sehen.

„Können wir mal kurz innehalten?", fragte er.

„Wie wäre es, wenn du mir eine Liste mit sicheren Themen erstellst, dann können wir weiterreden", blaffte sie, ergriff die Türklinke und öffnete die Tür ruckartig. „Ich bin nicht in Stimmung, heute einen Eiertanz aufzuführen. Ich muss noch arbeiten."

„Du musst immer arbeiten", murmelte er.

„Nun, wenigstens eine von uns", schoss sie zurück, trat in den Flur und schlug die Tür hinter sich zu. Sie wartete nicht ab, um zu sehen, ob er ihr folgte, sondern stürmte geradewegs in ihre Wohnung und schlug diese Tür ebenfalls hinter sich zu.

Es fühlte sich … gut an.

Ein bisschen übertrieben, sicher, vielleicht auch einen Hauch kindisch. Doch manchmal war das gute alte Türenschlagen genau das, was man brauchte.

Sie warf sich auf die Couch und war wild entschlossen, etwas Arbeit wegzuschaffen. Denn das taten Erwachsene. Sie arbeiteten.

Du musst immer arbeiten.

Sie machte ein finsteres Gesicht, als sie an Joshs Worte dachte. Sie musste nicht immer arbeiten. Na ja, doch. Das Hochzeitsplaner-Business war nicht gerade ein stinknormaler Bürojob. Doch sie ließ nicht zu, dass es ihr Leben bestimmte.

Oder doch?

Sicher, manchmal brachte sie Arbeit mit nach Hause. Oft.

Aber sie liebte es auch.

Vielleicht war es ein bisschen unfair gewesen, ihn heute Abend Farbmuster anschauen zu lassen – sie hatte seine Meinung nicht wirklich gebraucht. Aber über Danicas Hochzeit zu reden war eine Ausrede dafür, ihn zu sehen, ohne übermäßig anhänglich zu wirken und …

Heather richtete sich auf. Nun. *Mist.*

In Gedanken ging sie noch einmal die Woche durch, die wie eine Welle voller Sex und Freude an ihr vorbeigerauscht war, und erkannte, dass es fast immer sie gewesen war, die zu ihm gekommen war. Sicher, er war immer bereit gewesen, Zeit mit ihr zu verbringen, aber war es nicht zudem immer sie, die anrief?

Eigentlich war er nicht mehr in ihrer Wohnung gewesen, seit sie an Thanksgiving das erste Mal miteinander geschlafen hatten. Es war immer anders herum gewesen. Er hatte seinen Schlüssel nicht benutzt, nur einmal an ihre Tür geklopft.

Heather stöhnte, ließ sich in ihr Sofa zurückfallen, warf ihr iPad beiseite und schloss die Augen.

War sie diese Art Frau? Eine, die den Typen belagerte? Es schien ihm nichts auszumachen. Er hatte immer gelächelt, wenn sie an seine Tür klopfte, hatte nie versucht, sie loszuwerden, und dennoch – so war Josh eben. Er war freundlich zu den Frauen, mit denen er schlief. Himmel, von wie vielen Frauen hatte sie ihn sich verabschieden sehen, lächelnd, zwinkernd, flirtend?

Ruckartig öffnete sie ihre Augen. Übrigens, wie viele Frauen gab es noch, seit sie angefangen hatten, miteinander zu schlafen? Und selbst wenn da keine andere gewesen war, war *jetzt* wahrscheinlich eine da. Sie wäre nicht im Geringsten überrascht, wenn er genau in dieser Sekunde eine andere anrief. Eine Frau, die seine Gastfreundschaft nicht überbeanspruchte, die keine forschen Fragen stellte, die nicht von so etwas Irdischem wie ihrer Karriere abgelenkt wäre.

Der Gedanke machte sie krank. Er war jedoch nicht ihr Freund.

Und sie wollte das auch nicht.

Oder doch?

Nein.

Er war launisch und unreif, und die Hälfte ihrer gemeinsam verbrachten Zeit hatte sie das Gefühl, ihn gar nicht zu *kennen*. Doch während der anderen Hälfte hielt sie es für möglich, dass er der beste Mann war, den sie je kennengelernt hatte.

„Schwierig“, murmelte Heather zu sich selbst. „Sehr schwierig.“

In solchen Situationen gab es nur eine Sache zu tun. Heather ging in die Küche, nahm sich einen Löffel und öffnete die Tiefkühltruhe, um ihren Notvorrat an Eiscreme genauer unter die Lupe zu nehmen.

Heather runzelte die Stirn, während sie die Auswahl an Optionen musterte. War der Streit mit dem Nachbarn, mit dem man Sex hatte, eine Keksteig-Situation? Schoko-Minze? Was sie am liebsten gehabt hätte, war die Special-Edition-Kürbis-Pie-Eiscreme, die sie vergangene Woche gekauft hatte. Kürbis erinnerte sie jedoch an Thanksgiving, weshalb sie wiederum an Josh denken musste …

Sie griff nach dem reinen Vanilleeis. Um sich zu bestrafen.

Heather hatte gerade den Deckel geöffnet, der Löffel war bereit für den Angriff, als an der Tür ein Klopfen ertönte.

Heathers Augen verengten sich, während sie in Richtung Ausgang blickte.

Sie stieß den Löffel in das Eis, schöpfte eine riesige Portion davon heraus und steckte sie sich in den Mund. Dabei versuchte sie, das zweite Klopfen zu ignorieren.

Als sie beim dritten Happen angekommen war, hatte das Klopfen nicht aufgehört. Es war sogar noch lauter geworden.

„Geh weg“, rief sie. „Ich habe schlechte Laune.“

Zu ihrer Überraschung hörte das Klopfen auf. Wenigstens einmal hatte der Mann auf sie gehört. Heather redete sich ein, nicht darüber enttäuscht zu sein, wie leicht er aufgegeben hatte.

Andererseits, wie hart kämpfte ein Mann wie Josh um eine flotte Nummer, mal ernsthaft? Er hatte wahrscheinlich Dutzende anderer Frauen, die nur einen Anruf entfernt waren. Und es war auch nicht so, als könne er nicht in zwei Komma vier Sekunden Frischfleisch an irgendeiner Bar aufgabeln.

Sie hatte gerade einen weiteren Riesenhappen Vanilleeis vertilgt, als ein schrecklicher Krach ertönte. Etwas, das man nicht Musik nennen konnte und das von der anderen Seite ihrer Schlafzimmerwand kam. Das war keine Bandprobe, kein Solospiel. Das war jemand, der sein Schlagzeug spielte, so laut er konnte, ohne erkennbaren Rhythmus.

„Das soll wohl ein Witz sein“, sagte sie knurrend, das Eis noch im Mund.

Das Gepolter dauerte an. Nein, es wurde lauter. Und lauter.

Heather ballte ihre Faust um den Löffel, so fest, dass sie dachte, sie könnte tatsächlich das Metall verbiegen. Was für ein Idiot.

Keine große Sache. Sie konnte es ignorieren. Konnte ihn ignorieren.

Sie schaffte es etwa drei Minuten, ehe sie in seine Wohnung hineinplatzte, löffelschwingend und wütend.

Wie erwartet fand sie ihn am Schlagzeug sitzend. Er wirbelte wie von Sinnen mit den Stöcken über das Instrument.

„Was zur Hölle ist dein Problem?", brüllte sie über den Krach hinweg.

Er hielt kurz inne, als er sie sah, doch als Zugabe ließ er die Stöcke noch ein letztes Mal krachend auf die Trommel sausen, bevor er sie zur Seite warf und auf Heather zugestürmt kam.

Heather wich nicht aus, und sie standen direkt voreinander, einer wütender als der andere.

Sie breitete ihre Arme zu den Seiten aus. „Bist du jetzt zufrieden? Hast du bekommen, was du wolltest?"

Josh schüttelte den Kopf. „Nicht einmal ansatzweise."

Er drückte seinen Mund auf ihren, und eine halbe Sekunde später umfasste er gierig ihren Kopf, um ihr den heißesten Kuss ihres Lebens zu geben.

Heathers Löffel fiel zu Boden, da sie seine Taille ergriff und sich an dem T-Shirt festkrallte.

Seine Lippen waren besitzergreifend, seine Zunge beharrlich und seine Finger strafend, als er an ihren Haaren zog.

Heather hatte vorher noch nie Versöhnungssex gehabt, hatte nie genau verstanden, was daran so toll sein sollte, doch jetzt begriff sie. Und wie!

Josh hatte sie beide innerhalb von Sekunden entkleidet, aber Heather hatte keine Zeit, beeindruckt zu sein, denn sie war vollkommen angetörnt von dem Gefühl seiner Hände auf ihren

Brüsten, ehe er seinen Kopf herunterbeugte und eine Brustwarze in seinen heißen, gierigen Mund nahm.

Sie stöhnte etwas, das vielleicht sein Name war oder aber eine laszive Bitte. Er ließ seine Hand über ihren Bauch nach unten gleiten, streichelte sie mit dem Daumen in kreisenden Bewegungen und tauchte mit dem Mittelfinger in sie ein. Noch erotischer war, wie er sie beobachtete, während er mit ihr spielte. Die ganze Zeit über schaute er sie an und berührte sie überall, wo sie es brauchte.

Noch nie hatte Josh damit gegeizt, ihr Orgasmen zu schenken, jetzt allerdings zog er sich zurück, kurz bevor sie den Gipfel erreicht hatte, und sie protestierte stöhnend, lehnte sich nach vorne und biss ihm aus Rache in die Schulter. Er knurrte, wirbelte sie herum und drückte ihren Oberkörper auf den kleinen Konsolentisch, wo er seine Noten und Notizbücher aufbewahrte. Die Papiere verteilten sich überall, während er sie hinunterbeugte.

„Bleib da", befahl er und klatschte ihr mit gerade so viel Kraft auf den Hintern, dass ein erregender Schmerz sie durchzuckte. Dann ging er zu seiner hingeworfenen Jeans, tastete die Taschen ab, bis er ein Kondom hervorholte.

„Die trägst du einfach mit dir herum?", fragte sie heiser und beobachtete ihn über ihre Schulter hinweg. Sie rührte sich nicht vom Fleck. Sie atmete schwer, während sie wartete. Und ihn wollte.

Er antwortete nicht, war nicht bereit, auf seinem Weg zu ihr zu flirten. Er riss die Verpackung des Kondoms mit seinen Zähnen auf, rollte es sich über und brachte sich hinter ihr in Position.

Es gab keine Warnung. Er umklammerte ihre Hüfte im selben Moment, in dem er in sie eintauchte. Das unerwartete Eindringen ließ sie aufschreien, und sie bog vor Lust den Rücken durch.

Er nahm ihr Haar in einer Hand zusammen, wickelte es um seine Faust und hielt sie gefangen, während er wieder und wieder in sie hineinstieß. Heute gab es keine Zärtlichkeit, doch die wollte sie auch nicht. Sie wollte das hier – diese ungebremste Sinnlichkeit, die plötzlich da war und jetzt, in diesem Moment, genau das war, was sie brauchte.

Seine andere Hand glitt nach vorne, mit den Fingern begann er sie zusätzlich zu stimulieren, bis sie aufschluchzte und um Erlösung bat – die er ihr gerade so vorenthielt.

„Bitte", flüsterte sie keuchend.

Er knurrte vor Genugtuung, intensivierte sein Streicheln, doch wurden die Bewegungen kleiner und präziser, schließlich kam sie heftig.

Er hatte auf sie gewartet, und sobald ihr Körper im Höhepunkt bebte und sie vor Lust ausschrie, kam auch er mit lautem Stöhnen, eine Hand auf ihrer Hüfte.

Ihre Beine knickten ein, und er schlang einen Arm um ihre Taille, zog sie sanft zu Boden.

Josh rollte sich auf den Rücken, seine Brust vibrierte noch von der Anstrengung. Heather tat es ihm gleich, sodass sie Schulter an Schulter lagen, und sie aalte sich in den Nachwehen des heißesten, intensivsten Sex ihres Lebens.

„Was war das?", fragte sie einige Minuten später, immer noch neben ihm auf dem Boden ausgebreitet, als sie endlich aufgehört hatte zu keuchen.

„Fantastisch", sagte er mit kratzender Stimme, als wäre seine Kehle ganz trocken.

„Nun, ja, das auch. Aber warum?"

„Wenn ich das wüsste", sagte er. „Ich habe dich gesehen, wie du mit deinem kleinen Löffel geschwungen hast, und ich wollte dich einfach. Also habe ich dich genommen."

Seine Worte lösten Schockwellen der Lust in ihr aus. Noch

nie hatte jemand sie auf diese Weise gewollt. Und sie hatte noch nie etwas anderes so sehr gewollt.

Vielleicht war es in Ordnung, dass das alles war, was sie waren. Freunde und Nachbarn, die es liebten, den anderen auf höchst schlüpfrige, zügellose Weise um den Verstand zu bringen.

„Also, reden wir darüber?“, fragte er leise.

„Reden worüber?“, fragte sie und gab sich Mühe, unbeschwert zu klingen.

Er drehte seinen Kopf ein wenig zur Seite und schaute sie an. Sie erwiderte den Blick. Einen Augenblick lang war sein Gesichtsausdruck fast liebevoll, und sie hätte schwören können, dass sie ein Dankeschön in seinem Blick sah. Vielleicht war da auch eine Entschuldigung versteckt.

Doch dann griff er unter sich, hob etwas auf und klatschte ihr damit auf den Oberschenkel.

„Autsch“, jaulte sie auf und erkannte, dass sie gerade mit ihrem eigenen Löffel geschlagen worden war.

„Komm schon, 4C. Lass uns Bananenbrot backen.“

Heather stöhnte, ließ sich aber von ihm auf die Füße helfen. „Nicht das schon wieder.“

Wie immer wurde nichts aus dem Bananenbrot.

Dafür aber gab es *definitiv* eine zweite Runde.

24. Kapitel

„Ich wusste es. Sie sieht genauso aus wie ich“, sagte Josh, als er auf seine ein paar Tage alte Nichte hinunterblickte. Sein Herz machte einen Satz, als eines ihrer Ärmchen aus dem pinken Tuch herausfiel, in das sie gewickelt war. Ihre Gesichtszüge sahen friedlich aus im Schlaf.

„Sicher, wenn du aussiehst wie eine bezaubernde Cranberry, dann schon“, sagte seine Schwester und blickte über seine Schulter hinweg auf ihren Säugling. Jamie kam herum, lehnte sich nach vorne und drückte dem Baby erst einen Kuss auf die Stirn, dann einen auf jede Wange.

„Hast du diese hinreißende kleine Lady gerade mit einer getrockneten Beere verglichen?“

„Ja, habe ich. Sie ist ein schrumpeliges rosa Wunder und das Schönste, was ich je gesehen habe.“

Josh widersprach nicht. Marian Margaret Clyde war für ihn die reine Perfektion. Seine Nichte war gesund und munter zur Welt gekommen, wenn auch ein bisschen spät in den Augen ihrer Mutter, und Josh hatte den ersten Flieger nach Nashville genommen, nachdem sein Schwager ihm Bescheid gegeben hatte.

Kevin war gerade unterwegs und besorgte Grillfleisch, um die postnatalen Gelüste seiner Frau befriedigen zu können. Das hieß, die erwachsenen Zwillinge und das neugeborene Baby waren alleine im gemütlichen Haus seiner Schwester, das etwas außerhalb der Stadt lag. Irgendwann würde er Marian wieder an ihre Mutter zurückgeben müssen, nahm er an, aber nicht so bald. Jedenfalls nicht, solange sie nicht anfing zu weinen.

„Ich hätte nie gedacht, dass du der Typ Mann bist, der von Babys schwärmt“, sagte Jamie und betrachtete ihn nachdenklich. Sie erhob sich und fuhr fort, den Berg an Handtüchern auf ihrem Sofa neben sich zusammenzulegen.

Er schnaubte. „Nur weil ich nicht hingehe und fremde Kinder in der U-Bahn angurre, heißt das nicht, dass ich nicht vollkommen entzückt von dieser kleinen Prinzessin bin.“

„Wenn du und Kev so weiterredet, werdet ihr sie in eine verzogene Göre verwandeln“, sagte Jamie liebevoll.

Er sah auf. „Oh, also wäre jetzt ein guter Zeitpunkt, das pinke Pony hereinzuholen, das ich mitgebracht habe, zusammen mit dem Gutschein für einen Porsche zu ihrem sechzehnten Geburtstag?“

Seine Zwillingsschwester verdrehte nur die Augen und legte den Stapel sauberer Wäsche beiseite. „Wie geht es dir denn?“

„Ungefähr genauso wie beim letzten Mal, als wir uns vor wenigen Wochen gesehen haben.“

Jamie schüttelte den Kopf. „Das glaube ich kaum. Irgendetwas an dir ist anders.“

Na großartig. Nicht das schon wieder.

„Du bist mein Zwilling“, lenkte er ab. „Müsstest du das nicht einfach *wissen*?“

„Na gut, wenn du willst“, sagte sie und lehnte sich zurück. „Ich glaube, es gibt eine Frau in deinem Leben. Ich glaube, deswegen bist du hier heruntergekommen, zweimal innerhalb eines Monats. Nicht nur, um mich zu sehen, nicht einmal, um das Baby zu sehen. Sondern weil du vor etwas davonläufst.“

„Ja, es gibt Frauen in meinem Leben“, sagte er und wich dem letzten Teil ihrer Anschuldigung aus. Jenem Teil, der verdammt dicht an der Wahrheit kratzte. „Viele, um genau zu sein. Du. Mom. Deine kleine Cranberry. Zwei Großmütter, von denen mich beide für ihren Liebling halten. Ein Handvoll Tanten. Die ebenfalls darauf bestehen, dass ich ihr Liebling bin.“

„Wer ist sie?“, fragte Jamie, die sich weigerte, abgelenkt zu werden. „Das Mädchen, das du zu Thanksgiving mitgebracht hast.“

Er sah sie scharf an, und seine Schwester zuckte die Achseln. „Mom hat mir erzählt, dass du sie mitgebracht hast und wie ihr beide euch geradezu überschlagen habt zu betonen, nur Freunde zu sein. Aber sie hätte dich noch nie so glücklich gesehen.“

„Mom sieht, was sie sehen will. Das weißt du.“

„Nun, das habe ich mir auch gedacht ... Dass du einfach Mitleid hattest mit einer einsamen Nachbarin. Ich weiß ja, dass du dich gerne um traurige Kreaturen kümmerst. Katzen, Hunde, sogar diese seltsame Schildkröte.“

„Agatha war nicht seltsam.“

„Sie hat mich gebissen!“

„Wahrscheinlich, weil du sie seltsam genannt hast“, sagte Josh.

„Aber mal im Ernst, erzähl mir von dem Mädchen.“

Er öffnete den Mund, um ihr zu sagen, sie solle sich um ihre eigenen Angelegenheiten kümmern, als er eine Duftnote wahrnahm, die alles andere als frisch roch. „Ah, ich glaube, wir brauchen einen Reinigungsvorgang am Baby.“

Jamie seufzte. „Ja. Das kommt leider häufig vor.“

Seine Schwester wirkte aber nicht allzu genervt, als sie sich vom Sofa erhob und zu ihm kam, um ihm den wach gewordenen Säugling abzunehmen. „Ich würde dich ja gerne zwingen, sie zu wickeln, aber dann würdest du mir wahrscheinlich Informationen vorenthalten, um es mir heimzuzahlen“, sagte sie über ihre Schulter hinweg, während sie nach oben ging.

„Die werde ich dir ohnehin vorenthalten“, rief er ihr hinterher.

Seine Schwester verschwand, und Josh zog sein Telefon hervor, um Heather zu schreiben, entschied sich dann aber dagegen. So sehr er sie auch damit aufzog, seine Gedanken nicht lesen zu können, war Jamie in Wirklichkeit so gut darin wie niemand sonst. Und was noch ärgerlicher war: Sein Zwilling neigte dazu, Dinge zu erfassen, bevor er selbst überhaupt die Möglichkeit hatte, sich darüber klar zu werden.

Es fiel ihm schon schwer genug, nicht an Heather zu denken, da brauchte er nicht auch noch Jamies schräges Zwillings-Jojo, um durcheinanderzubringen, was er nach Kräften zu kontrollieren versuchte.

Sie waren weitgehend unbeschadet aus ihrem Sexkampf vor ein paar Tagen hervorgegangen. Beide waren hervorragend darin, so zu tun, als wäre das nicht passiert. Und obwohl er dankbar dafür war, hatte er dennoch das Gefühl, als würde etwas fehlen.

Es ergab keinen Sinn. Der Sex war großartig, sowohl der Wiedergutmachungssex als auch der Nicht-Wiedergutmachungssex.

Er mochte Heather. Sie mochte ihn.

Sie genossen die Gegenwart des jeweils anderen, und mehr hatte er von Anfang an nicht erwartet und gewollt.

Und jetzt, da er hatte, was er wollte, war es irgendwie nicht genug?

Worum zur Hölle ging es hier?

Vielleicht waren das einfach nur seine Schuldgefühle. Er riss ihr noch immer jedes Mal fast den Kopf ab, wenn sie versuchte, mit ihm über etwas Ernsthaftes zu sprechen. Die Sache mit Heather fing an, viel komplizierter zu werden, als er darauf eingestellt war. Und das nicht nur, weil sie mehr über sein Leben erfahren wollte. Sondern weil er es ihr erzählen wollte.

Ein kleiner, verletzlicher Teil von ihm drang darauf, dass Heather den ganzen Josh kennenlernte, die Risiken und Gefahren, die er mit sich brachte, die ehrliche Aussicht, wie das Leben mit ihm aussehen könnte. Doch er hatte zu viel Angst, dass sie, wenn sie von seiner Vergangenheit erfuhr, auch herausfinden müsste, wie ein Leben *ohne ihn* aussähe.

Das wollte er niemandem antun, den er … mochte.

„Sie schläft wieder", sagte Jamie leise. Sie war unbemerkt wieder heruntergekommen, fummelte an dem Babyfon herum und unterbrach seinen ohnehin eher verstörenden Gedankenfluss. „Eigentlich dürfte es nicht so leicht sein. Glaubst du, ich werde später dafür bezahlen müssen?"

„Wahrscheinlich, wenn sie ein Teenager ist."

„Bah, daran will ich nicht einmal denken." Jamie nahm wieder Platz auf dem Sofa. „Okay, mal ernsthaft, ich will wissen, was da läuft zwischen dir und dieser Heather. Du kannst gleich anfangen zu erzählen, denn du weißt, ich gebe nicht auf, bis du es getan hast."

Josh stieß einen ächzenden Laut aus. Das wusste er in der Tat. Seine Mom hätte eine Auszeichnung fürs Einmischen verdient, doch seine Schwester würde den ersten Platz in Sachen Hartnäckigkeit belegen.

„Du weißt schon das Wichtigste. Sie heißt Heather, sie ist meine Nachbarin und eine Freundin. Ende Gelände."

„Und du schläfst mit ihr", ergänzte Jamie hilfsbereit.

„Ähm …"

„Richtig. Von wegen Ende Gelände. Ist sie jetzt deine Freundin? Mom sagte, sie wirkte wie deine Freundin."

Vielleicht. Laut sagte er: „Nein." Es ärgerte ihn, wie defensiv er klang.

„Also, damit ich das richtig verstehe. Du magst sie. Sie ist eine Freundin. Ihr lebt Tür an Tür. Ihr habt Sex. Aber sie ist nicht deine Freundin."

Es klang lächerlich, wenn sie es so formulierte, doch Josh blieb standhaft. „Genau."

„Okaaaaay", sagte Jamie skeptisch. „Und was würde sie zu deiner Freundin machen?"

„Nichts."

„Du bist ein Schwein."

Josh lachte und rieb sich den Nacken. „So ist es nicht. Sie weiß Bescheid. Es ist ja nicht gerade so, dass sie mich zu ihren Eltern zerrt, damit ich sie kennenlerne."

„Und dennoch hast du sie dazu gebracht, *deine* Eltern kennenzulernen", bemerkte Jamie süffisant.

Mist. Er war genau hineingetappt in die Falle.

Josh zog sein Telefon hervor, tat so, als würde er seine Sport-App durchscrollen und täuschte Lässigkeit vor. „Ich bin nicht an einer Beziehung interessiert."

„Warum nicht?"

Er blickte auf und schaute ihr fest in die Augen. *Du weißt, warum.*

Sie sah ihn mit einer Mischung aus Traurigkeit und Verzweiflung an. „Josh. Du bist nicht mehr krank."

Doch ich könnte es jederzeit wieder sein. Ich könnte augenblicklich einen Rückfall erleiden, und ich will nicht, dass noch eine Person, die mir wichtig ist, um mich trauern muss.

Er sprach es nicht aus. Josh wusste, es war falsch, seine Familie im Ungewissen zu lassen, aber sie hatten bereits so viel durchgemacht – seine Eltern und seine Schwester, sogar sein Schwager, sie alle hatten bereits Jahre verloren aus Sorge um ihn. Das Mindeste, was er im Gegenzug tun konnte, war, ihnen jetzt und heute inneren Frieden zu verschaffen, so trügerisch der auch sein mochte.

„Du bist doch nicht krank, oder?" Ihre Stimme stieg um eine Oktave.

„Nein, mir geht es gut", sagte er leise. Es war die Wahrheit. Seine letzte Untersuchung hatte bestätigt, dass er immer noch in Remission war. „Aber denk mal alleine daran, was es mit dir gemacht hat, mir nicht helfen zu können. Dich hat es fast umgebracht, und das wiederum hat mich fast umgebracht.

Ich kann das nicht noch jemanden durchmachen lassen. Das werde ich nicht."

„Weil du sie gern hast", sagte Jamie.

Josh hob die Schultern. Es brachte nichts, das zu leugnen. Er mochte sie *wirklich*, weshalb er ihnen beiden nicht den Bärendienst erweisen würde, sich in sie zu verlieben. Oder zulassen würde, dass sie sich in ihn verliebte.

„Das machst du nicht, oder?", fragte Jamie mit zusammengekniffenen Augen.

„Was mache ich nicht?"

„Diese Männersache. Sie von dir fernzuhalten, weil es das Beste für sie sei, oder so einen Blödsinn."

„Ich habe den Krebs überlebt, Jamie. Ich bin nicht irgendein Egomane mit Playboy-Komplex."

„Genau. Du hast *überlebt*", schoss sie zurück. „Das heißt, du bist nicht mehr krank. Du solltest heiraten und Kinder kriegen und glücklich sein."

„Ich bin glücklich", sagte er automatisch.

„Nein. Das bist du nicht. Du bist zufrieden, und du lächelst viel. Und du hast noch immer den besten Humor von allen Menschen, die ich kenne. Aber du bist nicht glücklich. Du möchtest, dass alle denken, du würdest das Leben in vollen Zügen genießen mit der Musik und deiner Laisser-faire-Haltung. Aber tatsächlich lebst du nur ein halbes Leben, weil du zu viel Angst hast, *kein* Leben zu haben."

„Tiefsinnig, Schwesterherz. Und Schwachsinn."

Sie warf ihre Hände in die Luft. „Ich hätte auf Kevin hören sollen. Er riet mir, ich solle dir gegenüber nicht davon anfangen."

„Ein schlauer Mann", sagte Josh. „Apropos, wurde gerade das Garagentor geöffnet?"

„Gerettet vom Grillfleisch", murmelte sie, als sie beide aufstanden. „Hey, Josh", sagte sie und berührte ihn am Arm, als er schon auf dem Weg in die Küche war.

Er verspannte sich innerlich, drehte sich aber um. „Was gibt's?"

„Ich hab dich lieb."

Sein Hals zog sich zu. „Ich hab dich auch lieb."

„Und ich glaube, du bist ein Idiot."

Josh lächelte. „Ist notiert."

„Heather kommt Weihnachten nicht, richtig?"

Er schüttelte den Kopf. „Nein. Sie fährt nach Michigan und verbringt die Feiertage mit ihrer Mom."

„Ah. Vielleicht dann nächstes Jahr", sagte sie und tätschelte ihm lächelnd den Arm.

Ihm lag auf der Zunge, seiner Schwester zu sagen, dass seine und Heathers Affäre auf keinen Fall noch ein ganzes Jahr dauern würde.

Doch er brachte die Worte einfach nicht heraus.

Denn irgendwie fühlte sich der Gedanke, seine und Heathers Wege könnten sich trennen, einfach … falsch an.

25. Kapitel

Weihnachten hatte noch nie zu Heathers Lieblingsfeiertagen gehört. Es war nicht so, dass sie es *nicht mochte*. Ihr gefielen die Lichter, die Weihnachtslieder und die festlichen Tage ebenso sehr wie jeder anderen auch.

Was aber den konkreten Tag betraf, fühlte sich Weihnachten für sie eher wie ein Reinfall an. Nach einem Monat, den man damit verbracht hatte, Vorbereitungen zu treffen, die passenden Geschenke auszusuchen und in die Schaufenster der Fifth Avenue zu linsen, blieb nur ein vages Gefühl der Enttäuschung zurück. Denn man wusste, es würde ein ganzes Jahr dauern, bis alles wieder von vorne begann.

Das Gute: An Weihnachten verbrachte Heather Zeit mit ihrer Mom. Und obwohl das bedeutete, wieder in Michigan zu sein, in demselben langweiligen Trailer, an demselben langweiligen Tisch, war Weihnachten Familienzeit.

Und ihre Familie war Joan Fowler.

„Es tut mir leid, dass es nicht ausgefallener war", sagte Joan und schob mit dem Weinglassockel ihren Teller beiseite.

„Sollte ich je etwas Ausgefallenes gegen selbst gemachte Macaroni and Cheese eintauschen wollen, erklär mich für verrückt", sagte Heather, griff nach ihrem Glas und lehnte sich zufrieden seufzend zurück.

Ihre Mom hatte recht. Das Abendessen war nicht ausgefallen gewesen. Macaroni and Cheese mit Speck. Doch sie hatten gemeinsam die vier Käsesorten gerieben, hatten sich gemeinsam den Kopf darüber zerbrochen, wie viel Salz ins Nudelwasser gehörte, und schon die Hälfte des Specks gemeinsam weggefuttert, ehe er es in das Nudelgericht geschafft hatte.

Das perfekte Weihnachten.

„Ich komme immer noch nicht darüber hinweg, den Speck im Ofen zubereitet zu haben", sinnierte ihre Mutter. „Das wird sehr gefährlich für meine Taille werden. Wer, sagtest du, hat dir diesen Trick beigebracht?"

Heather warf ihrer Mutter einen vielsagenden Blick zu. „Mom. Du weiß es."

„Schuldig", sagte Joan und grinste breit. „Du bist nur schon seit drei Tagen hier und hast mir noch nichts über diesen jungen Mann erzählt."

Heather wand sich auf dem unbequemen Stuhl. „Ich habe dir doch gesagt, es gibt ... nicht so viel zu erzählen. Ich mag ihn, wir haben Spaß, aber er hat mir sehr deutlich gemacht, dass er nichts Ernsthaftes will, und das versuche ich zu respektieren."

„Was ist mit dir? Was willst du?"

Heather stöhnte, stand auf und ließ sich direkt auf das hässliche alte Sofa hinter dem Küchentisch fallen. „Keine Ahnung. Sind die Brownies schon fertig?"

Ihre Mom ließ sie nicht von der Angel. „Wenn du mehr willst, solltest du ihm das sagen. Männer schätzen Ehrlichkeit."

„Bei allem Respekt, Mom, ich bin mir nicht sicher, ob sie das tun." Heather schloss die Augen und lehnte ihren Kopf zurück. An Tagen wie diesen schätzte sie den zwanglosen Lebensstil ihrer Mutter. Weihnachten war großartig in einer Yogahose.

Das Sofa gab nach, als Joan sich neben sie setzte. „Er scheint zu wissen, dass du mehr bist als nur nett zu vögeln, wenn er dich zu Thanksgiving mit nach Hause nimmt."

Heather stieß ein entsetztes Lachen aus. „Nett zu vögeln, Mom? Ist das jetzt unser Thema?"

Joan sagte nichts. Heather öffnete ihre Augen, drehte ihren Kopf zu ihrer Mutter und war überrascht, sie traurig zu sehen.

Ihre Mutter war eine dieser chronisch fröhlichen Menschen. Immer entschlossen, die Dinge von der positiven Seite zu betrachten, eine, die schnell die Beherrschung verlor, aber noch schneller vergab und vergaß.

„Ich möchte mit dir über Thanksgiving reden", sagte Joan.

Heather verstummte. „Okay?"

„Ich weiß, dass du sauer auf mich warst."

„War ich auch", bestätigte Heather zögerlich. „Aber ich bin darüber hinweg. Wirklich."

In dieser Hinsicht war sie wie ihre Mom. Jemandem etwas nachzutragen – damit hatte sie noch nie etwas anfangen können. Viel zu anstrengend.

„Darf ich ehrlich sein, Liebling?", fragte Joan.

Heather blinzelte. „Kommt darauf an. Kann ich mehr Wein haben?"

Ihre Mutter lächelte, griff nach der Flasche Merlot auf dem Tisch und schenkte ihnen beiden nach. „Okay, also los. Das mag dir jetzt vielleicht ein bisschen streng vorkommen, aber ich habe eine Weile darüber nachgedacht, und ich liebe dich, also muss es gesagt werden."

Heather nahm einen Schluck Wein und wartete. Sie war eher neugierig als angespannt. Ihre Mutter war noch nie wirklich eine von der strengen Sorte gewesen. Eher eine der Art freie Liebe.

„Ich mache mir Sorgen darüber, dass du zu sehr auf Bestätigung von außen baust."

Heather blinzelte überrascht. Bestätigung von außen? Nicht gerade das übliche Vokabular ihrer Mutter. Sie fragte sich, ob sie es bei *Oprah* gehört hatte.

„Erklär mal", sagte Heather langsam.

Ihre Mom ergriff Heathers Hand. „Ich liebe dich über alles. Ich finde es toll, dass du New York liebst, ich finde es toll, dass du deine Träume verfolgst. Aber, Heather, Liebes, New York ist immer dein Traum gewesen, nicht meiner."

„Das weiß ich", gab Heather langsam zurück. „Aber ich glaube nicht, dass es unvernünftig ist, die eigenen Träume mit Menschen teilen zu wollen, die einem wichtig sind."

„Natürlich nicht", sagte Joan. „Aber ich glaube nicht, dass du deswegen so dringend möchtest, dass ich nach New York komme. Du willst, dass ich nach New York komme, damit ich dir sage, dass du das Richtige tust, dass du die richtigen Entscheidungen getroffen hast. Damit ich dir bestätigen kann, dass dein Ziel das richtige war, und dass du alles hast, was du brauchst, um glücklich zu sein."

„Du glaubst nicht, dass ich glücklich bin?"

„Ich denke, du bist auf dem Weg dorthin", erwiderte Joan vorsichtig. „Aber ich glaube, du weißt, da fehlt etwas. Und du hoffst, dass ich, oder deine Chefin, dir versichern, dass du dich irrst."

„Hui! Was hat denn Alexis damit zu tun?", fragte Heather

„Du willst von ihr dasselbe wie von mir. Bestätigung."

„Ja, nun, ich brauche ihre Bestätigung, um befördert zu werden", entgegnete Heather.

„Und diese Beförderung bringt dir dann genau was?", fragte Joan sanft. „Mehr Geld, das ist gut. Prestige, auch das ist gut. Aber ich glaube nicht, dass du sie deshalb unbedingt willst."

Heather war gerade dabei, erneut an ihrem Wein zu nippen, stellte aber fest, dass sie keine Lust mehr darauf hatte. Sie stellte ihr Glas beiseite. „Okay, Mom, dann hilf mir auf die Sprünge. Warum will ich dann die Beförderung?"

„Ich weiß, warum du eine Hochzeitsplanerin geworden bist, Schatz, und der Grund ist nicht, weil du Kirchen so sehr liebst oder so gerne Sicherheitsnadeln mit dir herumträgst, für den Notfall. Oder weil du es liebst, Leute herumzukommandieren – wobei du darin schon immer erschreckend gut warst. Ich kenne den wahren Grund."

Heather sah weg, und ihre Mom drückte ihre Hand. „Ich weiß, dass du Hochzeiten für mich und die Männer, mit denen ich zusammen war, geplant hast. Ich weiß, du wolltest einen Vater und eine Familie haben. Ich weiß, dass du die weiße Hochzeit wolltest, weniger wegen der Hochzeit selbst, als vielmehr für das, wofür sie steht. Stabilität. Lebensglück."

„Ich war glücklich mit dir, Mom", sagte Heather. Ihre Augen füllten sich mit Tränen.

„Und ich war es mit dir. Aber du wolltest mehr für dich. Und das sollst du auch haben."

„Warum fühlt es sich dann an, als würde ich dafür ausgeschimpft, mehr zu wollen?", fragte Heather.

Ihre Mom strich ihr über das Haar und schob die Locken zurück. „Ich mache mir Sorgen, dass du das Falsche willst. Ich befürchte, du glaubst, dass dein Glück von deiner Adresse und deinem Job abhängt. Und auch wenn diese Dinge wichtig sind, bist zu ihnen zu Lasten anderer Dinge nachgejagt."

„Und zwar?" Heather schniefte.

Obwohl sie es eigentlich wusste.

Freunde.

Beziehungen.

Liebe.

Heather hatte sich immer wieder gesagt, dass sie sich nie verliebte, weil es nicht die richtige Zeit war, dass sie nie eine ernste Beziehung hatte, weil sie sich auf ihre Karriere konzentrierte.

In Wahrheit hatte sie sich jedoch auf eine bestimmte Postleitzahl in Manhattan und die Beförderung konzentriert, weil das einfacher schien. Nicht unbedingt einfacher zu erreichen, aber weniger schmerzhaft, sollte sie scheitern.

Denn wenn sie sich um Liebe bemühte und scheiterte – wenn sie ihre eigene Hochzeit plante und die nicht stattfand –, wäre nicht nur ihr Stolz gebrochen.

Sondern Heather wäre es.

Sie schluchzte jetzt stärker, obwohl sie nicht genau sagen konnte, warum. Sie wusste nur, ein kleiner, verborgener Anteil von ihr hatte gerade eine Erkenntnis gewonnen, und es war so schmerzhaft wie notwendig.

„Oh, mein Schatz." Ihre Mutter tröstete sie. „Hätte ich das jetzt nicht ansprechen sollen?"

Heather lachte verletzt auf. „Na ja, Mom. Es ist Weihnachten. Hättest du mir das nicht morgen verpassen können?"

„Vielleicht hätte ich das tun sollen", antwortete Joan und spielte mit Heathers Locken. „Bist du sauer?"

Heather schüttelte den Kopf und lehnte ihren Kopf gegen die Schulter ihrer Mutter. „Nein, nicht sauer. Aber verdammt verwirrt."

„Ja, so kann die Liebe manchmal sein." Ihre Mom seufzte.

Heather runzelte die Stirn. „Wer hat hier von *Liebe* gesprochen?"

Joan drückte ihre Lippen an Heathers Stirn und lächelte. „Dein Telefon klingelt."

Heather hob den Kopf und lauschte. Tatsächlich klingelte ihr Telefon, das auf dem kleinen Tisch an der Eingangstür lag. „Wer ruft mich denn an Weihnachten an?"

Sie nahm es an sich und zögerte kurz, als sie sah, wer der Anrufer war. Dann ging sie ran. „Josh?"

„Hey, 4C. Ich rufe an, um dir frohe Weihnachten zu wünschen. Bist du so rund und satt wie ich?"

„Und wie", antwortete Heather lächelnd.

„Wirklich? Komm nach New York, damit wir unsere dicken Bäuche vergleichen können. Das wird sicher sexy."

Heather lachte. „Das kannst nicht einmal *du* sexy aussehen lassen."

„Das sagst du nur, weil deine Mom im Hintergrund ist. Richte ihr ‚*Hi, Mrs. 4C.*' von mir aus."

„Warum glaubst du, dass ich ihr von dir erzähle?"

„Oh, 4C. Du bist so süß, wenn du abweisend tust. Zieh deinen Mantel an und geh raus, damit ich dir schmutzige Dinge über die Pie erzählen kann, die meine Mom gemacht hat. Und dann erläuterst du mir im Gegenzug auf ebenso versaute Weise, wie du das Bananenbrot machen wirst, wenn du am Mittwoch zurückkommst.“

„Das wird nicht passieren“, erwiderte Heather, während sie in ihren Mantel schlüpfte. „Jetzt nicht und auch sonst nie.“

Sie legte eine Hand über den Lautsprecher ihres Handys. „Mom, ich bin gleich wieder da. Ich möchte nur kurz in Ruhe telefonieren.“

„Lass dir Zeit“, sagte Joan und nippte an ihrem Wein. „Ich bleibe einfach hier und freue mich diebisch.“

Heather verengte die Augen. „Worüber?“

Ihre Mom schenkte ihr ein geheimnisvolles Lächeln. „Ich bin mir sicher, du wirst es mich wissen lassen, sobald du es herausgefunden hast.“

26. Kapitel

„Fühlt sich das seltsam für dich an?“

„Die Tatsache, dass ich gerade freiwillig einen Anzug trage? Ja. Ja, das tut es“, antwortete Josh und zog am Kragen seines Hemdes.

„Also bitte“, sagte Heather und winkte ab. „Du siehst aus, als wärst du in dem Ding zur Welt gekommen.“

Es stimmte. Josh Tanner war schon in seinen T-Shirts und tief sitzenden Hosen ein toller Anblick. Aber Josh Tanner in einem dunkelgrauen Anzug, ohne Krawatte, das weiße Hemd am Kragen lässig geöffnet, das war geradezu atemberaubend.

Josh nahm ihre Hände, mit denen sie ständig an ihrer goldenen Clutch herumspielte, mitsamt der Tasche in seine. „Sprich mit mir, 4C. Was ist los? Warum bist du so aufgeregt?“

Sie biss sich auf die Lippe und schmeckte den funkelnden Lipgloss, den sie während der Taxifahrt auf dem Weg zu Seth und Brookes Wohnung aufgetragen hatte.

„Deswegen“, sagte sie und wies mit dem Kopf zum Hamilton House, das ruhig gelegene Gebäude vor ihnen, dessen oberstes Stockwerk Seth gekauft und in ein wunderschönes Heim für sich und Brooke verwandelt hatte.

„Weil du zu Freunden auf eine Silvesterparty gehst?“

Sie widerstand dem Drang, ihm einen Tritt mit ihrem spitzen Stiletto zu verpassen. Der übrigens auch funkelte, schließlich war Silvester. Für diesen Anlass hatte sie alles aus ihrem Besitz, was glitzerte und schimmerte, herausgeholt. „Tu nicht so begriffsstutzig. Ich meine, dass wir beide auf eine Silvesterparty gehen. Zusammen.“

Er tat so, als würde er schaudernd einatmen und gleich in Tränen ausbrechen. „Weine nicht, Tanner. Weine nicht. Das meint sie nicht so."

Heather lachte und trat näher. „Du weißt, was ich meine. Die Leute könnten einen falschen Eindruck von uns bekommen."

Ich könnte einen falschen Eindruck von uns bekommen.

Heather hatte seit dem Gespräch mit ihrer Mom an Weihnachten viel nachgedacht. Und obwohl sie keinen Plan hatte, war ihr eines glasklar geworden: Sie wollte sehr viel mehr, als Josh Tanner anzubieten hatte, und sie hatte nicht die leiseste Ahnung, was sie jetzt machen sollte.

Jedoch hatte sie einen Vorsatz fürs neue Jahr gefasst: Sie wollte Josh Tanners Herz erobern.

Eine gigantische, herausfordernde Aufgabe, aber eine wichtige. Vielleicht die wichtigste ihres Lebens.

Und eine, der sie sich bald widmen würde. *Morgen.*

Heute Abend aber würde sie sich nichts anderes tun, als sich zu amüsieren und die Zeit mit ihm zu genießen.

Seth und Brooke hatten beschlossen, eine große Party zu feiern, das ganze Paket mit teuren Einladungen, Spitzen-Caterern und Cocktail-Outfit. Natürlich hatte Brooke darauf bestanden, die Einladungen mit „Plus eins" zu versehen. Heather wusste, was ihre Freundin im Schilde führte – sie lieferte Heather einen Grund, Josh einzuladen, ohne ihn um ein *Date* bitten zu müssen.

Schlaue, gewiefte Brooke.

Doch als Heather vor ein paar Stunden seinen Kragen glatt gestrichen und er den Reißverschluss ihres kurzen, schwarzen Kleides zugemacht hatte, ihr mit der Kette geholfen, ihre Schulter geküsst und ihr gesagt hatte, wie wunderschön sie aussah … da hatte es sich doch wie ein Date angefühlt.

Und als sie hier standen in der Winternacht, ihre Hände in seinen, fühlte es sich an, als seien sie ein Paar.

„Betrachtete es mal so", meinte er und drückte ihr seine Lippen auf die Stirn, in letzter Zeit war ihr aufgefallen, dass er seine Zuneigung immer öfter ganz beiläufig ausdrückte. „Du kannst dich heute für den tollen Sex revanchieren, indem du mir etwas von dem edlen Champagner deiner Freunde besorgst."

„Nein, nein", entgegnete sie und tippte ihm mit dem Fingernagel gegen die Brust. „Ich revanchiere mich für all den Sex mit *Sex*."

„Das mach mal", entgegnete er und sah hinab auf ihr tief ausgeschnittenes Kleid. „Habe ich dir schon gesagt, wie heiß du heute Abend aussiehst?"

Sie lächelte. „Mehrfach. So wie ich dir ein paarmal gesagt habe, dass heute mit Sicherheit nicht die Nacht ist, in der ich deinen Taxi-Sex ausprobiere."

„Verdammt", murmelte er und ließ ihre Hände los, um eine ihrer Haarsträhnen zu berühren. „Ich verstehe immer noch nicht, wie du die so hinbekommen hast."

„*Nicht ich* habe sie so hinbekommen. Der Friseur, dem ich einen schwindelerregenden Betrag hingeblättert habe, damit er sie föhnt, hat sie so hinbekommen", sagte sie und schlug seine Hand weg. „Nicht anfassen. Sonst kräuseln sie sich wieder."

Zu Ehren des Feiertags hatte Heather sich mit einem langen Friseurtermin verwöhnt, einschließlich eines professionellen Stylings. Der Friseur hatte das beeindruckende Kunststück vollbracht, ihre wilden Locken zu bändigen und in eine geschmeidige, glatte Haarpracht zu verwandeln.

Heather schwor nicht etwa ihren Locken ab, aber die Veränderung war schön. Es gab ihr einen kleinen Kick, sich etwas anders zu fühlen. Verwegen fast.

„Komm schon, Mrs. Sexy", sagte er, legte ihr eine Hand auf den Rücken und lotste sie zur Eingangstür. „Ich möchte mit dir angeben und dich vorzeigen."

Aber als was? Das hätte sie ihn am liebsten gefragt. *Deine Freundin? Deine Geliebte? Die Nachbarin, die dich fast jede Nacht an die Wäsche lässt?*

Sie setzte ein Lächeln auf. Als sich im obersten Stockwerk der Fahrstuhl schließlich öffnete und das Stimmengewirr der angeheiterten Partygäste und der Big Band sie hineinlockte, war sie schon etwas entspannter.

Brooke kam auf sie zu, so übersprudelnd und goldig wie der Champagner, den sie ihnen in die Hand drückte. „Da seid ihr ja! Heather, Süße, du siehst umwerfend aus in diesem Kleid! Und mir gefällt dein Haar! Auch du siehst passabel aus, Josh. Vielleicht ein bisschen mickrig um die Schultern."

Josh lachte und beugte sich herunter, um Brooke auf die Wange zu küssen. „Danke für die Einladung. Du siehst toll aus."

Brooke lachte. „Verdammt, du siehst toll aus *und* bist gut im Verteilen von Komplimenten. Sei froh, dass ich vergeben bin. Himmel, sei froh, dass *du* vergeben bist."

Josh versteifte sich ein wenig, und Heather sah Brooke mit großen Augen an, als wollte sie fragen: *Dein Ernst??!* Doch Brooke hatte das entweder verpasst, oder sie tat so, als würde sie es nicht bemerken. Sie hakte sich bei Heather ein und zog sie weg.

„Josh, macht es dir etwas aus, wenn ich sie dir kurz entführe? Meine beste Freundin aus Kalifornien ist hier, und ich möchte ihr Heather vorstellen. Seth versteckt sich in der Küche, wenn du an Männergesprächen interessiert bist."

Er winkte sie weg. „Geh schon. Aber bring sie mir wieder zurück", rief er Brooke hinterher.

Sein Ton war scherzhaft, wie immer, aber der angedeutete Besitzanspruch in seiner Stimme gab Heather einen kleinen, doch merklichen Kick. Vielleicht hatte sie sich nur eingebildet, dass er bei Brookes Bemerkung, er sei vergeben, zusammengezuckt war.

„Muss ich dir überhaupt sagen, wie gut ihr beide zusammen ausseht?“ Brooke sprach laut in Heathers Ohr hinein, um den Lärm der Musik zu übertönen.

Heather schüttelte den Kopf und nippte an ihrem Champagner. „Damit kann ich mich gerade nicht befassen. Und er auch nicht. Das ist ein Problem für das nächste Jahr.“

„Verstanden“, sagte Brooke und drückte ihre Hand. „Morgen schmieden wir Pläne. Heute feierst du die Tatsache, dass du umwerfend aussiehst und mit einem tollen Mann hier bist.“

„Apropos umwerfend, können wir bitte über dieses Kleid sprechen?“ Heather trat einen Schritt zurück und musterte ihre Freundin von Kopf bis Fuß.

„Was? Das alte Ding?“, fragte Brooke lachend und fuhr sich über das kurze, silbern glänzende Kleid. „Ist es zu nuttig?“

„Es ist sagenhaft. Wo zum Geier hast du die ganze Zeit über diese Beine versteckt?“

„Unter drei Schichten Leggings und Hosen. Ich habe versucht, das Ungeheuer, das ihr Winter nennt, zu überleben. Oh, schau mal, Alexis ist da. Mit *Logan*“, ergänzte sie in einem Singsang.

Tatsächlich waren ihre Chefin und Logan zur selben Zeit eingetroffen, obwohl Heather sich nicht sicher war, ob Alexis sich dessen überhaupt bewusst gewesen war. Todschick sah sie aus. Sie trug ein kurzes weißes Kleid, und ihr braunes Haar lag offen auf ihren Schultern, statt wie sonst zu einem Dutt zusammengebunden zu sein.

Es bestand überhaupt kein Zweifel. Ihre Chefin sah heiß aus.

Logan auch. Heute Abend waren weit und breit weder Tweed noch Ellbogenschoner zu sehen. Stattdessen trug er einen hellgrauen Anzug und eine schmale schwarze Krawatte. Offenbar hatte er sich für Kontaktlinsen entschieden, die seine braunen Augen noch stechender hervortreten ließen, als wenn sie hinter Brillengläsern verborgen blieben.

Lecker.

Alexis wiederum hatte anscheinend nicht bemerkt, dass Logan in der Nähe war, geschweige denn, dass er aussah wie eine noch attraktivere Version von James Bond.

Der arme Logan.

Oder auch nicht, dachte Heather, als eine gut aussehende schwarzhaarige Frau auf ihn zukam, ihm die Arme um den Hals schlang und seinen Kopf für einen Kuss zu sich herunterzog, der einen Tick länger dauerte als der übliche Begrüßungsschmatzer.

Heathers Blick wanderte zurück zu Alexis. Ihre Chefin sah jetzt nicht mehr ganz so ahnungslos aus. Sie wirkte auch alles andere als glücklich, während die kurvige Schwarzhaarige Logan bei der Hand nahm und ihn wegführte.

„Apropos Neujahrsvorsätze. Glaubst du, die beiden kriegen noch die Kurve?", fragte Brooke.

„Keinen Schimmer." Heather nippte an dem Champagner. „Ich kriege kaum mein eigenes Liebesleben geregelt, geschweige denn ihres."

Brooke grinste. „Aha. Du gibst also zu, dass du ein Liebesleben hast."

„Sexleben", berichtigte Heather sich schnell.

„Riiiiichtig", sagte Brooke und hob eine perfekt geformte Augenbraue nach oben.

Zum Glück blieb Heather keine Zeit, sich mit dem versehentlichen Gebrauch des L-Wortes auseinanderzusetzen. Sie wurde in Begrüßungsarien verwickelt, erst mit der kalifornischen Freundin, dann mit ein paar Leuten von Seths Arbeit. Heather war hoch erfreut, Maya Tyler, Seths jüngere Schwester, zu treffen. Sie war im vergangenen Jahr Kundin der Belles gewesen, bis sie herausfand, dass ihr Verlobter vorgehabt hatte, mit ihrem Erbe seine Spielschulden zu begleichen. Bedauern brauchte Heather die hübsche Blondine nicht allzu sehr. Denn sie hatte in der schwierigen Phase etwas gefunden, das nach „glücklich bis an ihr Lebensende“ aussah – mit einem langjährigen Freund der Familie.

Heather hatte den Überblick darüber verloren, wie viel Zeit vergangen und wie oft ihr Champagnerglas aufgefüllt worden war. Sie erlaubte sich, Spaß zu haben, mit Freunden zu plaudern, mit denen sie in diesem Herbst nicht annähernd genug Zeit verbracht hatte, und sogar zu einer Handvoll Kunden Kontakt zu knüpfen, die auf die eine oder andere Weise zu Freunden der Belles geworden waren. Es gibt nichts Schöneres, als die Braut und den Bräutigam, für deren Hochzeit man alles gegeben hatte, als zufriedene Eheleute zu sehen.

Deshalb tat sie, was sie tat.

Das Glück. Ewige Liebe. Darum ging es.

Und vielleicht war das der Grund, warum sie Josh den ganzen Abend über mied. Ein bisschen.

Einige Male erhaschte sie einen Blick auf ihn, um sicherzugehen, dass er sich nicht verlassen vorkam. Aber er war Josh. Soweit sie es beurteilen konnte, war er noch mit jedem gut klargekommen, egal, mit wem er sprach.

Dennoch, selbst als er lachte und sich charmant durch den Raum voller fremder Menschen bewegte, schien er immer zu wissen, wann sie zu ihm herübersah. Sein Blick würde ihren suchen und finden, quer über das überfüllte Loft hinweg. Dann zwinkerte er, hob das Kinn oder winkte mit zwei Fingern.

Meiner, dachte sie jedes Mal unweigerlich. *Er gehört mir.*

Verdammt. Sie musste sich unbedingt einmal Gedanken darüber machen, wie sie damit umgehen wollte. Morgen. Sie würde morgen einen Plan entwickeln.

Heather neigte ihr Champagnerglas an die Lippen, nur um festzustellen, dass es leer war. Sie ging hinüber zu der provisorischen Bar, um ein neues zu holen, geriet aber ins Straucheln, als sie Josh erneut in der Menge ausmachte und sah, wie er sich mit einer atemberaubenden Brünetten unterhielt.

Er hatte die Hand auf den Rücken der Frau gelegt, den Kopf zu ihr heruntergebeugt.

Heather umklammerte das Glas. Vor kaum zwei Sekunden hatte sie ihn noch dafür bewundert, wie er mit der Menschenmenge umging, doch das hier fühlte sich anders an. Die Frau blickte ihn auf diese bestimmte Art und Weise an, und so nah, wie sie beieinander standen, sah es auch nach etwas anderem aus.

Sie spürte, wie Eifersucht sie überkam, heiß und stechend. Dann wusste sie es. Die Frau, mit der Josh sprach, war eine Exgeliebte. Das war an ihrer Körpersprache klar zu erkennen.

Was … Na gut. Sie wusste, dass er mit anderen Frauen geschlafen hatte. Mit vielen anderen Frauen. Eine von ihnen aber zu *sehen* …

Sie schloss die Augen und zählte bis fünf, doch das erstickende Gefühl verblasste nicht.

Luft.

Heather brauchte Luft.

Sie öffnete die Augen, trat nach hinten und stieß gegen einen sehr vertrauten, sehr männlichen Körper.

Josh. Sie musste sich nicht umdrehen, um zu wissen, dass er es war. Sie wusste, wie er sich anfühlte. Wie er roch. Wie er schmeckte.

Doch sie kannte *ihn* nicht. Nicht wirklich.

Er umfasste ihre Ellenbogen, doch sie riss sich los und lief zum Ausgang.

„Heather." Sie hörte ihn rufen, wandte sich aber nicht um. Er holte sie ein, als sie gerade dabei war, den nach unten weisenden Fahrstuhlknopf zu drücken. Sanft legte er seine Finger um einen ihrer Arme und drehte sie zu sich herum. „Würdest du bitte einmal kurz warten? Was ist los?"

„Nichts." Ihre Augen füllten sich mit Tränen, und sie versuchte, sich wieder wegzudrehen, doch mit der freien Hand ergriff er ihren anderen Arm und zog sie zu sich heran. „Heather."

„Diese Frau", sagte sie, und ihre Stimme zitterte ein wenig. Blöder Champagner. „Sie zu sehen … Eine von denen zu sehen, mit denen du geschlafen hast. Ich meine, ich weiß, dass du das bist. Dass du so etwas *tust*. Es erinnert mich nur daran, verstehst du? Was ich für dich bin. Nichts …"

Sie verstummte, blickte hoch und blinzelte schnell in der Hoffnung, die Tränen zurückhalten zu können, damit sie ihr nicht das Make-up ruinierten.

„Heather. Ich schlafe jetzt mit dir. *Nur* mit dir."

Sie hob den Blick. „Seit wann?"

„Schon seit einer Weile", sagte er leise. „Seit dem Tag deines Brunchs, als ich dich geküsst habe, hat es keine andere gegeben."

Sie glaubte ihm nicht. Sie hasste es, ihm nicht zu glauben, aber so war es nun einmal. Sie konnte einfach nicht.

„Aber ich habe dich *gesehen*", meinte sie. „In der Nacht, als Trevor mit zu mir kam. Das habe ich nur gemacht, weil du mit dem Mädchen zusammen warst. Mit Kitty."

„Um Himmels willen, ich habe nicht mit Kitty geschlafen. Ich dachte, das wüsstest du." Seine Augen waren dunkel, als er sie zu sich heranzog. „Ich habe das gleiche Spiel gespielt wie du, 4C. Ich wollte, dass du mich mit ihr siehst, aber ich wollte gar nicht mit ihr *zusammen sein*. Und ja, ich höre gerade, wie arschig sich das anhört", gab er kleinlaut zu.

Er runzelte die Stirn und musterte ihr Gesicht. „Ich dachte, du wüsstest das", wiederholte er.

„Woher soll ich das wissen, Josh? Du schläfst mit jeder!"

„Autsch, 4C."

„Aber es stimmt. Ich meine, ich habe das schon immer über dich gewusst, es ist nur … diese Frau heute Abend."

„Sie wollte wiederholen, was wir beim letzten Mal, als wir uns sahen, gemacht haben, ja. Ich belüge dich nicht. Also musst du mir glauben: Ich habe ihr gesagt, ich hätte kein Interesse. Okay?"

Heather wollte ihm glauben. So sehr. Es war nur …

„Heather, ich …" Seine Finger schlossen sich enger um ihre Arme und er sah ihr in die Augen, als versuchte er, ihr etwas zu sagen. Als flehte er sie an zu verstehen.

Aber sie verstand es nicht. Sie verstand überhaupt nichts.

„Du glaubst wirklich, ich hätte parallel zu dir herumgehurt?", fragte er, ohne seinen vorherigen Satz zu beenden.

Sie sah weg. „Ich war mir nicht sicher – und wollte nicht fragen, weil du so deutlich gemacht hast, dass es nur Sex zwischen uns ist."

„So wie du", konterte er.

Ja, aber das verändert sich gerade, rief ihr Herz.

„Na schön, du willst das besprechen?", sagte er und lehnte seine Stirn an ihre. „Ich habe in jener Nacht nicht mit Kitty geschlafen. Ich schwöre es. Und auch mit keiner anderen Frau, seit ich dich bei deinem Etepetete-Brunch geküsst habe. Ich weiß nicht, wann es genau aufhörte, dass ich Frauen mit nach Hause nahm, doch ich weiß sehr wohl, dass es nur mit dir zu tun hatte. Es war nervig, aber ich konnte einfach nicht aufhören, an dieses Mädchen in 4C zu denken."

Heathers Herz machte einen Satz. Langsam hob sie ihre Hände und legte sie um seine Handgelenke, um seine warme, feste Haut. Sie fühlte seinen Puls, zuverlässig und kräftig.

Zuverlässig wie er.

Mehr, als sie ihm zugetraut hatte.

In Wahrheit liebte sie ihn, so einfach war das.

Sie liebte den nervigen Nachbarn aus 4A, der sie zum Lachen brachte und für sie da war, der sie an Thanksgiving mit nach Hause nahm, damit sie nicht alleine war, und der ihr half, eine Hochzeit zu planen, und zwar nicht irgendeine, sondern die seiner Ex.

Er war gut.

Er war der Beste.

Er war alles.

„Josh …“

„Zehn! Neun! Acht! …“

Sie zuckte ein wenig zusammen, als sie die betrunkene Meute plötzlich im Chor brüllen hörte. Der Countdown bis Mitternacht. Sie hatte vollkommen verdrängt, dass sie auf einer überfüllten Party waren, in der Silvesternacht.

„Was denn?“, fragte er, und seine Stimme hatte einen drängenden Unterton. Vielleicht klang er sogar ein wenig verzweifelt.

„Vier, drei …“

Sie schüttelte den Kopf. Ein Aufschub. Sie gönnte sich einen Aufschub, ihm zu sagen, was sie fühlte.

„Zwei, eins. Frohes neues Jahr!“

Das Feuerwerk mit Böllern und Raketen, das Seth und Brooke vorbereitet hatten, explodierte. Aus den Lautsprechern ertönte ein lautes „Auld Lang Syne“. Doch Heather bekam nichts davon mit.

Denn Josh hatte seinen Mund auf ihren gelegt. Seine Lippen waren süß und zärtlich, legten unendlich viel Bedeutung in diesen Kuss hinein. Heather hätte nicht sagen können, wie lange sie da standen, ihre Arme um seinen Hals geschlungen, seine um ihre Taille gelegt. Es dauerte ein paar Augenblicke, bis sie wahrnahm, dass jemand ihren Namen rief.

Langsam löste sie sich von Josh und genoss die Wärme in seinen Augen, ehe sie sich zu Jessie umdrehte, die an ihrem Arm zupfte wie ein ungeduldiges Kind.

„Sorry“, sagte Jessie, und ihre Augen strahlten vor Aufregung. „Aber ihr beide müsst eine Pause einlegen. Hast du gehört? Brooke und Seth sind verlobt!“

Heathers Mund öffnete sich vor Überraschung. „Was?"

Jessie nickte fröhlich, und ihre rot-orangefarbenen Locken hüpften auf und ab. „Seth hat sie um Mitternacht in ihr Schlafzimmer gezogen. Niemandem fiel auf, dass sie verschwunden waren, doch als sie herauskamen ... Bling! Ein Riesen-Klunker! Ich muss mir auch einen schwerreichen Hotel-Tycoon angeln, so viel ist sicher!"

Heather suchte bereits den Raum nach ihrer Freundin ab, erhaschte einen Blick auf ihr blondes Haar und ihr glückliches Lächeln mitten in der Menge, ehe Brooke von den Gratulanten verschluckt wurde.

Sie sah zurück zu Josh. „Ich muss ..."

Er zwinkerte ihr zu. „Geh schon. Ich bin hier."

Heather und Jessie kämpften sich durch, um zu ihrer Freundin zu gelangen, und obwohl Heathers Herz vor Glück zerspringen wollte, weil sie sich für ihre Freundin freute, konnte sie nicht widerstehen, noch einmal schnell zu Josh zu schauen.

Er beobachtete sie und grinste, als sie seinen Blick auffing. Doch ihr eigenes Lächeln stockte, denn sie hätte schwören können, dass Josh Tanner inmitten der Menschenmenge, der festlichen Stimmung und der Feier plötzlich ziemlich verloren wirkte.

Und sehr, sehr traurig.

27. Kapitel

„Meinst du, wir sollten einmal die Kosten für diese Champagnerflaschen überschlagen?“, fragte Logan und hielt in jeder Hand drei leere Flaschen hoch. Josh hielt die Mülltüte auf.

„Lieber nicht“, antwortete Josh und sah auf das Label. „Das Zeug ist richtig gut. Seth scheut offensichtlich keine Kosten für Silvester.“

„Ich korrigiere“, erklang eine Stimme hinter ihnen. „Ich scheue keine Kosten für den Abend, an dem ich einen Antrag machen will.“

Josh drehte sich um und grinste, als Seth sich zu ihnen in die Küche gesellte. Dann nahm er ihn auf diese typische Männerart in den Arm. „Gratuliere, Kumpel.“

Seth fuhr sich mit der Hand über den Kopf. „Danke. Danke. Ich dachte … Ich hoffte … Sagen wir einfach, ich habe seit Wochen nicht mehr richtig geschlafen. Vielleicht sogar seit Monaten.“

„Willst du etwas trinken?“, fragte Logan und hielt eine Flasche Champagner hoch, in der noch ein Schluck übrig war.

„Ja, aber nicht das“, antwortete Seth, ging zu einem offenen Schrank und durchsuchte ihn, bis er mit einer Flasche Pappy Van Winkle zurückkam, einem sehr teuren Bourbon. „Ihr auch?“

„Bevor ich mich schlagen lasse“, sagte Josh, und Logan nickte begeistert.

Seth holte drei kristallene Tumbler hervor, goss jedem einen großzügigen Schluck ein und hob sein Glas. „Danke, dass ihr dageblieben seid, um beim Aufräumen zu helfen.“

„War das jetzt ein Toast auf uns?“, fragte Logan verwirrt.

Seth lächelte ein wenig verlegen. „Ich weiß nicht wirklich, was ich jetzt sagen sollte."

„Gar nichts. Du muss nur dastehen und dich diebisch freuen, und wir müssen sagen: Gut gemacht", erwiderte Josh und stieß mit Seth an, dann mit Logan.

Die meisten Gäste waren gegangen oder taumelten im Foyer herum, suchten Mäntel und Taschen. Die Belles hatten sich im Wohnzimmer versammelt und auf dem weißen Sofa ausgebreitet. Heather war Brooke nicht von der Seite gewichen, seit die Neuigkeit von ihrer und Seths Verlobung die Runde gemacht hatte. Josh musste lächeln, als er sah, dass sie fast so glücklich aussah wie Brooke selbst.

Seth schnaubte leicht. „Ihr wisst schon, nicht wahr, dass von uns dreien ich derjenige bin, der sich gerade verlobt hat. Und doch bilde ich mir ein, der zu sein, der am wenigsten von den Frauen beeinflusst ist."

Josh und Logan tauschten Blicke aus und sahen verlegen wieder weg. Josh machte eine Riesenshow daraus, sich zu räuspern, ehe er sich noch einen Schluck des außergewöhnlichen Bourbons genehmigte. Der Drink war hervorragend, doch der Whisky brannte stärker in seiner Kehle, als er erwartet hatte, und verschlimmerte das Kratzen im Hals, der sich, wenn er jetzt darüber nachdachte, schon den ganzen Tag über etwas rau angefühlt hatte.

„Also, Heather und du, ihr schlaft miteinander", sagte Seth an Josh gerichtet, nippte an seinem Whisky und wandte sich an Logan. „Und was geht so bei dir, Harris?"

„Viele einsame Nächte", antwortete Logan auf seine knappe, präzise Art.

„Mist", erwiderte Seth leise. „Ich kenne Alexis nicht gut, aber ich weiß, sie ist in Ordnung. Sie ist auch …"

„Schwierig, stur und vor allem blind?", fragte Logan. „Ja, das habe ich schon bemerkt. Danke."

„Hast du wenigstens um Mitternacht einen Kuss bekommen?!“, hakte Josh grinsend nach.

Logan setzte einen finsteren Blick auf. „Konnte sie nicht finden. Hatte den ganzen Abend über eine Exaffäre am Hals, und Alexis war auf Kuschelkurs mit irgendeinem Möchtegernbassisten. Nichts für ungut.“

Josh zuckte die Achseln. „Schon gut. Bin kein Bassist. Außerdem verfolge ich diese Musiksache nicht mehr.“

Logan sah ihn überrascht an und öffnete den Mund, als wollte er etwas sagen, schüttelte dann aber den Kopf und zuckte die Achseln.

„Was?“, fragte Josh.

„Nichts.“ Logan nippte an seinem Drink. „Ich dachte nur, du hast mein Jobangebot abgelehnt, weil du entschieden hast, doch voll in die Musikszene einzusteigen.“

Josh runzelte die Stirn. „Welches Angebot?“

„Ah …“ Logan warf einen flüchtigen Blick zu den Frauen. „Verdammt. Na ja, okay, ich schätze, wir sprechen jetzt darüber. Ich hatte vor ein paar Wochen Heather gegenüber erwähnt, dass ich dich gerne einstellen würde.“

Was. Zur Hölle.

„Du hast Heather gesagt, dass du mich einstellen willst?!“

Logan nickte. „Jetzt ist nicht der richtige Zeitpunkt für Einzelheiten, aber ich dachte, sie wäre die Beste, um das Thema anzusprechen, weil ihr beide euch … nahe steht.“

Seth lachte auf.

Josh wandte seinen Kopf und blickte in Heathers Richtung, die ihn jedoch nicht wahrnahm. Einen kurzen Moment lang war er ihr böse. Er war sauer, dass sie sich nicht einmal die Mühe gemacht hatte, es zur Sprache zu bringen, und ihm keine Chance gegeben hatte, abzulehnen. In seinem Kopf spürte er ein Pochen bei dem Gedanken, ein dumpfer Schmerz in beiden Schläfen, und die leichten Kopfschmerzen, die ihn schon den ganzen Tag über gequält hatten, verschlimmerten sich schlagartig.

Doch er war selbstkritisch genug zu wissen, dass es eigentlich nicht um Heather ging.

Es ging um *ihn*.

Von Anfang an hatte er sie von sich ferngehalten, und das war die Quittung dafür. Eine vorsichtige Frau, die tunlichst vermied, etwas zu tun, woraufhin er sie von sich stoßen könnte.

Noch mehr überraschte ihn, wie neugierig er war. Er mochte Logan. Und auch ohne zu wissen, wie das Jobangebot aussah, wusste er, dass er interessiert war. Seine Instinkte machten sich bemerkbar, und er hatte gelernt, darauf zu vertrauen.

„Ich würde mich gerne nächste Woche mit dir darüber unterhalten", sagte Josh leise. „Wenn du noch offen dafür bist."

Logan versuchte, in seinem Gesicht zu lesen. „Das bin ich."

„Hey, Jungs, kommt mal herüber", rief Brooke. „Ich brauche Frischfleisch, das meinen Ring bewundert."

„Ein feinfühliges Engelchen hast du da", sagte Josh grinsend zu Seth. Sie nahmen ihre Gläser in die Hand und gingen ins Wohnzimmer, wo die Frauen um das Feuer herum saßen.

„Als ob ich das nicht wüsste", kommentierte Seth ironisch.

Doch als Josh kurz zu dem Mann herübersah, während dieser Brooke anschaute, erkannte er die Sanftheit in dessen Zügen – ein Blick, der über reines Verlangen hinausging. Der über Freundschaft hinausging.

Verdammt. *Verdammt!*

Die Wahrheit traf ihn hart. *Er* wollte das. Er wollte diese Stabilität, das Vertrauen, diesen Glauben daran, dass die andere Person immer da war.

Er wollte das mit Heather. Unbedingt.

Aber nur weil er das wollte, bedeutete das nicht, dass es je so sein würde. Nicht für ihn.

28. Kapitel

Heather war erschöpft. Hundemüde wegen zu wenig Schlaf, zu viel Champagner, einer langen Nacht und großen Neuigkeiten.

Die gesamte, ruhige Taxifahrt über zurück nach Hause hatte sie damit verbracht, sich vorzustellen, wie sie ihr enges Kleid und die hohen Pumps ausziehen und ins Bett kriechen würde. Daher war sie überrascht, als eine Welle von Energie in sie fuhr, während sie und Josh sich abgekämpft die Treppen hochschleppten.

Nicht irgendeine Energie.

Eine gewisse ... lustvolle Energie.

Sie blieben jeweils vor ihrer Tür stehen. Normalerweise gab es einen scherzhaften Zu-mir-oder-zu-dir-Dialog, aber entweder waren sie zu müde oder ihre Gefühle waren zu unverarbeitet, denn heute Nacht sagte keiner von ihnen ein Wort.

Josh sah regelrecht erschlagen aus, und Heather hatte kurz Sorge, er könnte *ihrer* müde sein.

Heather trat auf ihn zu und sah, wie sich seine Augen vor Überraschung weiteten. Sie legte ihm beide Hände an die Wangen, zog sein Gesicht zu ihrem herunter und hielt inne, als sie nur Zentimeter voneinander entfernt waren.

„Ich will dich“, flüsterte sie.

Er lächelte bedächtig. „Ja?“

Langsam lehnte sie sich nach vorne, zog seine Unterlippe zwischen die Zähne und biss zu. „Ja.“

Josh stöhnte, drehte sie herum, sodass sie mit dem Rücken an die Tür gepresst stand. Mit dem Mund suchte er nach ihrem

Hals. Er bekam etwas Haut zwischen die Lippen und saugte heftig daran, ehe er die Stelle mit der Zunge wieder beruhigte.

Einige Dinge mussten gesagt werden. Einige Themen angesprochen werden. Doch Heather klammerte sich an dasselbe Mantra, das sie den ganzen Tag über gesungen hatte. *Morgen.* Sie würde sich morgen damit befassen.

„Kommst du mit herein?", fragte sie, rückte etwas von ihm ab und fuhr ihm mit den Lippen über den Hals.

Josh antwortete nicht, und Heather wich zurück, um ihn anzusehen.

„Alles in Ordnung mit dir?"

Er zwang sich zu lächeln, es war aber offensichtlich nicht alles in Ordnung. Er sah blass aus, die Augen waren ein wenig glasig.

„Geht es dir gut?", fragte sie und legte ihm die Handflächen auf die Wangen.

Er schloss die Augen, und sie hatte das Gefühl, dass er sich bei ihr anlehnen wollte. Nur kurz. Stattdessen drehte er den Kopf und drückte ihr einen Kuss auf die Handfläche. „Ich werde jetzt etwas tun, was kein Mann je tun müssen sollte. Jemals."

Sie schnaubte. „Sex ablehnen?"

Er stützte sich mit einer Hand an der Tür ab, zog sich hoch und nickte. „Ich denke, es ist besser, jetzt aufzuhören, als mittendrin festzustellen, dass ich meinem üblichen Sex-Gott-Status nicht gerecht werde."

„Fühlst du dich nicht wohl?"

Josh zuckte mit den Schultern. „Nur Halsschmerzen. Bisschen müde."

Er wich ihrem Blick aus, als er das sagte, und Heather kicherte innerlich. Was war los mit den Männern? Entweder wurden sie bei den ersten Anzeichen einer Erkältung zu großen Babys oder sie schämten sich und plusterten sich auf.

Heather öffnete ihre Clutch, zog ihre Schlüssel heraus und schloss die Tür auf. Anschließend ergriff sie seine Hand und zog ihn in ihre Wohnung.

„Hey, 4C. Ich sollte wirklich …"

„Schlafen, ich weiß", unterbrach sie ihn. „Das kannst du hier tun."

„Bei dir?"

„Wir beide wissen, dass mein Bett bequemer ist. Meine Bettbezüge sind besser *und* sie sind sauber."

Josh öffnete den Mund. Sie drehte sich zu ihm um, legte ihm wie schon im Flur die Hand auf das Gesicht, nur dieses Mal voller Zärtlichkeit statt Lust.

„Lass mich dich umsorgen", sagte sie leise.

Lass mich dich lieben.

Spätestens da wusste sie, dass er müde war, denn es gab keine Widerworte. Keine schlagfertige Bemerkung. Keinen dreckigen Witz. Josh nickte nur.

Im Schlafzimmer zog Josh seinen Anzug aus, aber es war Heather, die ihn aufhängte. Heather, die die Bettdecke zurückschlug, Heather, die das Kissen aufschüttelte.

Josh saß auf dem Bett, nur in Boxershorts. Er griff nach ihrer Taille, als sie vorbeiging, hob ihre Hand und drückte ihr einen Kuss auf die Innenseite ihres Handgelenks.

„Das bringt mich um. Schlafen zu gehen, statt dein … Angebot anzunehmen. Vor allem, wenn du so scharf aussiehst wie heute Abend."

Sie fuhr ihm mit den Fingern durchs Haar. „Pass auf. In ein paar Tagen, wenn du dich besser fühlst, holen wir das nach. Ich lasse mir meine Haare glätten und ziehe das Kleid und die Schuhe noch einmal an."

„String?", fragte er hoffnungsvoll.

Heather verdrehte die Augen. So krank war er offenbar nicht, wenn er noch immer besessen war von winziger Unterwäsche.

„Ja. Und den String."

„Den kleinen roten", sagte er und legte sich ins Bett. „Den mag ich am liebsten."

„Den kleinen Roten", beschwichtigte sie ihn und deckte ihn sorgfältig zu.

Josh schloss die Augen, sobald sein Kopf das Kissen berührte.

Als Heather das Kleid aufgehängt, sich abgeschminkt und die Zähne geputzt hatte, war es nach drei, und Josh schlief tief und fest. Leise schlüpfte sie neben ihn ins Bett. Sie betrachtete sein Profil, während er schlief.

Es kam nicht oft vor, dass sie ihn in einem Moment der Verletzlichkeit erwischte. Sonst war immer sie diejenige, die schneller einschlief, und auch diejenige, die zuletzt aufstand. Sie nutzte daher diesen seltenen Moment, um ihn anzusehen, ohne dass er es bemerkte.

Er hatte sich nicht bewegt, seit er sich hingelegt hatte. Die Bettdecke war noch immer bis zu seinem Kinn hochgezogen. Das Weiß der Decke bildete einen Kontrast zu den Stoppeln auf seinen markanten Kieferknochen.

Josh Tanner war wirklich ein schöner Mann. Diese lange, gerade Nase, die vollen Lippen. Sogar mit den Schatten unter den Augen. Seine Wimpern waren gerade und dicht.

Heather hatte das Gefühl, dass sie heute Nacht einen Schritt nach vorne gemacht hatten, obwohl sie nicht genau wusste, was das bedeutete. So sicher sie auch war, dass sie den verdammten Kerl liebte, war sie doch froh, es ihm nicht gestanden zu haben. Es wäre nicht der richtige Zeitpunkt gewesen, es in einem überfüllten Raum an Silvester kurz vor Mitternacht zu tun.

Darüber hinaus sagte ihr weiblicher Instinkt ihr, dass er es wahrscheinlich nicht erwidert hätte, und das hätte sie kaum ausgehalten.

Zum ersten Mal in ihrem Leben hatte sie sich verliebt, und zwar in jemanden, der entschlossen war, sie nicht zurückzulieben, aus Gründen, die ihr verborgen blieben.

Heather legte ihren Kopf auf das Kissen. Sie suchte unter der Bettdecke nach seiner Hand. Als sie sie fand, verschränkte sie ihre Finger mit seinen und lächelte. Während er schlief, kuschelte er seine Hand in ihre und zog sie zu sich, sodass ihre beiden Hände quer über seinen harten Bauchmuskeln lagen.

„Vielleicht liebst du mich noch nicht, 4A. Aber das wirst du", flüsterte sie. Sie setzte sich leicht auf und küsste seine erhitzte Wange. „Das wirst du."

29. Kapitel

Am nächsten Morgen war Josh nicht mehr nur leicht angeschlagen, sondern richtig krank. Sein Kopf hämmerte. Jedes Mal, wenn er schluckte, brannte sein Hals. Ihm war heiß, dann kalt und wieder heiß.

Sein gesamter Körper schmerzte, von den Haarspitzen bis zu den Zehennägeln.

Doch das alles würde er Heather gegenüber nicht zugeben. Verdammt, er würde es sich selbst gegenüber nicht eingestehen. Jedenfalls noch nicht.

„Bitte schön", sagte sie und kam ins Schlafzimmer, wo er, jämmerlich gegen das Kissen gelehnt, saß. Er versuchte, nicht wie der Tod persönlich auszusehen, wusste aber, dass ihm das kaum gelang. „Zimttee."

„Ich will Kaffee", reagierte er griesgrämig.

Sie hob ihre Augenbrauen. „Wirklich? Ich will nie Kaffee trinken, wenn ich krank bin. Das ist das Einzige, was mich davon abhält. Aber ich mache dir gerne welchen …"

„Nein, du hast recht", sagte er mürrisch und nahm den Becher entgegen. „Setz dich nur zu mir, ganz nah, damit ich deinen riechen kann, während ich den blöden Tee trinke."

Einen Moment später lag sie zusammengerollt neben ihm, und er fühlte sich immer noch mies. Wenn er schon im Bett bleiben musste, war es jedoch viel besser, dabei eine schöne Frau neben sich liegen zu haben. Noch zumal, wenn sie einen verführerisch riechenden Kaffee trank, eine italienische Röstung, die sie aus dem eigenen Vorrat geklaut hatte.

„Hast du die Tabletten genommen?", fragte Heather und

betrachtete ihn. Sie umklammerte den Becher und nahm einen Schluck.

Er nickte. „Ja, Mom."

„Wenigstens bist du nicht einer dieser Idioten, die glauben, es sei hart und männlich, das ohne Medikamente überstehen zu wollen."

Josh sagte nichts und nippte an seinem Tee. Er hasste Tee, musste aber zugeben, dass er seinem Hals guttat. Ein wenig.

„Ich habe nichts gegen moderne Medizin", sagte er leise.

Die moderne Medizin hatte ihm zwar buchstäblich das Leben gerettet, doch er hatte wenig Hoffnung, dass das Aspirin, das sie ihm gegeben hatte, viel mehr bewirken würde, als seine Kopfschmerzen vielleicht etwas zu lindern. *Vielleicht.*

Einen schrecklichen Augenblick lang gab er sich fast der Panik hin. Er fühlte einen Kloß im Hals, der nichts mit seiner Unpässlichkeit zu tun hatte, sondern vielmehr damit, dass er entsetzliche Angst davor hatte, was diese Erkrankung bedeuten könnte. Er hatte so etwas nicht mehr gehabt, seit ... damals.

Er kniff die Augen zusammen.

„Hey", sagte sie sanft und legte ihm eine Hand auf den Bauch. „Ich bin hier."

Genau das wollte er nicht. Jemand anderen brauchen. Jemand anderen mit sich mit runterziehen.

Doch für den Moment erlaubte er sich, sie zu brauchen. Erlaubte sich, ihre Hand zu nehmen und sie fest zu drücken.

Es ist nur eine Erkältung, Mann. Reiß dich zusammen!

Doch jetzt konnte er nicht mehr verhindern, dass seine Gedanken sich überschlugen. Warnhinweise, die er womöglich übersehen hatte, rauschten ihm durch den Kopf. War er in den vergangenen Wochen nicht müder als sonst gewesen? War er nicht früher ins Bett gegangen, später aufgestanden? Hatte er sich nach dem Besuch im Fitnessstudio nicht manchmal hingelegt, obwohl das Training lahmer als sonst gewesen war?

Verdammt!

Josh drückte sich in eine aufrechtere Position hoch, wollte unbedingt an etwas anderes denken und über etwas anderes sprechen als über die Tatsache, dass sein Körper sich gegen ihn richtete.

„Hey, ich möchte etwas mit dir besprechen", sagte er und beobachtete, wie Heather ihre geglätteten Haare zu einem geschmeidigen Pferdeschwanz zusammenband. Er liebte ihre Locken, aber so gefiel es ihm auch. Himmel, sie könnte ihre Haare abrasieren und wäre immer noch atemberaubend.

„Was gibt's?" Sie griff nach ihrem Becher auf dem Nachttisch, setzte sich in den Schneidersitz und wandte sich ihm zu.

„Ich habe gestern Abend mit Logan gesprochen."

„Okay?"

Josh sah ihr fest in die Augen. „Warum hast du mir nichts von dem Jobangebot erzählt?"

Er bemühte sich darum, freundlich zu klingen. Er wollte keinen Streit anzetteln.

Doch Heather zuckte nicht einmal, als sie seinen Blick erwiderte. „Du hast nicht gerade offen darauf reagiert, wenn ich mich für dein Leben interessiert habe. Also wenn es darüber hinausging, was wir beide im Hier und Jetzt haben."

„Was meinst du?", fragte er langsam, obwohl er ziemlich genau wusste, worüber sie sprach.

„Ich meine, ich darf über ein Lied sprechen, das du gerade spielst, aber nicht darüber, was du mit dieser Musik machen willst. Ich darf von gestern sprechen, aber nicht von der Zeit vor zwei Jahren. Ich darf über deine Vergangenheit mit Danica sprechen, aber nicht über deine Erfahrungen mit deinem Job. Wir können über morgen sprechen, aber nicht über nächsten Monat."

Josh öffnete seinen Mund, um sich zu verteidigen, doch er erkannte, dass er nichts zu sagen hatte. Heather hatte den Nagel auf den Kopf getroffen. Es machte nie Spaß, den Spiegel vorgehalten zu bekommen. Er konnte nicht leugnen, dass sie recht hatte: Schwierige Themen mied er.

Die Entscheidung, nicht über seine Vergangenheit zu reden, hatte er bewusst getroffen. Doch es nervte ihn ungemein zu erkennen, wie sehr er sich dagegen gesperrt hatte, über seine Zukunft zu sprechen, nicht nur die mit Heather.

Er hatte dichtgemacht. Trevor gegenüber, seiner Mom gegenüber, Jamie gegenüber.

Das Pochen in seinem Kopf wurde stärker. Und das Eingeständnis, warum er es vermied, über seine Zukunft zu sprechen, war schmerzhaft und qualvoll.

Er wusste nicht, ob er eine haben würde.

Eine Welle von Selbsthass überflutete ihn. In den vergangenen paar Jahren hatte er sich eingeredet, er würde das Leben voll auskosten, indem er nicht wieder arbeiten ging. Indem er sich nicht mehr über Kleinigkeiten aufregte und die Wochen nicht mehr in der Mühle eines todlangweiligen Bürojobs an sich vorbeiziehen ließ.

Aber was, wenn er nicht das Leben ausgekostet, sondern das genaue Gegenteil getan hatte? Zwar war das Hier und Jetzt wichtig, aber ein Leben *nur* im Hier und Jetzt taugte auch nichts. Er hatte sich in eine gottverdammte Blase begeben, die nicht über gestern und morgen hinausragte. Und er hatte jeden zum Schweigen gebracht, der versuchte, diese Blase zerplatzen zu lassen.

Er lebte, ja, aber er war so besessen davon zu überleben, so paranoid, dass jeder Tag sein letzter sein konnte, dass er sich nicht die Mühe machte, mal zu überlegen, wofür er eigentlich leben wollte.

Oder für wen.

„Bist du sauer?“, fragte sie und biss sich auf die Unterlippe.

Er lächelte gezwungen. „Nein. Du hattest recht zu denken,

dass ich dir wahrscheinlich den Kopf abgerissen hätte, wenn du es erwähnt hättest."

Freundlicherweise rieb sie ihm sein Eingeständnis nicht unter die Nase.

„Wie hat Logan auf die Absage reagiert?", fragte sie und nippte an ihrem Kaffee.

„Um ehrlich zu sein, habe ich nicht abgelehnt. Ich habe ihm gesagt, ich sei interessiert."

Sie erstarrte, hielt ihren Kaffeebecher im Schoß fest und starrte ihn mit offenem Mund an. „Wirklich?"

Er zuckte die Achseln. „Ich weiß natürlich noch nicht, worum es geht, aber ich mag Logan. Was noch wichtiger ist: Ich respektiere ihn. Und wenn ich wirklich ehrlich bin, vermisse ich …"

„Die Arbeit?", ergänzte sie, nachdem er verstummt war.

„Nicht direkt, obwohl, ja. Ich glaube, ich vermisse die Herausforderung, etwas zu tun zu haben, jeden Tag einen Terminplan zu haben. Aber eigentlich vermisse ich die Zahlen", sagte er und hörte, wie befangen seine Stimme klang.

Heather grinste. „Hast du eine Ahnung davon, wie nerdy und sexy das ist?"

Josh stieß ein knurrendes Geräusch aus. Im Moment fühlte er sich alles andere als sexy.

„Es tut mir leid, dass ich das Angebot nicht erwähnt habe", fuhr sie leise fort. Ihr Lächeln schwand, als sie sich ansahen. „Es hätte deine eigene Entscheidung sein sollen, Ja oder Nein zu sagen. Und ob du es glaubst oder nicht, ich denke, ich bin ziemlich gut darin geworden, deinen männlichen Ausrastern standzuhalten."

„Ich mache dir keinen Vorwurf. Wirklich nicht."

„Ich mag dich, wenn du krank bist", sagte sie, lehnte sich nach vorne und schnipste gegen seinen Bizeps. „Dann bist du so sanftmütig und süß."

„Dafür wirst du bezahlen, sobald es mir besser geht", brummte er matt.

Und er würde sich bald besser fühlen. Das würde er.

Es war eine Erkältung. Nur eine Erkältung.

Ein Piepen ertönte aus der Küche: Heathers SMS-Ton. Einer von vielen in den vergangenen paar Minuten, fiel ihm auf.

„Da ist aber jemand gefragt", sagte er und wies mit dem Kinn in Richtung des anderen Raums.

„Ich weiß. Wissen diese Leute nicht, dass sie verkatert im Bett liegen sollten?"

„Willst du nachsehen?"

„Nee. Wahrscheinlich sind es nur die Mädels, die noch immer ganz begeistert davon sind, dass Brooke verlobt ist. Ich schließe mich dem Gekreische gleich an. Aber dafür muss ich zumindest meine erste Tasse Kaffee ausgetrunken haben."

Doch ehe sie einen weiteren Schluck zu sich nehmen konnte, ertönte ihr Telefon erneut. Dieses Mal war es ein Anruf.

„Okay, okay, na schön", murmelte sie und schwang ihre Beine aus dem Bett. Josh war immerhin so fit, dass er die schöne Rundung ihres straffen Hinterns unter den knappen Shorts bewundern konnte, als sie in die Küche ging.

„Alexis, hey", hörte er sie leicht verwirrt sagen. Irgendwie glaubte er nicht, dass ein frühmorgendlicher Anruf an einem Feiertag typisch war, nicht einmal für jemanden, der so sehr auf seine Karriere fokussiert war wie Alexis Morgan.

Josh nutzte die Ungestörtheit und rieb sich den Kopf. Die kurze Gnadenfrist, die die Schmerzmittel ihm verschafft hatten, hielt nicht lange an. Seine Kopfschmerzen nahmen wieder zu.

„Warte mal", sagte Heather leise und klang entsetzt. *„Im Ernst?"*

Es folgte eine lange Pause, in der sie zuhörte, was immer Alexis ihr auch erzählte. Als sie wieder sprach, klang ihre Stimme schmal. Müde. „Okay. Danke für die Info. Ich fahre gleich mal ins Büro. Einige meiner Unterlagen sind da, und, na ja ... Ich habe alle Hände voll zu tun, nicht wahr?"

Josh war in höchster Alarmbereitschaft und versuchte, seine Schmerzrezeptoren auszublenden, um aus dem Gehörten ableiten zu können, was seinem Mädchen Kummer bereitete, ohne dabei seinen teilnahmslosen Körper zu bewegen.

Heather verabschiedete sich. Ungeduldig wartete er darauf, dass sie zurück ins Schlafzimmer kam. Als sie es nicht tat, rief er: „Alles in Ordnung?"

Sie erschien in der Tür, ihr Gesichtsausdruck war leer. Wortlos tapste sie zum Bett und reichte ihm ihr Handy.

Verwirrt runzelte er die Stirn und sah auf dem Display etwas, das wie eine Promi-Klatschseite aussah.

„Lies es einfach", sagte sie leise. „Die Schlagzeile sagt alles."

Er schaute wieder nach unten und verstand augenblicklich, was los war.

„Danica Robinson sagt Hochzeit mit Hollywood-Legende ab", las er. „Nun. Scheiße."

Heather sagte nichts.

„Es könnte ein Gerücht sein. Sind nicht achtzig Prozent dieser Nachrichten Schwachsinn?"

„Das hier fällt offenbar unter die zwanzig Prozent, die es nicht sind", sagte sie. „Danicas Pressesprecher hat bereits ein Statement abgegeben."

„Was zum Teufel ist passiert? Irgendein Silvesterskandal?"

„Nicht einmal das." Heather nahm ihm das Telefon wieder ab, und er sah erste Anzeichen dafür, dass ihre Laune umschlug. „Hör dir das an." Sie scrollte durch den Artikel, bis sie die Stelle fand, die sie gesucht hatte, und begann sie laut vorzulesen. „‚Ein Insider behauptet, die Trennung sei keine Überraschung. Tatsächlich sei diese Hochzeit von Anfang an ein Schwindel gewesen, hieß es aus dem engeren Umfeld des Robinson Imperiums. Eine vorgetäuschte Verlobung, auf die sich beide Seiten geeinigt hätten, um sowohl Mr. Stoke zu helfen, dessen Ruhm am Verblassen war, als auch Mrs. Robinson, die wegen ihrer vielen Liebschaften schlechte Presse gehabt hatte.'"

Heather ließ ihr Handy aufs Bett fallen, als hätte sie sich daran verbrannt. „Dieses Miststück hat mich benutzt. Kein Wunder, dass sie mit den Details der Hochzeit nicht belästigt werden wollte. Sie wollte ihre Zeit nicht mit etwas verschwenden, von dem sie wusste, es würde nie stattfinden."

So sehr Josh Heather auch beschwichtigen wollte, dass hier wahrscheinlich ein Missverständnis vorlag, glaubte er nicht wirklich daran. Er kannte Danica nur allzu gut. Das war genau die Art von Nummer, die sie meinte abziehen zu können.

„In dem Artikel steht auch, dass die Nachricht vorzeitig öffentlich geworden ist", sagte Heather. „Ist das zu glauben? Eine Woche vor der Hochzeit ist offenbar zu früh. *Viel* zu viel Vorlauf. Der eigentliche Plan war wahrscheinlich, die Verlobung genau am fraglichen Tag aufzulösen, um für *richtig* viel Gerede zu sorgen. Und für Schlagzeilen auf der Titelseite."

„Puh", murmelte er. „Was ist da passiert? Was hat das Ganze beschleunigt?"

Heather griff wieder nach dem Telefon und scrollte noch einmal durch, ehe sie es ihm reichte.

„Ah", sagte Josh, der auf ein Bild von Danica blickte. Sie küsste einen Mann, der definitiv nicht ihr Pseudoverlobter war. Die Champagnergläser und Neujahrshüte deuteten darauf hin, dass das Knutschen letzte Nacht stattgefunden hatte.

„Sie bemüht sich also um Schadensbegrenzung", sagt er.

„Sie wird ernsthaft beschädigt sein, wenn ich sie in die Finger bekomme", brachte Heather hervor und fing an, im Schlafzimmer auf und ab zu tigern.

Josh musste fast lächeln. Er fand es furchtbar, dass ihr dies passierte, aber eine temperamentvoll aufgebrachte Heather war ein unvergleichlicher Anblick.

„Ich muss ins Büro fahren", sagte sie schließlich und blieb vor dem Bett stehen. „Ich muss mir meinen Schlachtplan überlegen."

„Du meinst wegen der Absage."

Sie nickte. „Auf dem Papier sieht es einfach aus. Aber die Kunst ist, vorzugehen, ohne verbrannte Erde bei den beteiligten Partnern und Kunden zu hinterlassen. Ich bin mir nicht sicher, ob das in diesem Fall möglich ist. Wir haben alles übers Knie gebrochen. Das Designerkleid ist maßgeschneidert. Der Wein ist handverlesen und kommt von den besten Weingütern, die alle sorgsam ihre besten Flaschen ausgewählt haben und sie bereits verschickt haben. Dann sind da die handgefertigten Tafelaufsätze, der Champagner aus Frankreich, sogar die verdammten Schleifen kommen aus Italien." Sie schüttelte den Kopf. „Das ist ein Albtraum."

„Wie kann ich dir helfen?"

Heather atmete tief aus und sah hoch. Ihre Augen glänzten entschlossen. „Schlaf. Sieh zu, dass es dir besser geht. Wenn das hier nicht meine Karriere zerstört – und das lasse ich nicht zu –, kannst du mich demnächst zum Essen ausführen. Wir werden zu viel trinken und Danica Robinsons Namen verfluchen. Danach werde ich mich besser fühlen."

„Klingt gut. Vielleicht können wir ein Bananenbrot als Dessert essen?"

Sie warf das Handy nach ihm und ging ins Badezimmer. Er lachte, hielt jedoch abrupt inne, als er ein leichtes Unbehagen auf seiner linken Seite verspürte.

Joshs Mundwinkel senkten sich langsam. Eisiges Grauen durchfuhr ihn. Ein weiteres Symptom, das ihm allzu vertraut war. Ein harmloses Ziepen, von dem er aus Erfahrung wusste, dass es etwas sehr Gefährliches bedeuten konnte.

Josh rührte sich nicht. Nicht, als er Heather unter der Dusche Beschimpfungen murmeln hörte. Nicht, als er ihrer – durchaus berechtigten – wutschnaubenden Rede über Danica Robinson lauschte, während sie in Jeans, Pulli und Stiefel schlüpfte.

Erst als sie an seine Bettseite trat und sich herunterbeugte, um ihn auf die Wange zu küssen, schaffte er es, sich zu bewegen. Seine Bedürftigkeit war stärker als seine schwachen Gliedmaßen.

Er schlang einen Arm um sie, zog sie unbeholfen an die Brust. Er musste sie halten. Musste gehalten werden, und wenn es nur kurz war.

Sie ließ es geschehen, legte ihm die Arme um den Nacken und vergrub das Gesicht an seinem Hals. „Du glühst ja“, sagte sie und klang besorgt. „Ich sollte hierbleiben.“

„Ach was. Gib mir einfach Medikamente gegen das Fieber. Ich werde schlafen“, sagte er, ließ sie aber immer noch nicht los.

„Ich möchte dich nicht alleine lassen“, flüsterte sie.

Er schloss die Augen und streichelte ihr über den Kopf, sagte aber nichts.

Schließlich ließ er seinen Arm herunterfallen. Beunruhigt sah sie ihn an, ging ins Badezimmer und kam mit zwei weiteren Tabletten zurück. „Das sollte gegen das Fieber und die Kopfschmerzen helfen, aber du musst genug trinken.“

Bei dem, was ihn plagte, würde Flüssigkeit nicht helfen. Doch er spielte mit und verdrehte die Augen, weil sie so herrisch war, und versicherte, ihren Anweisungen zu folgen.

Heather ging in die Küche und kam kurz darauf zurück. Amüsiert beobachtete er, wie sie drei Flaschen Wasser auf dem Nachttisch abstellte. „Wenn ich wieder da bin, möchte ich, dass alle drei leer sind“, befahl sie.

„Können wir etwas Whisky hineingeben?“, fragte er hoffnungsvoll.

Sie ignorierte ihn, beugte sich nach unten und küsste ihn auf die Stirn. „Ich bin bald wieder da. Hoffe ich jedenfalls.“

Als sie das Schlafzimmer verlassen wollte, rief Josh ihren Namen. Erwartungsvoll sah sie sich um, mit einer Hand an den Türpfosten gelehnt.

Josh schluckte. Es schmerzte. Er wollte ihr sagen, wie er sich fühlte.

„Es tut mir leid, diese Sache mit Danica", brachte er stattdessen hervor. Lahm.

„Hm." Sie zuckte mit den Schultern. „Es schmerzt, aber das geht vorbei. Hier geht es nicht um Leben oder Tod, nicht wahr?"

Oh ja, das war ihm bewusst. Das war ihm ohne jeden Zweifel bewusst.

Josh wartete, bis er hörte, wie sie die Eingangstür hinter sich schloss. Wartete, bis er hörte, wie die Tür ins Schloss fiel. Dann zwang er sich, zu tun, was getan werden musste.

Langsam hob er die Hand an den Hals. Seine tastenden Finger wussten genau, wonach sie zu suchen hatten.

Und sie fanden es.

Er ließ seine Hand auf das Bett fallen und starrte geradeaus. Schreckliche Angst vermischte sich mit Resignation. Den wunden Hals konnte er sich erklären. Ebenso die Kopfschmerzen, kein ungewöhnliches Leiden. Auch die Gliederschmerzen und das Fieber – so etwas kam vor. Erwachsene Männer hatten eben alle Nase lang mit einem Infekt zu kämpfen.

Aber all das plus die Müdigkeit in den vergangenen Wochen und die geschwollenen Lymphknoten in seinem Hals?

Verdammter Mist! *Scheiße!*

Josh schlug die Bettdecke zurück, zwang seine steifen Gliedmaßen über die Seite aus dem Bett und ging zur Schranktür, wo Heather vergangene Nacht seinen Anzug aufgehängt hatte.

Er fand sein Handy in der Brusttasche seines Jacketts und scrollte durch seine Kontakte, bis er die Nummer fand, von der er gehofft hatte, sie nie wieder anrufen zu müssen.

30. Kapitel

„Wie viel Geld haben wir eigentlich in der Portokasse?“, fragte Heather und nahm dankbar den großen Becher Kaffee an, den Alexis ihr reichte.

Ihre Chefin neigte nur fragend den Kopf zur Seite.

„Kaution, um mich aus der Haft auszulösen“, ergänzte Heather. „Ich denke, wir werden es brauchen, falls ich Danica Robinson je auf der Straße begegnen sollte.“

„Ich würde das gesamte Gebäude verkaufen, wenn ich müsste“, sagte Alexis grimmig. „Diese Frau ist für mich gestorben.“

„Irgendwie ist es viel beängstigender, wenn du das sagst, als es von jemand anderem zu hören“, bemerkte Heather und trank einen großen Schluck Kaffee. Sie war jetzt seit zwei Stunden im Büro, und die Wirkung des Koffeins ihrer ersten Tasse in der Wohnung begann nachzulassen.

„Das meine ich auch so.“ Alexis verschränkte die Arme. „Wir hatten schon einige abgesagte Hochzeiten, aber noch nie war es in diesem Ausmaß. Noch nie auf diese bösartige und gleichgültige Art und Weise.“

„Ja, nun. Die Lebensart der Reichen und Berühmten …“

„Wie nehmen es die Lieferanten auf?“, fragte Alexis und lehnte sich an die Tür. Sie trug ein helles, lavendelfarbenes Strickkleid, ihr Make-up war makellos wie immer. Das täuschte darüber hinweg, dass sie, wie Heather sehr wohl wusste, erst in den frühen Morgenstunden ins Bett gegangen und seit sechs Uhr wieder auf den Beinen war.

Heather wedelte mit der Hand über das iPad und die Ordner auf ihrem Tisch. „Kaum einer nimmt ab. Verdammter Feiertag.“

„Nun, das einzig Gute daran ist, dass Danica so berühmt ist, dass sie es wahrscheinlich schon herausgefunden haben werden, wenn sie morgen wieder anfangen zu arbeiten.“

„Sie werden also sauer, aber nicht überrascht sein.“

„Ja, aber nicht sauer auf dich“, sagte Alexis.

„Das kann ich nicht einschätzen. Ich denke immer wieder, dass eine gute Hochzeitsplanerin das längst durchschaut hätte. Dass *du* es durchschaut hättest, wäre es dein Projekt gewesen.“

„Sei nicht albern. Niemand, der die Planung einer Hochzeit übernimmt, kann ahnen, dass es sich dabei bloß um einen Publicity-Gag handelt.“

„Weißt du, was mich am meisten ärgert? Ich wusste schon früh, dass etwas nicht in Ordnung ist. Und trotzdem habe ich zugelassen, dass sie ein falsches Spiel mit mir treibt. Ich habe ihr komplett diesen Nonsens abgekauft, sie habe ihrem Verlobten versprochen, zurückhaltend zu sein.“

„Nonsens?“ Alexis schmunzelte. „Interessante Wortwahl. Da hat wohl jemand zu viel Zeit mit Logan verbracht.“

Heather wirbelte in ihrem Stuhl herum, sie war froh über den Themenwechsel, und mochte er auch nur von kurzer Dauer sein. „Apropos Logan. Hast du einen Schimmer, wer diese großbusige Frau war, die den ganzen Abend über an ihm klebte?“

Alexis zuckte mit den Schultern. „Nein. Und es ist mir egal. *Ist* es“, beharrte sie, als Heather ihr einen skeptischen Blick zuwarf. „Er darf sich mit anderen Frauen treffen.“

„Sicher“, sagte Heather. „Aber er kam mit *dir*.“

„Unsere Taxis kamen gleichzeitig an und wir sind zusammen hineingegangen“, erwiderte Alexis amüsiert. „Was ist bloß mit dir und Brooke los, dass ihr versucht, uns in eine große Liebesgeschichte zu verwickeln?“

Heather seufzte. „Ich kann nichts dafür. Ich liebe die Liebe."

„Apropos ..." Alexis nahm gegenüber Heathers Schreibtisch Platz und grinste. „Ihr wart um Mitternacht ziemlich innig, du und Josh."

Heather starrte in ihren Becher. „Ich hatte ... eine Eingebung."

„Dass du ihn liebst", stellte Alexis sachlich fest.

„So offensichtlich?"

„Ja. Und es war entzückend zu sehen. Hatte er, ähm ... eine ähnliche Eingebung?"

„Ich weiß nicht? Vielleicht?" Heather schüttelte den Kopf. „Ich habe keine Ahnung. Er wollte etwas sagen, und ich weiß, dass ich ihm wichtig bin. Ich weiß es einfach. Doch er ist immer noch zurückhaltend. Ich dachte, es sei nur die klassische Junggesellenattitüde, aber ich glaube, da steckt mehr dahinter."

„Ihr habt nicht mehr darüber gesprochen? Heute Morgen?"

„Nein. Er liegt im Bett und hat eine fiese Erkältung", sagte Heather. „Ich habe ihn mit Medikamenten und Wasser eingedeckt. Noch ein Grund, Danica Robinson zu hassen. Es hat mich regelrecht fertiggemacht, ihn zurücklassen zu müssen, so elend, wie er aussah. Das zeigt, wie sehr es mich erwischt hat. Ich wollte mich um ihn kümmern, ihn zudecken und ihm Suppe kochen."

„Warum lässt du mich das hier nicht übernehmen?", sagte Alexis und deutete auf Heathers Büro.

„Auf keinen Fall. Sie war meine Kundin. Ich bin diejenige, die es versäumt hat, die Zeichen zu lesen. Das Mindeste, was ich tun kann, ist, meinen eigenen Kram aufzuräumen."

„Was meinst du mit ‚das Mindeste, was ich tun kann'?"

Heather biss sich auf die Unterlippe. „Das ist nicht gut für die Belles, nicht wahr?"

„Was?"

„Wir haben die wichtigste Hochzeit des Jahres an Land gezogen. Ich übernehme die Planung. Und dann findet sie nicht statt. Das ist geschäftsschädigend."

„Versteh mich nicht falsch", sagte Alexis langsam und stützte sich auf Heathers Schreibtisch ab, „aber du übernimmst hier ein bisschen zu viel Verantwortung. Was geschehen ist, wirft ein schlechtes Bild auf genau zwei Personen, und zwar nur auf diese beiden: Danica und Troy. Vielleicht noch auf die Menschen, die von diesem Affenzirkus Bescheid wussten. Aber es wirft kein schlechtes Licht auf dich. Und ganz sicher nicht auf das Unternehmen."

„Tausende von Dollar", murmelte Heather niedergeschlagen. „Tausende von Dollar, für nichts."

„Ja, aber die treffen uns nicht. Dafür haben wir Danicas Vorauszahlung, und wenn dieses Guthaben die Kosten nicht deckt, kannst du dir sicher sein, dass sie eine saftige Rechnung erhält, vor allem für deine Arbeitszeit."

„Es ist nicht nur wegen des Geldes." Heather nestelte an einer Büroklammer herum. „Das war ein Test. Und ich habe versagt."

Alexis runzelte die Stirn. „Was meinst du mit Test?"

Heather sah ihrer Chefin direkt in die Augen. „Das war meine Chance, dir zu zeigen, dass ich eine vollwertige Hochzeitsplanerin sein kann. Und ich habe es versemmelt."

„Das hast du keineswegs", rief Alexis entrüstet. „Glaubst du ehrlich, ich würde deine harte Arbeit nicht wahrnehmen, nur weil du an eine miese Kundin geraten bist? Quatsch, im Gegenteil. Dein Umgang mit der verzwickten Situation beweist umso mehr, wie bereit du für diese Beförderung bist."

Heather richtete sich auf. „Ernsthaft?"

Alexis lächelte. „Herzlichen Glückwunsch, Hochzeitsplanerin!"

Heiliger Bimbam!

Und einfach so hatte sie ihn erreicht, ihren Traum. Dessen Erfüllung sie, seit sie denken konnte, herbeiwünschte. Sie war glücklich, wirklich, es war nur ...

„Da gibt es noch etwas, oder?“, fragte Alexis sensibel nach.

„Ich bin begeistert“, beeilte sich Heather zu sagen. „Ernsthaft. Aber da ist diese seltsame Traurigkeit darüber, dass diese Hochzeit nicht stattfinden wird. Als würde ich es persönlich nehmen.“

„Das verstehe ich. Das war eine einmalige Situation, in der du gebeten wurdest, eine Hochzeit nach deinen eigenen Vorstellungen zu planen und nicht nach denen der Braut. Du kannst nicht verhindern, etwas von dir selbst mit hineinzugeben.“

Heather nickte verlegen. „Ich glaube, irgendwann habe ich angefangen, *meine* Traumhochzeit zu planen. Ich meine, nicht ganz. Das Kleid, das sie sich ausgesucht hat, war für meinen Geschmack viel zu überladen. Ich hätte ein schlichtes weißes, figurbetontes Kleid genommen, Flügelärmel, klare Linien ... im Pippa-Middleton-Stil.“

„Um deinen tollen Hintern zu betonen“, warf Alexis lächelnd ein.

Heather schnaubte. „Ob er *toll* ist, kann ich nicht beurteilen, aber er ist das einzige körperliche Merkmal an mir, das sich lohnt zu betonen. Wie auch immer, das Kleid war nicht meins. Und ich habe mir immer ausgemalt, dass meine Trauzeugin nur meine Mutter sein würde, nicht so wie bei Danica, die zwölf Leute dafür hat. Ich würde Mom gerne ehren, weißt du? Aber alles andere ... Ja, das wäre so ziemlich meine Traumhochzeit.“

„Weshalb es besonders schmerzhaft ist, sie davonziehen zu sehen“, schlussfolgerte Alexis.

Heather zuckte die Schultern. „Ich rede mir einfach ein, dass dies nur der Probelauf war. Eine Chance, alles einmal durchzugehen, sodass ich, wenn es für mich selbst an der Zeit ist, zum Altar zu laufen, alle Probleme schon gelöst habe. Um ehrlich zu sein, bin ich insgeheim froh, dass heute niemand ans Telefon geht. Es lässt mich ein bisschen länger mit der Illusion leben, dass meine Vision nächste Woche das Licht der Welt erblickt."

„Heather. Lass mich die Absagen übernehmen. Ich kümmere mich darum. Bitte", sagte Alexis. „Nicht als Chefin, die einer Angestellten etwas abnimmt, sondern als Freundin."

Überrascht sah Heather auf. Sie hielt Alexis für eine Freundin, definitiv. Aber wenn sie ganz ehrlich sein sollte, war sie sich nie sicher gewesen, ob Alexis umgekehrt in ihr eine gute Freundin sah.

Und sie war in Versuchung. Sie war versucht, sich an sie zu lehnen, zuzugeben, dass das Auflösen der Robinson-Hochzeit sich wie ein Schlag gegen ihre Berufsehre *und* ihr Herz anfühlte.

„Weißt du, man kann es auch anders sehen. Als Erleichterung, dass deine Traumhochzeit nicht an jemanden verschwendet wurde, der sie gar nicht verdient hat."

Zugegebenermaßen munterte dieser Gedanke Heather ein wenig auf. Wenn sie es sich recht überlegte, wäre sie mit Sicherheit höchst unglücklich gewesen zuzusehen, wie jemand anderes *ihren* Tag erlebte, selbst wenn diese Person keine manipulative Prominente wäre.

„Ernsthaft, Heather, lass mich und Brooke das Ganze abwickeln. Jessie kann auch helfen. Schließ damit ab und konzentriere dich auf die Sheldon-Hochzeit. Auf die freust du dich doch, nicht wahr?"

Heather nickte. Amelia Sheldon war ihre neueste Kundin. Abgesehen davon, dass sie ein echter Schatz war, wollte sie mitten in der Metropole eine Texas-Hochzeit feiern, um ihre Heimat und die ihres Verlobten zu ehren. Es war eine große Herausforderung und eine willkommene Abwechslung von den üblichen urbanen Styles, die die meisten Bräute in New York City bevorzugten.

So sehr sich Heather auch über den Gedanken ärgerte, eine Versagerin zu sein – Alexis' Angebot war verlockend. Was könnte es schon schaden, sich von den Kolleginnen dabei helfen zu lassen, ein paar Anrufe zu tätigen und die Robinson-Hochzeit aufzulösen? Es würde sie nicht viel Zeit kosten, und anders als bei ihr waren ihre Herzen nicht involviert.

„Lass mich darüber nachdenken", sagte Heather. „Zumindest werde ich jetzt erst einmal die Liste vervollständigen, auf der jeder steht, der kontaktiert werden muss. Damit ab morgen eine von uns damit anfangen kann, sie abzutelefonieren."

„Sicher", sagte Alexis und stand auf. „Nur damit du es weißt: Morgen werde ich diejenige sein, die die Anrufe tätigt."

Heather wollte gerade ein letztes Mal protestieren, als sie sah, dass ihr Telefon klingelte. Sie grinste, als sie Joshs Nummer auf dem Bildschirm erkannte und, von Alexis mit einem Nicken ermuntert, den grünen Pfeil zur Seite wischte.

„Hey, na, krankes Huhn, wie geht es dir? Bei der wievielten Flasche Wasser bist du angekommen?"

Doch es war nicht Josh.

Heather setzte sich und war wie betäubt, hörte sich einige Minuten lang die panische Stimme am anderen Ende der Leitung an und legte dann auf. Ihre Hand fiel ihr schlaff in den Schoß.

„Heather? Was ist passiert?" Alexis' Stimme war scharf. Sie trat an Heathers Seite und kniete sich neben sie. „Rede mit mir."

Heather wandte sich um und sah ihre Freundin an. „Das war Joshs Mutter." Ihre Stimme brach. Abrupt erhob sie sich von ihrem Stuhl und fing an, Papiere zusammenzuraffen und alles in ihre Tasche zu stopfen. „Er ist im Krankenhaus."

31. Kapitel

„Ich kann nicht glauben, dass du es mir nicht erzählt hast“, sagte Sue Tanner zum hundertsten Mal. Ihre Augen wurden feucht und sie streckte die Hand nach ihm aus. Auch zum hundertsten Mal.

„Ich habe es dir erzählt, Mom. Sofort nachdem ich das Gespräch mit Dr. Rios beendet hatte.“

Seine Mutter schüttelte den Kopf. „Das meinte ich nicht“, flüsterte sie.

Josh drückte ihre Finger. Fest. „Ich weiß.“

Er wusste, dass seine Mutter nicht über den aktuellen Infekt sprach. Wusste, dass sie die Möglichkeit meinte, die Leukämie könnte zurück sein. Sue senkte den Kopf, und Joshs Vater legte eine Hand auf die zitternden Schultern seiner Frau, während sie weinte. Er sah seinem Sohn in die Augen. Die braunen Augen seines Vaters glänzten vor ungeweinten Tränen, und Josh musste wegsehen. Sein Herz wand sich. Es fühlte sich an, als wäre er in einer Zeitmaschine. In einer beschissenen.

Vor vier Jahren war er in genau derselben Lage gewesen. Er hatte in einem Krankenhaus gelegen, während seine Eltern verzweifelt versucht hatten, nicht in seiner Gegenwart zu weinen, was ihnen nur in der Hälfte der Zeit gelungen war.

So, wie er versucht hatte, nicht in ihrer Gegenwart zu weinen. Ihm war es gelungen, wobei er den Verdacht hatte, dass es dieses Mal schwerer werden würde.

Diese Situation war exakt so, wie er sie sich in seinen dunkelsten Träumen vorgestellt hatte. Sie war so, wie er es hatte vermeiden wollen.

Doch er hatte es ihnen nicht mehr verheimlichen können. Nicht, nachdem sein Arzt ihm nahegelegt hatte, sofort vorbeizukommen. Es gab gewisse Dinge, die man für sich behalten konnte, um seine Familie zu schützen, und andere, die sie innerlich zerstören würden. Seinen Eltern vorzuenthalten, dass man im Krankenhaus lag und auf die Ergebnisse einer Knochenmarkbiospie sowie Bluttests wartete, gehörte zur letzten Kategorie, dessen war sich Josh ziemlich sicher.

„Wie lange noch?", fragte seine Mom, nahm das Taschentuch, das ihr Mann ihr reichte, und tupfte sich wütend die Augen ab.

„Die Ärzte sagten, sie würden sich beeilen", antwortete Josh. „Angesichts meiner Geschichte."

„Und du hast es gewusst", sagte Sue vorwurfsvoll. „Du wusstest, dass die Wahrscheinlichkeit eines Rückfalls bei deiner speziellen Form von Leukämie groß war."

„Eine Remission ist nie etwas, auf das man sicher wetten kann, Mom. Bei niemanden."

„Du hast uns glauben lassen, dass es das war", entgegnete Sue, und ihre Stimme brach erneut. „Du hast uns glauben lassen, du wärst geheilt."

„Weil ich geheilt *war*. Was hätte es gebracht, wenn ihr euch beide meinetwegen ständig Sorgen gemacht hättet?"

„Das tun wir ohnehin schon", sagte Rob Tanner vorsichtig. „Aber … ich verstehe, warum du das getan hast." Kurz legte er seine Hand auf Joshs Schienbein, das unter der dünnen blauen Decke lag. Josh nickte aus Dankbarkeit.

Seine Mutter ließ ihren Kopf hochschnellen und sah seinen Vater anklagend an. „Du kannst nicht ernsthaft denken, es war richtig, uns das zu verschweigen."

„Du mischst dich ohnehin schon genug ein, Sue. Nach dem, was er durchgemacht hat, kannst du ihm ernsthaft vorhalten, dass er ein bisschen Ruhe und Frieden haben will? Jemand anderes sein will als das kranke Kind?"

Seine Mutter ließ geschlagen den Kopf leicht hängen. „Nein." Sie wandte sich Josh zu und schenkte ihm unter Tränen ein schwaches, halbes Lächeln. „Ich nehme an, das kann ich dir nicht abschlagen, Schatz."

„Es kann sein, dass es nichts ist", sagte Josh. „Dr. Rios sagte, es könnte einfach ein Virus sein."

Seine Mom rang sich ein Lächeln ab. Sein Vater sah weg.

Josh konnte es ihnen nicht übel nehmen. Keiner von ihnen glaubte, dass es nur ein Virus war.

„Können wir dir etwas besorgen?", fragte sein Vater. „Ein Buch? Eine Zeitschrift? Etwas zu essen?"

Josh schüttelte den Kopf. Er konnte nichts essen. Und auch wenn die Medikamente, die sie ihm gegeben hatten, die Schmerzen linderten, wollte er nicht lesen oder irgendetwas anderes tun. Er wusste, wie unvernünftig es war, aber er wollte einfach nur hier sitzen und versuchen, nicht an die Nachricht zu denken, die ihn erwartete. Versuchen, nicht an Heather zu denken und daran, was sie wohl denken würde, wenn sie zurück in ihre Wohnung kam, und er nicht da war. Sie würde an seine Wohnungstür klopfen, und da wäre er auch nicht. Sie würde ihn anrufen, aber …

„Hey, habt ihr mein Telefon gesehen?", fragte er.

„Bei deinen Sachen", antwortete seine Mutter und zeigte in eine Ecke des Raumes. „Brauchst du es?"

„Ach nein, schon gut."

Er wollte die Außenwelt jetzt nicht hereinlassen. Konnte nicht mit ihr umgehen.

„Deine Schwester ist auf dem Weg", sagte sein Dad und sah auf sein eigenes Telefon.

Josh unterdrückte ein Stöhnen. „Ernsthaft? Ich habe ihr gesagt, sie soll nicht kommen. Das Baby sollte nicht im Krankenhaus sein."

„Josie von nebenan passt auf Marian auf", sagte Sue und tätschelte seinen Arm. „Sie hat fünf eigene Enkelkinder. Sie ist bestens in der Lage, sich um einen Säugling zu kümmern." Seine Schwester und Kevin waren mit dem Baby für das Weihnachtsfest hergeflogen, und Jamie hatte sich entschieden, über Silvester dazubleiben, sodass ihre Eltern ihr mit dem Baby helfen und Zeit mit ihrem Enkelkind verbringen konnten.

„Morgen fliegt sie doch zurück, nicht wahr?", fragte Josh.

Seine Eltern tauschten Blicke, und er verstand ihre wortlose Unterhaltung bestens. Es würde auf die Testergebnisse ankommen.

„Nein, ich will nicht, dass …" *Scheiße!* Josh legte beide Hände aufs Gesicht. „Ich kann das nicht schon wieder tun. Ich kann euch das nicht schon wieder antun."

„Sei nicht so egoistisch", sagte sein Vater in einem Ton, den Josh nicht mehr gehört hatte, seit er von ihm mit einem Six-Pack-Budweiser erwischt worden war, als er achtzehn war. Josh ließ die Hände fallen und sah, dass sein Vater ihm einen strengen Blick zuwarf. „Du glaubst, dass es hier um dich geht, und das stimmt. Aber es geht auch um die Menschen, denen du wichtig bist. Die Menschen, die gerne für dich da sein möchten – nein, müssen. Weil wir dich lieben."

Vater und Sohn sahen sich einige Augenblicke lang direkt an, und es war Josh, der zuerst wegschaute. Sein Dad hatte natürlich recht. Wäre es umgekehrt und irgendeiner von ihnen läge im Krankenhaus, dann würde keiner ihn aus dem Gebäude gezerrt bekommen. Er würde in ein Flugzeug steigen, in einen Zug oder auch auf ein Einhorn klettern, um zu egal wem von ihnen zu gelangen, Kevin eingeschlossen.

„Alles wird gut werden", sagte Sue, als Josh mit leerem Blick an die Decke starrte und versuchte, das Brennen in seinem Hals, die Müdigkeit in seinem Körper zu ignorieren.

„Ich hätte bitte gerne ein paar Minuten für mich", bat Josh und sah sie wieder an. „Ich bitte euch nicht zu gehen, ich möchte nur … Ich brauchen einen Augenblick."

„Natürlich“, sagte Rob, selbst als seine Mutter ansetzte, um zu protestieren. „Wir sind im Wartezimmer, falls du uns brauchst. Und wenn die Ärzte mit den Testergebnissen zurückkommen …“

„Soge ich dafür, dass sie euch finden“, ergänzte Josh.

Seine Eltern gingen langsam und gebeugt zur Tür, sie sahen älter aus als an Weihnachten vor gerade einmal einer Woche. Seine Mutter drehte sich um. „Josh, Schatz, es gibt etwas, das ich dir vielleicht noch …“

Seine Mutter beendete ihren Satz nicht, denn ein verschwommener Fleck, der nach dunkelblonden Haaren und einem blauen Pullover aussah, huschte an dem Krankenzimmerfenster vorbei, bevor er im Türrahmen stehen blieb.

Heather.

Außer Atem, wunderschön zerzaust und *hier*.

Sein Herz hüpfte vor Freude, auch wenn sein Gehirn außer sich war vor Empörung. Er warf seinen Eltern böse Blicke zu, und seine Mutter lächelte verlegen, schlich um Heather herum und tätschelte der jungen Frau die Schulter.

„Das wollte ich dir gerade sagen.“ Sue tat so, als würde sie flüstern. „Ich habe sie angerufen, während sie die Tests gemacht haben.“

Seine Eltern waren verschwunden, bevor Josh ernsthaft sauer auf sie werden konnte. Dann stellte er fest, dass er überhaupt nicht ärgerlich war. Heather war an seiner Seite. Sie vergrub ihr Gesicht in seinem Hals.

Sein Hals, der … nass war.

Heather weinte.

Ach, du Schreck! Heather weinte. Um ihn.

„Nicht“, bat er sie. „Bitte nicht.“

„Du Arschloch!“, murmelte sie gegen seinen Hals und schniefte. Josh konnte nicht anders als zu lachen. Es war seine gute, alte Heather.

Sie rückte von ihm ab und schlug ihm leicht gegen die Schulter. „Lach mich nicht aus. Wie konntest du mir das verschweigen?" Ihre Augen blitzten auf, während sie sich mit dem Handrücken über ihre triefende Nase wischte. „Die ganze Zeit über habe ich es nicht gewusst. Krebs. Du hattest *Krebs*?" Ihre Tränen versiegten. Sie sah gut aus – und wütend. „So etwas hält man nicht geheim vor jemandem, der …"

„Jemand, der was?"

„Einen mag", stieß sie durch zusammengebissene Zähne hervor.

Sie hatte etwas anderes sagen wollen, das spürte er. Noch beunruhigender … Er wollte es hören. Wollte wissen, ob sie ihn liebte, selbst wenn er es nicht verdiente.

„Vergangenheitsform, 4C", sagte er, streckte seine Hand aus und strich eine Haarsträhne zurück, die auf ihrem feuchten Gesicht klebte. „Ich *hatte* Krebs."

„Aber es könnte … Er ist wieder da? Bist du deswegen hier?"

„Sie wollen es nur untersuchen", sagte er. „Die Symptome, die ich habe … Sie ähneln denen, die ich hatte, bevor wir es herausgefunden haben. Sie gehen nur auf Nummer sicher."

Sie nickte. „Okay. Meinetwegen. Aber du hast keinen Krebs."

Er lächelte verbissen. „Heather …"

„Hast du nicht", sagte sie mitfühlend. „Und wenn doch, dann werden wir …"

Und da war es.

Er hatte gewusst, dass dieser Moment irgendwann kommen würde, doch er hatte es aufgeschoben. Nun war seine Uhr abgelaufen.

So ging es nicht weiter.

Es war an der Zeit.

„Es gibt kein Wir", sagte er und schlug einen scharfen, festen Ton an.

Ihr Mund öffnete sich. „Wie meinst du das? Ich …"

Er streckte seine Hand nach ihrer aus. Er war sich nicht sicher, ob man eine Abfuhr in Freundlichkeit hüllen konnte, aber er musste es versuchen. Dafür bedeutete sie ihm zu viel.

„Du verstehst es jetzt, nicht wahr, 4C? Warum ich keine Freundin will?"

„Eigentlich nicht. Nein. Überhaupt nicht", antwortete sie.

„Deswegen." Er wies auf seine von der Krankenhausdecke bedeckten Beine. „Deswegen." Er wies auf die Maschinen um ihn herum. „Das ist meine Realität, Heather. Aber es soll nicht deine sein. Ich werde nicht zulassen, dass es deine wird."

Sie drückte seine Hand. „Josh, es kann auch nichts sein. Es könnte nur eine Grippe …"

„Ob es heute oder später Krebs ist, er wird immer da sein. Die Möglichkeit, die drohend über uns schwebt, über egal welcher Form von Zukunft, die wir zusammen haben könnten. Die Wahrscheinlichkeit eines Rückfalls ist bei meiner speziellen Form von Leukämie hoch."

Sie schluckte. „Okay. Okay. Wow. Also, dich hat ein blödes Schicksal ereilt, aber deswegen musst du mich doch nicht loswerden!"

„Ich tue das für dich, 4C. Du bist einer der tollsten Menschen, die ich je getroffen habe. Und du möchtest heiraten und viele Kinder haben. Leugne es nicht."

„Natürlich leugne ich das nicht", sagte sie und lächelte traurig. „Das möchte ich." Sie atmete hörbar ein und sah ihm direkt in die Augen. „Aber ich möchte das mit dir."

Sie hätte ihm genauso gut mit einem Messer mitten ins Herz stechen, ihm einen unerwarteten Schlag gegen den Hals verpassen können. Josh fühlte sich, als würde er gleich ohnmächtig werden. „Nicht, Heather. Bitte, mach das nicht."

„Was soll ich nicht machen? Dich nicht lieben? Zu spät, Nachbar. Dafür ist es schon seit einer Weile zu spät."

„Wir haben gesagt, wir würden uns nie …“

„Ineinander verlieben? Ich weiß. Aber ich habe die Regeln gebrochen, und jetzt musst du entscheiden, was du damit anfangen willst.“

An dem vertrauten, frechen Lächeln, das sich langsam über ihr verzerrtes Gesicht ausbreitete, erkannte er, dass sie dachte zu wissen, was er mit dieser Information anfangen würde.

Heather Fowler liebte ihn.

Er hatte sich getäuscht. Er wollte es nicht wissen.

Er zerbrach fast daran.

Sie war hier, hielt seine Hand, obwohl sie wusste, dass ihre gemeinsame Zeit vielleicht auseinandergerissen würde vom verdammten Krebs, dem grausamsten Handlanger des Schicksals.

„Du liebst mich auch“, fuhr sie fort. „Oder wenigstens bist du nahe dran. Und ich habe nicht die Absicht, einen Rückzieher zu machen.“

„Heather. Hör auf.“

Sie verstummte, Schmerz machte sich in ihrem Gesicht breit, dann versuchte sie, ihr Lächeln wiederzufinden.

Er konnte das nicht machen. Er würde das niemandem antun. Nicht ihr.

Josh schüttelte langsam seinen Kopf. „Das, was wir hatten … Es hat Spaß gemacht, und wie ich schon sagte, du bist eine der tollsten Frauen, die ich je kennengelernt habe, aber ich …“

„Nein“, warf sie schnell ein. „Kein Aber.“

Dieses Mal drückte er ihre Hand und fragte sich, wie er sie fortschicken sollte, ohne ihr das Herz zu brechen. Als er in ihr Gesicht sah, das Gesicht, das er fast so gut kannte, wie sein eigenes, wusste er, dass sie meinte, was sie sagte. Sie liebte ihn. Es war nicht möglich, den Schlussstrich auf freundliche Weise zu ziehen, also musste er es einfach *tun*.

„Ich kann mich nicht um dich und um mich kümmern", sagte er.

„Ich verlange gar nicht, dass du dich um mich kümmerst", entgegnete sie und klang verletzt.

Ihr veränderter Tonfall ließ Josh zusammenzucken. Doch es war zu spät, um zurückzurudern. „Du weißt, worum es geht. Ich habe einen harten Weg vor mir, und ich werde all meine körperliche Kraft brauchen, um das zu schaffen. Meine emotionale Kraft wird nötig sein, um meiner Familie zu helfen, das zu überstehen. Mir zu helfen, das zu überstehen. Es bleibt nichts übrig, was ich noch geben könnte."

Es bleibt nichts übrig, was ich dir geben könnte.

Er sprach das Letzte nicht aus, doch daran, wie ihre Augen sich weiteten und ein erneuter Schwall Tränen in ihre haselnussbraunen Augen trat, erkannte er, dass sie es trotzdem gehört hatte.

„Kannst du wenigstens warten, bis du die Testergebnisse bekommen hast?", fragte sie, und ihre Stimme war so leise und flehend, dass er innerlich fast daran zerbrach. „Du musst diese schräge, noble Nummer vielleicht gar nicht abziehen."

„Selbst wenn die Testergebnisse okay sind" – *und das werden sie nicht sein* – „werde ich immer auf der Hut sein. Mein Leben ist ein Solo-Trip, 4C. Für mich muss es das sein."

„Aber warum?"

Weil es, wenn ich sterbe, verdammt noch mal auch ein Solo-Trip werden wird.

„Heather, versteh das, bitte."

Eine ganze Weile lang sagte sie nichts, und sein Herz zog sich zusammen, denn er wusste, sie wartete. Sie gab ihm eine Chance, zur Besinnung zu kommen, es sich anders zu überlegen. Sie zu bitten zu bleiben.

Doch das tat er nicht.

Er erkannte, als sie es begriff. Zuerst machten ihre Augen dicht, das warme Haselnussbraun verdunkelte sich. Dann presste sie ihre Lippen aufeinander, während sie versuchte, die Tränen zurückzuhalten. Und zum Schluss, als Letztes, glitt ihre Hand weg. Ihre Finger lösten sich einer nach dem anderen von seinen, bis ihr Arm schlaff an ihr herabhing. Sie berührten sich nicht länger.

Heather nahm ihre Tasche, legte den Träger über die Schulter und starrte ihn an.

Einen schrecklichen Augenblick lang hatte er Angst, dass es so enden würde. Dass sie ihn hasste. Womöglich war das okay. Vielleicht war es besser so.

Doch dann machte sie einen Schritt nach vorne, beugte sich herunter, bis ihre Lippen an seinem Ohr waren. „Ich liebe dich. Ich werde dich immer lieben."

Sie trat zurück, hielt seinem Blick einen Moment lang stand, dann drehte sie sich um und verließ das Krankenzimmer. Verließ ihn.

Er wartete, bis er sie nicht mehr sehen konnte. Bis er das Klackern ihrer Stiefel auf dem blitzsauberen Krankenhausflur nicht mehr hören konnte.

Erst dann schloss er die Augen und tat, was er noch nie getan hatte, nicht ein einziges Mal, seit er die Diagnose vor vielen Jahren erhalten hatte.

Josh Tanner weinte.

32. Kapitel

„Hey, Zwilling, wie geht's mit der Kusskrankheit?", fragte Jamie, ohne vorher angeklopft zu haben, und betrat das Krankenzimmer, als Josh gerade dabei war, sein Hemd zuzuknöpfen.

„Halt den Mund", murmelte er.

„Seltsam", sagte sie, und ließ sich aufs Bett fallen, so wie sie es in ihrer Kindheit unzählige Male getan hatte. „Ich kann mich nicht daran erinnern, dass Dr. Rios *arschiges Verhalten* als Symptom von Mono…"

Mono.

Er hatte verdammte Mononukleose, Pfeiffersches Drüsenfieber. Auch „Kusskrankheit" genannt, die sich an Highschools und Colleges wie ein Lauffeuer verbreitete. Wie es aussah, nicht an seiner Highschool. Oder wenn doch, hatte er es geschafft, nicht angesteckt zu werden, sodass sein Körper nicht immun dagegen geworden war.

„Ich bin froh", fügte Jamie leise hinzu. Sie klang jetzt ernst. „Ich bin so, so, so, so froh."

Josh spürte ein Kitzeln im Hals, das nichts mit der Kusskrankheit zu tun hatte. Verdammt, würde er jetzt permanent in Tränen ausbrechen? Er streckte die Hand aus und tätschelte seine Zwillingsschwester sanft unter dem Kinn. „Das sind wir beide, Kleines."

Sie hielt einen Finger hoch. „Wir haben darüber gesprochen. Nur weil ich gerade einmal sieben Minuten jünger bin als du, hast du nicht das Recht, mich so zu nennen."

„Heute nutze ich meinen Freifahrtschein."

„Das war ganz schön hart, was?"

„Ich komme mir vor wie ein Idiot“, sagte er und ließ seine Arme herabhängen, nachdem er den letzten Knopf zugeknöpft hatte.

„Weil du Heather hast gehen lassen. Nein, entschuldige … Weil du Heather *weggestoßen* hast.“

Schmerz durchfuhr ihn bei der Erinnerung daran, was vor einigen Stunden geschehen war. Stunden? Es fühlte sich an wie Tage.

„Nicht deswegen“, entgegnete er schroff. „Ich tat, was ich tun musste.“

„Ich sage das ja nicht gerne, aber ich glaube, sie ist deiner Kusskrankheit bereits ausgesetzt gewesen“, sagte Jamie und missverstand ihn absichtlich.

Dennoch, sie hatte nicht ganz unrecht. Der Arzt hatte gesagt, das Pfeiffersche Drüsenfieber, so harmlos es normalerweise auch war, sei hoch ansteckend. Es wurde über den Speichel übertragen, daher die Bezeichnung im Volksmund.

Josh hatte keine Idee, wo er sich das eingefangen haben mochte. Offensichtlich dauerte es einige Wochen, bis die Symptome sich äußerten. Und das bedeutete, er hatte Heather auf jeden Fall angesteckt. Aller Wahrscheinlichkeit nach würde bei ihr aber alles in Ordnung sein. Der Arzt meinte, die meisten Menschen wären dem Virus schon in der Kindheit ausgesetzt gewesen und hätten nie Symptome gehabt, die über jene einer gewöhnlichen Erkältung hinausgingen. Fast jeder wurde in der Highschool oder am College infiziert.

Josh war offenbar die seltene Ausnahme.

Dennoch, für den Fall, dass Heather auch eine Ausnahme war, musste er es ihr sagen.

Morgen. Er würde es ihr morgen sagen.

Jetzt wollte er nur unter die Dusche und das verdammte Krankenhaus verlassen. Danach eine Große-Jungs-Dosis Wick MediNait und einen guten, tiefen Schlaf.

„Ich fühle mich nicht wegen Heather wie ein Idiot", sagte er, verschränkte die Hände hinter dem Kopf und sah hoch zu der hässlichen Decke seines Krankenzimmers. „Ich habe euch umsonst hierher gezerrt. Habe euch – schon wieder – Höllenqualen ausstehen lassen. Für nichts und wieder nichts. Wegen des Pfeifferschen Drüsenfiebers."

„Hör auf", sagte sie leise. „Vergiss nicht, dass ich anwesend war, als der Arzt erklärt hat, wie sehr die Symptome des Pfeifffersche Drüsenfiebers denen von etwas viel Schlimmerem ähneln können. Du hattest Grund, dir Sorgen zu machen. Es war richtig vom Arzt, darauf zu bestehen, dass du herkommst, damit sie einige Tests durchführen konnten. Und es war vernünftig von dir, es uns zu erzählen. Das war es."

Jamie hatte zumindest teilweise recht. Die Anzeichen eines Pfeifferschen Drüsenfiebers waren ähnlich wie die seiner Leukämie im Frühstadium. Damals hatte er sie abgetan als Symptome einer hartnäckigen Erkältung: Halsschmerzen, Fieber, anhaltende, wochenlange Müdigkeit. Noch fieser waren die geschwollenen Lymphknoten und die Empfindlichkeit auf der linken Seite, verursacht durch eine geschwollene Milz.

Doch während seine Sorgen erwiesenermaßen nicht unberechtigt waren, war es verfrüht gewesen, seine Familie zu informieren. Sie anzurufen, bevor er die Testergebnisse hatte, war sogar ausgesprochen egoistisch gewesen. Und dass seine Mutter noch dazu Heather angerufen hatte, glich einer Katastrophe.

Vielleicht war es aber besser so. Da das mit ihm und Heather ohnehin irgendwann geendet hätte, konnte es genauso gut jetzt sein. Auch wenn er zugeben musste, dass das Abreißen dieses Pflasters furchtbar schmerzhaft war.

Aber jetzt war es nicht mehr da, und er konnte wieder …

Was denn eigentlich?

Alleine sein.

„Okay, reiß mir nicht gleich den Kopf ab, wenn ich das sage, aber du siehst …"

„Scheiße aus. Ich weiß, okay? Verschon mich. Ich habe Fieber, mein Kopf fühlt sich an, als würde ein Hammer darin schlagen, und das Sprechen tut weh."

„Das wollte ich gar nicht sagen. Ich meine, ja, du siehst aus, als würdest du dich gleich übergeben, aber ich wollte sagen, du siehst verloren aus."

Verloren.

Heather hatte ihm das vor einiger Zeit auch gesagt, und er hatte es abgetan. Pardon, er hatte ihr dafür den Kopf abgerissen.

Jetzt formulierte eine andere Frau, die ihm wichtig war, es genauso, benutzte dieselben Worte, um ihn zu beschreiben.

Josh setzte sich auf das harte Krankenhausbett. „Wieso?", fragte er vorsichtig.

Jamie seufzte und stand auf, schob sich die Hände in die Gesäßtaschen ihrer schwarzen Hose und sah ihn an. „Ich weiß, dass du dieses ‚Lebe so, als könnte jeder Tag der letzte deines Lebens sein'-Ding perfektioniert hast. Ich wäre nicht überrascht, würdest du mir erzählen, dass du buchstäblich über heiße Kohlen gelaufen wärst, einen Fallschirmsprung gemacht oder nackt Karaoke gesungen hättest. Josh … Du lebst *tatsächlich* so, als würdest du bald sterben. Du erkennst den Unterschied, oder? Derselbe Satz kann zwei ganz verschiedene Bedeutungen haben, und du tendierst zu der depressiven."

Ihre Worte trafen einen Nerv in ihm auf schmerzhafteste Weise, doch er hielt dagegen. „Hatten wir dieses Gespräch nicht gerade erst?"

„Ja!", rief sie. „Und du warst *verliebt*, als ich dich das letzte Mal gesehen habe. Du bist auch jetzt verliebt, aber du lässt sie ziehen. Nein, du stößt sie weg. Und nur, weil … warum?"

„Weil ich sterben könnte, Jamie! Du hast es mitbekommen, oder? Der Krebs könnte jederzeit zurückkehren. Ich werde Heather nicht als …“ – er rang mit sich, um das Wort herauszubringen – „Witwe zurücklassen!“

„Wir alle werden sterben, du Depp. Ich könnte morgen Krebs bekommen. Oder Heather. Oder Dr. Rios. Ist die Wahrscheinlichkeit bei dir etwas höher? Klar. So wie es für Kevin wahrscheinlicher ist, am Herzen zu erkranken, weil es in der Familie liegt. Oder wie es für Dad wahrscheinlicher ist, von einem Golfball erschlagen zu werden als für Mom, weil er Golf spielt. Wir alle sterben aus irgendeinem Grund. Doch nur die Feiglinge unter uns richten ihr *Leben* danach aus.“

Josh nahm seine Jacke und warf sie sich über, ohne zu antworten.

„Du kannst mich ignorieren“, sagte sie leise. „Aber es wird nicht vergehen. Du bist verloren. Nichts bedeutet dir etwas, nichts lässt du zu, und das ist langsam ermüdend. Du bist langweilig.“

Nach ihrer Rede – und es war eine gute – war es ausgerechnet das letzte Wort, das ihm zu denken gab. „Langweilig“, wiederholte er langsam.

Sie nickte energisch. „Ja. Du hast den Krebs überlebt. Aber du bist nicht einer der Coolen, die einfach weitermachen, die eine Fahne mit der Aufschrift ‚Ich habe ihn besiegt‘ vor sich herwedeln und sich der Welt annehmen. Du bist der Ängstliche, der zulässt, dass die Krankheit dich schlägt. Die Leukämie *versohlt dir den Hintern*, zwar nicht körperlich, aber mental und emotional.“

Überrascht lachte er auf. „Ich schwöre bei Gott, dich als Zwilling zu haben, ist Folter!“

Doch erstaunlicherweise breitete sich eine seltsame Ruhe in ihm aus. Er wünschte, die Erkenntnis wäre aus seinem eigenen Inneren gekommen. Wünschte, er hätte das selbst herausgefunden. Es aber von seiner Schwester zu hören, mit der er sich eine Gebärmutter geteilt hatte, war wahrscheinlich die nächstbeste Lösung.

Und Jamie hatte absolut recht. Josh hatte sich dafür, ein Überlebender zu sein, jahrelang auf die Schulter geklopft. Dabei hatte er den Krebs nur körperlich besiegt.

Er hatte der Krankheit erlaubt, seinen Verstand zu vergiften. Und sein Herz.

Ein Herz, das genau wusste, was es wollte. Und zwar eine gewisse gelockte Hochzeitsplanerin mit braunen Augen und einem Herz aus Gold.

Doch einen Typen wie ihn hatte Heather nicht verdient.

Heather war eine Draufgängerin. Eine Rakete. Sie verdiente einen Mann, der wusste, dass er seinen Kram geregelt bekam. Einen Mann, der mehr unternahm, als durch den Tag zu schlendern, vom Frühstück bis zum Abendessen, ohne ein Ziel, außer dem, morgen das Gleiche wieder zu tun.

Er erhob sich vom Bett, ging strammen Schrittes zu seiner Schwester und schlang seine Arme um sie. Er hatte vor, sie hochzuheben, entschied sich stattdessen aber für eine dicke Umarmung. „Danke!", flüsterte er.

Sie schlug ihm auf den Hinterkopf. Hart. Dann erwiderte sie die Umarmung. „Gern geschehen."

Er ließ sie los, trat zurück und ging auf die Tür zu.

„Gehst du Heather hinterher?", fragte sie.

„Natürlich", antwortete er. „Doch es gibt etwas, das ich vorher noch erledigen muss."

„Warte, du kannst nicht einfach *gehen*", widersprach sie. „Ich weiß, dass du den Arzt bezirzt hast, dich zu entlassen, solange du das Fieber im Auge behältst. Aber Mom hat angekündigt, dass sie dir dein liebstes Hähnchen-Parmesan-Gericht kocht. Lass sie dich mit nach Hause nehmen. Und dich gesund pflegen."

Josh hielt inne und saugte seine Wangen ein, während er nachdachte. Es war nicht in Ordnung, seine Familie den ganzen Weg bis nach Manhattan kommen zu lassen und dann abzuhauen. Ganz abgesehen davon würde der Aufenthalt bei seinen Eltern seinem Plan entgegenkommen, seine Wohnung ein paar Tage lang zu meiden.

„Sehr gerne", sagte er und meinte es auch so. „Aber zuerst muss ich noch einen Anruf erledigen."

Sieben Minuten später war Joshs Telefonat beendet. Er hatte das Jobangebot von Logan Harris erhalten und angenommen.

Sein Körper würde tun, was er tun wollte. Damit käme er schon klar.

Um seinen Verstand aber könnte er sich mehr bemühen. Mit dem Anruf hatte er den ersten Schritt in die richtige Richtung unternommen.

Nun zum Zweiten, dem Wichtigsten.

Es war an der Zeit, sich seinem Herzen zu widmen.

„Eigentlich müsste ich noch jemanden anrufen. Wäre das in Ordnung?", fragte Josh, als er mit seiner Familie das Krankenhaus verließ.

„Schatz, du kannst so viele Telefonate führen, wie du willst", sprudelte es aufgedreht aus seiner Mutter hervor.

Jamie verdrehte die Augen.

Josh griff nach seinem Handy und tätigte den Anruf.

Als er wieder auflegte, musste er grinsen. Das Mädchen aus 4C war chancenlos.

33. Kapitel

Frustriert aufstöhnend, schlug Heather ein weiteres Klatschmagazin zu und warf es auf die Arbeitsplatte neben ihr Getränk, mit viel mehr Kraft, als nötig gewesen wäre.

Sie war eine ganze Stunde früher am JFK-Flughafen eingetroffen als die gewöhnlichen zwei Stunden eher, die die Fluggesellschaften empfahlen. Normalerweise war sie nicht so überpünktlich. Sie war eher die Art Frau, die auf den letzten Drücker kam. Aber wenn man eine vorübergehende Jobpause einlegte und ein Flugzeug besteigen wollte, um sich im Nirgendwo, Michigan, zu vergraben, während man die Wunden seines gebrochenen Herzen leckte, warum sollte man dann nicht früher zum Flughafen fahren, sich einen Drink gönnen und lasterhafte Magazine lesen?

Sie war nur halb erfolgreich gewesen. Der Birnen-Martini war grandios, die Hefte waren ein Reinfall. Jedes einzelne hatte mit der geplatzten Hochzeit aufgemacht.

Weiterblättern.

Kurz nach Joshs niederschmetternder Zurückweisung wollte sie sich in die Arbeit stürzen, doch Alexis hatte abgelehnt und darauf bestanden, dass Heather ein paar Tage freinahm.

Das war eine Anordnung gewesen.

Und zwar eine, gegen die Heather nicht allzu sehr aufbegehrte. Sie hatte immer gedacht, dass sich alles ändern würde, wenn sie erst einmal befördert worden sei. Dass das Leben besser werden würde.

Und obwohl es sie noch immer begeisterte, dass ihr beruflicher Traum, den sie jahrelang verfolgt hatte, nun endlich

Wirklichkeit geworden war, führte es nicht zu der erwarteten Wende. Die Erde war nicht erzittert. Der Himmel hatte sich nicht geteilt.

Am Ende war es nur ein Job. Ein Job, den sie liebte, aber immer noch … ein Job.

Ihre Mom hatte die verheerende Wahrheit erkannt: Es war weniger die Rolle als Hochzeitsplanerin, die Heather angestrebt hatte, als die Hochzeit selbst. Eine Hochzeit mit dem Richtigen, nur dass der Richtige sie nicht wollte.

Sie hatte nur einmal von Josh gehört, seit er vor einer Woche Schluss mit ihr gemacht hatte. Konnte jemand Schluss mit einem machen, mit dem man von Anfang an nie wirklich zusammen gewesen war? Wie auch immer, es war egal. Josh hatte Schluss mit ihr gemacht und sie hatte seitdem nur einmal via SMS von ihm gehört.

Eine knappe Nachricht mit der Information, dass hinter seinen Symptome das Pfeiffersche Drüsenfieber steckte und nicht eine erneute Krebserkrankung.

Ihr Herz freute sich. Wirklich. Josh würde nicht sterben. Es ging ihm gut. Er lebte.

Aber ein Rückzieher von seiner Entscheidung, oder auch nur eine Entschuldigung, steckte mitnichten in der Nachricht. Sie war sich ziemlich sicher, dass er sie überhaupt nicht kontaktiert hätte, wäre die Kusskrankheit *(im Ernst?!)* nicht so ein ansteckender Virus.

Zum Glück war Heather bereits in ihrem zweiten Jahr an der Highschool infiziert gewesen. Das hatte sie einer schlechten Entscheidung zu verdanken, in der diverse Weinschorlen eine Rolle spielten, die sie von ihrer ahnungslosen Mutter geschnorrt hatte, sowie ein williger Komplize namens Dylan Haven.

Sie hatte Josh zurückgeschrieben, es ginge ihr gut, und nichts mehr von ihm gehört.

Darf ich vorstellen? Herz. Schmerz.

Es gab irgendeine Durchsage, und Heather lehnte sich auf ihrem Barhocker leicht zurück, um zu ihrem Gate auf der anderen Seite des Ganges zu schauen. Das Boarding für ihren Flug hatte begonnen.

Heather war sich einigermaßen sicher, dass sie die zerbrochenen Teile ihres Herzens ohne fremde Hilfe auf ihren Sitz in Reihe 24E manövrieren konnte, daher hatte sie es nicht sonderlich eilig. Nur um sicherzugehen, bestellte sie schon einmal die Rechnung und trank den letzten Schluck ihres leckeren Getränks.

Nachdem sie bezahlt hatte, nahm sie ihre Gepäckstücke und ging zum Gate. Sie wollte dort warten, bis ihr Abschnitt aufgerufen würde. Normalerweise war ein Flug nach Michigan immer mit einer Welle bittersüßen Widerwillens verbunden, weil sie New York verließ, das sie so innig liebte, und sich gleichzeitig freute, ihre Mutter zu sehen. Heute Abend hätte sie jedoch überall hinfliegen können. Sie musste einfach nur weg. Brauchte Abstand von dem Schmerz der vergangenen Woche.

Sie hatte ihm gesagt, dass sie ihn liebte.

Also, das war enorm. Und eine Überraschung. Sie hatte es nicht kommen sehen, bis die Worte draußen waren. Doch schon in dem Augenblick, in dem sie aus ihrem Mund gepurzelt kamen, hatte sie die Wahrheit in ihnen erkannt.

Es war das erste Mal, dass sie diese Worte zu jemandem gesagt hatte, abgesehen von ihrer Mutter, und er hatte sie verscheucht, raus aus seinem Krankenhauszimmer, während sie dachte, er hätte Krebs.

Kein *Wunder*, dass die Leute sich nur zögerlich verliebten. Was hatte sie gejammert, dass sie es noch nie erfahren hatte. Dabei hätte sie dankbar sein sollen.

Es war scheiße. Und zwar gewaltig!

Heather beschloss, sich am Rand des Abfertigungsbereichs

aufzuhalten, statt sich übereilt einzureihen. Sie hatte einen Sitz in der Mitte, also gab es keinen Grund, das Flugzeug eher zu betreten als nötig.

Schließlich wurde die Schlange kürzer, das Gedränge nahm ab, es gab den letzten Aufruf.

Heather griff nach dem Henkel ihres Handgepäckstücks, bereitete sich darauf vor, es nach vorne zu schieben, als eine große männliche Gestalt vor sie trat.

„Entschuldigen Sie", murmelte Heather automatisch, während die New Yorkerin in ihr gereizt auf diese Belästigung reagierte. Dennoch, Flughäfen sind voll, die Leute waren mit sich selbst beschäftigt.

Sie trat zur Seite, und der Mann auch.

Okay. Jetzt war sie sauer.

Sie sah auf und war bereit, ihren Ärger mit einem angemessen finsteren Blick auszudrücken.

Stattdessen erstarrte sie.

„Josh?" Ihre Stimme zitterte. Der Mann, den sie liebte – der Mann, der sie zurückgewiesen hatte –, stand direkt vor ihr auf dem New Yorker Flughafen, in einem Smoking.

„Hey, 4C." Seine Stimme war tief, locker und lässig, als wäre das nicht das Absurdeste, was ihnen beiden jemals zugestoßen war.

„Was machst du hier?", zischte sie.

„Wollte nur wissen, ob es dir gut geht."

„Du meinst, ob ich mir dein Pfeiffersches Drüsenfieber eingefangen habe? Nein. Wie gesagt, mir geht es gut", sagte sie, mehr als nur ein bisschen irritiert und sauer über sein plötzliches Erscheinen.

„Aber wie kann das sein? Hast du dir die Kusskrankheit von jemand anderem eingefangen?"

„Ja", blaffte sie. „Von einem Basketballspieler mit einer Zahnspange, der in der Nebensaison in unserer Highschoolband Klarinette gespielt hat.“ Sie versuchte, sich an ihm vorbeizudrängen. „Das hätten wir dann ja geklärt. Wenn du mich also bitte entschuldigen würdest, ich muss den Flieger erwischen.“

Josh versperrte ihr mit seinem starken, muskulösen Arm den Weg. „Den Namen, 4C. Ich werde einen Namen brauchen, samt Adresse, wenn du eine hast, damit ich den Mistkerl niederschlagen kann.“

Heather musterte ihn kurz. Sie wollte – musste – sicher gehen, dass es ihm gut ging.

Er sah … fantastisch aus. Vielleicht ein bisschen müde, aber im Wesentlichen sah er aus wie der Inbegriff von Gesundheit.

„Ich muss mich nachmittags immer noch hinlegen“, sagte er, als hätte er ihre Gedanken erraten. „Und ich würde nicht Nein sagen zu einem schönen Bad. Davon abgesehen geht es mir gut. Das Fieber ist weg, und so weiter und so fort.“

„Das freut mich.“

Sie hatte vor, diese Bemerkung schnippisch und scharf klingen zu lassen. Stattdessen klang sie sacht, wie ein Wunsch. Weil sie es so meinte. Dieser Mann hatte ihr sehr wehgetan, doch sie liebte ihn immer noch. Sie war erleichtert, dass das Einzige, was ihn gerade plagte, ein Virus war, mit dem sonst nur Jugendliche zu kämpfen hatten.

Sie blickte wieder hoch zu ihm und bemerkte zum ersten Mal den Blumenstrauß in seiner Hand. „Was ist mit den Pfingstrosen?“

Er sah herunter, schien sich jetzt erst darüber bewusst zu werden, dass er rosa Blumen dabeihatte, und drückte sie gegen ihre Brust. „Für dich.“

Sie konnte sie kaum mit der einen Hand halten, die andere hielt noch immer ihren Rollkoffer fest. „Ähm, danke?“

So misstrauisch sie auch war, konnte sie nicht anders, als sie zu bewundern. Sie liebte rosa Pfingstrosen.

„4C, ich muss dir etwas sagen.“

Heathers löste ihren Blick von den Blumen und richtete ihn auf Joshs Gesicht, doch alles, was sie vor sich sah, war leerer Raum.

Denn Josh Tanner war auf seinen Knien.

Vor ihr. Auf einem Flughafen. In einem Smoking.

Und es gab einen Ring.

Oh, der Ring.

Sie starrte auf ihn herunter, und er lächelte halb nervös, halb großspurig.

„Ich liebe dich", sagte er. „Ich hatte eine ganze Rede vorbereitet, und Alexis, Brooke und meine Schwester haben sie gegengelesen, mit Rotstift und allem. Aber jetzt, wo ich hier etwas unbeholfen vor dir knie, erkenne ich, dass das alles unnötig ist. Ich liebe dich. Ich liebe dich mehr, als es für irgendeinen Mann gesund wäre, eine Frau zu lieben. Voll und ganz, bis zum Ende der Welt. Verdammt, ist das kitschig?" Er schüttelte leicht den Kopf. „Vielleicht hätte ich doch lieber diese Rede vortragen sollen."

„Josh." Sie ging leicht in die Knie und versuchte, ihn hochzuziehen. „Was machst du da? Steh auf."

„Nicht, bevor ich eine Antwort bekomme."

„Ich weiß nicht einmal, wie die Frage lautet!" Doch das wusste sie natürlich. Es stand ihm quer über die Körperhaltung geschrieben.

Und über das Gesicht.

Oh, und der Ring.

„Heirate mich", befahl er.

Heathers Herz hob sich und sank wieder und machte dann so etwas wie einen Purzelbaum.

„Josh …"

„Ich weiß, es ist früh. Wahrscheinlich überstürze ich es. Doch wenn der Kampf gegen die Leukämie mich irgendetwas gelehrt hat, dann, dass das Leben verdammt kurz ist. Und wenn das Überwinden des Krebses mich noch etwas gelehrt hat, dann das: Wenn man sein Leben damit verbringt, nur an morgen zu denken, ist es nur ein halbes Leben. Ich brauche dich, Heather. Ich brauche dich, ich will dich. Ich werde dich immer lieben. Heute und morgen."

Sie blinzelte. „Du hast die Rede, die deine Schwester dir geschrieben hat, nicht ganz vergessen, oder? Ein bisschen davon war gerade herauszuhören."

Er grinste. „Ich habe ein hervorragendes Gedächtnis. Und generell bringe ich ein ziemlich ordentliches Gesamtpaket mit. Ehrlich, Süße, du musst mich einfach heiraten."

Dieser Moment war verrückt. Josh war verrückt. Ihr einen Antrag auf dem Flughafen zu machen, in einem …

„Warte mal, warum hast du das an?", fragte sie.

„Oh, mein Gott, sie hat immer noch nicht Ja gesagt", flüsterte jemand. Heather blickte auf und sah, dass sich ein Halbkreis verzückter Flughafengäste um sie gebildet hatte und gaffte. Einige Frauen sahen sie vorwurfsvoll an, und Heather musste sich ein Lachen verkneifen. Wenn sie wie Heather Joshs Gehabe hätten ertragen müssen, hätten sie vielleicht auch erst einmal über die Entscheidung nachdenken wollen.

Josh hingegen schien unbeeindruckt, als er an ihrer Hand zog, um ihre Aufmerksamkeit wieder auf sich zu lenken. Jedenfalls, wenn man den zunehmend panischen Ausdruck in seinen Augen ignorierte und seine schweißnassen Hände.

„Also, ich meinte das Gerede über ‚das Leben ist kurz' und so weiter ernst", insistierte er feierlich. „Wenn du Ja sagst – und, bei Gott, das solltest du besser –, heiraten wir sofort. Heute."

Ihr Mund blieb offen stehen. „Ich werde heute nicht heiraten. Du machst einer Hochzeitsplanerin einen Antrag. Hast du vergessen, dass ich dafür lebe, die perfekte Hochzeit zu organisieren?"

„Und das hast du auch, nicht wahr?“ Er hob eine Augenbraue an.

„Was willst du damit …“

Dann wurde ihr alles klar.

Heather atmete hörbar aus. „Oh, mein Gott! Die Robinson-Hochzeit.“

Ihre Hochzeit. Die Hochzeit, die sie geplant hatte. Die heute hätte stattfinden sollen.

„Ich habe mit Alexis gesprochen. Nichts ist geändert worden, bis auf etwa vier Details. Vielleicht sechs, wenn du die Braut und den Bräutigam mitzählst.“

Heathers Atem ging flach. Ihre Hochzeit. Ihre Traumhochzeit war vierzig Minuten weit entfernt, mit dem Auto.

Aber das war nicht wichtig.

Der Mann war wichtig.

Und dieser Mann stand *hier vor ihr*. Und sie liebte ihn. Immer. In guten wie in schlechten Zeiten.

Sehr langsam sank sie vor ihm auf die Knie und ignorierte den Verweis von jemandem auf Chandler und Monica aus „Friends“.

„Ja“, sagte sie sanft und hob ihre Hand an sein Gesicht. „Ich werde dich heiraten. Ich würde dich gestern, morgen oder in fünf Jahren heiraten, in einer Scheune oder an diesem Flughafen.“

Josh verschloss ihren Mund mit seinem, und die Leute, die sich um sie herum versammelt hatten, bekamen endlich, was sie wollten. Ein großer Applaus ertönte, als er ihr den Ring auf den Finger streifte, ohne den Kuss zu unterbrechen.

Als sie sich voneinander lösten, jubelten die Zuschauer immer noch, und die Flughafenangestellte war hin und her gerissen. Einerseits waren sie bezaubert, andererseits gestresst, dass das glückliche Paar den gesamten Ablauf aufhielt.

„Meine Dame, sind Sie Heather Fowler? Kommen Sie an Bord oder nicht?“

„Ach, du meine Güte", rief Heather. Die Frage holte sie wieder zurück in die Wirklichkeit. „Ich kann heute nicht heiraten. Ich bin ganz für eine kleine Hochzeit, aber meine Mom ..."

„Ist schon in New York", sagte er, küsste sie sanft und half ihr hoch auf die Füße. „Brooke und Jessie sind gerade mit ihr im Salon, während Alexis alles andere koordiniert."

Ihr Herz schmolz dahin. Sie heiratete einen Mann, der ihr am Flughafen einen Antrag machte und ihre Mutter schon eingeflogen hatte. Und das bedeutete, ihre Mutter war in New York. Endlich. All ihre Träume wurden wahr, außer ...

Heather runzelte die Stirn. „Du kommst nicht ohne Ticket durch die Sicherheitskontrolle, und das bedeutet, du musstest eins kaufen. Und Danicas Hochzeit ..."

„Unsere Hochzeit", korrigierte er sie.

„... war irre teuer."

„Nun denn, gut, dass ich sehr reich bin."

Ihre Augen verengten sich.

„Ernsthaft, 4C, sei nicht komisch. Zerbrich dir nicht den Kopf darüber." Er nahm ihre linke Hand. „Schau mal. Großer Diamant. Du musst ohnmächtig werden vor Verzückung."

Sie lachte. „Glaub mir, das werde ich, und ich bin es gleich, ich ..."

„Ich werde sogar noch reicher werden", unterbrach er sie. „Ich habe bei Logan unterschrieben. Ich habe ihn aus dem Krankenhaus angerufen und ihn wissen lassen, dass ich mich ihm anschließen werde. Wir werden wahrscheinlich die Welt erobern, kein Ding. Aber davon erzähle ich dir später."

Er bot ihr einen Arm an. „Wie sieht's aus, 4C? Heiratest du mich?"

„Aber ja, 4A." Sie grinste und nahm seinen Arm.

„Oh, das erinnert mich an etwas." Er begann, sie durch den Flughafen zu geleiten und die Menschenmenge machte ihnen

Platz, wie im Märchen. „Wir werden uns für das eine oder andere entscheiden müssen."

„Für das eine oder andere?"

„Die Nummer 4A oder 4C."

„Warum das denn?"

„Ein Bauunternehmen ist gerade bei uns. Sie überlegen, welche Wand sie einreißen können, um die beiden Einheiten zu verbinden."

„Warte mal, wie bitte?" Sie hielt eine Hand hoch. „Kannst du das so einfach machen? Der Vermieter wird ziemlich sauer sein."

„Der Vermieter verwaltet das Haus nur. Dem Besitzer wird es nichts ausmachen."

„Na ja, wie auch immer. Der Punkt ist, wir werden Ärger bekommen."

Er lächelte. „Das glaube ich nicht."

Heather verengte die Augen. „Warum habe ich das Gefühl, dass ich hier etwas übersehe?"

Er griff nach ihrer linken Hand, hob sie zu seinen Lippen. Sein Daumen spielte mit dem Ring an ihrem Finger. „Eine Sache habe ich vielleicht vergessen zu erwähnen. Mir gehört das Gebäude gewissermaßen."

Sie starrte ihn an. „Was?"

Josh zuckte die Schultern. „Warum, glaubst du, hatte ich keine Skrupel, so laut Musik zu spielen?"

„Weil du ein Arsch bist?"

„Anfangs vielleicht", sagte er, schlang die Arme um sie und zog sie enger an sich heran. „Danach ging es nur noch darum, das Mädchen in 4C dazu zu bekommen, mich zu bemerken."

„Hat sie?", fragte Heather unschuldig.

Er senkte seine Lippen auf ihre. „Oh ja."

Epilog

Die Hochzeit war perfekt.

Aber Heather hatte vorher gewusst, dass sie es werden würde – sie hatte sie schließlich geplant.

Von den Blumen über die Musik bis hin zu dem blassrosa Trauzeuginnenkleid ihrer Mutter, das Alexis noch irgendwie am selben Tag hatte organisieren können, war die Hochzeit alles, was sie sich je erträumt hatte. Alles, was sie wollte.

Es hatte niemanden überrascht, dass die gute alte Alexis ein paar entscheidende Anpassungen vorgenommen hatte. Zum Beispiel war das grelle und überteuerte Kleid von Danica Robinson nirgends zu sehen. Stattdessen trat Heather in einem perfekten satinweißen, figurbetonten Kleid vor den Altar, an die Seite ihres Traummannes. Und ihr Hintern sah genauso fantastisch aus, wie sie es sich vorgestellt hatte.

Jedenfalls fand Josh das.

Die Hochzeitsgesellschaft war klein. Winzig sogar: nur eine Handvoll enger Freunde, die Belles, Heathers Mutter und natürlich Joshs Familie. Seine Band war auch da. Ex-Band. Trevor hatte ihr zugezwinkert, während ihre Mutter sie zum Altar führte, und sie zwinkerte zurück. Was dazu führte, dass Josh die Augen verengte, und das war einfach absolut sexy.

Als Heather am Altar stand und hörte, wie der Priester über ewige Liebe sprach, erkannte sie, dass keine der Äußerlichkeiten wichtig war. Nicht wirklich. Weder das Kleid noch die Blumen, nicht einmal die Farbe des wunderschönen Kleides ihrer Mutter.

Das Einzige, was zählte, waren Josh und sie.

Und die Tatsache, dass ihr Herz sich noch nie so erfüllt und ein Moment sich noch nie so richtig angefühlt hatte. Er gehörte zu ihr, sie gehörte zu ihm, und sie hatten das ganze Leben vor sich, um sich gegenseitig zum Lachen zu bringen. Sie hatte keine Zweifel daran, dass sie gemeinsam jeder Situation gewachsen waren, egal, was ihnen das Schicksal zumutete.

Am Ende des Abends, als sie den Kuchen anschnitten, erkannte Heather, dass Alexis nicht die Einzige war, die an der Hochzeit ein paar Korrekturen vorgenommen hatte. Auch Josh hatte manches geändert. Das meiste ihretwillen. Doch als sie ihren Mund öffnete, um von ihm den berühmten ersten Bissen des Kuchens zu empfangen, begriff sie, dass diese eine Änderung nur für ihn gedacht war.

„Josh! Was ist das?“, fragte sie und schaffte kaum, es herunterzuschlucken.

Ihr Ehemann – *Ehemann!* – grinste nur, während sie sich zwang, das entsetzlich große Stück Hochzeitskuchen hinunterzubekommen.

Josh Tanner hat am Ende doch noch seinen Bananenkuchen gekriegt.

– ENDE –

Danksagung

Ich danke dem tollen Team von Pocket Books, das mir geholfen hat, meine bruchstückhafte Idee für diese Geschichte in das großartige Buch zu verwandeln, das Sie gerade in der Hand halten:

Vor allem Elena Cohen, die immer weiß, was die Geschichte und die Protagonisten brauchen.

Den Lektoren, die mich nie dafür verurteilt haben, blind auf Auslassungszeichen zu vertrauen.

Dem Grafikdesigner, der einen der schönsten Buchumschläge entworfen hat, den ich je gesehen habe.

Den Verkaufs- und Marketinggurus, die mit ihren magischen Fähigkeiten dafür sorgten, dass Sie von diesem Buch erfahren haben.

Und all den anderen Leute hinter den Kulissen, deren Namen ich vielleicht gar nicht kenne, doch deren Selbstverpflichtung zur Qualität dafür sorgt, dass wir Buchsüchtigen das Beste vom Besten bekommen.

Als Nächstes ein offizieller Dank an meine Freunde und Familie, vor allem an meinen Mann, der nicht nur erduldet, dass ich mich stundenlang in meinem Schreibkäfig aufhalte, sondern tatsächlich auch Berge versetzt, damit ich das tun kann.

Meiner Agentin, Nicole Rescinti, die gesagt hat: „Lass es uns machen", als ich ihr erzählte, dass ich eine Reihe über Hochzeitsplanerinnen schreiben *muss*.

Und zu guter Letzt danke ich Kristi Yanta, die von Anfang an an mein Schreiben glaubte und mir half, das Beste aus mir herauszuholen.

Deutsche Erstveröffentlichung

Lauren Layne

Ich bin dann mal verliebt

ISBN: 978-3-95649-676-9
9,99 € (D)

Hände weg von betrügerischen Herzensbrechern! Das ist Brooke Baldwins neues Motto, nachdem ihr Bräutigam am Altar verhaftet wurde. Nicht die beste Einstellung, wenn man gerade in New Yorks exklusivster Hochzeitsagentur angefangen hat. Aber nicht nur ihr Liebespech erschwert Brooke den ersten Auftrag, sondern auch der Bruder der Braut, der alles tut, damit die Hochzeitsglocken stumm bleiben. Wäre Seth nicht so nervig, könnte Brooke sich sogar eine viel engere Zusammenarbeit mit ihm vorstellen ...

Kirsty Mosely

Fighting to Be Free – Nie so geliebt

Es ist Jamies letzte Chance auf ein normales Leben. Bisher war seine Existenz bestimmt von Armut und Gewalt. Frisch aus dem Gefängnis entlassen, ist er voller guter Vorsätze. Doch so leicht entkommt man seiner Vergangenheit nicht. Dann begegnet er Ellie – und sie verkörpert all das, wonach er sich sehnt. Die Anziehungskraft reißt sie beide mit. Jamie will alles tun, sich ihrer würdig zu erweisen; der Mensch zu werden, den Ellie lieben kann. Aber noch hat er ihr nicht die Wahrheit über seine dunklen Taten gestanden. Sind Ellies Gefühle stark genug, um bei ihm zu bleiben? Bei einem Mann, der das Leben eines anderen auslöschte …

ISBN: 978-3-95649-680-6
12,99 € (D)

Deutsche Erstveröffentlichung

Jill Shalvis

Lebkuchenmänner und andere Versuchungen

Sechs quirlige Welpen in einer Badewanne, und Willa muss sie bändigen, um sie sauber zu bekommen. Kein Wunder, dass sie inzwischen selbst aussieht, als hätte sie im Schlamm gewühlt. In diesem Moment steht ausgerechnet Keane Winters in ihrem kleinen Laden für Haustierbedarf – der Mann, der ihr einst das Herz brach. Jetzt erkennt er sie nicht einmal wieder! Keinesfalls wird sie Keane den Gefallen tun und sich um seine Katze kümmern. Und doch verliert sie sich sofort wieder in seinen unwiderstehlichen Augen ...

ISBN: 978-3-95649-747-6

9,99 € (D)

Deutsche Erstveröffentlichung

Isabelle Ronin

Du bist mein Feuer

Ein Blick auf die sinnlich tanzende Fremde im roten Kleid, und Caleb weiß: Er muss sie haben. Ein Zufall führt dazu, dass er Veronica Unterschlupf gewährt. Sie sieht in ihm nur den Sohn reicher Eltern, der nicht zu ihr, dem Mädchen aus schwierigen Verhältnissen, passt. Aber der verwöhnte Bad Boy will mit ihr etwas Echtes, Tiefes. Schnell merkt er, dass Veronica nicht leicht zu erobern ist: Sie vertraut nichts und niemandem. Doch Caleb ist bereit, die Schatten ihrer Vergangenheit zu vertreiben und jedes Hindernis, das sie trennt, zu überwinden. Auch wenn alle sagen, dass Veronica sein Ruin sein wird …

ISBN: 978-3-95649-772-8
12,99 € (D)